西安曲江文化产业资助项目

西安市政协文史资料委员会
西安曲江新区管理委员会 编

秦腔剧本精编
西安

五一剧团卷

68

西安出版社

图书在版编目(CIP)数据

西安秦腔剧本精编.五一剧团卷:全8册/西安市政协
文史资料委员会,西安曲江新区管理委员会编.—西安:
西安出版社,2011.10

ISBN 978－7－80712－839－7

Ⅰ.①西… Ⅱ.①西… ②西… Ⅲ.①秦腔—剧本—
作品集—中国 Ⅳ.①I236.41

中国版本图书馆 CIP 数据核字(2011)第 217422 号

西安秦腔剧本精编 68   五一剧团卷

编 委 会	西安市政协文史资料委员会 西安曲江新区管理委员会
出　　版	西安出版社 (西安市长安北路 56 号)
电　　话	(029)85253740　邮政编码　710061
网　　址	http://www.xacbs.com
发　　行	西安曲江出版传媒股份有限公司 (西安市雁塔南路 300－9 号曲江文化大厦 C 座)
电　　话	(029)85458069　邮政编码　710061
网　　址	http://www.xaqjpm.com
印　　刷	西安新华印务有限公司
开　　本	710mm×1092mm　　1/16
印　　张	326
字　　数	4210 千
版　　次	2011 年 12 月第 1 版 2011 年 12 月第 1 次印刷
书　　号	ISBN 978－7－80712－839－7
全套定价	1740.00 元(共 12 册)

读者购书、书店添货或发现印刷装订问题,请与本公司营销部联系。
电话:(029)85458066　85458068(传真)

序

西安市政协主席　程群力

　　戏剧是人类精神文化形态之一,在世界戏剧史上,中国戏剧具有辉煌的地位。周、秦、汉、唐以来,历经千百年的发展积淀,中国戏剧形成了属于华夏文明自有的、独特的艺术体系。这个体系如同一个庞大的家族,遍布全国各地。在这个大家族中,秦腔以其丰厚的文化滋养、突出的历史贡献、沉雄质朴的艺术魅力而备受尊崇。

　　关于秦腔的起源和形成问题,历来争论甚多,有秦汉说、唐代说、明代说,甚至还有更早的西周说、春秋战国说等。但相对多数的看法,趋向于秦腔形成于明代中后期,即明代说。明代说认为,社会发展的基本规律表明,一切文化意识形态的发展变化,都由当时的生产力发展状况和水平来决定。明代中期正是我国资本主义萌芽期,商品经济的产生、发展,为当时文化的发展、变革、传播、繁荣提供了较丰实的经济基础。明代说也提供了必要的实物例证和文献记载。现在能见到的最早的陕西凤翔流传下来的明代正德九年的两幅《回荆州》戏曲木板画;现存文字记载中最早能见到"秦腔"字样的明代万历年间《钵中莲》传奇抄本中标出的[西秦腔二犯]曲调名,就是明代说有力的支撑。明代说的另一个支撑是比较能经得起专家、学者和秦腔爱好者以"体系"的视角作"系统论"式的考查和诘问。作为地方戏，秦腔和其他兄弟剧种一样，既有中国戏曲的共性，又有其独具的个性。共性的一面，都是以表演艺术为中心，融文学、音乐、表演、美术等各种艺术形式于一体的高度综合艺术，具有成熟的、完备的写意性、虚拟性、程式性和以"唱、做、念、打，手、眼、身、法、步""四功五法"为基本技艺手段，以生、旦、净、丑的行当角色作舞台人物，以歌舞扮演故事等这些经典的中国戏曲美学特征。个性的一面，秦腔与许多地方剧种相比，在"出身"上有着更多的原创性特征，体现在其声腔、音乐、文学、表演等基本要素与我国源远流长的原创性大文化之间，存在着直接的一脉相承的亲缘关系。这是因为，我国古代许多原创性文化，特别是诞生于周秦汉唐时期的《诗经》、秦汉乐舞、汉乐府、俳优和百戏、唐梨园法曲、歌舞戏、唐参军戏等等，都直接发生在以古长安(今西安)、咸阳为中心的关中地区，从而使这一地区成为当时全国文化最发达、成就最高的地区。根之茂者其实遂，膏之沃者其光晔。由于有这些原创性文化的滋养，更由于板腔体音乐在民间音乐和说唱文学的基础上日益成熟而引发的变革，最终造就了秦腔这个大的地方剧种，在西至陇东与银南、东至豫西与晋南、南至川北与鄂北、北至陕北与蒙南这片广袤的古秦地生根、发芽、成长，并影响到之后其他众多地方戏和京剧的产生与发展。

秦腔一经形成，就显现出卓尔不凡的气质和强大的生命力。一是秦腔长期从民间音乐和说唱艺术中吸取营养,活跃于人民群众之中,有广泛的群众基础;二是秦腔首创了板腔体音乐结构,奠定了中国梆子戏的发展基础。从而在声腔艺术的创造方面,在剧本创作、表演艺术等多方面,凸显出不可取代的许多特点,有力地推动了戏曲艺术特别是梆子腔艺术的大发展,具有划时代的意义。

由于秦腔是诞生最早、历史最悠久的梆子腔戏曲,更由于它当时作为新的艺术形式,内容上贴近生活、通俗易懂,表现形式上好听好看、生动感人、极易流传,所到之处,除了在陕西境内形成中路、东路、西路、南路、北路五路秦腔外,还渐次流传到晋、豫、川、鲁、冀、鄂、苏、皖、浙、滇、黔、桂、粤、赣、湘、闽、蒙、新、藏等全国许多地方,并与当地民间曲调融合,对当地新生剧种的催生、成长、成熟、完善做出了重大贡献。因之它也赢得了"梆子腔鼻祖"的地位和称誉。

近百年来,秦腔表演艺术,其行当角色之全、演出剧目之多、表现手段之丰富、唱腔艺术之精湛、四功五法之规范、演出综合性与整体性之完善,都备受文艺界和城乡观众的推崇。在陕西乃至西北广大地区,秦腔与老百姓的精神生活息息相关。人们津津乐道秦腔的魅力,对心目中的秦腔演员如数家珍,特别是一提起西安城里有易俗社、三意社、尚友社以及五一剧团,更带有几分神往。相当多的人,不仅会谈到演员,还会谈起许多脍炙人口的剧目《三滴血》《柜中缘》《看女》《三回头》《软玉屏》《翰墨缘》《夺锦楼》《庚娘传》《新华梦》《伉俪会师》《双锦衣》《盗虎符》《貂蝉》《还我河山》《西安事变》等等,更会谈论

在这些琳琅满目的剧目后面，站着的一群让人们肃然起敬的剧作家：康海、王九思、李十三、李桐轩、孙仁玉、范紫东、高培支、李仪祉、吕南仲、李约祉、王伯明、封至模、马健翎、李逸僧、李干丞、淡栖山、王淡如、冯杰三、樊仰山、姜炳泰、谢迈千、袁多寿、袁允中、鱼闻诗、杨克忍等等，还有由于种种原因没有留下名姓的剧作家，以及后来四个社团中加入编剧队伍的一批新知识分子，他们用心血熬成了一个个可供世代传唱的剧本。正是有了他们幕后的辛勤劳作，才有了台前精彩的表演。西安市的四大秦腔社团易俗社、三意社、尚友社、五一剧团，前三个都跨越了两个时代、两种社会制度，其中长者年已百岁。百年以来，四个社团总计演出的剧目逾千部之多。这些剧目，有些来自明清以来的秦腔老传统、老经典；有些来自各社团根据本单位的演员和资源条件，根据时势和观众的审美需求而开展的新创作、改编或移植、整理。这些众多的秦腔剧本满足着一代又一代观众的精神需求，也在很大程度上支撑着古城西安的文化舞台。西安秦腔事业的发展，为西安、为秦腔积累了一大笔可贵的精神财富。保护、传承、弘扬这笔财富，增强古城西安的文化软实力，扩大其国内国际影响力，实在是我们应尽的历史责任、文化责任和社会责任。

从 2008 年下半年起，西安市政协与西安曲江新区管委会合作，着手策划、组织、实施《西安秦腔剧本精编》工作。这是一项大型的剧本编辑工程，收录了西安市易俗社、三意社、尚友社、五一剧团四大著名秦腔社团上自清末、下至二十一世纪初百年来曾经上演于舞台的保存剧本,共计 679 本,2600 余万字;另有 22 个内部资料本,约 65 万字。参与编辑本书的专家、学者、工作人员,面对四个社团档案室中尘封了百年的千余本三千万字的剧本稿样,其中不少含混不清、章节凌乱、缺张少页、错误多出及其他众多问题,本着抢救、保护、弘扬国家非物质文化遗产的责任感,按照"精审精编"的工作要求,专心致志地投入工作。通过收集筛选、初审初校、集中审校、勘疏补正、规划编辑、三审三校等几个工作程序,对上述文本问题和学术问题,逐一研讨、逐一明晰、逐一完善。历经三年,终于编辑了这套纵跨百年、横揽西安四大秦腔社团舞台演出本的《西安秦腔剧本精编》,了却了广大剧作家、表演艺术家和人民群众的一大心愿,对西安的秦腔文化是一个重要的回眸与总结,对未来秦腔的振兴与发展做了一件坚实的基础性工作,对此我们感到欣慰。

编辑这套剧本集,工程浩繁,工作难度大,加之时间紧,错漏不足在所难免,诚望各方面人士,特别是专家、学者、业内人士提出批评指导意见,以便修订完善。

目录

演出单位

西安市五一剧团

焦裕禄之歌

胡文龙等　编剧

剧情简介

　　兰考县委书记焦裕禄,深入农村,访贫问苦,救灾抗灾。后又经过深入地调查研究,绘制了兰考根治"三害"的规划圈,动员干部,带领全县人民治沙治碱、栽种泡桐,艰苦奋斗、改天换地,虽身患重病,仍奋斗不息。体现了党的干部全心全意为人民服务的精神风貌。

场　目

人 物 表

焦裕禄　　县委书记，四十岁左右

常清理　　县委副书记，四十多岁

侯继明　　县委救灾办公室副主任，三十多岁

小　刘　　县委通讯员，十九岁

桑大伯　　生产队饲养员，五十五岁

郭大爷　　老贫农

郭大娘　　郭大爷老伴

王大婶　　养猪员，四十八岁

雪　梅　　生产队长，回乡知识青年，二十二岁

高志恒　　民兵连长，共青团员，二十二岁

红　芳　　焦书记之女，十五岁

刘医生　　主治医生，共产党员，四十岁

女护士　　共青团员，二十一岁

干部甲　　救灾办公室干部

干部乙　　救灾办公室干部

领物人　　社员，四十多岁

男女社员若干人

第一场　引导找关键

时　间　一九六二年冬的一个傍晚。

地　点　豫东兰考县救灾办公室。

景　物　舞台近处是办公室的大部分，室内墙上贴有毛主席
　　　　像、兰考县地图、标语等。几张桌椅、置有电话机。室
　　　　外置有箭头指向领取救灾物资处的路标。

　　　　从舞台空处可以看到远处的黄河故道，沙丘垒垒，白
　　　　茫茫的盐碱地上稀疏的枯草在寒风中抖擞着。

　　　　〔幕启：干部乙在办公室内伏案办公，干部甲正在接电话。

干部甲　（拿起听筒）喂，你听我说嘛，这个问题……

　　　　〔领物人手持鞭子上。

领物人　（推门）同志，领救灾棉衣在哪？

干部乙　（边办公边说）往东拐穿过小门到东院第二排房子去
　　　　领。

领物人　（大声地）领个东西这么麻达的，这儿批条，那儿签字，
　　　　连个地方也找不到，眼看……唉！

干部甲　喂、喂，（向领物人）你小声点好不好？（对听筒）喂，我
　　　　看这样，我马上来，咱们一块处理，（放下电话，对干
　　　　部乙）小张，你给侯副主任说一下，我到车站去把转
　　　　运站的问题解决一下。（下）

领物人　（拦住）同志，这领东西——

干部甲　（拉至门外指划着）往那边走，一拐就是，那儿有领东
　　　　西的人，你问一下。（边说边走，不耐烦地）这哪像个
　　　　县级机关，简直成了救灾物资供给部啦。（下）

领物人　（望着他）唉！救灾忙，忙救灾，真是——（摇头往箭

头指向处下)

〔电话铃响。

干部乙 （接电话）喂喂，我是救灾办公室，是我！好好，我马上来，好、好。（放电话、对内）侯主任，省上拨来的救灾物资又到了一批，我去看看。（下）

〔电话铃又响，侯继明上。

侯继明 （急接电话）喂，是呀，我是侯继明，你们把工作抓紧一点，我们要向人民负责呀，赶快把数字汇报上来。对，就这样。（放下电话）唉，这样日夜忙碌能忙出个啥名堂来！

（唱） 兰考县灾情重三害压顶，

为救灾忙得我昏昏蒙蒙。

千百年留下这不治之症，

何日里落后面貌能变更？

（电话铃又响，侯即接）

喂，嗯，我就是！噢！是李主任，上级给我们县拨的物资是不少了啦，不过，今年的灾情也就是不一般，就拿三合公社来说，个别队今年每户只分了三升高粱。这——是呀！不过，我们要对人民负责呀……

〔桑大伯手持鞭杆同雪梅上。

雪　梅 侯主任！（侯仍讲电话）

桑大伯 （摇头）老侯可真是个忙人哪！

侯继明 （放下电话）噢，雪梅、桑大伯你们来了，你们队的救灾物资，公社拨下去了吧？都领了吗？

雪　梅 侯主任！

（唱） 今年兰考灾情重，

党和政府爱心浓。

救灾工作抓得紧，

救灾物资源源送。

桑大伯 （接唱）党的恩情深似海，

社员个个记心中。

生产自救大开展，

决心与灾害作斗争。

雪　梅　侯主任,我们队上开展了生产自救,有些困难,可以自己解决。上级拨给我们的救灾物资、粮食我们已经领了,其他物资,请拨给困难大的兄弟社队。

侯继明　雪梅,你们这种风格是好的。你是回乡生产的知识青年,道理不用我多讲,要实事求是嘛,你们队的灾情,我可是知道的。

桑大伯　侯主任!(语重情长地)我们庄户人就是种粮食的,我们不给国家交售粮食,还要伸手向国家要,我来领这些救灾粮,脸都发烧……

侯继明　桑大爷,话不能这么说,国家对灾区的大力支援,说明党和上级对我们的关怀,也显示了我们社会主义的无比优越性嘛。

雪　梅　侯主任,我们队的社员已经认识了这一点,退回这些衣物也是经过讨论的。

侯继明　拨给你们的,就领回去,县上救灾工作这么忙,你们再不要这样推三让四,我们是要对人民负责的。

〔小刘上。

小　刘　侯副主任,你见到新来的焦书记了吗?

雪　梅　(对视)焦——书——记!

侯继明　没有,常副书记回来吗?

小　刘　回来了,他叫我打听焦书记来了没有。

雪　梅　哪来个焦书记?

侯继明　新调来的县委书记焦裕禄同志,听说来了几天啦,一来就下了乡,连我还没见过面。(对刘)你照看一下办公室。(对桑、梅)走!我领你们去,赶快把东西领走。

雪　梅　这不行啊!

侯继明　你们不领,将来出了问题,我这个救灾办公室副主任咋向人民交代,(推桑、梅)快走吧!(推着下)

雪　梅　（走到窗户时说）我回去也不好给社员们交代……

（边说边同下）

〔小刘打扫室内。

〔风吼、沙卷，焦裕禄上。

焦裕禄　（唱）　深入社队整七天，

　　　　　　　兰考灾情不虚传。

　　　　　　　黄河故道风沙漫，

　　　　　　　洼窝结冰如石坚。

　　　　　　　稀疏枯草迎风颤，

　　　　　　　茫茫碱地似银滩。

　　　　　　　"三害"压头千百年，

　　　　　　　今年灾情非一般。

　　　　　　　幸喜群众不低头，

　　　　　　　敢树雄心来斗天。

　　　　　　　抗灾斗争要开展，

　　　　　　　领导班子是关键。

　　　　　　　急急忙忙赶回县，

　　　　　　　和县委同志共商谈。（办公室）

小　刘　（上前）同志，你是哪个公社的，是办领物资手续，还
　　　　是……

焦裕禄　不！我是看看工作情况。

小　刘　你是新调来的，你叫——

焦裕禄　焦裕禄。

小　刘　（惊喜地）你就是新调来的焦书记，我把你的房子收
　　　　拾几天了，就是不见你的影子。

焦裕禄　谢谢你，那你就是刘永春同志。

小　刘　是！（天真地）你已经知道我啦。

焦裕禄　是呀。我一来，副书记常清理同志就向我介绍，咱们
　　　　有个工作积极的通讯员——"小乐观"。

小　刘　（腼腆的）我——

焦裕禄　老常呢？

小　刘	几个公社来汇报,刚才散会,他还让我找你咧!

〔常清理匆匆上。

常清理	（入内）老侯!（发现焦迎上去）
焦裕禄	老常!（握手）
常清理	老焦,你回来了,跑了几个队?
焦裕禄	我走马观花,跑了三个队。
常清理	小刘,你去找侯副主任,说焦书记回来啦,叫他回来一下。
小　刘	是!（下）
常清理	你来得好哇。老焦,叫侯继明同志先给你汇报一下。目前,救灾工作压得人真是喘不过气来。
焦裕禄	喘不过气来?
常清理	是呀。老焦,怎么样,下面看了一下,灾情够严重吧!
焦裕禄	老常,这几天,我虽然只是走马观花地跑了几个队,看到了灾情的严重,但是,从我和一些贫下中农的接触中,也发现了一个更重要的情况。
常清理	什么情况你快说!
焦裕禄	咱们兰考风沙、盐碱、内涝这"三害"压头,可群众并不肯低头,大多数人还有敢于斗"三害"的勇气。
常清理	嗯,是这样,群众对于兰考这个地方还是有感情的。不然千百年的老灾区,全县还有三十六万人民在这里生活下来。
焦裕禄	那我们该怎么办呢?
常清理	老焦!
	（唱）　我自幼生长兰考县,
	党把我培养十多年。
	调来县委三年满,
	工作被动推不前。
	兰考面貌未改变,
	面对人民心不安。
焦裕禄	老常,你在兰考时间长,情况比我熟悉,你说改变面

貌的关键问题是什么？

常清理　老焦，最近我也想这个问题，我看关键还是在于人的思想改变。

焦裕禄　（欣喜地）对，老常你想得很对。但是，还应该在思想前面加"领导"两个字。

常清理　领——导！

焦裕禄　是呀！我看关键在于我们县委领导核心的思想改变，火车头的方向正了，劲头足了，一列列车厢，就会跟上前进。

常清理　我完全同意你的看法。

　　　　〔侯继明上。

常清理　（介绍）老侯，这就是焦裕禄同志。

侯继明　我是侯继明。

焦裕禄　噢，救灾办公室副主任，你好！最近辛苦吧？（握手）

常清理　老侯，你把救灾工作给老焦汇报一下。

侯继明　对！

焦裕禄　我想知道一些工作中存在的问题。

侯继明　问题可是不少哇！

　　　　（唱）　救灾工作难开展，
　　　　　　　　头绪杂乱有万千。
　　　　　　　　收拨物资要送转，
　　　　　　　　冰雪封路运输难。
　　　　　　　　办公室成了杂货店，
　　　　　　　　少数同志有怨言。

常清理　是呀！有少数同志，对这没尽头的救灾工作，有些怨言。

焦裕禄　我们是应该好好考虑一下，看关键问题在哪？

侯继明　我看主要是兰考这地方太穷了。

焦裕禄　是吗？

侯继明　焦书记！

　　　　（唱）　兰考自古多灾难，

“三害”压头难过关。

秋季狂风把沙卷，

夏季庄稼被水淹。

盐碱茫茫连成片，

年年欠收靠外援。

老焦你刚刚才进县，

日子长了自了然。

焦裕禄　老侯,我倒是和你的看法不大一样,我认为咱兰考是个大有可为的地方,问题是要干,要革命。

侯继明　难道我们……

常清理　（阻侯）老侯。

焦裕禄　兰考是灾区,穷、困难多,但灾区有个好处,它能锻炼人的革命意志。

侯继明　（沉思自语地）锻炼人的革命意志。

焦裕禄　我们对兰考的一草一木,都应该有深厚的感情,就是这块穷地方,也是革命先烈们用鲜血换来的! 老常,你是很清楚的。

常清理　（沉痛地）是呀!

（唱）　咱兰考虽然是自古贫穷,

人民和它有感情。

解放前阶级敌人逞霸横,

党领导全县人民闹斗争。

人民武装组织起,

同志们前仆后继不怕流血和牺牲。

多少年同志们不断革命,

咱兰考才解放得到新生。

在残酷的武装斗争年代里,有一个区在一个月内有九个区长为革命牺牲,烈士马福重同志被敌人破腹后,肠子被拉出来挂在树上……

焦裕禄　（沉重地）听听,老侯同志,先烈们并不因为这块地方穷,把它留给敌人,我们有什么理由,不热爱它、来改变它、建设它呢？

常清理 老焦，说真心话，我眼见咱兰考人民遭受这么大的灾情，心里也是十分难受。往往回忆起咱兰考的革命斗争史，就会产生力量，尽管救灾工作麻烦，困难多，也要尽力往好处去做。

焦裕禄 我觉得尽力做好救灾工作是一方面，更重要的是要组织领导群众起来抗灾。通过斗争，治服灾害，这才是从根本上去做好救灾工作，你们说呢？

侯继明 灾害能治服，那当然是个根本办法，可我看咱兰考这"三害"，是千百年"不治之症"呀！

焦裕禄 困难很大，可是我们也不要被困难吓倒了。我们在困难的时候，要看到成绩，要看到光明，要提高我们的勇气。只要我们按照毛主席的指示，下定决心，不怕牺牲，排除万难，去争取胜利，我们就一定能够在兰考闯出一条路来。同志们！

（唱） 咱有雄心壮肝胆，
　　　人民群众是靠山。
　　　只要我们挺腰杆，
　　　　一定能够排万难。

〔天空雪花飞舞，小刘端火盆上。

焦裕禄 天下雪了！（急往窗前，凝视远方）

常清理 小刘，给焦书记家里生火了吧？他的身体不好。

小　刘 火盆已经端去了。

焦裕禄 雪下大了，群众生活会更加困难，我们怎么能守在家里烤火呢？老常！我建议组织所有干部立即下到社队去访贫问苦，共产党员应该在群众最困难的时候，出现在群众面前，在群众最需要帮助的时候，去关心群众，帮助群众。

常清理 对，应该这样。小刘，立即通知在县的委员们，到县委开会。

小　刘 是！

第二场　风雪探亲人

时　间　数日后。

地　点　郭大爷家中。

〔二幕前:小刘挟着棉大衣上。

小　刘　（唱）　天寒地冻雪封门，

万里山河裹白银。

焦书记深夜带病下农村，

访贫问苦探亲人。

他衣单体弱冒风寒，

怎不叫人来担心。

我匆匆忙忙离县委，

为送大衣把他寻。

天色渐暗风雪紧，

找不见书记急煞人。

〔幕内传出王大婶的喊声"同志！同志你等一等！"

小　刘　（向后看）这是谁?

〔王大婶急上,错把小刘当成她要找的人。

王大婶　同志,你怎么连一口水也不喝就走了?

小　刘　喝水?（转身）大婶……

王大婶　（一惊）啊,不是的!（和气地）同志,我认错了人。

小　刘　大婶,风雪天你找谁呀?

王大婶　我找县上的一个同志哩!

小　刘　他叫啥?

王大婶　他姓啥叫啥我忘记了问,见了面能认得!

小　刘　你说说是个啥模样?

王大婶　（唱）　他中等个儿红脸庞，

浓眉大眼高鼻梁。

说话满口山东腔，

字字句句暖心房。

小　刘　（自语）啊！他是老焦！

王大婶　同志，你认识他吗？

小　刘　认识，大婶，他可能就是县委书记焦裕禄同志。

王大婶　啊？他就是焦书记！

小　刘　大婶，你找他有什么事？

王大婶　同志啊！

（唱）　我担任队上养猪员，

一年四季忙不闲。

晌午母猪要生产，

大雪纷纷拥门前。

冻得那仔猪打冷战，

没有柴草来御寒。

眼看猪娃有危险，

焦书记送柴草来到跟前。

抱起猪娃火边暖，

又给母猪把食煎。

一直忙了多半天，

才保住猪娃命安全。

为谢他我回家去做饭，

焦书记不知去哪边。

小　刘　（唱）　听罢大婶讲一遍，

一团烈火心中燃。

老焦工作是模范，

深入群众破难关。

全心全意为人民，

个人安危丢一边。

王大婶　同志，你知道焦书记到哪里去了？

小　刘	大婶，我也在找他哩。
王大婶	好，那我们一道去找他！
小　刘	大雪天行走不方便，你还是回去吧！
王大婶	（看四周忽然发现雪地上的脚印）同志，你看！有人刚走过的脚印呀！
小　刘	有人走过的脚印？
王大婶	同志，说不定就是……
小　刘	（看）是啊！我们就跟这脚印找吧，说不定……
王大婶	（会意地）走！
小　刘	大婶，路太滑、小心点。

〔小刘扶王大婶下。

〔二幕开：傍晚，北风呼啸，鹅毛大雪飞旋，茅屋内郭大爷有病躺在床上，郭大娘坐着编箩筐。

（合唱）北风呼啸，

　　　　大雪飞扬。

　　　　山河银裹，

　　　　原野茫茫。

　　　　千村万户，

　　　　摆开战场。

　　　　生产自救，

　　　　战胜灾荒。

郭大娘　（唱）　数九寒天北风狂，

　　　　　　　大雪飞旋堵门窗。

　　　　　　　大路小道行人少，

　　　　　　　大地万物穿银装。

　　　　　　　咱村连年遭灾荒，

　　　　　　　今冬灾大非寻常。

　　　　　　　这灾荒若在旧社会，

　　　　　　　多少尸骨遗路旁。

　　　　　　　如今咱有了党领导，

　　　　　　　安排救灾真周详。

毛主席关怀咱灾民，

咱家里未断下锅粮。

社队号召把灾抗，

组织起来力量强。

老汉有病床上躺，

为集体生产自救编箩筐。

〔焦裕禄挟柴、背粮上。

焦裕禄 （唱） 走访一村又一村，

贫农精神真感人。

不怕风狂雪又紧，

战胜灾害有决心。

郭家大爷身染病，

冒风雪前来看老人。

〔焦上前敲门，郭大娘起身开门，焦进屋。

焦裕禄　大娘。

郭大娘　同志，这么大的雪你——

焦裕禄　大娘，我是来给你老人家送粮送柴来的呀！

郭大娘　这么大的风雪，你是从哪来的？

焦裕禄　风雪天，大爷又有病，是毛主席派我们来的！

郭大爷　（急坐起）是毛主席派来的！

〔郭大娘忙招呼。

焦裕禄　大伯，大娘。

（唱） 三尺冰凌挂屋檐，

风雪交加三九天。

毛主席派我来把你们看，

灾荒年你们可曾受艰难？

郭大娘 （唱） 队上把我们常照管，

送粮送柴又送钱。

虽然遇这灾荒年，

我们没有受艰难。

焦裕禄　大娘！

	（唱）	大伯有病你照管，
		看病吃药可方便。
		做饭可有下锅粮，
		缺不缺柴米和油盐。
		茅草屋里暖不暖，
		可有衣被御风寒。

郭大娘 　（唱）　茅屋虽小倒也暖，
　　　　　　　　身上衣服能御寒。

郭大爷 　（唱）　同志快来上炕暖，
　　　　　　　　冻着你老汉我心不安。

焦裕禄 　大伯。

　　　　（唱）　你们身暖我身暖，
　　　　　　　　你们身寒我身寒。

　　　　（走到炕边）大伯，你有病，公社叫我给你送来三十斤粮和十块钱，你收下吧。

　　　　〔郭紧握焦手，激动得热泪滚下。

郭大爷 　同志快坐下，喝点水暖暖。

郭大娘 　孩子，你是哪里人？

焦裕禄 　我是山东人。

郭大娘 　今年多大了？

焦裕禄 　三十九岁。

郭大娘 　家里还有爹妈没有？

焦裕禄 　……（沉默）

郭大娘 　三十九岁，（思索）和咱光儿一样大，这……

郭大爷 　这个老婆子，你又唠唠叨叨地说那些过去的事！

郭大娘 　你不要管，我是见了亲人，不向亲人说说，可不由我啊！

　　　　（唱）　看看现在想从前，
　　　　　　　　真是两个地来两重天。
　　　　　　　　那一年腊月三十晚，
　　　　　　　　也是这样大雪天。

　　　　　　小光儿城里卖柴回家转，
　　　　　　国民党拦兵到门前。
　　　　　　光儿不从和贼干，
　　　　　　贼把儿打死在路边。
　　　　　　多少年常把儿思念，
　　　　　　哭干两眼也枉然。

郭大爷 同志！

（接唱）解放前我给地主把活干，
　　　　　　筋骨折断腰压弯。
　　　　　　十六载苦工未见钱，
　　　　　　到后来狠心地主，一根木棍把我赶到门
　　　　　　外边。
　　　　　　眼含酸泪无路走，
　　　　　　抬头苦苦喊苍天。
　　　　　　东打零工西讨饭，
　　　　　　风风雨雨几十年。

焦裕禄 （阶级情感冲激着他,他扶大娘走向炕前）大娘,大伯,
不要再伤心,如今是共产党毛主席领导的新社会,你
们不会孤单,我们都是你的孩子,你就把我当作自己
的儿子吧！

郭大爷
郭大娘 （同）你就是我的儿子?

焦裕禄 大伯,大娘。

（唱）　解放前我家也是受苦难，
　　　　　　咱们是两个苦瓜一藤牵。
　　　　　　阶级情雷打不分散，
　　　　　　亲如骨肉永远心相连。
　　　　　　如今咱们掌政权，
　　　　　　天地任咱们来使唤。
　　　　　　不怕那风沙、洪水和盐碱，
　　　　　　只要咱们斗志坚。
　　　　　　齐心协力加油干，

严冬过去迎春天。

郭大爷　同志，

（唱）　你句句话说到我心坎，

茅屋霎时成春天。

郭大娘　（唱）　我们跟党心不变，

战胜灾害夺丰年。

同志，你们真是毛主席派来的亲人呀，前几天听说县委书记还来我们村调查灾情，给我们想出了生产自救的好主张。

郭大爷　听说才来的县委书记对我们贫下中农可关心啦！

焦裕禄　大伯、大娘，这都是党和毛主席领导得好，按照毛主席的指示，我们一切工作干部，不论职位高低，都是人民的勤务员，县委书记同样应该好好地为人民服务呀！

〔侯继明上。

侯继明　焦书记！

郭大爷
郭大娘　（对视一惊，互问）啊！他就是焦书记？

焦裕禄　老侯，什么事？

侯继明　（唱）　风雪狂卷透骨寒，

群众生活更困难。

刚才我到王庄去，

不少户已经断炊烟。

特来找你作商谈，

请上级增拨粮款来支援。

嗨，我一进村，生产队长就给我汇报了一大摊困难，我听说你也下来了，就立即来向你汇报。

焦裕禄　究竟有多少断炊户？你深入调查过了吗？

〔雪梅内喊："焦书记，焦书记——"

侯继明　老焦，有人喊你，可能——

〔雪梅、高志恒急上。

雪　梅　焦书记，你让我们好找呀！

侯继明　雪梅，怎么样？救灾物资都分发下去了吧！你们队还有多少困难户，有没有断炊户？

雪　梅　没有。

焦裕禄　雪梅同志，你找我有什么事？

雪　梅　焦书记，前次县上给我们拨的救济物资、粮食已经分发了，经过讨论，其他物资，除了少数有特殊困难的几户外，大家都不要。

侯继明　不要，那他们的困难如何解决。雪梅，我们当干部的要关心群众生活，要对人民负责呀！

高志恒　侯主任，我们队今年虽然灾重，由于组织了集体副业，生产自救，我们自救，我们自己能够战胜困难。

郭大爷
郭大娘　焦书记，你送来的这救济粮，让雪梅捎回去，我们还有下锅粮，这粮转给更困难的人吧！

焦裕禄　大伯、大娘，你们是有实际困难呀！

郭大爷　焦书记，你们把心操到这个地步，我们贫下中农永远也感到温饱。

焦书记　雪梅同志，大家这种共产主义风格很好。希望你们再仔细地做些调查研究工作，把救灾物资，尽快想办法给困难户发下去！

雪　梅
高志恒　焦书记，这——

焦裕禄　再不要讨价还价啦！你们快回去做工作。

雪　梅
高志恒　好！（同下）

焦裕禄　老侯，看到了吧？我们应该深入到贫下中农之中，看看他们对待困难的骨气，对我们会有很大的教育。

〔侯继明不语。

〔狂风卷雪，涌入屋内，大娘急关门。

郭大娘　焦书记，雪又下大了，你们上炕暖暖。

焦裕禄　大伯、大娘，不了。雪大了，还有些贫下中农会有更大的困难，以后我再来看你们老人家。老侯，咱们一块儿到王庄去看看。

〔焦同侯下，郭大爷、郭大娘不听拦阻送至门口，呆望焦的去向，凛冽北风，鹅毛大雪，他们毫不在意。

郭大爷　（自言自语的）毛主席派来的……

郭大娘　（自言自语的）他是我的儿子……
　　　　〔小刘扶王大婶上。

小　刘　哎！脚印到这里就乱了。

王大婶　这不是郭大嫂，大哥有病，你们怎么站在门口，也不怕冷。

郭大娘　（猛察觉地）噢！这么大的风雪，你们出来有啥事？

小　刘　郭大爷见到县上焦书记吗？

郭大爷　焦书记刚走。

小　刘　到哪里去了？

郭大娘　到王庄去了。

小　刘　大婶，焦书记又到王庄去了，（见地）这不是他的脚印吗。

王大婶　他走不远，我们赶上他！

小　刘　大婶，我踏着脚印去赶他，这么大的风雪，你就不要去了。

王大婶　走吧，小伙子，我们顺着脚印去追他！（同下）
　　　　〔郭大爷、郭大娘同笑。

第三场　求教获"三宝"

时　间　距前场两月后，春天。

地　点　饲养室外面。
　　　　〔二幕前侯继明手提挎包上。

侯继明　（唱）　跟老焦下乡一月整，
　　　　　　　　实践中逐步把错误认清。

过去我思想上存有毛病，

他和我看问题大不相同。

救灾荒我认为外援为重，

老焦他却提出自力更生。

兰考县眼前是灾情严重，

老焦他能看出前途光明。

工作中他帮我直爽诚恳，

摆事实讲道理热情坦诚。

我决心跟随他学习本领，

把错误思想纠正在实践中。

〔小刘背背包雨伞唱"毛主席的战士最听党的话"上。

侯继明　哎！这不是"小乐观"的歌喉嘛！

小　刘　侯主任，焦书记说我们调查队今天就出发，你准备好了没有？

侯继明　准备好了，小刘，你呢？

小　刘　（指身上背包）你看，一切都好了。

侯继明　小刘，你可收拾得真像当年的小红军。

小　刘　焦书记常给我说，要学习当年红军的光荣传统。

侯继明　这一次跟焦书记出去是找千年三害老病根，可要准备吃大苦耐大劳呀！

小　刘　没问题，保证经得起考验。

侯继明　好样的。（拍了一下小刘肩膀）

小　刘　我们走吧，莫叫人家等咱们。（唱着同侯下）

〔远处是一望无边的沙丘和盐碱地，几株孤树，破狂风吹得东摆西摇，近处是生产队的碾场，左侧露出饲养室的一角，墙上靠有铁锹等农具，饲养室后面有个小麦秸垛，只能看到一角。

〔二幕启：幕内传出喊声"风沙来了准备战斗。"雪梅、高志恒同男女众社员拿防沙工具急过场。

〔桑大伯急跑上。

桑大伯　（唱）霎时天空昏蒙蒙，

　　　　　　风卷黄沙眼难睁,

（饲养室牛叫）

　　　　　　急忙先把牛棚顶,

　　　　　　赶往大田斗沙风。

（进饲养室关中圈的门窗）

〔侯继明上,看见麦秸垛子被风刮开……

侯继明　（喊）　快来人啊! 麦秸垛子揭开了。（急上前用身子压）

桑大伯　侯主任,你也下来了。

侯继明　大伯你看,麦秸垛子被风揭开了该怎么办?

桑大伯　不要怕,我有办法。

侯继明　有什么办法快说。

桑大伯　（唱）　狂风揭开垛子顶,

　　　　　　　　　　快挖淤泥把它封。

侯继明　大伯,我先把麦秸压住,你挖泥。

〔桑大伯拿起靠墙的锨到旁边挖泥。

桑大伯　老侯你起身,让我用泥封。（侯半起身,桑把泥压在麦秸上,垛顶不飞了）

侯继明　大伯,这个办法还不错。

桑大伯　这是个土办法。

侯继明　大伯,让我来吧! 我算是学会了压麦秸垛这一样本事。

桑大伯　老侯,这一点活我干得了,你有事就忙你的去吧!

侯继明　那你忙,我到大田看看出了什么问题没有。（下）

〔桑大伯将要封好时,焦裕禄上。

焦裕禄　大伯,你在做什么?

桑大伯　刚才黄风把麦秸垛子揭开了,我把它又封了起来。

焦裕禄　让我来。

桑大伯　已经封好了。同志,外面风沙大,快到屋里歇歇。

焦裕禄　不,大伯,我倒是想在外面经一经这狂风卷沙的世面。

桑大伯　好,我给你找个坐来。（入内）

焦裕禄　（手比划,沉思地）

（唱）　大伯用泥封垛顶，
　　　　抵挡黄沙和狂风。
　　　　淤泥能封麦秸顶，
　　　　为什么不能把沙丘封。
　　　　这件事儿有学问，
　　　　一定要求教这位老贫农。

〔桑大伯搬出两个木墩上。

桑大伯　同志，请坐。

焦裕禄　大伯，你用淤泥封垛顶，这是个好办法呀！那沙丘能
　　　　不能用淤泥封住呢？

桑大伯　沙丘，这个我可没有试验过，不过，过去有这么一
　　　　回事。

焦裕禄　怎么回事？

桑大伯　（唱）　这事出在解放前，
　　　　　　　　那一年也是灾荒年。
　　　　　　　　一连三天风沙卷，
　　　　　　　　只见黄沙不见天。
　　　　　　　　多少棵大树被吹断，
　　　　　　　　吹散了多少草棚和茅庵。
　　　　　　　　柴草垛子风吹散，
　　　　　　　　多少家闭门断炊烟。
　　　　　　　　那一场风沙真少见，
　　　　　　　　有一座新坟倒安全。
　　　　　　　　人们都在坟前看，
　　　　　　　　一层淤泥贴上边。

焦裕禄　淤泥？

桑大伯　是啊！是李家二娃子，看风越吹越大，和他爷爷花了
　　　　一晌的时间用淤泥把他奶奶的新坟封起来，果然那
　　　　么大的风，没有吹散那座沙坟。

焦裕禄　（惊喜地自语）两个人在大风中一晌的时间，就能封
　　　　住一个坟包。（对桑）大伯，这样看来，沙丘用淤泥可

以封住的。

桑大伯　嗨！咱兰考遍地是沙丘，从何封起啊！

焦裕禄　大伯，难道我们不设法封住沙丘，就靠这一片片黄沙闹翻身吗？

桑大伯　唉！（唱）　黄沙地世代把人坑，
　　　　　　　　　　　靠它翻身怎能行。
　　　　　　　　　　　今年又是灾情重，
　　　　　　　　　　　看见它我就害头疼。

焦裕禄　大伯，光害头疼不行啦。我们得想办法来治它。

桑大伯　是啊！同志，听说县上新来的焦书记，正在想法治风沙。

焦裕禄　一个人想，倒是可以想，但他能有多大能耐，这要靠广大群众想办法呀！

桑大伯　靠群众想办法？

焦裕禄　是啊！

　　　　（唱）　群众智慧如海洋，
　　　　　　　　治黄沙会有好主张。

　　　　大伯！

　　　　　　　　你经得多来见得广，
　　　　　　　　还望你拿出主意同商量。

桑大伯　要我出主意？

焦裕禄　是啊！村里都叫你"老诸葛"，你一定有不少好经验。

桑大伯　过去我笨想过一些办法，有些困难没法解决撂下了。

焦裕禄　大伯，把你想的办法说出来，我们研究研究好吗？

桑大伯　好！

　　　　（唱）　黄沙窝里栽泡桐，
　　　　　　　　能防沙来能挡风。
　　　　　　　　沙地也还能利用，
　　　　　　　　种上花生好收成。
　　　　　　　　花生榨油秧作料，
　　　　　　　　牲口吃了肯长膘。

秦腔
焦裕禄之歌
JIAOYULUZHIGE

　　　　　　　还有咱兰考大红枣，
　　　　　　　营养丰富产量高。

焦裕禄　（唱）好办法来好门道，
　　　　　　　大伯见识果然高。

　　　　　　　大伯！

　　　　　　　谢谢你献出这三件宝，
　　　　　　　为革命立下大功劳。

桑大伯　（唱）翻身全靠党领导，
　　　　　　　我有什么大功劳。
　　　　　　　只要都能办得到，
　　　　　　　我的心就算没白操。

焦裕禄　大伯，你这些经验都是改变咱兰考面貌的法宝，我们
　　　　一定带回县里，讨论研究推广。

桑大伯　同志呀！这是我老汉想了多年的事了。可旧社会都
　　　　行不通呀！那时候土地是小块块。你把水往东引，
　　　　他把水往西引，各家搞各家，各村管各村。国民党反
　　　　动派只刮民不管民呀！老百姓不能安居乐业，更无
　　　　心去治灾害，现在是新社会党领导我们实现了公社
　　　　化，我想这些都能办到。

焦裕禄　能办到，能办到！

桑大伯　要是能办到，我老汉就是死了，也能闭上眼睛。

　　　　〔雪梅、侯继明、高志恒同几个社员上。

雪　梅　大伯，大伯……（看见焦裕禄）焦书记，你也在这里！

桑大伯　啊！你就是焦书记！（上前激动地紧握手）

焦裕禄　大伯。

桑大伯　焦书记，我老汉早就想找你了，真没想到今天你会来
　　　　到我这牛棚……（越发激动）

焦裕禄　大伯，你今天给我上了一课，以后你还要给咱们多出
　　　　主意啊！

桑大娘　你公事忙，以后有啥事，捎个话，我就去寻你。

雪　梅　焦书记，刚才一阵风沙又毁了我们一片庄稼，唉！

焦书记	怎么？风沙把你这个农业技校的学生给难住哪！我刚才学习了个办法……
众	什么办法,焦书记你快说呀!
焦裕禄	刚才大伯用淤泥封住麦秸顶子很顶事。
雪 梅	淤泥?
高志恒	对,我也听我爷爷说过,过去就有用淤泥封住过坟头。
桑大伯	雪梅,我们队上就先试验吧!
高志恒	雪梅,我看说干就干,我们基干民兵打头阵。
一社员	别试验了,我看不顶事。
高志恒	没试验,你怎么知道不行?
一社员	就算淤泥能封住沙丘,你知道咱兰考有多少沙丘,好我的"天不怕"哩,说话不嫌腰疼!
高志恒	怕腰疼,你去领救济粮去!
一社员	你——
桑大伯	沙丘多,我们一个个地封它,就像蚕吃桑叶一口一口地啃,日子长了就能把它封完。
一社员	那得到什么时候才能封完。
焦裕禄	雪梅,我们有了问题,有了困难,应该向毛主席著作求救。你们组织大家学习过《愚公移山》那篇文章吗?
众	《愚公移山》我们学习过。
焦裕禄	愚公一人能搬走门前两座大山,我们为什么就封不住沙丘?
高志恒	能,只要我们立下愚公志,何愁沙丘不能封。
桑大伯	对。
	（唱） 立下愚公志千秋, 　　　 誓把黄沙变绿洲。 　　　 万众一心齐奋斗, 　　　 不治好沙丘不回头。
焦裕禄	桑大伯说得对,我们应该有这样的决心。大家想想。二娃子和他爷爷一晌的工夫能封住一个坟,我们全县三十六万人,大家一齐动手,何愁沙丘不治、灾害

不除。

（唱）　兰考人民志气豪，

敢与天公试比高。

众志成城抗风暴，

众　　（合唱）紧锁黄龙降沙妖。

雪　梅　焦书记，我到队上很快研究，就按桑大爷的办法来干吧！

焦裕禄　同志，你们先作一些试验。

侯继明　焦书记，我真佩服你的眼力，刚才桑大伯淤泥封麦秸顶子，我还动手帮了忙，可就没想到它和封沙丘有什么联系。

焦裕禄　老侯，毛主席教导我们，群众是真正的英雄。我们自己则往往是幼稚可笑的，不了解这一点，就得不到起码的知识，我们都应该很好地向群众学习！

侯继明　是啊！

〔空中突然雷鸣电闪。

桑大伯　天要下雨，焦书记到里边坐吧！

焦裕禄　大伯，不坐了，我们要走了。

高志恒　焦书记，天要下雨，你怎么能走啊！

雪　梅　走！到队部去！

焦裕禄　雨来了，正是我们调查队摸清洪水流向的好机会。

侯继明　老焦，你有病让我们去吧！

桑大伯　焦书记，你不是说要听群众的话嘛！那我就不同意你大雨天出去工作。

焦裕禄　大伯，谢谢你老人家对我的关心。毛主席说，没有调查研究就没有发言权，难道你要取消我的发言权吗？

（向侯、小刘）老侯，我们准备出发。

雪　梅　焦书记，探流向的工作，我们进行过一段，让我跟你们一块儿完成这个任务。

焦裕禄　好吧！我们一块儿走。

〔桑大伯取棍出。

桑大伯　焦书记,你把这个拿上。
焦裕禄　谢谢大伯,同志们出发!

第四场　涉水探流向

时　间　雨季。
地　点　途中。
　　　　(幕内合唱)
　　　　　　　　疾风吹、暴雨猛,
　　　　　　　　电光划破黑云层。
　　　　　　　　洪水泛滥浪涛涌,
　　　　　　　　革命人迎风暴昂首挺胸。
　　　　〔幕启:雷鸣、电闪、风雨交加,遍地洪水。
　　　　〔焦裕禄、雪梅、小刘、侯继明等上。
焦裕禄　(唱)　风雨交加雷声隆,
　　　　　　　　探水向顶风冒雨往前行。
雪　梅　(唱)　暴雨倾盆下不停,
小　刘　(唱)　水流去向看不清。
侯继明　(唱)　洪水涛涛来势猛,
　　　　　　　　眼看水深齐腰平。
小　刘　侯主任加油!
侯继明　掉不了队。(急步赶上)
　　　　〔一个浪头,众躲开。
焦裕禄　水往哪个方向流,
小　刘
雪　梅　是往东流。
焦裕禄　嗯,是往东流,我们把它的方向画下来。
　　　　〔小刘忙用伞给焦遮雨,焦打开夹子画洪水流向,忽
　　　　然洪水咆哮。

雪　梅	啊！水又向南流了！
焦裕禄	（观察）我们跟上浪头前进。
侯继明 小　刘	好。

〔四人作舞蹈前行。焦的肝病突然发作，用棍顶住肝部。

侯继明 小　刘	焦书记，你的肝病又犯了。
焦裕禄	不要紧，我们走吧。
雪　梅	焦书记。

（唱）　暴风雨中探水情，

　　　你肝病又犯怎支撑？

侯继明	（唱）　劝你回去休养病，

　　　任务我们来完成。

小刘，你快扶焦书记回去吧！

焦裕禄	老侯，我不要紧，咱们继续前进。
小　刘	又是不要紧。
侯继明	（关心地）这不行啊，老焦，我建议咱们先到那边高地 上商量商量再走。
焦裕禄	（稍思）好，我们商量商量。

〔四人艰难地涉水到高地上。

雪　梅	焦书记，你——
焦裕禄	噢，风平了，雨也小多了。眼前多么像"万水千山"里 的一个镜头啊！
小　刘	（神气地）啊！红军不怕远征难，万水千山只等闲，
雪　梅	小刘呀，你真是个"小乐观"。
焦裕禄	（指小刘大笑）
侯继明	老焦，我有个意见。
小　刘	我也有意见。
焦裕禄	好吧，一个个提。
侯继明	这样大风雨，我们身强力壮的都感到吃力，你有严重 肝病——
雪　梅	焦书记，你要考虑自己的身体。
焦裕禄	同志们——

小　刘　你就不接受意见！

焦裕禄　同志们，毛主席教导我们：什么是工作，工作就是斗争，哪些地方有困难、有问题，需要我们去解决，我们是为着解决困难去工作、去斗争的，越是困难的地方，越是要去，这才是好同志。

侯继明　老焦，说心里话，跟你下乡这些日子，我学到了不少东西，过去我总认为……

小　刘　侯主任，你过去说，咱兰考这三害是"不治之症"，我就有意见。

焦裕禄　是呀！我们对问题要全面地去分析，要切忌片面性，在思想上不要绝对化。帝国主义、现代修正主义和各国反动派说我们中国没有石油是"不治之症"；说中国粮食增产率和人口增长率的矛盾是"不治之症"；说中国发展工业缺乏技术专家也是"不治之症"。

小　刘
雪　梅　都是胡说八道。

焦裕禄　是啊，我们在党和毛主席的英明领导下，坚持奋发图强、自立更生，各个战线上胜利连着胜利，一切"不治之症"不是一一都被粉碎了吗。

侯继明　"不治之症"将成为中国人民不能理解的名词。

焦裕禄　那就要靠每一个人老老实实地进行艰苦的工作呀。
　　　　〔一阵急闪电，一声霹雳，风卷暴雨袭来。

雪　梅　恶风暴雨又来了。

焦裕禄　振作精神，不要放过机会，我们顶风冒雨继续前进。

第五场　革命新家风

时　间　数日后的一个晚上。

地　点　县委焦裕禄同志的宿舍。

〔二幕前，红芳背书包上。

红　芳　（唱）　初中学习三年满，

　　　　　　　　考试及格心喜欢。

　　　　　　　　今日放假回家转，

　　　　　　　　一路走来暗盘算。

　　　　　　　　但愿爸爸能回县，

　　　　　　　　好把志愿对他谈。

〔小刘边唱边上。

小　刘　红芳，你放假了？

红　芳　嗯！小刘叔叔，你们调查队都回来啦？

小　刘　回来了。

红　芳　我爸爸现在哪里？

小　刘　在哪里，过去他从乡下一回来，就是开会呀或是埋头在办公室写资料，这次调查队一回县，他就回了家，我还以为他破例要好好休息一下，嗨！哪知道他是钻到家里，写呀！画呀！我就对他有意见。

红　芳　什么意见？

小　刘　你爸爸经常教育别人说，不会休息就不会工作，可他自己……

红　芳　你有意见就当面给他提出来呀！

小　刘　我提了多少次啦！他总是解释，这样下去还行吗？我去给常书记汇报去。

红　芳　好！小刘叔叔，再见。（二人分下）

〔二幕启，一间很普通的宿舍，墙上挂上"毛主席走遍全国"的宣传画，焦裕禄正聚精会神地在灯下绘制改变兰考面貌的规划图。

（伴唱）

　　　　　　　　放眼世界胸怀广，

　　　　　　　　彩笔绘图画夜忙。

　　　　　　　　绘出山河气势壮，

　　　　　　　　盐碱沙丘变粮食。

　　　　　　　绘出河渠如织网，
　　　　　　　洪水顺流归大江。
　　　　　　　绘出林带千里长，
　　　　　　　兰考大地穿绿装。
　　　　　　　绘出人民展奇志，
　　　　　　　高举红族迎朝阳。

　　〔焦裕禄随着歌声把蓝图绘好，挂在墙上。

焦裕禄　（唱）　可喜蓝图已绘起，
　　　　　　　革命征途不停息。
　　　　　　　誓与"三害"斗到底，
　　　　　　　誓与人民共呼吸。
　　　　　　　千万颗红心拧一起，
　　　　　　　改天换地力无敌。
　　　　　　　要把黄沙踩脚底，
　　　　　　　要叫黄风把头低。
　　　　　　　盐碱滩也得变好地，
　　　　　　　洪水驯服顺河堤。
　　　　　　　兰考人民展奇志，
　　　　　　　挥动彩笔写奇迹。

　　　　〔红芳上。

红　芳　爸爸！

焦裕禄　红芳，放假了？

焦裕禄　毕业考试怎么样？

红　芳　（取出成绩册）这是我的成绩册，你看。

焦裕禄　你的学习成绩还不错，红芳，毕了业你打算怎么办？

红　芳　抓紧时间，好好复习功课，准备升学考试。

焦裕禄　（沉思地）准备升学考试？

红　芳　爸爸，你不是说咱们家祖祖辈辈受人剥削，没有一个
　　　　读书人……

焦裕禄　我问你一个问题，在我们社会主义国家的青年，读书
　　　　升学是为了什么呢？

红　芳　将来当革命接班人。

焦裕禄　怎么才能当好红色接班人呢?

红　芳　好好读书,丰富知识,在学校积极参加劳动。

焦裕禄　孩子,你这种认识很不完全,要知道花盆里栽不出万年松,小花园里练不出千里马。

红　芳　爸爸,那怎么才能当好革命接班人呢?

焦裕禄　孩子,我们要接的是无产阶级革命的班,毛主席教导我们"无产阶级革命事业的接班人,是在群众斗争中产生的,是在革命的大风浪里成长的"。

红　芳　爸爸,我还没有想到这些。

焦裕禄　孩子!

（唱）　你苦里生来甜里长,
　　　　艰苦生活未曾尝。
　　　　衣、食、住、行父母管,
　　　　吃饱穿暖上学堂。
　　　　温室花朵怕风霜,
　　　　烈火中才能炼金钢。
　　　　为了接好革命班,
　　　　我给你出个好主张。

红　芳　（唱）

　　　　爹爹有话请快讲,
　　　　儿我一定记心上。

焦裕禄　（接唱）

　　　　目前兰考有风浪,
　　　　全县人民战灾荒。
　　　　我意见把你送下乡,
　　　　参加抗灾经风霜。
　　　　毛主席教导记心上,
　　　　思想改造要加强。
　　　　永不变色干革命,
　　　　革命重担肩上扛。

红　芳　（唱）

　　　　　　爸爸耐心向我讲，

　　　　　　红芳心里亮堂堂。

　　　　爸爸！

　　　　　　我坚决下乡经风浪，

　　　　　　和群众一道战灾荒。

　　　　　　贫下中农作榜样，

　　　　　　斗争中我定要站稳立场。

焦裕禄　对,应该有这样的决心和勇气。

红　芳　爸爸,你说我什么时候到乡下去?

焦裕禄　你说呢?

红　芳　什么时候都行!

焦裕禄　对! 首先在思想上作好准备,你妈妈已经同意我的意见啦!

红　芳　爸爸,那我妈妈呢?

焦裕禄　到机关参加学习去了,去找你小虹弟弟,怎么吃了饭就不见人影了呢?

红　芳　对。（急下）

　　　　〔焦裕禄细看蓝图。

　　　　〔常清理上。

常清理　老焦,你回来了。怎么也不休息一下,就闷在家里工作。

焦裕禄　老常……

常清理　（见图）嗬! 已经把蓝图画好了。

焦裕禄　你先看……

　　　　〔常清理看墙上蓝图。

常清理　好啊!

　　　　（唱）　调查队出外三月零,

　　　　　　　"三害"底子摸得清。

　　　　　　　一张蓝图幸福景,

　　　　　　　有了它工作方向明。

全县人民齐出动，

"三害"一定能肃清。

老焦，这次调查队收获很大，有了这张经过调查研究的蓝图，我们今后工作就有了方向啦！

焦裕禄　老常，你对蓝图有什么意见？

常清理　提不出什么补充意见。

焦裕禄　那我们县委讨论后，一方面上报，一方面能作的先作（取出四份材料），这里还有四份材料请你看看！

常清理　"韩村的精神"、"秦寨的决心"、"赵垛楼的干劲"、"双杨树的道路"。

焦裕禄　你看怎么样？

常清理　好哇！老焦你抓这些样板很及时，这是改变兰考面貌的巨大精神力量。

焦裕禄　是呀！榜样的力量是无穷的，我们应该把群众中这些可贵的东西，集中起来，加以总结，号召全县向他们学习，发扬光大！

常清理　对！这样才能真正调动群众的革命积极性，更快地在全县范围内开展起轰轰烈烈的抗灾斗争。

〔小刘上。

小　刘　焦书记，桑大伯来了！

〔焦裕禄、常清理出迎，桑大伯上。

焦裕禄　大伯，你近来身体可好？

桑大伯　我这人老骨头硬，越活越好哇！老焦，我是来看你的，你那肝病老犯，工作又吃劲，我不放心啊！

焦裕禄　近来很好，大伯，谢谢你的关心！

常清理　大伯，前两月焦书记写信回来，介绍了你老人家治"三害"的法宝，大家认为很好，已在全县推广了。

桑大伯　老焦，老常，只要是治"三害"，你叫我老汉上刀山、跳火海我都干。

〔红芳上。

红　芳　爸爸，爸爸，（入内）常叔叔。

常清理	红芳,中学已经毕了业吧!
红 芳	已经毕业了,准备下乡参加抗灾斗争。
常清理	好哇!
焦裕禄	红芳,这就是桑爷爷。
红 芳	**桑爷爷。**
焦裕禄	这是我女儿红芳,中学刚毕业,我想叫她上你们队上去劳动锻炼。
桑大伯	好哇! 老焦,你这路子走得对呀! 红芳姑娘,乡下可比不得县城,下去可得吃苦!
红 芳	老爷爷! 我已经下了决心,不怕苦,不怕累,好好锻炼自己。
常清理	老焦,我们应当为有这样的接班人感到高兴。
焦裕禄	这仅仅才是开始,(对桑)大伯,那就叫红芳住在你家里,跟上你学习。
桑大伯	老焦,你放心吧!
红 芳	桑大伯,咱们什么时候走哇?
桑大伯	我明天就回乡,老焦,我要走啊!
焦裕禄	住在我们这里。
桑大伯	不啦! 我们队上来了几个人,今晚都住在供销社(说着就走),我回去了。
焦裕禄	大伯,我看明天就叫红芳跟上你去。
桑大伯	好! 叫姑娘把东西准备好,我明早来叫她。(下)
常清理	红芳,怎么样?
红 芳	一切没问题。
焦裕禄	红芳,你找的小虹呢?
红 芳	我在剧院门口碰见他看戏出来,问他谁给的票,他说他在剧院门口玩,小牛拉他去看戏。
焦裕禄	哪来的票?
红 芳	小牛给票务叔叔说,他是焦书记的儿子,叔叔就让他们进去了。
焦裕禄	啊! 你是怎么处理的?

红　芳	我批评了他,叫他以后不准再这样,他找我妈去了。
焦裕禄	今天看戏的问题,应该立刻处理,(掏出钱)现在就给剧院把票钱送去,不管谁的儿子都是要买票的,不能看白戏。
常清理	明天再处理也不晚。
焦裕禄	不,现在就要处理,不要惯了孩子们特殊化的毛病,现在送去,给叔叔道歉!
红　芳	嗯!(下)
常清理	这个问题,在县上还是一种风气,不光是孩子们,还有些干部也常有不买票看戏的。
焦裕禄	这是资产阶级的特权思想,老常!我看县委应作为一种倾向去抓一下。

〔红芳上。

红　芳	爸爸,人家剧院叔叔不收。(将钱给焦)
焦裕禄	不收,老常,我看剧院这个漏洞也需要堵一堵,我亲自去一趟。
常清理	我们一块儿去。(同下)

第六场　抗灾育新苗

时　间	秋季。
地　点	沙丘。

〔二幕前桑大伯拿农具上。

桑大伯　（唱）　晴空万里风和暖,
　　　　　　　　葵花向阳黄丹丹。
　　　　　　　　雪梅上县学经验,
　　　　　　　　大家心里火一团。
　　　　　　　　如今是箭上弦来弓拉满,

　　　　　　单等着雪梅回大战沙滩。

　　　　　〔红芳、志恒同几个社员拿工具跑上。

红　芳　桑大爷,雪梅姐回来了没有?

桑大伯　没有。

高老恒　不是说今天回来,怎么现在——唉!

桑大伯　小伙子,又性急了。

红　芳　哎——那不是雪梅姐回来了!

　　　　　〔雪梅、侯继明上,众迎上前。

桑大伯　老侯,你怎么也来了?

侯继明　我来你们队上长期蹲点。

桑大伯　长期蹲点?

雪　梅　老侯是来帮助咱们大战沙丘的。

众　　　我们欢迎啊!

桑大伯　老侯,近来焦书记身体可好吧!

侯继明　好着哩! 他说,也要到你们队上来。

众　　　好啊!

高志恒　雪梅,你先说,县上会开得咋样?

雪　梅　这次四干会开得可给人添劲啦!

众　　　会上都说了些啥?

雪　梅　会上给我们树立了四个榜样!

高志恒　哪四个榜样?

雪　梅　"韩村的精神","秦寨的决心","赵垜楼的干劲","双
　　　　　杨树的道路"。

　　　　（唱）　四杆红旗好榜样,
　　　　　　　　奋发图强斗志昂。
　　　　　　　　不坐等、不空喊,
　　　　　　　　不伸手、不告难。
　　　　　　　　全靠两手和双肩,
　　　　　　　　推倒一穷二白两座山。

高老恒　（唱）　人家能干咱能干,
　　　　　　　　都有两手和双肩。

我们民兵已动员，

要叫沙丘变良田。

下定决心除"三害，"

彻底改造大自然。

雪　梅　我们也要苦干，实干，加巧干，赶上他们，超过他们。

侯继明　桑大伯，县上给我们指明了方向，这一下就要看你"老诸葛"出谋定计了！

桑大伯　走，我们回去合计一下，马上动工。（众下）

（歌声）

奋起抗旱闹斗争，

革命烈火红又红。

种果树，育泡桐，

要让沙丘换新容。

〔在合唱声中二幕启，远处是黄沙，近处已栽上了泡桐树。桑大伯、侯继明、高志恒同男社员们拿铁铲作平整沙丘的舞蹈上。

侯继明　（领唱）

三面红旗舞东风，

高志恒　（领唱）

封沙造林开了工。

桑大伯　（领唱）

要降沙妖这孬种，

众　　　（合唱）不获全胜不收兵。

桑大伯　老侯，你这一次下来泼辣多啦！

众　　　侯主任干劲可大啦！

侯继明　还差得远哩，咱们加油干啦！

桑大伯　加油！

众　　　加油！（舞下）

〔雪梅同女社员们作栽泡桐舞上，红芳也跟在后面。

雪　梅　（领唱）

战鼓咚，号角鸣，

众　　　（唱）

　　　　　　　　锁住黄沙锁黄龙。

　　　　　　　　栽种果树育泡桐，

　　　　　　　　生根开花万年红。

雪　梅　（对红芳)红芳,你锻炼的时间短,慢慢来,不要急。

红　芳　雪梅姐,我向你们学习。

雪　梅　红芳,你给那边补上一棵吧。

红　芳　对。（到一边去栽）

雪　梅　我们干吧!

众　　　干!（舞下）

红　芳　（唱）　下乡劳动来锻炼,

　　　　　　　　不觉已经半月天。

　　　　　　　　和大家一起把活干,

　　　　　　　　不觉苦来只觉甜。

　　　　　　　　农业知识不简单,

　　　　　　　　我要努力多钻研。

　　　　　　　　虚心学习好经验,

　　　　　　　　决心在农村把家安。

　　　　　〔焦裕禄挑水桶上。

红　芳　爸爸,你看我栽的泡桐树行吗?

焦裕禄　（看)不行,栽得浅了。（动手另栽）

红　芳　浅了?

焦裕禄　红芳,（植树)要栽到这么深才行。（浇水）

红　芳　爸爸,为啥要栽深呢?

焦裕禄　（语重情长地)根深叶茂,长大了才能挡住风沙。

红　芳　我一定听你的话,红在农村,专在农村,在农村干一
　　　　辈子。

焦裕禄　应该有这样的决心,今后好好向你雪梅姐学习,她对
　　　　植树造林有很多经验。（挑水桶下）

红　芳　（唱）　泡桐树呀你真好,

　　　　　　　　根深叶茂风格高。

风吹雨打你不倒，

烈日曝晒不弯腰。

我要学你斗风暴，

站稳脚跟不动摇。

〔内传出雪梅的喊声："红芳，栽好了到这边来。"

红　芳　来啦！（跑下）

〔幕内传出"同志们，休息了"的声音之后，高志恒上。

高志恒　（唱）　焦书记不愧老革命，

心似烈火向阳红。

和我们一块同劳动，

不受天阴与天晴。

累得他得下肝痛病，

干活还要向前冲。

这两天他身体更消瘦，

劝他休息他不听。

抽个空写封信向上反映，

请县委调他回县城。（坐地写信，焦裕禄担水桶上）

焦裕禄　嗨，我当是谁，原来是我们的民兵连长，你一个人坐在这里干什么？

高志恒　（不高兴地）向县委写封信。

焦裕禄　有什么问题？

高志恒　焦书记，你身体不好，最近常犯病，为啥不听人劝？我对你有意见。

焦裕禄　（笑）　噢！向县委告我的状，小伙子，办事还满认真。好，把信交给我，保证投递准确。

高志恒　焦书记，你有病，为啥不住医院？

焦裕禄　小伙子，你不知道，那医院里空气闷，哪有在这广阔的田野上精神舒畅哪！来我们坐下，学会儿毛选好吧。

〔王大婶拿一梱树苗上。

王大婶	（唱）	东方发白天破晓，
		社员们防沙植林干劲高。
		我老婆已把猪喂好。
		急忙赶来送树苗。

焦书记，你怎么不休息，又来参加劳动？

焦裕禄 王大婶，你送树苗来啦！

高志恒 （向内）快来呀！王大婶送树苗来啦！

〔雪梅同男女社员们跑上喝水。

雪　梅 大婶，又麻烦你给我们来送树苗。

〔郭大娘也拿着工具上。

王大婶 这娃些，你们天不明就出工，你们看，郭大娘都来了，我咋能闲着呢？

红　芳 大娘，郭大爷有病，你怎么也来了？

郭大娘 你大爷的病好些了。

焦裕禄 大娘，你真关心咱们集体大事。

雪　梅 焦书记，你还没有休息？

高志恒 焦书记帮助我学习一会儿毛主席著作。

〔桑大伯内喊：开始干活啦！

焦裕禄 同志们，经过三天的苦战，我们平了沙丘五十个，植树八千棵，再有两天，我们的林带就和王庄接连上了。

高志恒 我们加点油，争取今天就完成。

众 好！干啦。（众拿起工具下）

〔王大婶欲下，桑大伯上。

王大婶 桑大哥，焦书记身体不好，这些天更瘦了，你劝他休息吧！

桑大伯 劝不住他呀！

王大婶 他可真是个好书记啊！

桑大伯 是啊！

（唱） 老焦他对革命忠心耿耿，

胸怀着普天下阶级弟兄。

为革命他不顾身染重病，

敢斗天、敢斗地、敢打冲锋。

除"三害"他跑遍兰考全境，

风里来雨里去察看实情。

晨披星、夜戴月、不怕寒冻，

送走了多少个黑夜黎明。

查风口封沙丘治服碱症，

为人民他出入草屋牛棚。

为兰考他费尽千辛万苦，

他就是兰考县一盏红灯。

王大婶　我们可要想办法劝他休息。

〔高志恒急上。

高志恒　桑大伯，焦书记的肝病又犯了。

〔群众拥上前去看，高志恒、雪梅扶着焦裕禄上。

焦裕禄　同志们，我不要紧，大家干活吧！

桑大伯　焦书记，你可不能再这样了，走，我送你去医院。

焦裕禄　大伯，我这病是老病了，抗一抗就过去了。

桑大伯　焦书记，你是最爱俺贫下中农，可俺贫下中农的意见，你为什么不听啊！

众　　　焦书记，我们送你到医院去看病。

焦裕禄　"三害"还没有治服，兰考人民还没有翻身，我不能放弃职责逃避困难呀！

桑大伯　焦书记，你可不能再叫我们贫下中农为你伤心啊！我套车送你住医院。

〔侯继明急上。

侯继明　老焦，刚才县委电话通知，请你回县治病。

焦裕禄　这……

侯继明　这是县委决定！

众　　　焦书记，你——

焦裕禄　好，同志们，大家要爱护身体，我很快还会到队上来的。

〔侯等扶焦下，众送。

众　　　焦书记！

焦裕禄 再见!

第七场　浩气贯长虹

时　间　两月之后。（1964 年 5 月间）

地　点　郑州医院。

〔二幕前:雷声,雨声,风声,闪电大作。医生挟着诊
断书,忧郁地走上。

刘医生 （唱）　雷声紧飞云急电掣风吼,

倾盆雨遮云天烦我心头。

实想说医得肝癌把亲人救,

两月过无成效深感内疚。

焦书记与病魔顽强拼斗,

忍剧痛不呻吟从不烦忧。

为革命学毛选卷不释手,

为兰考换新装气壮斗牛。

胸怀着千百万阶级战友,

坦荡荡无个人得失要愁。

红灿灿一颗心光洁无垢,

生与死献给了六亿神州。

看英雄想自己万端感受……

〔女护士上。

女护士 刘大夫。

〔常清理、侯继明跟上。

刘医生 什么事?

女护士 （唱）　兰考县来人探望焦裕禄。

刘医生 是由兰考来的?

侯继明 是啊,这位是我们县委副书记常清理同志。

045

刘医生	（与常握手）常书记。
常清理	医生同志，我们是受全县人民的委托专程来看望焦裕禄同志的，请你告诉我们，他近来病情如何？
刘医生	我们院党委发动了全体同志，对治疗焦裕禄同志肝病又作了最大的努力，但是……
侯继明	怎么样？
刘医生	你们请看，这就是北京和我院对他病情的最后诊断书。（递过诊断书）
常清理	（接过，念）"肝癌后期，皮下扩散。"啊！
侯继明	什么？（不相信地由常手中拿过诊断书急看）医生同志，这？
刘医生	（拿回诊断书）这是不治不症啊！
侯继明	啊！不—治—之—症，不！医生同志，我不同意你这种结论！（争辩地）"不治之症"这一道死封条，害了我多少年，害了兰考人民多少年，害了中国人民多少年。焦裕禄同志教育过我们："帝国主义、现代修正主义，咒骂我们中国建设不成社会主义，这也是"不治之症"，那也是"不治之症"！可是我们在党和毛主席的英明领导下，"不治之症"不是全都粉碎了吗？
常清理	老侯，你——
侯继明	我，我过去也曾认为兰考的"三害"是"不治之症"，但焦裕禄同志在党和毛主席的领导下，带领着兰考人民，充分调动了人的积极因素，锁住了风沙，治服了洪水，医生同志，这可是活生生的现实啊，你怎么能……
常清理	老侯，你要冷静些！
侯继明	我——
刘医生	谢谢你，感谢你对我的批评，不！感谢你对我的帮助。我们没有完成党所交给我们的任务……
侯继明	（沉痛伤感地）医生同志，我求求你，请你把他治好。我们兰考是个灾区，我们少不了这个领班人，全县三

十六万人离不开他,离不开他呀!

常清理　(深情地)人民需要他呀……

刘医生　常书记,焦裕禄同志的工作情况,在他住院时,党组织已经告诉了我们,可是要治好癌症,目前在世界医学上还是个难题。不过,请你转告兰考的群众,我们医务工作者,一定用实际行动,学习焦裕禄同志那种崇高的革命精神,来尽快攻克这个医学上的高峰。这位同志说得对,在新中国,在毛泽东思想光辉的照耀下,有六亿人民的无穷智慧和力量,一切"不治之症"的结论都是错误的,不能成立的!

常清理　医生同志,我们现在可以到病房去看看吗?

刘医生　不要忙,你们刚下车,省委和地委的负责同志来看他,刚才送走不久,需要让病人休息一下。再说你们现在带着这样伤痛的心情去见焦书记,对他的病也十分不利。院党委决定:为了减少病人的痛苦,最后诊断结论,请勿转告病人。

女护士　你们千万要镇静,不能让病人看出破绽。

刘医生　(对女护士)好啦,你带他们到办公室休息一下再去。

女护士　好吧。(对常、侯)请你们跟我来。

〔三人与刘医生分头下。

〔二幕启,焦裕禄同志的单人病房。

焦裕禄　(坐在床上,全神贯注地写文章)

〔后台歌声。

(合唱)窗棂外风雪吼烟雨浩瀚,

革命人念兰考骨肉相连。

握金笔赞舜尧三十六万,

毛泽东思想光辉照宇寰。

〔一阵风雷大作,焦裕禄放下纸笔,挣扎着走下地来,打开窗户,借着那凉润的空气,略求伸张身躯。瞬间,随着一道强烈的电光,一声震耳欲聋的响雷,大雨倾泼下来。焦裕禄在窗前挺立不动,凝望远方。他的心随着疾风早已飞到了别后的兰考……

焦裕禄　（自言自语地）一连七天阴雨，兰考的几十万亩庄稼
　　　　……（轻轻关住窗户）

　　　　（唱）　看窗外风劲吹雷鸣电闪，
　　　　　　　　缓一阵急一阵阴雨连绵。
　　　　　　　　朝夕间常把那兰考思念，
　　　　　　　　想亲人难抑制心潮滚翻。
　　　　　　　　但不知父老们身体可康健，
　　　　　　　　衣与食安排得是否周全。
　　　　　　　　一旦间洪水泄决堤泛滥，
　　　　　　　　千万亩好庄稼会被水淹。
　　　　　　　　兰考人民有困难，
　　　　　　　　还未彻底把身翻。
　　　　　　　　是党员应该赴前线，
　　　　　　　　常卧病床心不安。
　　　　　　　　但愿早日能出医院，
　　　　　　　　和群众一起夺丰年。
　　　　　　　　为祖国建设多贡献，
　　　　　　　　为世界革命把力添。

　　　　（回到床前，拿起纸笔，艰难地将身子拢近小桌，正欲
　　　　书写，肝区一阵剧痛，松手落笔。他用右拳狠狠抵住
　　　　肝部，俯弯着身子，正待捡笔时，一阵昏厥）

　　　　〔女护士堤着水壶，端着茶具盘，领常、侯破门而入。

女护士　（见状一惊）焦书记！
侯继明
常清理　焦书记！（与女护士共同扶焦躺上床）
女护士　（用手绢揩去焦额汗珠）焦书记！
焦裕禄　（逐渐苏醒过来，看到常、侯兴奋地用手拉住他们）
　　　　老常、老侯，是你们呀，快坐下来。
常清理　（安抚地）老焦啊，好点了吧！（坐在床上）
焦裕禄　我很好，同志们都好吧？
　　　　〔常清理点头示意。

〔女护士将椅子挪至床前，请侯坐下，又去倒水。

焦裕禄　这就好。老常，县上工作那样忙，你们怎么又到郑州来了呢！

侯继明　是全县人民让我们来看望你的。

焦裕禄　老侯啊，你忘啦，咱兰考是个灾区，应该首先想到为三十六万人民负责呀！你看，一见面就先批评了你一顿，哈哈，快快喝水。老常，听说豫东也下了大雨，咱兰考淹了没有？

常清理　没有。

焦裕禄　（不相信地摇着头）嗯，这么大的雨，咋会不淹，你不要不告诉我。

常清理　是没有淹，老焦啊，咱们县的排涝工程起作用啦。

焦裕禄　（兴奋地）是吗？你快讲讲！

常清理　老焦啊！

　　　　（唱）　兰考景象日日变，

　　　　　　　　人人干劲冲九天。

　　　　　　　　支渠干渠连成片，

　　　　　　　　排涝工程已修完。

　　　　　　　　任它洪水再泛滥，

　　　　　　　　也难淹没好庄田。

　　　　　　　　大地一片黄灿灿，

　　　　　　　　喜庆丰收在眼前。

　　　　老焦啊，咱兰考面貌的改变，也许会比原来的估计还要更快一些。

焦裕禄　是应该快一些啊！

女护士　焦书记，他们兰考人，可真是人人干劲大，个个硬骨头呀，如果有机会，我一定要到兰考去参观、去学习呀。

焦裕禄　我们热烈欢迎呀，请你去看看我们的泡桐林，旱涝稳产田，请你尝尝我们兰考的花生、大枣。

常清理　我们欢迎你去，欢迎全国人民都来兰考，帮助指导我们的工作。

焦裕禄　老侯,桑大伯身体怎么样? 郭大爷的病好了吗?

侯继明　他们都很好。

〔窗外风停雨歇,乌云飞散。

焦裕禄　太好了,我也希望自己能够很快出院,和大家一起参加夏收,给国家交售余粮,跟贫下中农一起,把咱们"上纲要"、过长江,建设社会主义新兰考的远景规划,再研究研究。

侯继明　老焦,这怎么能行呢? 你的病……

焦裕禄　我的病怎么样? 老常,我想问问你,为什么医生老不肯告诉我呢!

常清理　这……(语塞)

焦裕禄　怎么样? 唉?

〔场上空气顿时紧张,女护士忍不住一阵心酸,几乎哭出声来,急忙扭转脸去,提着水壶奔出病房。

焦裕禄　怎么不说话呀! ……老常,你们都是我的好战友,怎么,也不信任我了吗?

常清理　这——这是组织上的决定。(忍着极度悲痛,噙住了翻滚在眼角的泪珠,再度紧握焦手)

〔侯继明转身起来,走至窗前暗暗抽泣。

焦裕禄　(镇定地)呵,我明白了。(看见常、侯的难过样子,坚定地)不,同志们,我不相信这是真的。兰考的"三害"没有连根铲除,我没有完成党交给我的任务,我不会倒下去,老常、老侯,不要流泪,你们知道我最喜欢的是工作干劲, 最不喜欢看见别人哭。咱们要想到兰考人民,全中国人民,全世界三分之二被压迫被剥削的劳苦大众,要看到我们必将胜利的共产主义伟大事业,和一个灿烂无比的新世界。想到这些,看到这些,我们便会拥有无穷的力量,无比的幸福! 毛主席教导我们,要我们想到人民的利益,想到大多数人民的痛苦,我们为人民利益而死,就是死得其所,重于泰山。老侯同志,你说是吗!

侯继明　焦书记,你放心,我一定听你的话。

焦裕禄　不,我们都应该听毛主席的话,听党的话。兰考是个灾区,党相信我们,我们应该有决心,领导人民坚决斗争下去!

常清理
侯继明　我们决不辜负党的期望。

焦裕禄　老常呀! 前两天红芳来信,向我汇报了她在农村学习的情况,我本想给她写封回信,你们来了,就用不着写了。这是我常用的一套《毛泽东选集》,请你们交给她,教她天天读,和群众一起学,老老实实革命一辈子,作人民忠实的勤务员。

常清理　(接过书)老焦,请你放心,我一定把你的话转告给她。

焦裕禄　(取过文件)这里还有一篇没有写完的文章,请县委的同志讨论充实,把它继续写下去。

常清理　(接过文稿,念)"兰考人民多奇志,

常清理
侯继明　(同念)　　　敢叫日月换新天。"

〔窗外:久雨放晴,天空升起一道彩虹,景色异常绚丽。
室内:灯光逐渐朦胧,像花环一样的红色光圈,聚射在笑容焕发的焦裕禄同志身上,犹然一幅彩色画像。
(幕后合唱)晴空万里映彩虹,

　　　　　　一枝劲松傲苍穹。

　　　　　　一腔豪气贯五岭,

　　　　　　一片丹心照长空。

尾声　挥泪继壮志

时　间　夏收。

地　点　田野。

景　物　　朝阳升腾,万道彩霞,金色的麦海,一望无际,沟旁渠岸,泡桐林犹如条条锦带,围护着庄田,台后边树立着一杆耀眼的红旗,台右一株泡桐身上贴着标语,树下放有水桶和水碗。

〔幕启:雀鸟鸣噪,红旗招展,树枝随风摆,歌声远处来。雪梅、红芳及众女社员挥镰收割舞上。

众女社员　（唱）　风吹麦海翻金浪,
　　　　　　　　　银锄飞舞闪豪光。
　　　　　　　　　丰收的歌儿纵情唱,
　　　　　　　　　歌唱我们心中的红太阳。

〔高志恒、小刘及众男社员挥镰收割舞上。

众男社员　（唱）　彩霞万里放光芒,
　　　　　　　　　东风送来新麦香。
　　　　　　　　　声声歌唱共产党,
　　　　　　　　　领导兰考换新装。

〔男女割麦下。
〔郭大娘喜笑颜开地提罐挎篮上。

郭大娘　（唱）　兰考人一个个笑声朗朗,
　　　　　　　　兰考地迎丰收一派风光。
　　　　　　　　田野里金灿灿推波逐浪,
　　　　　　　　麦场上热腾腾红旗飘扬。
　　　　　　　　再不见凄惨惨风沙飞荡,
　　　　　　　　再不见莽沧沧一片汪洋。
　　　　　　　　再不见白茫茫茅草不长,
　　　　　　　　"三害"除众社员喜气洋洋。
　　　　　　　　咱兰考到处是丰收景象,
　　　　　　　　这都是毛主席领导有方。

〔桑大伯持鞭杆上。

桑大伯　　嗬!是郭大娘哇!看你这高兴的样子!

郭大娘　　老桑!你看这丰收的景象,教人咋不高兴呀!

桑大伯　　咱们这个灾区帽子,算是扔掉啦!

郭大娘	是呀！一看到这人欢马叫的甜日子,我就想到北京城,想到咱毛主席,想到他老人家给咱派来了个好书记——老焦……

〔歌声渐近。

〔男女社员歌声：

　　　迎丰收,心欢畅,

　　　龙口夺食斗志昂。

　　　胸怀世界为革命,

　　　你追我赶排战场。

桑大伯	哎——社员们,休息了。
郭大娘	快来呀,喝汤啦!
雪　梅	(内喊)社员们,休息哩!

〔众嬉笑地拥上,有的舀水喝,有的磨镰刀。

雪　梅	桑大伯,你们大车组全来了吗?
桑大伯	来啦! 就等你这队长下命令哩!
雪　梅	好! 等休息一会儿,组织些社员,好帮你们装车。
高志恒	(举起一束麦穗)桑大伯,你看咱们今年的麦子,一亩能打多少?
桑大伯	我看,没有两石,也在个石八九上下!

〔众大笑。

郭大娘	真要能打那么多这可要谢——
众社员	谢什么呀?
郭大娘	当然谢咱共产党、毛主席,谢咱们的焦书记呀!
桑大伯	我还当你要谢天谢地哩!

〔众大笑。

高志恒	桑大伯! 听说你明天要到郑州医院看望焦书记,是吗?
桑大伯	是啊,明天就搭火车到郑州去看他,我把这一把麦穗给他带上,教他看了高兴,把咱贫下中农要说的话全倒出来,让他代表咱兰考三十六万人民,给毛主席写上一封信,叫他老人家知道,兰考这个自古以来的灾

秦腔 焦裕禄之歌 JIAOYULUZHIGE

区，获得了从来没有过的大丰收啊！

郭大娘　队长，让红芳姑娘也去吧！

众社员　让红芳去吧！

红　芳　不，现在正是大忙时期，我不能离开"战场"，麦收后再去向爸爸汇报。

雪　梅　红芳是个好样的，不愧是焦书记的好女儿。

小　刘　（发现常清理、侯继明由远处走来）社员们，常书记和侯主任回来啦！

众社员　常书记，侯主任！（有的迎上前去）
　　　　〔常清理、侯继明上。

常清理　社员同志们！

众社员　常书记，你们回来了呀！

郭大娘　（捧一杯水）老常，快来喝杯水，歇一歇。
　　　　〔小红芳捧一杯水给侯继明。

桑大伯　老常，老焦的身体怎么样！

众社员　怎么样！

常清理　他让我们代问乡亲们好，他让我们紧紧团结在一起，永远跟着共产党走，听毛主席的话，坚决地斗争下去，建设好社会主义的新兰考！

雪　梅　我们一定听党的话，团结起来。

众社员　（宣誓似地）斗争下去！

常清理　好！（由挎包中取出用红缎包着的四卷毛选）红芳。

红　芳　常叔叔。

常清理　这是你爸爸让我带给你的一套《毛泽东选集》，他叫你天天读，和社员们一起学，老老实实革命一辈子，永远做人民的忠实勤务员。

红　芳　我一定听爸爸的话，好好学习毛主席著作，干一辈子革命，为革命献出自己的一切！（将书接过）
　　　　〔侯继明看到红芳，想到焦裕禄同志，忍不住热泪盈眶，在一旁擦着眼泪。

众社员　（见情惊疑地）啊！老侯，你怎么啦！

桑大伯　老常,出了什么事了! 快告诉我们呀!

常清理　焦裕禄同志他——

桑大伯　（有预感地）他……他怎么了啊!

侯继明　他和我们永别……（热泪一泻而出）

桑大伯　（晴天霹雳）啊——老焦啊! 你……你……
　　　　〔众悲痛地低下了头。

红　芳　爸爸!

雪　梅　红芳。（抱住了红芳）

桑大伯　老焦呀! 你是活活地……为我们兰考人民, 硬把你
　　　　给累死的呀……困难的时候, 你为我们贫下中农操
　　　　心, 跟着我们受苦, 现在我们好过了, 全兰考人翻身
　　　　了,可你……
　　　　（唱）　颤巍巍忍不住泪珠滚滚,
　　　　　　　哭一声焦书记贫农的亲人。

郭大娘　（唱）　那一年腊月天北风凛凛,
　　　　　　　地面上白茫茫大雪封门。
　　　　　　　背柴火访饥寒茅屋出进,
　　　　　　　数九天有了你大地回春。

郭大爷　（唱）　贫农们有疾病你关心慰问,
　　　　　　　披星月请医生来把病诊。
　　　　　　　探良药顾不得饥餐渴饮,
　　　　　　　忘记了你自己恶病在身。

雪　梅　（唱）　查风口探流沙你忘食废寝,
　　　　　　　冒风雨追洪水东走西奔。
　　　　　　　栽泡桐翻碱地你把力出尽,
　　　　　　　水里蹲泥里滚不避艰辛。

桑大伯　（唱）　为治沙和贫农日夜谈论,
　　　　　　　给沙丘贴膏药植树扎针。
　　　　　　　兰考县五千里留下你脚印,
　　　　　　　好书记你成了引路之神。

郭大娘　（唱）　你对那阶级敌人无限恨,

对我们贫下中农无比亲。

对"三害"死拼硬斗打头阵，

对兰考一草一木感情深。

你一心想着天下受苦人，

独独没有你自身。

现如今兰考大地似织锦，

人欢马叫乐津津。

稻谷香，麦浪滚，

泡桐成行柳成林。

滔滔洪水听指引，

洼地碱窝献宝珍。

"三害"低头归了顺，

红旗飘飘气象新。

苦尽甘来你把命殒，

怎不叫人疼烂心。

红　芳　（唱）四卷红书手中捧，

抑住悲痛血沸腾。

红　芳
小　刘　（唱）爸　爸
　　　　　　书　记　遗言千斤重，

今生永世刻心中。

一心跟党闹革命，

众社员　（接唱）把焦书记的遗志来继承。

雪　梅　（拿过红芳手中的毛选）社员同志们！这四卷红书，是老焦留给红芳的，也是留给我们大家的。毛主席的书是我们全体人民的传家宝呀！我们应该像焦书记那样，读毛主席的书，听毛主席的话，把社会主义革命进行到底！

常清理　对！我们应该以焦裕禄同志为榜样，更高地举起毛泽东思想的伟大红旗，发扬他那一心为革命，一切为人民的革命精神，永作革命硬骨头。我们要化悲痛为力量，建设好社会主义的新兰考，来支援祖国的建设,来支援世界革命。

众社员 （群情激越地）对!

众 （唱） 挥泪继承壮士志,
誓将遗愿化宏图!

〔天幕上红灯齐开,大书"向毛主席的好学生——
焦裕禄同志学习"巨幅标语醒目地映出。

——剧 终

演出单位

西安市五一剧团

海防线上

根据林荫梧、朱祖贻、单文同名话剧改编

胡文龙　执笔

张茂亭　王栖梧　改编

剧情简介

　　《海防线上》是一出反映我南海前线军民联防消灭美蒋匪特的大型现代戏。它通过我海岛渔民和人民解放军歼灭美蒋特务的斗争，表现了军民联防的巨大威力，歌颂我海岛军民的阶级警惕性和革命英雄主义精神，形象深刻地体现了毛主席的"兵民是胜利之本"和"全民皆兵"的伟大军事思想。

　　1962 年深秋的一天夜里，美蒋匪帮派遣的一架飞机在我南海上空空投之后，欲逃时被我军击落，栽入大海。与此同时，落星山顶突然出现两堆火光，给敌机指示目标，我军民便开始了警戒搜索。

　　次日，空降特务过天九（解放前是海岛上的大渔霸）和一个"哑女"化装成中医，在贾增善（过天九当年的狗腿子，被麻痹大意的渔业大队长临时派当了联络员）的带领下，来到了落星湾码头。纠查员龙大正在盘查这两个生人时，渔业大队长劳永志也来到了码头。因为他片面地强调渔业生产，忽视阶级斗争，对敌人的破坏活动未加重视。因此，对来得十分突兀、蹊跷的"针灸大夫"深信不疑，便把敌人安置在渔业大队部，准备给渔业队技术员、领航员把风湿病治好，以便有更多的人投入生产。

　　敌人混进落星湾后，拼命寻求一切可乘之机，钻劳永志要民兵全部出海的空子，并制造矛盾，栽诬陷害刚强、豪爽、公正无私、对阶级敌人仇恨最深的龙大,妄图接应美蒋匪特"八纵队"登陆,梦想在中国大陆实现反革命复辟。但是在我军民联防所筑起的强大的钢铁长城面前,敌人的阴谋终于破产。当敌人一进入落星湾,就引起了我海军观察站和落星湾民兵连的高度警惕,经过周密调查,弄清敌人真实面目,又将计就计,给敌人布下天罗地网,在敌人接应他们的"八纵队"上岸时,一网打尽。

场　目

秦腔

海防线上

HAIFANGXIANSHANG

人　物　表

辛　克　　　海军观通站站长

李小宝　　　海军观通站通讯员

劳永志　　　渔业大队长

巧　姑　　　民兵连长，劳永志妻

龙　大　　　老渔民

凤娘娘　　　渔妇

彩妹子　　　凤娘娘的女儿

秋　娘　　　民兵排长

鳗　儿　　　秋娘的女儿

女教师

王师傅　　　修船师傅

过天九　　　逃亡渔霸

贾增善

过门香

哑　女

刘大寇　　　匪特司令

海军战士、民兵、群众

第一场

〔时间:1962年深秋,午夜。

〔地点:落星湾海岔——三块礁。

(歌起)天上残云悠悠转,

　　　　海底泥虾把浪掀,

　　　　碧海长城不容犯,

　　　　军民联防保江山!

〔幕启:海面上有一座峭峦突起的落星山,山顶有石峰孤村,一块巨大的"飞来石"横卧在石峰之巅,形颇奇离。李小宝、彩妹子分别端枪站在两块礁石上监视海面。

李小宝　（唱）　夜色朦胧星月暗,

　　　　　　　　大海喧闹波浪翻,

　　　　　　　　紧握钢抢礁石站,

　　　　　　　　监视海面不偷闲!

彩妹子　（唱）　水鬼特务敢来犯,

　　　　　　　　叫他落个尸不全。

李小宝　彩妹子,天黑,海面上风大浪高,我们要严加监视。

彩妹子　放心,一根柴棒也别想混过去!

〔落星山顶突然出现两堆火。

李小宝　彩妹子,看,落星山顶起火了!

彩妹子　啊,火光!（推弹上膛）李小宝同志,你在这里警戒,我趟水过去,上落星山搜索!（跳下礁石欲走）

李小宝　彩妹子,不能冒失,得先要向联防指挥部报告。你在这里警戒,我去。（欲下）

〔辛克带几个水兵跑上。

李小宝　报告站长,落星山顶发现火光。

辛　克　看到了。

〔巧姑带几个女民兵上。

彩妹子　报告连长,(指落星山)那边出现火光!

巧　姑　火光?

辛　克　巧姑同志,刚才接到通知,陆门港以南二十公里上空,有敌机窜扰,落星山顶的火光可能是给敌机指示目标,你马上带领民兵,封锁落星山的各个山口,防备敌人空投。

巧　姑　好,(向民兵)跟我来!(急下)

辛　克　徐永庆。

水兵甲　有!

辛　克　警戒三块礁。

水兵甲　是!

辛　克　彩妹子,你也在警戒。

彩妹子　是!

辛　克　李小宝,跟我们上落星山。

李小宝　是!(跟辛克和众水兵跑下)

〔少顷,远处传来飞机声。四周灯火熄灭。哨声。海螺声。

彩妹子　(对空)啊!

(唱)　水鬼特务好可憎,

毛毛雨把泰山冲。

海里偷袭未得逞,

今晚又来空中投。

天罗地网安排定,

照例接收不领情!

(举枪对空)来吧!

〔高射炮声四起,一架敌机中弹,拖着烟火尾巴,从空中栽入大海,随之传来人们的欢呼声。

〔灯暗。

第二场

〔时间:次日早晨——中午。

〔地点:途中——落星湾码头。

〔二幕前:贾增善慌张上。

贾增善　好险呀!

　　　　(唱)　落星山顶放罢火,

　　　　　　　浑身不住打哆嗦。

　　　　　　　这事若还被识破,

　　　　　　　我的性命可难活。

　　　　　　　还有大事未办妥,

　　　　　　　接应之人无着落。(发现前边有人)

　　　　　　　那边来了人两个,

　　　　　　　先躲一旁看如何?(避躲)

〔过天九惊慌上,哑女提皮箱随后。

过天九　(唱)　昨夜空投着地面,

　　　　　　　早民联防盘查严,

　　　　　　　多亏随机来应变。

　　　　　　　才得蒙混过了关。

　　　　　　　一边走来一边看,

　　　　　　　不见内线好心烦。

　　　　哑女,这里好像无人求医,我们再往前边走吧!

哑　女　(点头)……

　　　　〔贾增善上。

贾增善　老人家,你们是干什么的?

过天九　济世救人,行医走乡,专找病人。

贾增善　我正有病求医不着心乱如麻,巧逢大夫,实在幸运!

过天九　(认出贾)你是贾……(示意哑女看人)

哑　女	（点头）……
过天九	你是贾增善。
贾增善	对,你是……
过天九	老大夫,过……
贾增善	（认出过）你是九爷。
过天九	正是。怎么不敢认了吧!
贾增善	九爷,此地不是讲话之处,我们还是设法混过码头再说。
过天九	好,哑花,走!（同下）

〔二幕启,落星湾码头。有座小桥通往班船靠岸的渡亭,有条道路通往海军观通站和落星山海峡。女民兵甲、乙上。

民兵乙	（唱）	奔跑搜索整一晚,
		把人双腿都跑酸。
		终了未见特务面,
		这才真是胡周旋。
民兵甲	（唱）	你说此话见识浅,
		不该随便发怨言。
		夜晚敌机你看见,
		怎能说是胡周旋。
民兵乙	好,算我胡说,那咱就到那边再看看去!（同下）	

〔海螺声、哨声大作。秋娘跑上码头,鳗儿端一支自造手枪跟在后面。

秋　娘	（向幕内喊）三排,到码头上集合! 快!
鳗　儿	（跟着喊）三排! 快呀!

〔彩妹子和女民兵甲、乙、丙等跑上,站起队来。鳗儿排队尾。

民兵甲	鳗儿,出去,这儿没有你的地方!
鳗　儿	不干!
秋　娘	鳗儿,站出来!（向民兵）立正!
鳗　儿	不干!

秋　娘　鳗儿,（拉鳗儿出列）向右看齐!（鳗儿又入列）鳗
　　　　儿!……向前看,稍息,（拉鳗儿）出来,鳗儿!

鳗　儿　娘!……排长,为啥不让我站队,我不是人吗? 夜里
　　　　搜山不带我,白天集合不要我,你们再不要我当民
　　　　兵,我就要告你们的状。

秋　娘　傻鳗儿,你是连部通信员,你要跟在连长后面。
　　　　〔巧姑跑上,鳗儿神气十足地站在巧姑身后。

秋　娘　报告连长,人集合好了,下令吧。

巧　姑　同志们,本来想叫你们到镇西山口去搜索,刚才二排
　　　　从那儿回来,未发现什么情况。大家先休息一会,回
　　　　头好上织网场。

秋　娘　解散。（众坐下休息）

巧　姑　鳗儿,去找龙大爸来,叫他负责检查进湾的生人。

鳗　儿　嘿,你们想把我哄进湾子,你们去上山抓特务。我
　　　　不干。

巧　姑　你不是通信员吗,怎么不服从命令,快去!

鳗　儿　是。（下）

巧　姑　彩妹子,去通知二排,休息一下到织网场。

彩妹子　是!（下）

民兵乙　阿妹,我刚才的话该没说错吧,二排也没发现什么
　　　　特务!

民兵甲　那你说咱们搜山是错了吗? 阿姐,你这思想真成
　　　　问题!

民兵乙　我成什么问题?

民兵甲　轻敌麻痹。

民兵乙　你……你怎么给我乱扣帽子?

巧　姑　你们两个怎么了?

民兵乙　连长,她给我扣帽子,

民兵甲　连长,她刚才说咱们搜山是胡周旋。

巧　姑　你是这样认为吗?

民兵乙　我是说敌机已经打落了,就再没有必要搜山。

巧　姑　同志呀！

　　　　（唱）　你可不敢那样看，

　　　　　　　搜山并非胡周旋。

　　　　　　　虽说敌机中炮弹，

　　　　　　　尚有可疑事一端，

　　　　　　　当时山顶火光现。

　　　　　　　情况复杂非一般，

　　　　　　　提高警惕严防范，

　　　　　　　不容敌把空子钻。

民兵丙　对，昨天晚上敌机是往外飞的时候打掉的。

巧　姑　是呀，这就更应该搜山了。（向众）同志们，虽然没有发现特务一个，我们不能丧失警惕。眼前生产任务也很紧，大家一边织网一边也得想着防奸防特的事，一听螺号声，就到指挥部集合，大家有意见没有！

民兵们　没有。

　　　　〔幕内传出汽笛声。广播喇叭里传出："社员同志们！陆门的班船到啦！班船靠码头喽！"接着播送《社会主义好》的歌曲。

民兵甲　班船到了！（众纷纷探头望码头）

　　　　〔劳永志扛着一筐鱼走上码头，王师傅老渔民从另一方走上。

众　人　大队长回来了。

劳永志　回来了。

巧　姑　你回来干什么来了？

秋　娘　想你了吧！

劳永志　巧姑，你们派人动身了没有。

巧　姑　干什么去。

劳永志　出海打鱼，怎么贾增善回来没有跟你汇报？

巧　姑　贾增善？他回来啦！

劳永志　派他回来调人，昨天就该到家了……

巧　姑　（向众）谁见到贾增善啦？

民兵们	没有,没有见到他的面。
劳永志	嘿,这个家伙!……
巧　姑	你怎么单单派他回来?
劳永志	我让他担任这期渔讯的联络员。
巧　姑	他怎么能当联络员?
劳永志	巧姑呀!

（唱）　　打渔紧张人手短,

　　　　　忙得实在难拉拴,

　　　　　因此才把他派遣,

　　　　　回来调人去支援。

巧　姑	家里的人也抽不开呀!
老渔民	大队长,那赶快请针灸大夫给我们治好风湿病,我们出海。
劳永志	对,巧姑,跟县里打报告请求针灸大夫的事怎么样了!
巧　姑	王书记来电话,说县里解决不了,报告转到专署去了。
劳永志	啊呀,这远水解不了近渴呀,三四个老技术员有病出不了海,耽搁多大的事啊!

〔凤娘娘喊"巧姑"急上,彩妹子追上。

彩妹子	娘!娘!……(拉凤娘娘)
凤娘娘	(甩开彩妹子)巧姑呀……哟,大队长也在这里呀……
彩妹子	(拦挡)娘,你少说封建迷信的话,你不脸红,我可脸红!
凤娘娘	死女子,你少管!
巧　姑	凤大娘,什么事?你说吧!
凤娘娘	(唱)　　彩妹子回去对我讲,

　　　　　落星山夜晚冒火光,

　　　　　又说你们要打仗,

　　　　　这件事儿非平常,

　　　　　从前老人个个讲,

　　　　　山上有个火神娘,

你们千万不敢撞，

若还冲撞要遭殃。

巧　姑　凤大娘，你怎么把从前的传说搬到今天来啦！

凤娘娘　可是昨天夜里真冒火光了！

劳永志　怎么？落星山夜里冒火光了？

巧　姑　是的。

彩妹子　娘，我不是跟你说了，那是坏蛋给敌机指目标，想空降特务。

凤娘娘　打哪儿来特务？

彩妹子　半天空，飞机上。

凤娘娘　胡说，飞机上丢下来那不摔成肉饼啦。（众大笑）

彩妹子　娘，你别说傻话了！

凤娘娘　什么傻话，不服你去试试！别说从半空，就是由房顶上跳下来也得摔散伙！

彩妹子　哪个说的？要是打仗抓特务，由山崖上跳下也不咋。

凤娘娘　你就嘴硬。

彩妹子　娘，不信，我试试你看（跑上桥头跳）

凤娘娘　算了，少耍二百五了！说正经事！

劳永志
巧　姑　你来有什么事？

凤娘娘　大队长，我还找领导有两条矛盾要解决。

劳永志　什么矛盾，你说吧！

凤娘娘　（唱）　我的那橹放当院，

昨夜突然被人搬。

巧　姑　橹丢了？

凤娘娘　是呀，它没长腿，不会自己跑的。

劳永志　还有什么矛盾。

凤娘娘　大队长！

（唱）　那个二柜贾增善，

死皮赖脸惹人嫌。

前后把我"大婶"喊，

言说和我家有牵连。

劳永志	有什么牵连?
凤娘娘	（唱） 说他和我家是同宗,
	要想往我家里搬。
	这件事儿我不愿,
	他三番五次来纠缠。
劳永志	啊呀,这些个矛盾等闲了我好给你解决。你先回去吧!
凤娘娘	好,大队长,你可要记着给我解决矛盾。（下）
巧　姑	大家先去织网场干活吧!听见哨子声赶快来集合,一定要做到生产防特两不误。（众下）
劳永志	派人出海的事怎么办呀?
巧　姑	咱们到大队部研究一下再说。
劳永志	好!（同下）
	〔贾增善走上码头张望。
贾增善	（向内）老人家,咱们到啦!
	〔过天九和哑女走上。
贾增善	你先在这里歇会儿,我去给你安顿住的地方。
	〔欲下时,龙大上。
龙　大	你们是从哪里来的?
过天九	省里来的。
龙　大	干什么的?
过天九	针灸大夫,是为老人们服务来的。
龙　大	是治风湿病的,好啊!
过天九	是随贾同志一道来的。
贾增善	（上前）龙大哥,这就是咱们要请的针灸大夫,省里给派来啦。
龙　大	好,好!
过天九	这是证明信（递给龙大）
龙　大	（接信看）嗯……（指哑女）她是……
过天九	是我的孙女,也是我的行医助手,有点残疾——哑了。

龙　大	（还信）对不起！（指箱子）看看，这是规矩。
贾增善	（阻止）龙大哥，我差一点忘了，你得赶快把湾里的三桅大船拾掇出来，回头载上妇女织网队出海。
龙　大	谁派遣？
贾增善	我……我，劳队长派我担任这期渔汛的联络员，奉他之命，回来调织网队出海……
龙　大	（抓过贾的胳膊看套在袖子上的红箍）怎么，你当了联络员？
贾增善	是呀！你还是快去拾掇船吧！
龙　大	（生气地）回头再说，（向哑女）来看看。
贾增善	龙大哥，误了出海，你可要负责。
龙　大	我负责。（欲查箱子）
	〔劳永志上。
劳永志	老贾，你跑到哪里去了，怎么现在才回来？
贾增善	我路过公社门口，碰上了省里给咱派来的大夫。（给过介绍）这就是劳队长。
过天九	劳队长，我们来得迟了吧？
劳永志	正是时候，欢迎，欢迎！
贾增善	劳队长，你看龙大哥……
	〔龙正检查哑女的箱子。
劳永志	龙大爷，你这是干什么？
龙　大	这是我的职责。
过天九	这是应该的。
劳永志	（拉龙至一旁）龙大爷，这是省里派来的大夫。
龙　大	不管是谁，生人进湾一律得盘查清楚。
劳永志	那也得分个对象。谁派你来的？
龙　大	你老婆巧姑。她派我来，我就得照办。
劳永志	好，好，你的任务完成了。（转身向过）啊呀，老大夫，我们实在慢待了，你可莫要见怪呀！
过天九	好说，好说，为人民服务，那还计较这些。
	〔过门香走上。

过门香　劳队长,你回来了,我有点事想和你商量一下。

劳永志　什么事?

过门香　队长呀!

　　　　(唱)　听说昨晚有情况,

　　　　　　　我一直守家未出房。

　　　　　　　现在大家都在忙,

　　　　　　　我在家中闷得慌,

　　　　　　　去劳动又怕闲话讲。

　　　　　　　特来和你先商量。

劳永志　你想劳动,这是好事,现在正缺人手,你还到织网
　　　　场去。

过门香　那我就去了。(走和过天九照面,一怔)

劳永志　快去,好好劳动!

过门香　是。(下)

过天九　咦,这个女人……

劳永志　跟平常人不一样是不是?

过天九　是啊……

贾增善　老大夫真有眼力,她就是跟平常人不一样,她是全省
　　　　闻名的大渔霸过天九的兄弟媳妇过门香,她男人解
　　　　放后被镇压了。

劳永志　少啰嗦几句吧,快把老大夫带到大队部的后院好好
　　　　照顾。

贾增善　是,是,请吧,老大夫。(带过天九、哑女下)

龙　大　永志,你怎么派贾增善当联络员?

劳永志　为什么不能叫他当?

龙　大　他过去是渔霸过天九的二柜呀!

劳永志　龙大爷,你怎么老是看人家不变呀!

龙　大　(唱)　螃蟹不忘横着爬,

　　　　　　　二柜哪能心不瞎。

　　　　　　　界线不清关系大,

　　　　　　　警惕不高出麻达。

劳永志　（接唱）解放后人人都变化，
　　　　　　　　贾增善处处顺着咱。

龙　大　（接唱）那得看看真和假，
　　　　　　　　伪善不分必有差。
　　　　　　　　你快把他职务下，
　　　　　　　　不然我要去告发。

劳永志　告发？

龙　王　是的。你要不把贾增善胳膊上的红布条抹下，我就
　　　　要到陆门找公社王书记告你一状。

劳永志　告状也要到渔汛过去。龙大爷，你快去把湾里的三
　　　　桅大船拾掇出来，回头载妇女织网队出海，你驾船。

龙　大　没有巧姑的话，我是不能去的！

劳永志　我是队长，你得听我的。

龙　大　嗯……

劳永志　（唱）　是社员就得听命令，
　　　　　　　　不能私自任意行。

龙　大　（接唱）检查坏人责任重，
　　　　　　　　连长再三来叮咛。
　　　　　　　　要我去除非她答应，

劳永志　你……

　　　　〔巧姑上。

巧　姑　（唱）　你们争吵因甚情。

劳永志　我打算把妇女织网队调到海上，去争渔汛尾巴，可龙
　　　　大爷说没有你的话，他不去。

巧　姑　是不能去呀！
　　　　（唱）　刚才我已向你讲，
　　　　　　　　妇女在家搞联防，
　　　　　　　　倘若人马都出港，
　　　　　　　　防特任务谁承当。

劳永志　（接唱）防特不在一半响，
　　　　　　　　海上打鱼正紧张。

渔汛尾期难松放,

转眼鱼儿会溜滑光。

增产任务你要想,

不要光顾搞联防。

| 巧　姑 | 不管怎么讲,织网队你不能调,要调也得找辛站长开支委会研究。公社党委前几天指示了,说目前联防任务紧,支部书记由辛站长代理。 |

劳永志　那就找老辛来研究。

巧　姑　他到落星山还没回来。

劳永志　唉!在这紧要关头,怎么处处别别扭扭!

龙　大　嘿,要说别扭,我这还有桩别扭的事,巧姑,他搬出贾增善来当联络员……

劳永志　龙大爷,你少唠叨两句行吗?

龙　大　要我不说,除非你把贾增善胳膊上的红布抹下来?

劳永志　算了,你别老是挡手绊脚啦!

龙　大　(气极)什么,我挡手绊脚?你……嘿!(跑下)

巧　姑　龙大爷……永志,你……

　　　　(唱)　龙大爷工作认真人夸奖,

　　　　　　　你不该冷言冷语把人伤。

劳永志　(接唱)现在工作这样忙,

　　　　　　　他却要与我胡嘟囔。

　　　　　　　生产任务完不了,

　　　　　　　这个责任谁来当。

　　　　〔辛克、李小宝和两个水兵上。

辛　克　怎么又发生矛盾了?

劳永志　老辛,上落星山了?正要找你商量一件事。

辛　克　好么。(向水兵)你先回站吧。

　　　　〔二水兵下。

辛　克　小宝,你先回去吧,落星山的情况向指导员汇报一下。

李小宝　是。(欲下)

辛　克	怎么样,肚子还疼吗?
李小宝	没什么。(跑下)
劳永志	怎么肚子疼?
辛　克	从落星山游过来,肚子受了点凉。
劳永志	正好,省上给咱派来了扎针大夫,(喊)小宝去找针灸大夫扎一下。
辛　克	(向巧姑)搜查的结果怎么样?
巧　姑	没有发现情况。落星山有什么痕迹?
辛　克	有爬过的脚印,有滑落的石头,是有人在山上活动过。看样子,火是用引线提前点着的,看来敌人很熟悉这儿的地形。
巧　姑	刚才凤娘娘报告她的橹丢了。
辛　克	哦!根据这些情况,我们再进一步追查一下。

〔水兵甲上。

水兵甲	报告,急电。(递电给辛克,辛克看)
辛　克	(向水兵甲)把电报转给指导员。(递电给水兵甲)
水兵甲	(接电报)是!(下)
辛　克	大队长,你要研究什么事情?
劳永志	海上打渔人手忙不过来,我想调妇女织网队出海协助。
辛　克	调织网队出海……大队长,这个事,回头开支委会研究后再说,陆门通报,昨天夜里的敌机在陆门以南的山里空降了特务,他们现在还在继续搜捕,要我们提高警惕。(向劳永志)你刚才说扎针大夫来到了!
劳永志	对,一个六十多岁的老大夫,还带着一个哑孙女,是贾增善在公社门前碰到的。
辛　克	贾增善碰见的?有证明吗?
劳永志	有证明,我已经看过了。
辛　克	哦!大夫!……
劳永志	怎么,你怀疑他……
辛　克	是呀,得要注意。

劳永志　唉,是一个骨瘦如柴的老头子,长了半尺长的胡子,
　　　　还能从天,天……
辛　克　看起来情况很复杂,我们到联防指挥部研究一下吧!
劳永志　对,走吧!(同下)
　　　　〔龙大生气地上。
龙　大　好气也!
　　(唱)　永志娃娃迷心窍,
　　　　　刀把竟给坏蛋交。
　　　　　联络事儿多重要,
　　　　　他却看得轻如毛。
　　　　　好心向他忠言告,
　　　　　他反说我太唠叨。
　　　　　满腹闷气该怎了,
　　　　　喝口水酒解心焦。
　　　　(走到桥栏杆处坐下掏出酒咂喝,咂了两下,酒咂完了)
　　　　〔过门香担水桶上。
过门香　龙大叔,你和谁生气了?
龙　大　(烦)少管闲事。(顺手将酒咂摔在身后,生气地下)
过门香　哼!真是不识人敬!(发现龙大丢下的酒咂,拾起)
　　　　好呀,想不到你还能回到我手啊!(揣在怀内)
　　　　〔灯暗。

第三场

　　　　〔时间:当天夜晚。
　　　　〔地点:原渔霸的后院厢房,前院已改为渔业大队
　　　　　　　队部。
　　　　〔二幕前:贾增善上。
贾增善　(唱)　刚把九爷安置好,

秦腔 海防线上 HAIFANGXIANSHANG

心里石头才算落。

为了万事都办妥，

前去再求凤老婆。

（发现有人）谁？

〔过门香上。

过门香　我！

贾增善　天黑了，你出来干什么？

过门香　心口忽然发疼，听说来了扎针大夫，想去求他医治，二掌柜，大夫……

贾增善　什么年月，还把我叫二掌柜。

过门香　此地并无他人呀。

贾增善　以后不许你胡叫，我早已和你划清了界线，背叛了我原来的剥削阶级立场。

过门香　可是你上午带来的那个老大夫他……

贾增善　他怎么样？

过门香　他面也熟呀。

贾增善　人家是由省上来的，你在哪里见过？

过门香　这就说不上来了，他在哪里住着？我去看病，顺便再去看看他。

贾增善　大夫刚到，晚上要休息，有病明天再去吧。

过门香　心痛难忍，求医甚切，今晚必须前往。

贾增善　那里人多，我劝你莫要惹是生非。

过门香　那就明天去吧。（下）

贾增善　看来这个婆娘认出了九爷，我去先给九爷招呼一声。（下）

〔二幕启：过天九和哑女已被安置在渔业大队部后院厢房，房内陈设简单，有小门通往屋内，正面窗外，古树摇曳，渔灯高挑枝头，院内被照得非常明亮，相比之下，显得室内暗淡无光，歌声起：

朗朗星月挂天上，

金波彩霞落海洋。

三面红旗照路亮，

渔家扬帆奔天堂。

人民救星共产党，

毛主席胜似亲爹娘。

〔哑女靠窗窃听，不时瞟着室内，神情有些惶惑，过天九由室内走出。

过天九　（唱）　听歌声真叫人心神惶荡，

这一伙穷渔民实在猖狂。

过九爷扮就了大夫模样，

料尔等难识破我的行藏。

趁机会调兵马大陆来上，

复旧业霸渔港重镇一方。（转身见哑女神色不对）

嘿，你听什么？小心中毒着！记住，你母亲就是让他们活活埋掉的。去，把药箱取来。

〔哑女点头，进室内取出药箱交过。

过天九　我去外边看看，你在这里可要注意来人。

〔哑女点头。过天九下。

〔幕后一笑闹声，鳗儿吃着油饼跑进室内，哑女闪到一旁。

鳗　儿　这儿有水没有？（说着拿起桌上的碗舀水就喝，发现哑女）啊！我怎么跑到这儿喝水，你们是客人……

哑　女　（作手势）"坐下，玩玩。""吃吧。"

鳗　儿　我不要，我们有，你吃这个。（递一个油饼给哑女）

哑　女　（作手势）"我不饿。"

鳗　儿　你多大岁数？

哑　女　（摇头）"我不懂"（写字问鳗儿）"你念过书吗？"

鳗　儿　你问我念过书吗？我念过。（点头）

哑　女　（作手势）"我写，你来认认。"

鳗　儿　你要考我？好，来吧！

〔哑女在桌上写字。

鳗　儿　虎,老虎的虎。(装老虎势,学虎叫)

　　　　〔哑女点头,又写。

鳗　儿　头。(用手指头)

　　　　〔哑女点头,又写。

鳗　儿　沙。虎、头、沙。哦,你问虎头沙?是个地名。

哑　女　(作手势)在哪里?

　　　　〔鳗儿摇头。

　　　　〔哑女又写。

鳗　儿　在哪里?你问虎头沙这个地方在哪里?我不知道,
　　　　我给你打听打听吧?

　　　　〔哑女摇头。

鳗　儿　不要问?

　　　　〔哑女摇头并堵耳朵。

鳗　儿　噢,你听不见。

　　　　〔秋娘上,喊:鳗儿。

鳗　儿　(应)妈,我在这儿。

秋　娘　你跑到这儿干什么来了?

鳗　儿　她在考我认字哩。

秋　娘　(向哑女打手势)姑娘,你还不歇呀?老大夫呢?

　　　　〔哑女指室外。

秋　娘　出去了,你爹妈呢?(打手势)爹、妈,爹妈呢?

哑　女　(作手势)"死了。"

秋　娘　噢,都死了!唉!没爹没娘的多可怜啊,你歇吧,鳗
　　　　儿,走!(拉鳗儿出来)

鳗　儿　娘,你知道虎头沙在哪儿吗?

秋　娘　你问虎头沙干啥?

鳗　儿　小哑巴问我的……(二人边说边下)

　　　　〔过天九紧张地走上。

过天九　(唱)　假装看病出外看,
　　　　　　　四下岗哨盘查严。
　　　　　　　提上药箱往回转,

　　　　且等机会显手段。（进内，哑女正在收拾桌上）
有人来过吗？

〔哑女点头。

〔辛克、巧姑上，李小宝捧着肚子上。

巧　姑　（向幕后喊）秋娘嫂子，把人带去上岗吧！

〔过天九在一旁惊拉哑女走进内室，秋娘走上向辛克
耳语几句后下。

巧　姑　老大夫睡了没有？

〔过天九上。

过天九　没有，没有，有什么事呀？（哑女随后走出）

巧　姑　老大夫，我是民兵连长，也是大队的招待员，今天一
天事忙，没来招呼，实在怠慢。

过天九　怠慢？哈哈哈！大队长已经安排好了，连长又亲自
来……真是，海内存知己，天涯若比邻。（指李小宝
和辛克）这两位同志是……

巧　姑　他们是海军。（指李小宝）他今天下海游泳受点凉，
肚子疼得厉害，吃药也不管用，听说来了针灸大夫，
他们连夜跑下山来，登门求您。

辛　克　老大夫，接待你，我们落后，可是找你的麻烦，我们当
先，打了头阵。

过天九　毫无问题，马上诊断，（对哑女比划）"准备医具。"

〔哑女点头，进门，巧姑随着也走过去。

过天九　（向李小宝）同志，你躺上，让我摸摸脉。

李小宝　好！（躺下，过天九为摸脉）

〔哑女端盘出，巧姑亦出。

巧　姑　老大夫，床上怎么没铺草？太薄了吧，回头我叫人再
给你送点铺草来。

过天九　用不着麻烦你，大队长已经给贾同志说过了。

辛　克　老大夫，（指室内）他是什么病？

过天九　哦，感受寒气，不要紧，一针见效，（向李小宝）怕
针吗？

李小宝	针有什么可怕？拼刺刀也不含糊,往哪儿扎?
过天九	中腕穴位。
李小宝	哪儿?
过天九	肚子正中央。
李小宝	（拉起衣服）来吧!
过天九	好,倒是拿枪杆的,（从哑妇托着的盘里取针扎。巧姑和辛克交换眼色,仔细观察着,针被慢慢捻了进去）要行针三分钟,（向巧姑、辛克）你们请坐吧。
巧　姑	老大夫,你的介绍……
过天九	有、有,大队长已经看过了。（交出）
巧　姑	（接过）我们收着吧,等你走时,我们也好照着开信。
过天九	好,好。
辛　克	老大夫是从省城来的?
过天九	是的是的。
辛　克	在省城哪个医院工作?
过天九	年龄大了,政府为了照顾我,让我在漂水路自己挂牌,好在同是为人民服务,也就没公啊私啊的顾虑了。
辛　克	那么老大夫这次爬山涉水来到渔村,也不觉累吗?
过天九	唉! 这两年是有些不行了! 可是听说这里求医不着,盼望甚急,自己也就顾不得许多,拼上老命,来为大家治病,累死了,也就死而后已了。
辛　克	老大夫这种服务精神,真是令人佩服。
过天九	不敢当,不敢当。
辛　克	（掏出香烟）请抽一支吧。
过天九	（谢绝）不会,（示意哑女给辛克点烟）同志,听你口音,也是本省人?
辛　克	你的耳音还不错呀?
过天九	府上哪里?
辛　克	地名很奇怪,（哑女给辛克点烟）叫虎头沙,（哑女一惊,火柴落地）喂,火柴……

〔哑女急掩饰,装作是烧了手。

过天九　同志,小孩子无才,笨手笨脚,请勿见笑。

辛　克　没有什么。

巧　姑　老大夫,(指哑女)她今年多大了?

过天九　二十三岁了。

辛　克　她是自小哑了,还是半途哑了?

过天九　唉! 自小就哑了! 这也该如此!

李小宝　大夫。

过天九　啊,啊,看,话说得投机,把病人给忘了。(将针拔出)

李小宝　(站起,跳了跳)咦,真见鬼,一针扎过,不疼了。

过天九　啊,谢谢你,老弟,有你这句话,我就放心了。

　　　　〔哑女收拾医具进内。

辛　克　老大夫真是妙手回春,针到病除。

过天九　过奖,过奖。

辛　克　老大夫,诊疗费多少?

过天九　什么话,还能收解放军的诊疗费,走你们的。

辛　克　那就谢谢了。

李小宝　老大夫,你看我能学学这个吗?

过天九　你,学过医吗?

李小宝　当过几天卫生员。

过天九　好,有志者事竟成,只要你学,我定传艺。

李小宝　说定了。

过天九　你有时间就来吧。

巧　姑　老大夫,有什么困难,只管说吧,我们解决不了,辛站
　　　　长还可以帮忙。

过天九　没有,没有。

辛　克　那我们就不打扰了。

　　　　〔过天九送三人走后,才松了口气。

过天九　(唱)　深夜让我把病看,
　　　　　　　　分明是来把我盘。
　　　　　　　　不是我把本领显,

险些露出大破绽。

〔贾增善抱着铺草上。

过天九　谁呀？

贾增善　我，老大夫，大队长让我给你送铺草来了。（向外望了望）

过天九　哑花。

〔哑女走出，过天九示意到外边放风。

〔哑女点头。

过天九　没露出什么马脚吧。

贾增善　放心，九爷，你要不说穿，就连我也认不出你就是当年的过九爷。

过天九　（捋着胡子）看不出还不满五十岁吧？

贾增善　少说也有七十，就凭这把胡子，谁也不会信你是昨晚从天上掉下来的。

过天九　哼哼！十几年来，三次经受美国人的特别训练，留起了它改头换面，为的就是今天，他们怀疑我的身份吧？

贾增善　没有，没有，不过，他们把你安排在这里，人来人往，不方便吧？

过天九　不方便就作不方便的文章，干脆敞开，也免得他们怀疑，哎，听说外连嚷嚷什么落星山的火光是怎么回事？

贾增善　九爷呀！

（唱）　若非山顶那火光，

　　　　昨晚你难避祸殃。

　　　　那火是我亲手放，

　　　　声东击西作文章。

过天九　怎么那火是你放的？

贾增善　是我放的。

过天九　呸！

（唱）　你小子干此事实在混蛋，

不该在落星山自把火玩。
那里是八总队登陆地点，
这一下叫共党防守更严。
十年来莫非你已把心变，
想出卖过九爷另投靠山。

贾增善　九爷，你可不能冤枉我呀！
（唱）　你居海外十多年，
我的苦处说不完。
白天想来夜里盼，
盼望大陆早变天。
听说台湾人上岸，
我才跑上落星山。
偷偷摸摸把火点，
为把他们视线牵。
不料把你计划乱，
还望九爷把我宽。

过天九　可你两堆火，把我接应登陆的计划全烘乱了！

贾增善　你说该咋办？

过天九　能不能把落星山的火光平息下去？

贾增善　这……就怕那姓辛的！听说昨天夜里，他带人上落星山，今天才游水回来。

过天九　姓辛的，是不是那个辛站长？

贾增善　是的，他是这里海军观通站站长。

过天九　啊！这么说，刚才来过的就是他？……山上冒火光，湾里来大夫，这是大暴露！（抓住贾增善摇晃）你他妈的，差点把我交给他们。嘿，立足未稳，就得赤膊上阵！（思索）我的兄弟媳妇是红是白？

贾增善　谁？

过天九　过门香。

贾增善　啊，你不提起，我倒忘了，她刚才还要来找你治病，我把她挡回去了。

过天九　找我治病,她究竟怎么样?

贾增善　她呀!自从十爷被镇压……不,归西之后,十多年来,她不哼不哈,是红是白,很难断定。

过天九　嗯……

〔哑女在外示警,过天九让贾增善避入内室,自己坐下佯装看书。

〔过门香上。

过门香　老大夫,我来求你治病。

过天九　对不起,我明天才开始行医。

过门香　我就今晚有空,求求你。

过天九　什么病?

过门香　心口疼。

过天九　你这病拖累了十几年了吧?

过门香　这病除开你这路大夫,谁也治不了。

过天九　弟妹?

过门香　九哥!……(倒退了几步)

过天九　怎么?有了它(摸须)……不敢认了?

过门香　真是你呀,九哥!

过天九　谁叫你来的?

过门香　你兄弟的阴魂叫我来的。过门两家的产业叫我来的(掏出一包契约)这埋了十三年的船契、地契、人头契叫我来的!

过天九　谁告诉你我回来了?

过门香　眼,就是码头上那一眼。

过天九　哦,好眼力,好记性,你来干什么?

过门香　九哥,赶紧离开落星湾吧!

过天九　为什么?

过门香　(唱)　最近这里大变样,

　　　　　　　共党动员搞联防。

　　　　　　　盘查生人不松放,

　　　　　　九哥呀!

你这是飞蛾扑灯自找灭亡。
劝你赶快别处往，
留下性命来日长。

过天九　哼！

（唱）　败兴话儿你少讲，
我自有妙计胸中藏。
你真是鼠辈无胆量，
竟把仇恨全忘光。

我来问你，你可记得这哗啦啦的银海、黑油油的宝山、乌压压一片庄宅楼阁，都是我们过门两家的祖业！

过门香　记得！

过天九　你可记得，那一人之下、万人之上的日子？

过门香　记得。

过天九　你可记得，你在落星湾，也是一声咳嗽，百里震荡的身价？

过门香　记得。

过天九　你可记得，把你捧上条案，让你掌管大印的过家十爷？

过门香　记得。

过天九　大概也还记得，当年过家的家法吧？

过门香　啊，九哥呀，我可是用心十三年啦，十三年，过门两家的人，我天天想他十八遍；过门两家的一砖一瓦我天天想它十八遍；一个个闹翻身的穷老大，我也天天想它十八遍。十三年来，我时刻都在盼着鱼龙变化的一天，好看那些穷鬼们人头落地、血染沙滩，我……我早就恨不得张口吃人呐。

过天九　用不着这么张牙舞爪，现在只要你替我干一件事。

过门香　干什么？

过天九　今晚二更，夹一捆干柴，带一瓶火酒，到落星山顶点起两堆火。

过门香　点火。

过天九　为过门两家，抖起胆量走一趟。

过门香　这……

过天九　怎么？怕火烧身？（把手插进口袋，要掏凶器）

过门香　我去，我去。（欲下）

过天九　慢，你知道，落星湾从前见过我的人还有哪个？

过门香　龙大，龙大不是见过你一面。

过天九　就是被我吊上桅杆的龙大？

过门香　是他。

过天九　（一惊）好险啊！

过门香　他带头分了过家的房，夺了过家的船，（掏出酒哂）
　　　　拿了过家的银器喝翻身酒，还刻上了他龙大的名字。

过天九　这东西又如何到了你手？

过门香　中午他放在地下忘了。

过天九　（接过酒哂）龙大，好，就用它装上火酒（倒酒精入
　　　　哂，递还过门香）揣在怀里，带下山来，到时候一口
　　　　咬定龙大，栽他个赃证确凿、有口难辩。

过门香　懂得。

过天九　记住，从三块礁上岸，到时候有人接你脱身。快走。
　　　　〔过门香急下，贾增善从内走出。

贾增善　九爷，时候不早了，我要走了。

过天九　慢着。

贾增善　有何吩咐？

过天九　（唱）　九弟妹是个惊弓鸟，
　　　　　　　　留下恐怕是祸苗。
　　　　　　　　设法把她先干掉，
　　　　　　　　今晚你去三块礁。（掏无声手枪给贾增善）

贾增善　这……

过天九　不要怕，无声的，记住，趁退潮，把现场弄干净。

贾增善　是。

过天九　现在先设法把夜间岗哨拔掉。

贾增善　这个我自有办法。

过天九　（耳语）……

贾增善　是,是。（点头）

过天九　去吧。

贾增善　好。（下）

过天九　姓辛的,我叫你蒙在鼓里听打雷。

〔灯暗。

第四场

〔时间:当天深夜。

〔地点:落星湾海岔——三块礁。

〔二幕前:过门香急上。

过门香　（唱）　今夜见了九哥面,

　　　　　　　　又是喜来又是烦。

　　　　　　　　喜的是过家人回转,

　　　　　　　　烦的是重担落上肩。

　　　　　　　　九哥交代事一件,

　　　　　　　　要我去上落星山。

　　　　　　　　偷偷摸摸把火点,

　　　　　　　　不知用的啥机关。

　　　　　　　　有心不去他变脸,

　　　　　　　　过家法规难戏玩。

　　　　　　　　硬着头皮只得干,

　　　　　　　　哪怕脑袋把家搬。

　　　　　　　　趁岗哨正往东边看,

　　　　　　　　我从西边溜出湾。

　　　　　　　　天黑道路难识辨,

　　　　　　　　叫人心里好胆寒。

但愿苍天睁善眼,

保我此去得安全。(下)

〔二幕启:彩妹子持枪站在一块礁石上,面朝喧哗的大海,少顷发现有动静。

彩妹子 哪一个?

〔贾增善持木棍,抱一件外衣走上。

贾增善 我,彩妹子。

彩妹子 干什么来了?

贾增善 (唱) 听说轮你把哨站,

前来给你送衣穿。

彩妹子 谁让你来的?

贾增善 (唱) 大婶特把我派遣,

也是表我心一番。(给彩妹子披衣)

彩妹子 你到底来干什么?(甩掉衣服)

贾增善 唉!我想和你商量一下合家的事。

彩妹子 你妄想,谁不知你过去是个二流子!

贾增善 那是过去的事了。

(唱) 解放后我大改变,

你咋老把过去翻。

咱们本是一祖先,

曾经同乘一条船。

望你能够行方便,

两家合一理不偏。

互相都能来照管,

各种好处说不完。

彩妹子 (唱) 任你好话说千遍,

要想合家难上难。

休再磨牙少装蒜,

赶快给我滚一边。

贾增善 你不同意有你不同意在,何必动恁大肝火?

〔落星山突然着起两堆火光。

彩妹子	火光。
贾增善	又冒火光啦,快去报告,不然要挨批评了。
彩妹子	这儿咋办呢?
贾增善	不怕,有我手里这条棍,神鬼休想逃过,快去,彩妹子。
	〔彩妹子跑下,复又跑上。
彩妹子	不行,还是你回去报告。
贾增善	怎么又回来了?
彩妹子	我的班,不能随便离开岗位。
贾增善	唉呀,这不是出情况了嘛,我这老胳膊老腿,等跑到就耽搁了大事,你只管回去吧,这儿有我。
	〔彩妹子犹豫了一下终于跑下,幕内传出哨音、海螺声、呐喊声,贾增善掏出枪对着海,欲扣板机又停。
贾增善	别把我搭赔进去了。(收枪,抄起木棍,过门香从海滩爬上欲跑)
贾增善	站住。
过门香	是你,我该往哪里走?
贾增善	想走?……反革命!(以棍拦路)
过门香	你也敢拦老娘的路?闪开。
贾增善	你……跑不了啦,看棍!
过门香	(避开)好啦!你既无情,休怪老娘无义,(掏出匕首)这口刀就拿你开口!
	〔二人搏斗,贾增善被过门香用刀划破额角,贾增善又掏枪欲扣板机时。
过门香	(大喊)是龙大让我干的!是龙大,龙大……
	〔彩妹子跑上。
彩妹子	谁叫喊?(过门香跑)
贾增善	彩妹子,快开枪,打死这反革命,火是她点的。(彩妹子要追)追不得,她身上有家伙,快开枪。
彩妹子	反革命,你跑!(一声枪响,过门香倒下)
	〔辛克、李小宝和水兵跑上。

辛　克　谁打枪？

彩妹子　我，点火的反革命抓住了。

辛　克　人呢？

彩妹子　想跑，我一枪撂倒了。

辛　克　（向水兵）四面搜索，包围现场，加强对面监视。

众水兵　是。（四散搜索）

李小宝　报告站长，打死的是渔霸的老婆过门香。

辛　克　怎么打死了？

李小宝　彩妹子，为什么不抓活的，把她打死呀？

彩妹子　她跑呀。

贾增善　（捂住头上伤）嗳哟……臭婆娘，真是反动透顶……多亏彩妹子赶回来，要不然我就革命到底啦……彩妹子开枪是万不得已，贼婆娘身上有家伙。

辛　克　彩妹子，此地谁的岗哨？

彩妹子　我。

〔劳永志、巧姑、秋娘、民兵们上。

劳永志　怎么回事？

贾增善　大队长呀！

（唱）　彩妹子在此把岗站，

　　　　我来给她送衣穿。

　　　　山顶火光又出现，

　　　　她去报告未拖延。

　　　　留我在此仔细看，

　　　　过门香涉水到这边。

　　　　见她我就红了眼，

　　　　拿上棍子先阻拦。

　　　　那婆娘来势多凶悍，

　　　　掏出刀子明闪闪。

　　　　我就和她拼命干，

　　　　险些一命归了天。

　　　　千钧一发正危险，

彩妹子赶回到此间。

贼婆娘一见就逃窜,

彩妹子一枪她命完。

劳永志　没看出过门香这个婆娘还这样顽固,真是阶级本质
　　　　难改。

贾增善　大队长,拦挡过门香,我头上还受了伤,你看。

劳永志　你做得对,可是彩妹子,你怎么就开枪把她打死了,
　　　　要是有什么牵连,不是叫你这一枪打断了,老辛,
　　　　你看?

辛　克　正在长潮,她怎么过的海峡?

众　人　是呀。

　　　　〔一水兵上。

水　兵　报告站长,海里漂一条舢板,拖上来了。

　　　　〔另几个水兵将舢板拖上,船头现于人前,湾里的群
　　　　众也起来。

劳永志　谁的舢板?

秋　娘　(看船头)咦,这不是龙大爷的舢板吗? 天天上锁,
　　　　她怎么弄到手的?

贾增善　是龙大哥的吗? 不像吧!

王师傅　就是龙大的,他使的就是这条翘头舢板。

贾增善　(提醒)彩妹子,当时贼婆娘好像还喊什么? ……

彩妹子　喊的是龙大爷。

劳永志　什么?

彩妹子　喊的是龙大爷。

巧　姑　你听准了?

彩妹子　听准了。

劳永志　听准了?

彩妹子　听准了。

凤娘娘　彩妹子,你可别胡说?

彩妹子　我是听准了。

辛　克　老贾,你听到什么?

贾增善	也好像听到喊的是龙大。

〔龙大略带酒意和老渔民同上。

龙　大	出什么事了？
巧　姑	（拉龙大到过门香前）龙大爷，你看看。
龙　大	是这个臭婆娘！死得不亏。
劳永志	龙大爷，你看这是谁的舢板？
龙　大	（看舢板）嘿，怎么是我的？
劳永志	龙大爷，这到底是怎么一回事？
龙　大	心里烦闷，喝了点酒，忘了锁上舢板。

〔众议论。

劳永志	唉！龙大爷……
贾增善	龙大哥，那婆娘临死前还喊你的名字哩。
龙　大	（怒）你胡说什么？
贾增善	这是彩妹子亲耳听到的。
彩妹子	龙大爷，是喊你的名字。
贾增善	这该不是我胡说吧？
辛　克	老贾，你负了伤，先回去休息。
贾增善	好。（下）
王师傅	龙大哥呀，你……唉！
龙　大	你们疑惑我龙大和那臭婆娘搞鬼？
劳永志	那你把眼前的事说个名堂。
龙　大	我……没啥说！

〔众议论，过天九急上。

过天九	听说有人出血了，还有救吗？我来迟了。
劳永志	嘿，四类分子跟我们搞阶级斗争。
过天九	（看过门香）这不是白天看到的渔霸婆娘吗？真是江山易改秉性难移啊！还有气吗？摸摸前心，稍有气，再行急救。
辛　克	（向李小宝）摸摸。（李小宝摸摸从过门香身上摸出酒哑）
李小宝	站长，这是什么？

辛　克　（看酒咂）酒咂……哦,装过引火燃料,(发现酒咂上刻有名字)"龙大",是龙大爷的。

劳永志　（接看）龙大爷,你的酒咂怎么也……

龙　大　嘿!……

王师傅　龙大哥,这是怎么回事? 你说嘛!

龙　大　是我白天丢在码头上……

众　人　丢在码头上。

王师傅　怎么又偏偏叫过门香拾去,这是怎么回事? 龙大爷你说吧。

龙　大　话说完了,还说什么?

秋　娘　我就不相信,龙大爷能跟那臭婆娘有啥牵连?

彩妹子　可是酒咂、舢板都是他的。

民兵甲　临死还叫他的名字。

〔过天九下。

彩妹子　这是怎么回事?

王师傅　是不是有人陷害他?

老渔民　是啊,贼咬一口,入骨三分。

众　人　龙大爷,你说个明白吧!

〔龙大不语。

凤娘娘　唉! 龙大哥呀!

（唱）　你为何低着头不把话讲,
　　　　难道说过去苦全部忘光。
　　　　过门香贼婆娘人心早丧,
　　　　你竟然敢和她暗中勾当。
　　　　眼前的赃证在你快认账,
　　　　要不然不会有好的下场。

辛　克　（唱）　凤大娘你先别随便乱讲,
　　　　龙大爷不会是那样心肠。
　　　　一盆浆搅不浑大海清亮,
　　　　一片云难遮住火红太阳。
　　　　乡亲们且先回莫可吵嚷,

这件事一定会弄出名堂。

是鱼虾是海怪终要落网，

是好人绝不会遭受冤枉。

乡亲们，先回去吧！

〔众欲下时，龙大突然上前抓住辛克。

龙　大　辛站长，上有共产党毛主席，下有同舟共济的乡亲，你们伸手掂掂龙大的分量，睁眼看看龙大的心，辛站长，明断吧！

〔灯暗。

第五场

〔时间：次日黎明。

〔地点：途中——劳永志家中。

〔二幕前：贾增善上。

贾增善　（唱）　九爷妙计用得诠，

一箭双雕真不凡。

昨晚事情尚如愿，

龙大果然受牵连。

浑身是口也难辩，

人证物证都齐全。

只要除去这祸患，

一切事情都方便。

放心不下前去看，

假装慰问走一番。

顺便再将情况探，

要让海湾早变天。（下）

〔二幕启：有两间房子的门窗可见。正面房子是劳永志和巧姑住用，侧面房子由龙大住用。院里挂有补好的网。龙大一个人坐在院里抽竹筒水烟袋。

龙　大　（唱）　云雾层层天色暗，

　　　　　　　　怒火不住心头翻。

　　　　　　　　贼妇用我小舢板，

　　　　　　　　临死又把我牵连。

　　　　　　　　虽然有口难分辩，

　　　　　　　　不由叫人暗盘算。

　　　　　　　　扎针大夫好面熟，

　　　　　　　　往事好像在眼前。

　　　　　　　　那日码头遇一面，

　　　　　　　　叫我想起过霸天。

　　　　　　　　莫非老贼真回转，

　　　　　　　　暗中给我施手段。

　　　　　　　　我受屈冤事情淡，

　　　　　　　　敌钻空子事关天。

　　　　　　　　这件事儿我得管，

　　　　　　　　先找老辛去商谈。（欲下）

　　　　〔秋娘上。

秋　娘　龙大爷，你一夜都没合眼，这时又上哪里去？事情有
　　　　事情在，你再莫要胡思乱想了。肚里没冷病，不怕吃
　　　　西瓜。你还是回房睡一会儿吧！

龙　大　叫我睡觉？

秋　娘　是呀！

　　　　（唱）　你又咳嗽整一晚，

　　　　　　　　不睡会把疾病添。

　　　　　　　　事情迟早能明辨，

　　　　　　　　你要先把心放宽。

龙　大　（唱）　这些你且莫要管，

　　　　　　　　有件大事须了然。

　　　　　　　　你可见过一人面？

秋　娘　谁？

龙　大　　（唱）　就是陆门过霸天。

秋　娘　　过霸天？

龙　大　　就是那过天九！

秋　娘　　过天九？

龙　大　　你娘家不是在陆门港？

秋　娘　　是哪。

龙　大　　陆门渔霸过天九要是活着，该有多大岁数了？

秋　娘　　龙大爷，你好好的，提这个贼干啥？

龙　大　　这你先莫管，他该有多大岁数？

秋　娘　　你叫他抓住那年，正是他回陆门过三十五大寿，今
　　　　　　年……快五十了。

龙　大　　（自语）快五十了……你见过那个杂种没有？

秋　娘　　没有，他一直蹲在上海，常不回来，就是回来穷渔户
　　　　　　谁能见上他，我小时记着陆门有一个歌。

龙　大　　什么歌？

秋　娘　　过阎王，鬼无常，谁要见面遭大殃，翻翻朱砂掌，人头
　　　　　　滚下岗。

龙　大　　朱砂掌？……

秋　娘　　人说他右手心长一块朱砂红痣。什么一掌定乾坤，
　　　　　　翻手雨覆手云，拍拍桌子要杀人。

龙　大　　好，这就好办了！（欲下）

秋　娘　　龙大爷，您又去哪里？

龙　大　　找辛战长。

秋　娘　　他下半夜下陆门港去了，巧姑也查哨去了，有什么话
　　　　　　等他们回来再说。快到屋里睡一会吧！

　　　　　〔秋娘推龙进屋。贾增善悄悄上。

贾增善　　（唱）　一要龙大押法院，
　　　　　　　　　　再要民兵都离湾。
　　　　　　　　　　进得门来留神看，
　　　　　　　　　　人都跑到哪一边。

　　　　　　龙大哥！……龙大哥！

秋　娘　（出）喂，老贾，你有伤，不在家歇着，一早跑出来
　　　　　干啥？

贾增善　睡不着啊……你说，龙大哥凭空招来无妄大祸，……
　　　　　没送法院吗？

秋　娘　怎么，你盼他坐牢？

贾增善　这是哪里话呀！

　　（唱）　龙大无白受牵连，

　　　　　　我的心里也不安。

　　　　　　放心不下把他看，

　　　　　　你咋把我好心冤。

秋　娘　龙大爷很好，用不着你操心，干你的事去吧！

贾增善　我还问劳队长，今天调不调人出海？

秋　娘　他没有在家。

　　〔劳永志上。

贾增善　大队长，正要找你……

劳永志　什么事？

贾增善　我来看今天出海不？

劳永志　你受了伤，留在家里养伤。

贾增善　不能啊，出海我得去，我要学习解放军的轻伤不下
　　　　　火线！

劳永志　算了吧！大队决定你留下养伤！……今天你就搬到
　　　　　凤大娘的楼上去。

贾增善　那……

劳永志　大队决定让她照料你的伤，你搬去也方便，快搬去！

贾增善　唉！唉！（下）

秋　娘　怎么让他搬到凤大娘家住？

劳永志　大队决定的。你去通知织网队，回家收拾东西，做好
　　　　　出海准备。

秋　娘　咦，出海的事，听巧姑说支部没有决定呀！

劳永志　我已经给公社打了电话，公社党委正在跟武装部研
　　　　　究，叫你们得先做好准备，免得电话来了，又得着忙

呀，你去通知吧！

秋　娘　对！（欲下）

　　　　〔巧姑上。

巧　姑　慢点，（向劳永志）你又要干什么？

劳永志　让她通知织网队，做好出海准备。

巧　姑　支部没有决定呀！

劳永志　我已经把情况直接向公社党委汇报了！

巧　姑　党委同意了？

劳永志　党委说跟武装部联系后再说。

巧　姑　公社党委还没有同意，怎么就叫准备出海呢？不行，
　　　　秋娘嫂子你去让大家一边织网，一边开诸葛亮会，讨
　　　　论这两天的情况。

秋　娘　唉！（欲下）

劳永志　慢着！（向巧姑）你是成心顶牛啊！我只是叫早做
　　　　准备，是怕电话来了措手不及，误大潮，一寸光阴一
　　　　寸金，秋娘嫂子，还是照我的话办！

巧　姑　不行，公社党委没有同意之前，得坚决执行支委会决
　　　　议，秋娘嫂，照我的话办！

秋　娘　对。（下）

劳永志　（喊）秋娘，秋娘！

巧　姑　她已走得远了。

劳永志　巧姑呀！

　　　　（唱）　你也要为生产想，

　　　　　　　海上目前正紧张。

　　　　　　　若不赶快去海上，

　　　　　　　万担鱼儿会滑光。

巧　姑　（接唱）你为啥只把鱼儿想，

　　　　　　　眼前敌人正嚣张。

　　　　　　　接二连三把火放，

　　　　　　　龙大爷无白遭冤枉。

　　　　　　　若是民兵都出港，

       防特任务谁担当。

       倘若敌人把岸上，

       生产也会全部光。

       加强联防不松放，

       生产才会有保障。

       劝你要从大处想，

       不能只看鱼儿筐。

劳永志　（唱）　我是渔业大队长，

       任务落在我肩膀。

       渔汛尾巴抓不上，

       大家埋怨得我当。

    不行。这阵子生产的家还得我当。

巧　姑　你是应该当家的，可是支委会的决议你不能随便改变。

   〔彩妹子背着背包提着枪跑上，女民兵们都背背包随上。

彩妹子　大队长，织网队要出海打鱼吗？

劳永志　对……喂，谁让你们打起背包啦。

彩妹子　联络员，老贾，他让阿妹通知，说是大队决定。

劳永志　这个家伙！……他受了伤，联络员免掉了，往后不听他咋呼！

彩妹子　（向民兵）去，快把背包放下去。

劳永志　不要放，打好就先背着，听海螺声集合！

   〔民兵们欲下。

巧　姑　站住！同志们，我们联防区的紧急情况未解除，民兵不能松劲，不能失掉警惕！大家回去，放下背包，原地织网，听哨音到指挥部集合！

劳永志　慢着……巧姑，你是怎么啦！

巧　姑　哼！

   （唱）　你这思想好危险，

      已经钻进牛角尖。

固执己见作决断，

出了问题谁承担。

劳永志　（唱）　事情到了节骨眼，

你不该再来把我拦。

渔业生产归我管，

出问题自然有我担。

同志们，听到海螺声在大队门前集合！

巧　姑　听到哨音，在指挥部集合！

彩妹子　我们该听谁的，听连长还是听大队长？

巧　姑　民兵听联防指挥部的，指挥部听武装部的，听公社党委的！

〔秋娘跑上。

秋　娘　巧姑，公社党委书记来电话了！

巧　姑　怎么说？

秋　娘　同意民兵出海。

劳永志　（大喜）好啊，领导总是看大局！（向民兵）马上出发！

民兵们　（犹豫不决）连长，这……

巧　姑　同志们，听党的话，出发！

〔民兵们走下。

劳永志　巧姑啊，来不及说了，渔汛过去再见吧！（下）

巧　姑　这是怎么了！

（唱）　党委同意去海上，

不由叫人费思量。

湾里情况正紧张，

民兵去后谁担当。

莫非又遇啥情况，

党委临时变主张。

〔辛克上。

辛　克　巧姑同志。

巧　姑　辛站长，你回来了，我正有事要找你。

辛　克　是不是民兵出海的事？

巧　姑	是啊,我真不明白,在这时候,公社党委怎么能同意调民兵出海。
辛　克	同志,敌人鼓动织网队出海,我们就是设法看看出海以后的动静,闻闻葫芦里卖的是什么药呀?
巧　姑	原是有意的:将计就计。
辛　克	对,是我向公社党委和武装部建议的。放心,大队长的船走不到渔场,就会被截住的。
巧　姑	那这里呢?
辛　克	我已从观通站抽出一部分人下山,补充民兵站岗。
巧　姑	这就好了。

〔凤娘娘喊:"大队长! 大队长"上。

凤娘娘	是辛站长,连长啊!
辛　克	大娘好,找大队长有什么事?
凤娘娘	辛站长,大队长怎么让老贾搬到我楼上养伤?
辛　克	你有意见?
凤娘娘	是啊!

（唱）　老贾是个"人讨厌",

我和他矛盾非一天。

从前他跟渔霸转,

常对穷人把脸翻。

现在虽然有点变,

仍然叫人不喜欢。

你们未经我情愿,

不该让他往我家里搬。

辛　克　（唱）　大娘莫要不情愿,

有个缘故需了然。

老贾他是嫌疑犯,

为的叫你暗中监。

发现他把坏事干,

立即报告莫迟延。

凤娘娘	原来是这么回事!

巧　姑	这一下该没意见了吧！
凤娘娘	没意见，没意见。
辛　克	大娘，你那杆橹找到了吗？
凤娘娘	找到了，它没长腿又跑回来了。
辛　克	丢橹那天夜里，有谁到你那里去过？
凤娘娘	只有老贾去了一趟。
辛　克	不对吧，他是昨天陪老大夫一块回来的呀。
凤娘娘	谁说，前天晚上他就回来了，要不，那可真见鬼了。
辛　克	这就是了。大娘，你先回去吧，有什么风吹草动，就赶紧报告。
凤娘娘	是！（下）
巧　姑	你在陆门查出贾增善的眉目了没有？
辛　克	还没有完全查清，水警区和公安部门的首长指示，贾增善鼓动织网队出海，鼓动民兵打死过门香，都是可疑的行动。大娘刚才说他是前天晚上回来的，而他却声张是昨天到的家。就在那天晚上，大娘家的橹丢了，山上起了火，第二天又领来了大夫。关于这个大夫……
巧　姑	怎么说？
辛　克	省里派大夫的事，县里根本不知道，专署也没有接到通知，又打电报到省里问详细情况去了。
巧　姑	根据这个情况，这个老大夫肯定是有问题。
辛　克	还有，陆门空降的特务正巧有两名漏网。
巧　姑	那还等什么，赶紧把他们逮起来！
辛　克	不能，现在还不能惊动他，上级得到情报，蒋介石这次派空投特务，是要在我们这一带接应小股匪特登陆，首长要我们抓住一点线索，穷追到底，准备钓大鱼，看来过门香点火，是企图迷惑我们……
巧　姑	那龙大爷的事？
辛　克	公社党委同意我们的意见。他在家吗？
巧　姑	在。他一夜没合眼。（向屋内）龙大爷！

龙　大　（走出）辛站长,回来了!

辛　克　听说您老人家一夜没合眼啊!

龙　大　辛站长,在陆门见到王书记吗,他……

辛　克　他见到我就问起你啊。

龙　大　可我……给领导添了麻烦,我……我对不起党,是我丢了酒咂,舢板不锁,才惹出了滔天大祸,有什么话可说……

辛　克　党完全相信你!

龙　大　（激动）辛站长!

辛　克　龙大爷,我们要合成一条心,挺起腰杆,把牛鬼蛇神统统都抓出来。

龙　大　是啊,辛站长,从夜里到现在,我一直在琢磨,为什么这赃,偏偏栽到我头上?

辛　克　这是因为过去你是他们的死对头,如今又挡住了他们的去路啊!

龙　大　啊!

辛　克　当年陆门的过霸天你见过吗?

龙　大　为给他兄弟解恨,他把我吊上桅杆,见过一面。

辛　克　你认得他的模样?

龙　大　这么说你也……嗯!我马上去看看这个老大夫是人是鬼!（欲走）

辛　克　别急,您先到郭大爷家,我就来,咱们再商量一下。

龙　大　好!（下）

　　　　〔李小宝跑上。

李小宝　报告站长,织网队离岸二十分钟,发现一个不明电台在发报。

辛　克　哦,来得快呀!老大夫在家吗?

李小宝　不在。织网队刚离岸,老贾就把他带上出门治病去了。

辛　克　啊……好。派人到虎头沙查询小哑巴的人回来没有?

李小宝　还没回来。

辛　克　（向巧姑）敌人的活动加紧了。现在我们要让他们活动,等完全摸清底细,再出其不意,一网打尽。

巧　姑　情况紧了,织网队要马上赶回来呀!

彩妹子　要赶回来,可是又不能惊动敌人,要让他们按照我们的意图行动!

巧　姑　把织网队追回来,又不暴露。

辛　克　是啊!小宝给田家湾观通站发报,让他们拦住落星湾织网队的船。说公社党委通知:着令立即返港。

李小宝　是!（欲下）

辛　克　慢着,告诉织网队,一定要等天黑以后返港,直接靠近观通站码头。

李小宝　是! 一定要等天黑以后返港,直接靠近观通站码头!

〔灯暗。

第六场

〔时间:当天下午。

〔地点:同第三场。

〔二幕前。贾增善急上,凤娘娘跟上。

贾增善　（唱）　可喜民兵都出港,
　　　　　　　　又找到防空好地方。
　　　　　　　　前去先对九爷讲,
　　　　　　　　不能错过好时光。（下）

凤娘娘　（唱）　老贾在家把伤养,
　　　　　　　　突然跑出形慌张。
　　　　　　　　站长今天对我讲,
　　　　　　　　要我暗中把贼防。
　　　　　　　　紧跟他后不松放,
　　　　　　　　看他又搞啥明堂。（下）

〔劳永志上。

劳永志 （唱） 眼看船快到渔场，
　　　　　　　 党委突然变主张。
　　　　　　　 朝令夕改有情况，
　　　　　　　 命令民兵速返乡。
　　　　　　　 党委指示难违抗，
　　　　　　　 只得同去再商量。（下）

〔二幕启：室内空无一人，门窗掩闭，少顷，贾增善跑上。幕内凤娘娘喊："老贾，老贾。"贾躲到屋后，凤娘娘上。

凤娘娘 （在门外）老贾！老贾……（推门入内察看内屋，未见，拉椅子坐下思索）哪儿去了，这个老东西，一眼没看住，就跑了！

〔凤娘娘出门走下。贾增善从屋后跑出，进屋，忽听有脚步声，急又躲到屋后，过天九、哑女走上。哑女提着药箱进屋。

过天九 （唱） 刚才出屋把病看，
　　　　　　　 哑花神色不太安。
　　　　　　　 偷偷摸摸把报卷，
　　　　　　　 揣在口袋为哪般。
　　　　　　　 无事也要防祸患，
　　　　　　　 我得教训她一番。

　　　　 哑花！

〔哑女走到过天九跟前。

过天九 （指哑女口袋）拿出来！

〔哑女惊，装作不解。

过天九 把报纸拿出来！

〔哑女无奈，掏出报纸。

过天九 （夺过，念）人民日报……（怒看哑女）

哑　女 （作手势）"我没看，我没看！"

过天九 你没看？那你要这干什么？

哑　女	（作手势）"包东西,包东西"……
过天九	包东西,当心包走了你的魂!

〔贾增善喊:"龙大夫。"走出。

过天九	（不禁一惊）啊! 是你。那边怎么样了?
贾增善	搬到凤娘娘家去了。这一下可是钻进了防空洞。
过天九	好,马上把电台移过去。
贾增善	是。
过天九	以后发电报就去找你,记住,是给你扎牛皮癣。
贾增善	记下了。
过天九	早晨的电报真是发之不易,串了好几家,才找到了机会。
贾增善	那边来话了吗?
过天九	约今天晚上在这座"空城"登陆。
贾增善	今天晚上?
过天九	对呀!

（唱）　　刚才海外拍来电,

　　　　　八纵队装备很齐全。

　　　　　反攻就在今夜晚,

　　　　　要咱们接应到海边。

　　　　　只要你肯卖命干,

　　　　　保你不久坐高官。

贾增善	可是,那龙大可没出海,也没管制啊! 还是自由自在……
过天九	唔? 龙大没有出海,山上点火的事,他们是怎样追查的?
贾增善	摸不着边……
过天九	（思忖）……唉,只要白天不见龙大,危险就算脱过,八纵队上岸也不得几个钟头。（欲坐,发现有人坐过椅子）你坐过这把椅子?
贾增善	没有。
过天九	没有? 椅子为什么变了位置。不对,一定有人来检

查过！快,电台立即转移。(哑女将发报机交贾增善)快,从后窗出!

〔贾入内室。

过天九　(自语)湾内平静无事,龙大未曾出海,织网队说走便走,(倒吸一口气)莫不是这个辛某来给我摆迷魂阵吧!……要是织网队突然归来……嘿嘿,乳臭未干的娃娃,谅他也没有这个本事!(入内室)

〔劳永志叫着"老王,老王"上。鳗儿在一边拉着他的衣服。

鳗　儿　(拉)走,快走,连长姑姑说了,先到指挥部,先去见他!

劳永志　哎呀,我给王师傅交代一句话,就跟着你走。

〔过天九推门出。

过天九　啊!劳队长,您不是带织网队出海了吗?(鳗儿放手跑下)

劳永志　唉,半途而归,又回来了!

过天九　你有什么事?

劳永志　我找王师傅修一下船。

过天九　他没来这里,你到里边坐会吧!

劳永志　不了,我去找他!(下)

〔过天九紧张起来。

过天九　(唱)　织网队早上已出海,

　　　　　　　　如今为何又回来。

　　　　　　　　莫非大事被败坏,

　　　　　　　　改变计划另安排。

情况有变,今晚不能登陆,不能往网里钻:悔棋!(看表)悔棋还来得及。哑花!

〔哑女出。

过天九　快,去发电报,治牛皮癣!

〔哑女提起药箱,二人要出走时,龙大手提酒瓶立在门前双目圆睁睁地看着过天九。过天九急转身,伴装不睬。哑女也退回。

龙　大　老大夫,龙大跟你赔不是来了!

〔过天九未理。

龙　大　老大夫,龙大跟你赔罪来了!

〔过天九仍未理。

龙　大　(怒)老大夫,你治病行医,来自省城,该是有见识的人。我龙大厚着这张黑脸,登门来跟你赔不是,你不理不睬,难道在这新社会你还看不起翻了身的船老大?

过天九　(未回身)不,老大,我是个外地医生,本地事体不摸底细。听说你跟渔霸娘的两堆火,还未熄灭,你请回吧!

龙　大　(大笑)哈哈哈!这就难怪你老大夫了。你这是舵把子抓得牢。放心吧,老大夫,臭婆娘点火装神,破坏生产。龙大跟他是龙虾有别,冲不到一块去!这桩事,干部们说了结啦!

过天九　(转身变容)了结呀!

龙　大　黑白分明,了结啦!

过天九　老大,请原谅吧。出门在外,人地生疏,我有我的难处。可是,你说来赔罪叫人不解。你我素不相识,何罪之有啊?

龙　大　那是你的度量大。昨天在码头,我错把你老大夫当成投机倒把的坏蛋,又搜又查,把你老大夫得罪了!

过天九　那是你严守职责,理当如此,怎能算是得罪!

龙　大　(唱)　可是有人把罪降,
　　　　　　　说我冷语把你伤。
　　　　　　　因此前来求原谅,
　　　　　　　请你莫要在心上。

过天九　(唱)　老大咋能这样讲,
　　　　　　　严守职责理应当。
　　　　　　　你的好心我记上,

来日咱再叙衷肠。

老哥哥,请回吧,我现在要去看病人。(示意哑女提箱子,欲下)

龙　大　(拦路)你这是哪儿的话!我既是来赔礼道歉,就要广开襟怀,明明心迹。来,(指酒瓶)它是知心知己的东西。船老大嘴内有句话,船行四海结难友,老酒三杯交天下。不喝老大一杯酒,千言万语都是空。不干三大碗算得什么赔礼呢?

过天九　我完全领受了!可是老哥哥,现在当真有病人等我……(又欲走)

龙　大　不,老大夫,落星湾我比你熟,如今没有急病人,你是有意回避我这个……老不死的龙大!

过天九　好!老哥哥,我行东走西,像你这样豪爽的人,还没有见过,就让病人多等一会吧!哑花,看大碗,我来舍命陪君子,咱们干几杯。

〔哑女拿出两个大碗。

龙　大　老大夫,痛快!来(拔塞斟酒)老大夫特意来到落星湾,是稀少的上客。我龙大,在码头上第一面就惊扰了你,真是罪过。老大夫,你要是肯担待,就干我这第一碗请罪酒!

过天九　老哥哥,多亏码头上那一面,不然,也不会有这两碗明心志、交肺腑的酒了。看来,你我生来有缘!

龙　大　有缘。

过天九　有缘。

龙　大　哈哈哈!……干!

过天九　干!(干罢)老哥哥,我也回敬你一碗,(斟酒)

〔两人互相盯着。

龙　大　老大夫,看到你这一举一动,倒叫我想起一个人来。

过天九　嗯,哪一个?

龙　大　我说出口来,你可莫要动怒。

过天九　说吧。(示意哑女堵门)

龙　大　（唱）　提起了这个人气炸肝胆，

我和他血海仇不共戴天！（过天九吃惊）

解放前这海岸被他霸占，

祸害的船老大就有万千。

那时节渔家人提心吊胆，

虎口边过日月实在艰难。

常年间受尽苦难得饱饭，

一不对就会遭鞭打绳拴。

那一年龙大我把贼触犯，

可恶贼他把我吊在桅杆。

要不是众乡亲救苦救难，

龙大我这条命早已归天！

十三年血海仇时刻盘算，

恨不得叫这贼去上刀山！

过天九　他到底是哪一个？

龙　大　大渔霸过天九！

过天九　哦！

龙　大　我恨不得拔下他的脑袋，砸碎他的骨头！

过天九　此人……他现在哪里？

龙　大　嘿！可惜他没归罪就死了！听说死在台湾了！

过天九　死了！

龙　大　死了！

过天九　这么说，站在你眼前的并不是他？

龙　大　哎，老大夫，你这是……

过天九　老哥哥，是我，才让你想起了他呀！

龙　大　哎呀，老大夫，我是说，看到你，想起他，只是面带几
分像啊。你看，我糊糊涂涂，直言直语，二次见你的
面，又来把天比地，又是一桩罪过！你若是肯担待，
就干起我这第二碗请罪酒！

过天九　不，罪在我。是我让你想起了这件不痛快的事。不
过，这让你老哥旧恨新生，不忘过去的世道，也是件

好事。看来,你我不止有缘,而且带故!

龙　大　带故。

过天九　带故。

龙　大　哈哈哈……干!

过天九　老哥哥,我的量窄。再喝,我就要得罪病人了。再相逢吧,再相逢,你我畅谈痛饮一醉方休。现在我要走了。

（示意哑女提箱子）

龙　大　好,我送你一趟。（欲夺哑女箱子,哑女不让）

过天九　啊呀,那就不用你劳神了!……

龙　大　不,我送你一趟,等看病回来,你我还畅谈痛饮,一醉方休,何必用什么再相逢! 走吧!（又去夺箱子）

过天九　（情急,本性外露）老大! ……哦,老哥哥,你是执意要再干几碗?

龙　大　说话投机,千杯嫌少,这刚刚喝上兴来。

过天九　也好,就喝它个彻底,不过我冒昧一下,再喝得猜拳行令。

龙　大　怎么,猜拳行令! ……这正中我意,一拳一碗。（斟酒）

过天九　请!（二人拉起猜拳架式）

龙　大　龙大献丑了! 来,（伸拳头）拳一对!

过天九　一帆风顺。（伸出拇指）你输了! 喝酒。

龙　大　好!（一饮而尽）再来,五魁首!（伸掌）

过天九　（伸三指）八仙过海! 你又输了。

龙　大　（饮酒）再来。（二人划得难分难解,最后龙大伸出四指）七个巧!

过天九　（伸出巴掌）九路快马! 嘿嘿,你输到底了!（掌心红痣现出）

龙　大　（望着那掌心红痣）啊……（装醉）……我输到底了!（杯落人倒）

过天九　（紧张地拿出纸笔,写下电报码交哑女）快,去治牛皮癣!

〔哑女急下。

龙　大　（醉意浓浓,摇摇晃晃地爬起）哈哈,痛快……痛快……哈哈哈!（走下）

过天九　电报得马上发出去。……这个蠢才,自上大陆以来,精神恍惚,还是我去!（欲下）

〔李小宝上。

李小宝　老大夫,李小宝来拜师傅,跟你学针灸来了!

过天九　好!（无奈地坐下）……

〔灯暗。

第七场

〔时间:傍晚。

〔地点:凤娘娘家中院里。

〔二幕前,龙大内喊:"好酒呀"!上。

龙　大　（唱）　猜拳中露出了庐山真面,
　　　　　　　　果然是大渔霸来到此间。
　　　　　　　　先去对辛站长细讲一遍,
　　　　　　　　回头来再好报山海仇冤。

〔辛克、巧姑迎面上。

辛　克　龙大爷你回来了,怎么样?

龙　大　是那血债累累的地头蛇过天九。

巧　姑　大爷,你认得准?

龙　大　认得准,我相信得过自己这双眼睛。不管怎样改头换面,他那獐目鼠眼我也认得出,他手掌上还有一块朱砂红痣错不了。

辛　克　大爷,您的任务完成得漂亮。先回去歇会儿,等一下还有任务。

〔龙大应下。

辛　克	我们去看劳队长又跑到哪里去了？
巧　姑	好！（同下）
	〔二幕启：院内无人，只见有被子、枕头等物从房门内飞出。彩妹子在屋内大喊："滚滚！……"劳永志喊着"巧姑，巧姑！"走上，险些被枕头打中。
劳永志	哎！这是搞什么名堂？
彩妹子	（自屋内出）臭虫爬进我家床沿，我要他滚！
劳永志	谁，老贾吗？嘿呀，那是大队决定，让你娘照料他的伤……也还有一点别的意思。
彩妹子	什么意思，谁有意思，就把他装到袋子里带回家去吧！
劳永志	嘿，跟你说不出个名堂！（抱被、枕进屋）
彩妹子	他不滚，我滚。
	〔彩妹子气冲冲走出，遇到巧姑、辛克上。
巧　姑	秋娘嫂子不是宣布了织网队员没有命令不许乱跑，你为什么闹无组织？
彩妹子	家里进了妖精，我回来撵他滚蛋。
辛　克	贾增善呢？
彩妹子	看我回来，溜了。说是去扎牛皮癣。
辛　克	你娘呢？
彩妹子	跟着去了。
劳永志	（出屋）彩妹子，你真像个没头苍蝇，乱碰一气！
巧　姑	你先莫说她，我问你一回来跑到老大夫那是干什么？
劳永志	我去找王师傅修船，碰上了他！
巧　姑	（生气地）嘿，你干的好事！把全部计划都搅乱了，出了问题，你要负责。
劳永志	你这是怎么的？
巧　姑	不光是搅乱了计划，还当了义务情报员，一下就去通风！（指彩妹子）你也一进湾就回家报信！你们……
彩妹子	干我的鬼事！

劳永志　怎么，已经查出那个老……

辛　克　查清了。

劳永志　他是！

巧　姑　他是当年一手遮天的大渔霸过天九回来了？

劳永志　（惊）啊！……这么说，贾增善这个老东西也……嘿……他们好大的胆子！

巧　姑　有这大队长保驾着哩！

劳永志　我怎么会看不见这些！……

巧　姑　（唱）　只怪你把眼瞎了，
　　　　　　　　革命警惕太不高。
　　　　　　　　先把生产来强调，
　　　　　　　　阶级斗争脑后抛。

辛　克　是啊！
　　　　（唱）　敌人现在眼前扰，
　　　　　　　　革命警惕要提高。
　　　　　　　　这次教训莫忘掉，
　　　　　　　　党的教导需记牢！

　　　　永志同志，党和毛主席经常教导我们，任何时候都不要忘阶级、阶级斗争，虽然现在听不到枪声，听不到炮声，但帝国主义反动派、国内的阶级敌人并没有死心，他们正是要利用我们的暂时困难进行破坏、窜犯、挑衅、复辟。同志，铁的事实就在眼前，要警惕啊！

劳永志　老辛，我错了，我检讨……

辛　克　现在先不谈这些。我们把情况研究一下。看来，放火、栽赃、催织网队出海，都是连串起来的活动。上午，织网队出海二十分钟，发现了特务发报，现在，织网队回来了，敌人的阵势怕要改变。

劳永志　不能，不能让他改变。老辛！我闯的乱子，还是我来收拾。找人向敌人通风，就说织网队的船修好了，等一会织网队再次出海，怎么样？

辛　克	就这么办！
劳永志	彩妹子,去外边声张一下,就说,上午驾船的是新手,把舵别坏了,这次由老把式掌舵出海。
彩妹子	是!（下）

〔秋娘匆匆上。

秋　娘	辛站长,巧姑,小哑巴来找贾增善,说是我治牛皮癣。我让鳗儿在路上缠着她,让她来,是不让她来？
辛　克	好啊,正想把这个小哑巴调出来。告诉鳗儿,先缠住,让撒手再撒手。派人再到老大夫那儿去一趟,悄悄通知小宝,让他紧紧缠住他,学针灸。
秋　娘	唉。（下）
劳永志	怎么先从这个小哑巴下手!
辛　克	对！虎头沙已经来了电报,当地有个小学女教师,她的丈夫在一九四九年,带着十岁的女儿马小鸥,从广州逃往台湾,至今无有消息……
劳永志	这个小哑巴当然也不是过天九的孙女。
辛　克	根据多次试探,也未见得是真哑巴。我们先把这个人抓过来,从她身上摸透敌人的全部底细。那个小学女教师中午已经到了陆门,马上就能赶到这儿。人一到,我们就动手,看看她是哑巴,还是马小鸥？

〔一水兵跑上。

水　兵	报告站长,虎头沙的一位小学教师,从陆门赶来,说是来找您。

〔民兵乙偕一乡村女教师上。

辛　克	（向女教师）同志,从虎头沙来吗？
女教师	是的。
巧　姑	这是咱们这儿的联防主任,我是民兵连长。
女教师	在陆门港,公安部门的首长都和我谈过了,同志们,我想,我用不着再表决心了。我跟女儿马小鸥虽说生离了十三年,可是……要真的是她,而且又沿着罪恶的道路回来……相信我,我是来帮助政府办事,可

不是来闹母女会!(悲痛难忍)

辛　克　我们完全相信,可是,现在事情还没有肯定。

〔民兵甲上。

民兵甲　辛站长,水警区和公安部门的首长都到了,在联防指挥部等您。

辛　克　(向劳永志、巧姑)我们走吧。(向女教师)走,到指挥部研究,(劳永志、巧姑偕女教师先下)彩妹子,找鳗儿,让她撒手!

〔彩妹子下,秋娘上。

秋　娘　辛站长,那个《小海鸥》的歌,我们唱会了。

辛　克　快到广播站唱起来,唱到她心里去。

〔辛克、秋娘分头下。场上无人,稍等,鳗儿跑上躲在一边。场上静下来,天渐渐暗下来,一曲悲凄的渔歌悠然而起,哑女在歌声中慢慢走上。她看看院内,听听屋内,渐渐沉入歌声里……

(歌声)

小海鸥,眼儿红,

娘在西来儿在东。

儿随阿爹漂海外,

十岁离娘娘心痛……

儿哭娘,眼儿红,

娘哭儿,眼也红。

小海鸥哟,小海鸥。

几时飞回娘怀中!

……

〔哑女听得入神,暗泣。鳗儿悄悄走出来,哑女未发觉。

鳗　儿　(轻轻地)喂!……

哑　女　(大惊,跳起来)……

鳗　儿　哟?你听得见呀!

哑　女　(作手势)"听不见,听不见!"

鳗　儿　你想娘了吗,刚才的歌你听见了吗……听不见,你要
　　　　是听得见就更难受了。唱的是小海鸥十岁就离开了
　　　　娘,十岁,比我还小两岁呢!

〔哑女惶惑转身要走。

鳗　儿　哎,你不是找老贾治病的吗,等等吧!

〔传来凤娘娘的声音:"走! 回家哩!"接着,贾增善
捂着脖子上,凤娘娘提着一块尿布追上。

凤娘娘　牛皮癣痒痒,还用请郎中找大夫,用这小娃尿布一糊
　　　　就煞痒,来,趁热!

贾增善　哎,小哑巴大夫来了。(向哑女)是老大夫差你来给
　　　　我扎癣的! (比划)

〔哑女点头。

贾增善　行了,就别用尿布了。(向哑女比划)扎梅花针。
　　　　(作发报手势)

〔哑女点头,从箱子里取针。

贾增善　(问凤娘娘)你就赶快把尿布送回去吧,人家孩子等
　　　　着用呢。

凤娘娘　你不能再满世界跑!

贾增善　小大夫来了,我还跑到哪去! 快去吧,大婶。

〔凤娘娘走下。

贾增善　哎,鳗儿,你娘到处找你! ……哎,找你放哨。

鳗　儿　是找我吗? 啊哟,误大事了!

〔鳗儿跑下。

贾增善　(向哑女)织网队回来了,大夫知道了吗?

〔哑女点头。

贾增善　快,到屋里! 东西在条案下的米缸里。(二人欲进
　　　　屋,贾增善一想)不行,他娘的! 这儿一天都乱哄哄
　　　　的,你还是带回去发!

〔贾进屋拿出发报机,正要交给哑女,凤娘娘转回。

凤娘娘　这是干什么! 鬼鬼祟祟的!

贾增善　哦……唉,大婶啊,这是我在陆门百货商店买的一

驾收音机。人家老大夫关心国家大事,来到我们这儿,看不到当天的报纸,借给他,听听新闻,听听戏。

凤娘娘　（打量了半天）先借给我听听!（抱发报机走）

贾增善　哎,大婶,咱不能这么小气,咱……咱得发扬点共产主义风格!

凤娘娘　你少糟蹋正经话!我明白你心里的算盘,又想倒腾,旧货买卖,低价进,高价出,客人刚来就想捞一把!老大夫缺啥少啥,队里会安排,用不着你操心。这,给我听。

（抱发报机进屋）

贾增善　（向哑女）不用急,我想法送去。（凤娘娘走出,贾增善问哑女）请回吧,小大夫,我谢谢你了。（哑女欲走）

凤娘娘　（一把拉住哑女）不能走,大老远跑一趟,不吃饭哪能回去?吃了饭再走!（向贾增善）你快去打点酒来!

贾增善　不用了吧,都是自家人……

凤娘娘　你他妈的吃里扒外呀!快去!（贾增善无奈下）姑娘走,屋里坐,到这儿就算回到家了!（拉哑女进屋）

〔辛克、巧姑、劳永志、秋娘、彩妹子等上。

辛　克　（向民兵）看住贾增善,别让他回来。（民兵下）彩妹子放哨。（向屋内）凤大娘,客人请到了吗?

凤娘娘　（捧发报机出,交给了巧姑）凭我这张老脸挽留下啦!（向屋内）姑娘,出来吧,这些人都是为你来的,快来陪客。

〔哑女出屋。看到阵势,紧张起来,提箱子要走。

劳永志　姑娘,任务没有完成,回去交得了差吗?

哑　女　（比划）"我不懂,我听不见……"

辛　克　不要装聋作哑了。从昨天早上起,你们就钻入罗网了。摆在你面前的唯一生路,就是自首坦白,回头是岸！

〔哑女战惊，但仍装不懂，向外跑。

辛　克　站住！（哑女停）你不是来发报吗？电报发不出去，
　　　　主人会饶你吗？

　　　　（唱）　我把利害对你讲，
　　　　　　　　何去何从自思量。
　　　　　　　　你们早已入罗网，
　　　　　　　　顽抗没有好下场。
　　　　　　　　快离苦海把岸上，
　　　　　　　　珍惜青春好时光。
　　　　　　　　姑娘莫再装模样，
　　　　　　　　赶快坦白把口张。

〔哑女不作声，神情紧张。

劳永志　怎么，还听不见？

辛　克　（有意低声）马小鸥！

〔哑女震惊。

辛　克　十三年了，你的道路还没走到头？你和你母亲的距
　　　　离有十万八千里了！

劳永志　（唱）　句句良言把你劝，
　　　　　　　　为何装哑不言传。
　　　　　　　　你把祖国早背叛，
　　　　　　　　生身亲娘丢一边。
　　　　　　　　昨天你们上了岸，
　　　　　　　　大陆情形该看见。
　　　　　　　　人民生活多美满，
　　　　　　　　政权牢固钢一般。
　　　　　　　　劝你当机要立断，
　　　　　　　　坦白从宽抗拒严。
　　　　　　　　若再执迷不回转，
　　　　　　　　人民法律不容宽。

〔哑女吃惊。

巧　姑　姑娘呀！

　　　　（唱）　我们知你被蒙骗，

　　　　　　　　也是出于无奈间。

　　　　　　　　茫茫苦海回头岸，

　　　　　　　　望你不要再盘旋。

　　　　　　　　现在回头还不晚，

　　　　　　　　先悔容易后悔难。

凤娘娘　姑娘呀！

　　　　（唱）　你娘在把你挂念，

　　　　　　　　十三年盼你眼欲穿。

　　　　　　　　找你她把人问遍，

　　　　　　　　难道你就无心肝。

　　　　　　　　赶快坦白莫迟慢，

　　　　　　　　你母子才能早团圆。

　　　　〔哑女心情激动地看着众人。

辛　克　姑娘，说话吧。

巧　姑　快些说话吧！

劳永志　说吧……嘿，难道你真是哑巴不成？（哑女又低
　　　　下头）

　　　　〔辛克挥手让众人走在一边。

辛　克　（向外招手）请进来吧！

　　　　〔鳗儿领女教师走进。《小海鸥》的歌声起，女教师
　　　　仔细地辨认哑女。

女教师　（向辛克沉重地）是她，就是她，我的女儿马小鸥。

　　　　〔哑女震惊，望女教师。

女教师　（唱）　见小鸥发痴呆一旁立站，

　　　　　　　　忍不住伤心泪掉落胸前。

　　　　　　　　只说是和女儿今生难见，

　　　　　　　　万不料母女们相逢今天。

　　　　　　　　叫小鸥莫发呆且向前站，

　　　　　　　　听我把过往事细说一番。

旧社会咱家中出身贫贱，
抓养你我受尽万般艰难。
三岁上有一天你把病染，
我把你抱怀中整夜不眠。
你爸爸在广州无力来管，
我手中也无有分文银钱。
多亏了任大夫肯行方便，
赠送药你吃后转危为安。
到后来我替人去把活干，
咱家中慢慢地有了余钱。
十岁上又送你去把书念，
为的是你长大能到人前。
临行时我替你扎上小辫，
屈指算到今天一十三年。
四九年春雷响乌云四散，
国民党夹尾巴要逃台湾。
那时节你爸爸受了蒙骗，
拖着你也跟着上了贼船。
丢下我孤单单无人怜念，
身染病卧在床如坐牢监。
解放后多亏了政府照管，
才让我到学校当了教员。
看见了众同学把你思念，
十三年盼望你两眼欲穿。
实指望你长大能务正干，
莫料你与特务狼狈为奸。
盼望你十三年今成梦幻，
我还有何脸面再在人前。（欲走）

哑　女　（突然）妈！（扑向女教师）
女教师　（沉痛地）孩子！……（抱住哑女，稍待，又推开）不，
　　　　我不是你妈！

（唱）　你把良心已全丧，
　　　披着人皮当豺狼。
　　　大家衷言向你讲，
　　　你装聋卖哑口不张。
　　　手搭胸前自思想，
　　　怀中是副啥心肠。
　　　我把话儿向你讲，
　　　何去何从自思量。
　　　若是继续再顽抗，
　　　我就不是你的娘。
　　　若是人心未全丧，
　　　自动坦白快投降。

哑　女　娘，我坦白！
女教师　孩子，只有坦白才是光明大道，小鸥，拿出勇气来！
哑　女　（转向辛克、劳永志）长官，我坦白！
（唱）　三年前在台湾我父命断，
　　　丢下我一个人身受孤单。
　　　每日里在街头到处流窜，
　　　讨着吃要着穿受尽艰难。
　　　生活紧进狼群经受训练，
　　　在那里我住了不到一年。
　　　这一次特训班把我派遣，
　　　临行时又把我教训一番。
　　　说我娘遭残害命早完蛋，
　　　要我把仇和恨记在心间。
　　　又说是大陆上一片混乱，
　　　缺吃喝少穿戴民怨冲天。
　　　上岸来我处处留神细看，
　　　大陆上民众们个个喜欢。
　　　既有吃又有穿生活美满，
　　　这一下我开始暗中盘算。

　　　　　　我早想来坦白投明弃暗，
　　　　　　又恐怕被你们送进牢监。
　　　　　　这两天我时刻提心吊胆，
　　　　　　进不是退又难如上刀山。

辛　克　那个老大夫是什么人？

哑　女　（唱）　老大夫过天九兽心人面，
　　　　　　他原是大渔霸作恶多端。
　　　　　　还有那贾增善他也不善，
　　　　　　一上岸他就把内线来牵。
　　　　　　约定了今夜晚人马来犯，
　　　　　　登陆点就是那落星海湾。
　　　　　　我把这真实情讲说一遍，
　　　　　　求长官允许我与娘团圆。

辛　克　这个你放心，一定让你母女团圆。

哑　女　妈！（扑向女教师怀内）

　〔李小宝急上。

李小宝　站长，赶快准备，老大夫从大路往这儿来了！

哑　女　长官，长官！我……

辛　克　（向哑女）你现在要镇静，仍然是又聋又哑。

　〔灯暗。

第八场

　〔时间：当天午夜。
　〔地点：落星湾海岔。
　〔二幕前：贾增善抱电台急上。

贾增善　（唱）　约定接应在今晚，
　　　　　　凤老婆偏偏把我缠。
　　　　　　跟前跟后来回转，

我心好似滚油煎。

可巧她大便去后院，

我才脱身溜出湾。

幸喜今晚天昏暗，

正好让我显手段。

一边走来一边看，

事到临头防麻烦。（急下）

〔彩妹子持枪追上。

彩妹子　（唱）　前边走的贾增善，

跟踪追迹莫迟延。

〔巧姑率民兵跑上。

巧　姑　人呢？

彩妹子　向那里去了。

巧　姑　追上前去。（率民兵跑追下）

〔二幕启：潮水落，涛声紧……一块礁石上闪出有长有短的光亮，少顷，另一块礁石旁的伪装物滑落，过天九出现之后，哑女也随着出现。

过天九　（看怀表）

（唱）　信号发出快一点，

不见动静为哪般。

这些饭桶真小胆，

等得人实在好泼烦。

哑花，给八纵队发个报。

哑　女　（作手势）"电台还没送来。"

过天九　你张口说话。

哑　女　贾增善把电台还没送来。

过天九　电台还没送来！……（突然一惊）啊！是不是这个家伙把我出卖了？八纵队在海上就叫……（向哑女）你说。

哑　女　我不知道。（听见动静）有人。

过天九　快。（二人急躲）

〔贾增善鬼鬼祟祟上。

贾增善 （喊）九爷……九爷……

（过天九突出抓住贾增善,贾增善大惊失色）

过天九 你把我登陆计划出卖给谁了？说!

贾增善 九爷,我没有啊!

过天九 那为什么电台才送来?

贾增善 那臭老婆缠着我难脱身呐……九爷,我琢磨,怕有人出卖了我们?

过天九 谁?

贾增善 她,（指哑女）下午她叫渔婆子留下,说是吃饭,我回去她又没人影了,谁知道她闹什么鬼?

过天九 啊……哑花! 你……

哑 女 （作手势辩解）

过天九 你给我说。

贾增善 有人! （急至礁侧）

过天九 （贴近礁石探望）被共军包围了!

贾增善 （探望）只有一个,是共军的侦察哨吧!

过天九 （拔出匕首交哑女）除掉这个共产党,夺路上山,是忠是奸看你的。

〔过九天、贾增善隐于石后,哑女持匕首守在岩跟前,一个黑影出现,哑女认清是刘大寇后,一跃而上,大喝一声"来得好",一刀将刘大寇一臂划伤。

刘大寇 （举手）我投降!

哑 女 （举刀）你被包围了!

刘大寇 我投降,我缴枪,（丢枪）饶命吧。

哑 女 （持抢对刘大寇）后边还有多少?

刘大寇 一共二十四名。

哑 女 人在哪里?

刘大寇 我不知道。

哑 女 别来迷魂阵。

刘大寇 真的,我是从台湾来的,一上来就转向了,弄得七零

八散……我的代号是鲨鱼,上来就想投降。

〔刘大寇看清只是一个女的,乘机反扑上去,过天九急出,贾增善跟上。

过天九 慢动手,哎呀,是刘司令,误会,误会。

刘大寇 (指贾增善)他是……

过天九 大陆上的难胞代表。

贾增善 贾增善。

刘大寇 (指哑女)她……

过天九 她是我的报务员,刚才是考察考察她。

哑　女 冒犯了刘司令。

刘大寇 (忙掩饰自己刚才的丑态)啊,刚才我也是考察考察你们。

过天九 弟兄们呢?

刘大寇 没登在一个点上,七零八落,散了。

过天九 我再去发信号。

刘大寇 用不着了。(取出步行机呼叫)虾米,虾米,我是鲨鱼,我是鲨鱼,听到呼叫,向我靠近。

〔过九天、贾增善、哑女都向海边探视。

贾增善 有人,有人靠过来了。

过天九 (望另一边)这边也靠上来了,刘司令叫弟兄集合,准备进山,增善你要继续潜伏,以为内应。(贾增善溜下)哑花给台湾发报,说大功告成了。

〔观通站的探照灯突然射来,海螺声、锣声大作,辛克、劳永志带水兵,女民兵一冲而上。

辛　克 完全对头,大功告成了。(一枪击落过天九的手枪)

刘大寇 (大声急呼)我投降!

龙　大 (举鱼叉)过天九,你好长的胡子。

〔过天九退缩,突然一动,欲伏身拾枪。

李小宝 (用刺刀对住过天九)不许动,老大夫,再动我给你扎这一针。

〔巧姑跑上。

巧　姑　二十三条虾米,全部落网。

〔民兵和水兵押特务过场。

〔彩妹子跑上。

彩妹子　报告连长,我捉住一只贾螃蟹!

巧　姑　带上来。

〔凤娘娘牵着贾增善上。

凤娘娘　(向贾增善)我早就说过,我跟你是敌我矛盾。(将贾增善踢入俘虏行列中)

辛　克　乡亲们,大家都看到了,事实又一次证明了毛主席的英明论断,帝国主义和一切反动派的逻辑就是"捣乱,失败,再捣乱,再失败,直至灭亡"。

群　众　对!

——剧　终

秦腔
海防线上
HAIFANGXIANSHANG

演出单位

西安市五一剧团

游　乡

根据同名湖南花鼓戏移植

西安市五一剧团创研室移植

剧情简介

公社化时,两个售货员走进山区,送货下乡。剧中赞扬了青年售货员杜娟,全心全意为社员服务的可贵精神。同时,对欺骗社员、贪图小利的姚三元进行了善意的批评教育。

人 物 表

杜　娟　　　女,二十余岁,供销社售货员。

姚三元　　　男,五十岁,联营组售货员。

王大嫂　　　女,三十岁,人民公社社员。

〔时间:现代。

〔地点:某山区。

〔杜娟担货郎担子上。

杜　娟　（唱）　担起担子忽闪闪，

走乡过村不停闲。

三年中学毕了业，

供销社我当了售货员。

山村野道我不嫌远，

坡陡路险我不怕难。

为支援农业大发展，

踏遍青山心也甜。

（伴唱）东坡的高粱晒红了脸，

西坡的谷穗沉甸甸。

丰收在望我的脚步欢，

来到了王庄村头前。

（放下担子,拿起喇叭筒喊）喂! 社员同志们,咱们
供销社送货来啦,都快来买吧!

〔王大嫂上,一见是杜娟,十分亲热。

王大嫂　哎呀,杜娟,你又进山来了。走,快到屋里歇歇吧。

杜　娟　不累。王大嫂,几天没来了,想要啥你就说吧!

王大嫂　（唱）　刚才买把新梳子,

结实好看又便宜。

俺侄女看见也想要,

再给她买把同样的。

杜　娟　（唱）　化学梳子有好几种,

不知道你要买啥样的。

看中了你就拣一把,

133

看不中下次再带给你。

〔杜娟拿出梳子让王大嫂看，王大嫂挑出一把。

王大嫂　哈，这把跟刚才那把一模一样。

　　　　（唱）　这一把梳子红彤彤，

　　　　　　　　玲珑光滑颜色鲜。

　　　　就要这把（掏出一张五角票），给。

杜　娟　五毛。

王大嫂　找吧。

杜　娟　（唱）　我再找你三毛三，（找钱给大嫂）

　　　　　　　　给，三角三。

王大嫂　（接钱数）杜娟，错了吧。

杜　娟　不错啊。

王大嫂　不，是错了，

　　　　（唱）　一把梳子三毛三，

　　　　　　　　该找我一毛七分钱。

　　　　　　　　杜娟啊，你再算一算，

　　　　　　　　正好闹个颠倒颠。

杜　娟　（唱）　不是我错是你错，

　　　　　　　　大嫂你弄个颠倒颠。

　　　　　　　　梳子价值一毛七，

　　　　　　　　应该找你三毛三。

王大嫂　啊，你等等！（下又上）

　　　　（唱）　如今还有这种人，

　　　　　　　　多亏你把他来揭穿。

　　　　　　　　降价的东西原价卖，

　　　　　　　　这种事情真少见。

杜　娟　这种人虽是少数，可是也还有啊，要不咋说还有阶级
　　　　斗争啊。大嫂，你快说这人他是个啥样。

王大嫂　这个人哪！

　　　　（唱）　那老头有五十多，

　　　　　　　　浓眉毛、深眼窝。

杜　娟　啊！

　　　　（唱）　是不是花白胡子瘦长脸，

王大嫂　对对对！

　　　　（唱）　高高的个儿脊背驼。

杜　娟　（唱）　穿坎肩，

王大嫂　对。

杜　娟　（唱）　束腰带，

王大嫂　咳！

　　　　（唱）　你说得一点也不错。

杜　娟　（唱）　啥时候他打从这里过，

王大嫂　半顿饭时候了。

杜　娟　（唱）　上北岗还是下南坡？

王大嫂　正北走了。

杜　娟　（唱）　我马上就去追赶他。

王大嫂　算了吧！

　　　　（唱）　毛儿八分的算什么，

　　　　　　　　小题何必来大做。

　　　　　　　　顶日头、晒太阳，

　　　　　　　　来往跑路划不着。

杜　娟　大嫂，这个人是我们商业部门的，我一定能把他查出
　　　　来。大嫂，你就把他多要的一毛六分钱先收下吧。

　　　　（给钱）

王大嫂　我不要。

　　　　（唱）　木有本来水有源，

　　　　　　　　清浑你两不沾边。

　　　　　　　　他的思想不对头，

　　　　　　　　咋能让你来贴钱。

　　　　　　　　杜娟你可不要揽得宽。

杜　娟　钱数虽小问题可不小。

　　　　（唱）　他与咱走的是两条路，

　　　　　　　　两条路不能相调和。

这种人要不来揭发，

他到别处照样作。

王大嫂　（唱）　看来你说得全在理，

我也不把你再耽搁。

去吧，（杜娟欲走）只是天已晌午了，先别慌，取点吃的你带着。

杜　娟　不、不，我不要。

王大嫂　你等等，我马上就拿来。（下）

杜　娟　（见王大嫂下，担起挑子）这个人可能是联营组的老姚。刚才在赵村就听说有人买头绳短尺寸，还拿糖豆换人家小孩的馍吃，一定都是他干的，我得赶快追。（急下）

王大嫂　（拿东西上喊）

杜娟、杜娟，（见杜娟已走远）唉！这姑娘……

（唱）　这姑娘名声好果不虚传，

她与社员们心呀心相连。

四季送货到山区，

风里雨里忙不闲。

心里总有一本账，

社员要求记上边。

哪家姑娘该出嫁，

她知道爱穿啥布衫。

哪家媳妇生孩子，

红糖送到她门前。

农忙时节缺农具，

她又送锨又送镰。

那老汉卖货多要价，

她又替人退了钱。

这样的姑娘人称赞，

真不愧是个模范售货员。

杜娟去赶那老汉，

无凭无证也枉然。

不如我也赶了去，

人证物证都齐全。

(下定决心)对！赶！(下)

〔姚三元担货担，得意洋洋地上。

姚三元　(唱)　老汉今年五十三，

名字就叫姚三元。

自幼就挑货郎担，

如今是联营组里一成员。

山村野道我不嫌远，

坡陡路险不怕难。

并非老汉我不知道苦，

深山沟里好赚钱。

挑起货来费盘算，

利大利小我顾得全。

五色糖豆把小孩哄，

头发换针利更宽。

别看这些东西不显眼，

本又小、利又大，

还不会因此招麻烦。

昨天城里去进货，

把降价的东西顺便添。

降价的东西原价卖，

哗啦啦的票子到手边。

二十把梳子三块四，

痱子粉十盒才顶一块三。

三块四、一块三，

三六一十八，

一三下位三，

五七三十五，

七九六十三。

秦腔 游乡 YOUXIANG

　　　　　这一回货卖完，
　　　　　能赚七块九毛钱。
　　　　　刚才我打王庄走，
　　　　　再到李庄去转转。
　　　　　村头摇鼓一声喊，
　　　　　（摇鼓、吆喝）谁买针来谁买线。
（唱）　好钢针、头发换，
　　　　　痱子粉、要现钱。
　　　　　玻璃镜子儿叫对面看，
　　　　　化学梳子颜色鲜。
　　　　　五色糖豆一钱三，
　　　　　又好看来味又甜。
　　　　　还有带响的皮叫具，
　　　　　拿回去能哄小孩玩。
　　　　　烟嘴烟锅烟袋杆，
　　　　　宝鸡出的宝成烟。
　　　　　（吆喝）要买你就快点买吧！
　　　　　（幕后杜娟叫声）

“喂，看到一个货郎担子没有？”（回答声）“看见了，刚才他还在这儿吆喝咧。”（杜娟声）“哦。”（姚三元一惊）

姚三元　哟，是杜娟。杜娟找我干啥，她是供销社，我是联营组，俺这井水不犯她那河水呀，莫非这多要钱的事叫她知道了。土地爷的胳膊，我看有点麻缠。就说这事她不知道，老叫她在屁股后面盯着，我这如意买卖也做不成呀！（幕后传来杜娟的喊叫声）对，我给她来个溜——

（唱）　一听杜娟把我喊，
　　　　　心上好像压块砖。
　　　　　三十六计走为上，
　　　　　不等你来我先开船。
　　　　　（走圆场）（杜娟幕后声“喂，你等等！”）

姚三元　　哟,她撵来了。

　　　　　（唱）　她为啥赶我这么急,
　　　　　　　　　看样子网包抬猪露了蹄。
　　　　　　　　　凭我这两腿跑得快,
　　　　　　　　　把你甩得远远的。
　　　　　　　　　绕道独木桥上过(过桥),
　　　　　　　　　叫你寸步不敢移。
　　　　　　　　　脚踩石头过水滩,

　　　　　（过水滩,脚一滑失足,干脆趟了过去）

　　　　　　　　　这一下弄了两脚泥。

　　　　〔杜娟上,远望姚三元毅然过桥。

　　　　　（伴唱）独木桥栏不住前进路,
　　　　　　　　　山高怎挡那候鸟飞。

　　　　　　　　　（杜娟过桥,到水滩前）

　　　　　（伴唱）只要胆大心儿细,
　　　　　　　　　怕什么石滑水流急。

　　　　〔杜娟过滩,极力保持身体平衡下。

　　　　〔姚三元上,上坡。

姚三元　　（唱）　再爬一面陡陡坡,

　　　　〔杜娟追上,上坡。

　　　　　（伴唱）不怕它陡得像天梯。

姚三元　　（见杜娟追上,着急,生计）

　　　　　（唱）　来一个金蝉脱壳计,

　　　　　（躲,挑担入树丛,杜娟寻之不见）

　　　　　（伴唱）树多草深你要看仔细。

　　　　〔杜娟追下。

姚三元　　（从树丛内探头看见杜娟走远,出树丛松了口气）

　　　　　好险!

　　　　　（唱）　一见杜娟她过去,
　　　　　　　　　这一计救了我的急。
　　　　　　　　　柿树底下喘喘气,

掏出火柴把烟吸。

总算躲过了这一关，

（掏出钱包，装钱）

（数板）姚三元我真霉气。

背了运称斤咸盐也生蛆，

我只说趁着商品刚降价，

浑水里边来摸鱼。

谁知道刚捞了一点小便宜，

就碰上杜娟这闺女。

甩也甩不掉，

跑也跑不及。

不是我灵机一转生妙计，

小辫子就抓到她手里。

这一场风波算过去，

唉！这两钱挣得可不容易。

〔幕后突然响起王大嫂的喊声"喂，杜娟"，另一边杜
娟应声"哎"，姚三元大惊。

姚三元　这是谁？偏偏这时候喊她。（望远处）

哎呀，她要是拐回来了……嗯，我还得快跑！（慌忙
中装皮包，皮包掉地下，挑担转身急下）

王大嫂　（唱）　杜娟追赶那货郎，

我追杜娟这姑娘。

来到树下四处望，

（见皮包拾起）

是谁的皮夹掉路旁。

看，还有钱，还有张照片，哈哈，这不是刚才卖给我梳
子的那个货郎吗。好，（叫）杜娟。（下）

〔姚三元上。

姚三元　（唱）　我不走正路走岔道，（跌跤）

一跤摔倒路旁边儿。

各样的货物摔一地，

货郎担变成杂货摊。

摔得腿疼腰也疼，

小石子擦破鼻子尖。

（拾起圆镜子照脸照不着）

"对面看"摔得看不见，

（用手一摸，没玻璃了，更是心疼）

唏！光剩下一道铁圈圈儿。

〔杜娟上，放下担子。

杜　娟　老姚，

姚三元　（故作镇静）杜娟来了。

杜　娟　啊，老姚，

　　　　（唱）　为啥喊你你不理，

姚三元　（唱）　耳朵背听话很费力。

杜　娟　（唱）　是真的，

姚三元　（唱）　是真的。

杜　娟　（唱）　他分明给我打哑谜。

姚三元　（唱）　我只好给她打哑谜。

杜　娟　（唱）　为什么货物扔一地，

姚三元　（唱）　我就是摊开晒货哩。

　　　　〔杜娟笑，姚三元只好不拾了。

杜　娟　（唱）　晒货哩。

姚三元　（唱）　晒货哩。

杜　娟　（唱）　我说东来他道西，

姚三元　（唱）　她说东来我道西。

　　　　　　　　我问你喊为啥事，

杜　娟　我……

　　　　（唱）　有件事找你来商议。

　　　　　　　　只因货物没带全，

　　　　　　　　想找你借点救救急。

姚三元　啊！

　　　　（背唱）谁知她为这件事，

141

这真是自己吓自己。

（高兴地问杜娟）

昨天我才进过城，

各样货物办得齐。

缺啥货你只管讲，

互相帮助是应该的。

杜　娟　（唱）想借些化学梳子、痱子粉，

不知你是否有多余。

姚三元　（唱）多着哩、多着哩，

这东西都是我新添的。

借给你十盒痱子粉一块三，

十把梳子一块七。

杜　娟　（唱）十把梳子一块七，

姚三元　（唱）十把梳子一块七。

杜　娟　（唱）新价钱你记得挺详细。

姚三元　（唱）上级通知要降低，

咱不能马虎要仔细。

万一记错卖出去，

让群众吃亏可了不得。

杜　娟　（背唱）他还是明一套来暗一套，

江山易改性难移。

老姚！我听说有人还按原价卖，从中取利把人欺。

姚三元　（惊，故作镇静）可能是降价他不知道。

（唱）　常开会，常学习，

改造思想都积极。

如今不能像过去，

谁还能取巧搞投机。

杜　娟　（唱）旧思想改造不彻底，

钱财把他的心窍迷。

姚三元　不会吧！

杜　娟　（唱）事情有根又有据，

姚三元	（唱）	你说这事是真的。
杜　娟	（唱）	是真的。
姚三元	（唱）	他是谁,
杜　娟	（唱）	谁做坏事谁心虚。
姚三元	（唱）	咱可跟他不一样,

買卖公平没挑剔。

这个人要是碰上了我,

杜　娟　怎么样?

姚三元　（接唱）我……我……

我狠狠地揭发狠狠地批。

〔杜娟笑〕

姚三元　杜娟,这事你就交给我吧,先别对外说,照顾点影响。

这一带我比你熟,我保证……

杜　娟　你保证什么?

姚三元　我……我保证把这个查出来。

〔幕后王大嫂喊声"杜娟"。

杜　娟　（应声）王大嫂,我在这儿。快来呀!

〔姚三元闻声远望,见是王大嫂走来,不禁大吃一惊,

急忙收拾东西要走。

杜　娟　老姚,你——

姚三元　我到前面庄上转转去。

杜　娟　你看那是谁来了!

〔王大嫂上。

王大嫂　（见状）唉呀,杜娟,到底你把他赶上了。

〔姚三元像泄了气的皮球一样软了,抱头蹲下。

杜　娟　王大嫂你来得正好,我们这位老同志想找你了解了

解,是谁多卖了你的钱?

王大嫂　啊,他还想赖账,（掏出梳子）我问你,这梳子?

姚三元　我卖的。

王大嫂　啥价钱?

姚三元　一毛七。

王大嫂　（唱）　你刚才卖的钱多少？

姚三元　……

杜　娟　（唱）　为什么不言不语你把头低，

姚三元　（以拳击头，击一下说一下）我糊涂，我财迷。

杜　娟　（唱）　你说糊涂是假糊涂，

　　　　　　　说财迷倒是真财迷。

　　　　　　　刚才你可到赵村去，

姚三元　（本能地）没……没有，

杜　娟　嗯……

姚三元　（急改口）去过，去过。

杜　娟　（唱）　卖头绳缺尺寸是谁干的。

姚三元　这……

杜　娟　是你不是……

姚三元　是我，是我。

杜　娟　这么说用糖豆哄人家小孩馍吃的也是你了。

王大嫂　哎呀！大人家，咋能对小孩哄哄骗骗的呀！

姚三元　我不是人，我——

杜　娟　算了吧！

　　　　（唱）　你不用玩戏法，

　　　　　　　要除掉必须连根拔。

　　　　　　　资本主义坏思想不去掉，

　　　　　　　遇机会老病就复发。

　　　　　　　老姚呀，你想想吧，

　　　　　　　希望你快快斩乱麻。

　　　　　　　彻底改造作新人，

　　　　　　　脱胎换骨割尾巴。

姚三元　对对对，你说得对。

王大嫂　对，你看人家说得就是对。

　　　　（唱）　你担挑送货来游乡，

　　　　　　　社员们对你情谊长。

　　　　　　　今天办下这种事，

你想想应当不应当。

姚三元 大嫂,我对不起社员们,我多要你的一毛六分钱如数还你。不不,今儿多要别人的钱都退回去!（摸不着皮夹,着急）我的皮夹子呢,我的钱呢?

王大嫂 （笑）别找了,在这儿哩。（掏出皮夹子）给。

姚三元 （接过皮夹子,喜）大嫂,你是在路上拾到的?

王大嫂 是你的你就快点点数吧!

杜　娟 大嫂,你真好!

姚三元 （查钱,更喜）嘻嘻,一分不少,一分不少!大嫂,（感激得不知怎么才好,掏出五毛钱）好,这五毛钱你拿去给小孩买糖吃吧!

王大嫂 谁稀罕你那钱,太小看人了。

杜　娟 人家王大嫂是拾金不昧,可不像你!

姚三元 说得对!说得对!大嫂子,我多要你的一毛六分钱退给你,这可是应该的吧。（递钱）

王大嫂 那一毛六分钱,人家杜娟早就替你退给我了。

姚三元 啊!（把钱给杜娟）杜娟,我,（半天才找到一句话）我真该向您学习!

王大嫂 你早就该向人家学习了!

杜　娟 还不快把东西收起来,（帮助拾东西）还晒吗?

姚三元 不,不晒啦!

杜　娟 不光晒东西,以后也得晒晒思想。

姚三元 那可是,要不它也发霉了!

王大嫂 杜娟,天晌午了,走,到俺家里吃饭去。

杜　娟 不,嫂子,我不去。

王大嫂 这一回呀,去也得去,不去也得去。（抢过杜娟的担子）

杜　娟 （喊）王大嫂,（欲追又转向姚三元）老姚,你——

姚三元 我也转去,把多要人家的钱退给人家。

杜　娟 我替你挑一会儿吧。

姚三元 （越发惭愧）不不,你前头走,我后边赶。

　　　　（伴唱）　一根扁担忽闪闪,

走乡过村不停闲。

要学杜娟好姑娘，

全心全意为社员。（同下）

——完

演出单位

西安市五一剧团

三喜临门

根据张方、李迟陇剧《万家春》移植

周锁奇　刘印堂　移植

剧情简介

　　实行计划生育,是我们国家的一项基本国策。

　　这个戏反映的是:某山区生产队,为了生娃的事情掀起了一场又一场风波。连生了三个女儿的"一串串"——易嫂仍想再生一个儿子;已经儿女双全的"活神仙"队长娘子也想再添一个儿子;二婶子的儿媳 10 年里生了七个女儿,还想"冲喜"抱个儿子。这些问题,都摆在后嫁来的妇女队长辛月梅的面前,而她,正是因为"不生育",多年来受尽了冷嘲热讽,被人挖苦为"不下蛋的母鸡",甚至离了婚。此时,却偏偏怀上了孕……

场　目

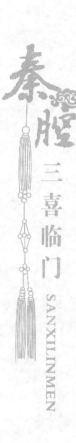

人 物 表

辛月梅	三十多岁,妇女队长
丁　凯	四十余岁,月梅的丈夫,地区计划生育办公室主任
丁　父	丁凯之父,六十多岁
丁　母	丁凯之母,近六十岁
玉　珍	丁凯之妹,二十三岁,计划生育专干
双　喜	生产队会计,二十五岁,玉珍的对象
燕　燕	丁凯之女,十来岁
方队长	四十多岁,生产队长
方　嫂	方队长之妻,三十多岁
易　嫂	近四十岁,外号"一串串"
二婶子	五十多岁
老保管	五十余岁
盼　盼	六、七岁,易嫂之女
苗继祖	四十多岁,月梅前夫,地区卫生局宣传科长

男、女社员群众若干人

第一场

时间:现代

地点:陇南山村

〔初秋。

〔丁凯家院内。窗户上贴有醒目的大红喜字。

〔欢快的音乐声中大幕启:几个男女社员有的擦拭院中的桌椅,有的端着烟、糖盘子,上下穿梭,熙熙攘攘。

〔幕内双喜喊:"闲人闪开,新人贺到——"唢呐声大作。

〔丁父手执笤帚上,丁母正穿着新褂子,手里还拿着一件男式新衣边系扣子边上。

丁　母　他大,给,快,快! (夺过笤帚,给丁父换上新衣。)

〔方嫂解着围裙急上,掸土整衣,又忙给丁母系上扣子,三人忙作一团。

〔舞台另一侧:燕燕挑着鞭炮,双喜吹着唢呐同上。

燕　燕　新娘子来了,新娘子来了!

方　嫂　(拉燕燕)瓜女子,咋胡叫哩! 要叫妈妈。

丁　父　燕燕,来,爷爷给你点炮。

燕　燕　不,我爸说,等把新娘子接来了再点!

方　嫂　啥? 还没来哩? (发现双喜正吹唢呐)哎,双喜,你倒胡吹的啥吗?

双　喜　我这是先演习演习么!

方　嫂　嗯,我把你个冒失鬼! (挥围裙欲打双喜)

双　喜　(急躲)嫂子,你敢打我,我今黑了不要新娘子,先要你这个红娘!

方　嫂	看我把你这嘴先打烂着……（说着，又追打双喜。）
双　喜	走呀，到村口等新娘、新郎走！（下，燕燕随下。）

〔众人又复忙碌起来，下。

〔二婶子挎竹篮上，易嫂挎篮领着盼盼上，盼盼挑着一串红枣。

易　嫂	二婶子，二婶子。（二婶回头）你还扭达的个快呀！（揭花巾看篮内）哟，核桃、枣儿给新娘子压炕呀？
二婶子	早生贵子，合为百年么。你呢？
易　嫂	一样，一样，冲喜压炕！咱俩今个儿也沾个光，明年呀，你抱个男孙孙，我生个胖娃子！
二婶子	咳，咻才把人能高兴死咧，嘿嘿……
易　嫂	嘻嘻……
老保管	（戴老花镜上）一串串，啥事把你高兴成咻咧？
易　嫂	老保管来了！（对后院）喝喜酒的来了！

〔丁父、丁母、方嫂忙上。众人互打招呼。

二婶子 老保管 易　嫂	恭喜！恭喜！
丁　父 　　母	同喜、同喜！（忙让烟、糖）
易　嫂	（欣赏新房的外观）哟！丁婶这手真巧，你看伢剪的窗花，喜字多好看呀！
方　嫂	这，是伢新娘子月梅的手艺。
丁　母	伢月梅咻针线活才做得好哩！你看娃给我做的这千层鞋底。（抬脚，站不稳）
丁　父	（忙扶）哎哎，娃他妈。再不要卖派了，小心跌倒了着！（众笑）
易　嫂	丁叔，不是俺婶高兴哩，你这儿媳妇，伢不光人勤手巧，还福大命好呢！
老保管	一串串，你咋还讲迷信哩？
易　嫂	就是的么——咱老丁，早年被批判，受折腾，多牺惶啊！自打跟月梅认得，反也平了，官也当了，往后，还

要比这好得多呢!

二婶子　对着哩! 嫂子,大哥!

　　　　(唱)　百里挑一媳妇好,
　　　　　　　老来有靠福份高。
　　　　　　　只等着来年把孙儿抱,
　　　　　　　一家欢喜乐陶陶。

众　　　　(同笑)哈……

易　嫂　走,咱给新娘子压炕走。(转身取枣,见盼盼正吃)你
　　　　这个馋嘴猫,把你兄弟都活活吃完了!

　　　　(易嫂打盼盼,丁母、二婶子忙挡)

方　嫂　哎哟,红枣咋成了盼盼她兄弟?

老保管　迷信罐罐子,冲喜抱儿子哩!

丁　父　(趁易嫂不留神,抓起一把枣儿给盼盼)俺娃尽管
　　　　吃,咱不听她咻迷信!

双　喜　(急上)来了! 来了! 这回真的来了!

　　　　(鞭炮骤响。双喜高奏唢呐)

　　　　〔丁凯、月梅喜气洋洋地上,燕燕与围观的群众随上。

方队长　(从另一侧急上)来迟了! 来迟了!

丁　父　方队长,来迟的要罚酒三老碗!

方队长　能成! 今儿个这喜酒,我喝不了二斤,也得喝他个
　　　　斤半!

方　嫂　(拉队长)你少要咻二杆子!

双　喜　哎,队长娘子,这儿可不是管教我方大哥的地方。

　　　　〔众哄笑。

方队长　今儿个是"三喜临门",大家就笑个够!

老保管　(不解地)哎,队长,咋是个"三喜临门"呀?

方队长　你听儿!

　　　　(唱)　老丁多年灾难降,
　　　　　　　负屈含冤太惨伤;
　　　　　　　如今平反得昭雪,
　　　　　　　又到地区把重担扛。

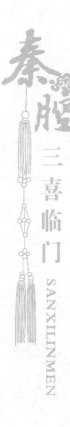

秦腔

三喜临门

SANXILINMEN

老保管	对,当了地区计划生育办公室的主任,这是一喜。
方队长	(唱)　唢呐吹来鞭炮响,
	山前山后满春光;
	老丁月梅成婚礼,
	梧桐树召来金凤凰!
老保管	嗯,二喜。
双　喜	队长,快说你这三喜?
方队长	这三喜么——(取出一卷材料)看!党中央发表了给党员干部的公开信,号召一对夫妻只生一个孩子,大抓计划生育!
易　嫂	哎哟!把人生娃都限制住了,咦倒是个啥喜事嘛!
老保管	不是不叫你生,是不叫你成串串地生!
	〔众笑,易嫂打老保管。
方　嫂	对了,对了,娃他大,把你咦政策搁到社员会上再讲,先办伢这喜事。
方队长	对,先办喜事。按咱山里头的老规程,新娘子不唱山歌不准进洞房,欢迎月梅给咱唱个歌,大家看咋相?
众	好,欢迎!
双　喜	不要急着。咱方嫂的嗓子亮又脆,秦腔咦乱弹伢都会,叫方嫂这红娘先唱一个,大家说美不美?
众	对,红娘先唱一个!
方　嫂	咳!倒作贱我的啥哩?咱又不是咦十七的么十八的,我看,应该先叫双喜跟玉珍给咱唱……
玉　珍	嫂子,你——
丁　母	(急解围)不唱咧,不唱咧,酒菜都已端上咧。乡党、亲戚,都快坐席!
丁　父	对,尝尝咱的家常饭,今个吃的臊子面。快请坐席!
众	走,坐席,坐席!(众下)
	〔月梅欲下,被方嫂拉住。
方　嫂	月梅,大喜日子么,咋连个花都没戴?(摘一朵玫瑰给月梅戴上)玫瑰红艳艳,日子比蜜甜。俺月梅呀,

叫人越看越心疼……

月　梅　（羞涩地）嫂子,看你——（欲打方嫂）

〔方嫂躲避下,月梅追下。

〔苗继祖上。

苗继祖　（自语）这——哪儿是丁主任家呀……

〔内传人声:"一串串,正坐席哩你咋走咧?"

易　嫂　（边上边答话）我怕我咖碎女子醒来,先回去看看
　　　　就来!

　　　　（欲下）

苗继祖　大嫂,请问,丁凯同志家在这儿吧?

易　嫂　（打量）哟,这同志你是来参加婚礼的吧? 快,席面
　　　　都开始一会了!

苗继祖　不不,我是地区卫生局的,姓苗,顺路来问他要一份
　　　　材料。怎么,老丁今天结婚?

易　嫂　是呀,老丁就是因写过一个叫啥"人口论"的材料,
　　　　这些年把罪受扎了! 现在好了,反也平了,还当了地
　　　　区的啥主任,今个办喜事,娶的就是后山大队妇女队
　　　　长辛月梅,好媳妇……

苗继祖　（一震）啊! 月梅……

易　嫂　咋,你们认识?

苗继祖　认识。不,不,不认识,不认识……

易　嫂　咳,这月梅也是个苦命人啊! 原先跟了个地区的啥
　　　　干部,挨刀子的是个陈世美,嫌弃月梅,硬是离了
　　　　婚……

苗继祖　（面红耳赤、急欲分辩）大嫂,咖……不是那么回事。

易　嫂　咦? 你咋知道不是? 你——

苗继祖　（自觉失言）不,不说了。大嫂,谢谢你,我改天再
　　　　来……（欲下）

易　嫂　（急挡）哎,不行,不行,你这同志,得把话说清再走。

苗继祖　这,这话我没法说呀……

易　嫂　咋没法说? 你说么!

苗继祖　我——（无可奈何地）大嫂，我、我就是她原先的丈
　　　　夫啊！结婚了五六年都没开怀，自古道"不孝有三，
　　　　无后为大"，家里老人成天闹着怕绝后。这离婚，能
　　　　怪我吗？大嫂，这话你可千万不敢告诉别人呀，我走
　　　　了……（下）

易　嫂　（痴呆半晌，自语）原来才是个不下蛋的母鸡。这……
　　　　〔对内："队长娘子，队长娘子——"

方　嫂　（上）哟！看你脸上咽神气，啥事？一串串？

易　嫂　（不满地）哼，啥事？你过来，（神秘地）队长娘子哟！
　　　　（唱）　你为人办事我信服，
　　　　　　　　精明能干不含糊；
　　　　　　　　麻雀儿飞过你识公母，
　　　　　　　　牵红线咋能太马虎？

方　嫂　（唱）　你又是云来又是雾，
　　　　　　　　叫人越听越糊涂。

易　嫂　（唱）　老丁他受过多少苦？
　　　　　　　　苦尽甜来才享福；
　　　　　　　　他年过四十儿无有，
　　　　　　　　为此事丁婶常发愁。

方　嫂　（唱）　今日喜饮合欢酒，
　　　　　　　　恩爱的夫妻才开头；
　　　　　　　　明年娃娃抱在手，
　　　　　　　　丁婶定然喜悠悠。

易　嫂　（着急地）咳！
　　　　（唱）　我说瓜来你说豆，
　　　　　　　　说来道去不相投！
　　　　好我的红娘哩！月梅就不会生，你咋给咱老丁牵的
　　　　这线吗？

方　嫂　啥？你——
　　　　〔丁母暗上。

易　嫂　我刚碰见月梅原先那个丈夫，呀就是嫌月梅不生才

离婚的!

丁　　母　（一惊,自语）啊? 月梅不生……

方　　嫂　丁婶——

二婶子　（端酒上）老嫂子,老嫂子,来,敬你一杯喜酒! 愿你早抱孙子,我也跟着沾个光。

易　　嫂　嘘——（从丁母身后溜过去,拉着二婶,拿起地上的提篮,悄悄地）闹了半天,新娘子才是个不下蛋的母鸡,还冲喜沾啥光哩? 快,回!

二婶子　（一愣）谁说的?

易　　嫂　她先头那个男人刚在这儿说的,就这大家还想选她为妇女主任,唉,原想冲喜,反惹了一身臊气,快回,快回!（二人下）

丁　　父　（喊上）他妈! 他妈!（见丁母双目痴呆,惊呼）娃他妈,你这是犯啥病了?

月　　梅　（急出屋见状）我给妈倒水去。（进屋）

丁　　母　……（压抑地哭）

丁　　父　娃们大喜的日子,你这是咋了?

　　　　　〔月梅端水复出。

丁　　母　唉,你听乡亲们刚才咋说的?

丁　　父　说啥来?

丁　　母　唉! 说不成……都怪咱当老人的没主见,把娃坑害了……

　　　　　〔月梅惊,退至屋门口。

丁　　父　你说的啥事嘛?

丁　　母　啥啥事? 月梅就是因为不生娃才离婚的,咱这一辈子想抱个个孙子没指望了,丁家要断根了哇……

丁　　父　你看你,人家娃才过门,你就又是风又是雨的,也不怕旁人笑话? 走,快回屋里歇着。

丁　　母　唉,凯凯娃的命苦……（呜咽着下）

月　　梅　（茫然自语）"丁家要断了根"……（痛苦地环视四周,抬起颤抖的手,摘下发角的鲜花,轻轻揉碎,掩面

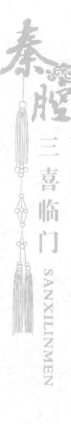

157

　　　　　　　　而泣)

　　　　　　(伴唱)花已碎,心伤悲,

　　　　　　　　　一场欢喜化成灰;

　　　　　　　　　难抑两行盈盈泪,

　　　　　　　　　忧情苦绪诉与谁?

月　梅　(唱)　秋风瑟瑟枯叶降,

　　　　　　　我心比秋风更凄凉;

　　　　　　　强忍热泪胸中淌,

　　　　　　　句句话刺痛我肝肠。

　　　　　　　为什么阳光普照雾难退?

　　　　　　　为什么春暖依然有寒霜?

　　　　　　　结婚后时过六载未生养,

　　　　　　　受不尽污言秽语把人伤;

　　　　　　　对老丁我也曾把真情讲,

　　　　　　　感激他情意纯挚暖心房;

　　　　　　　谁料想大喜之日起风浪,

　　　　　　　婆母她为抱孙儿多悲伤?

　　　　　　　泪难禁,心灰凉,

　　　　　　　莫非我又是梦一场?

　　　　(脱下新衣,依恋地望着新婚洞房,强抑满腹悲痛,自
　　　　语)

　　　　我……走……(缓缓欲下)

　　　〔丁凯上。

丁　凯　月梅,你——

月　梅　(止步回头)老丁,我不忍惹母亲伤心,让你受难
　　　　场,我——

丁　凯　(真诚地)不,月梅呀!

　　　　(唱)　劝月梅不要太伤悲,

　　　　　　　你我二人心相随;

　　　　　　　情真意挚终不悔,

　　　　　　　寒梅不怕冷风吹;

莫道人言太可畏，

暖风微微春已归！

月　梅　老丁，我知道你的心，可我也知道妈的苦……

丁　凯　她老人家，以后会慢慢想通的。

燕　燕　（跑上）爸爸，你们快来呀！（见梅神情）姨姨，你这
　　　　是要……

月　梅　姨姨我……我有点事……（欲走）

燕　燕　（拉住梅衣）嗯，我不让你走！

月　梅　燕燕……

丁　凯　燕燕，快叫妈妈！

燕　燕　……妈妈！（扑向月梅）

　　　　〔月梅紧搂燕燕。

第二场

　　　　〔前场半年后，仲春。

　　　　〔二幕前。村头。

　　　　〔方队长上。

方队长　（唱）　当队长春种秋收不怕累，

　　　　　　　　只为那计划生育愁双眉。

　　　　　　　　搞这事老虎吃天难下嘴，

　　　　　　　　社员骂老婆唠叨又扯腿。

　　　　　　　　这几日县里召开专题会，

　　　　　　　　我队上去的是妇女主任辛月梅。

　　　　　　　　领导上又派专干来住队——

　　　　　　（手搭凉棚找着，喊）双喜！

　　　　　　　〔双喜上。

双　喜　队长，啥事？

方队长　（接唱）你去接专干快快回！

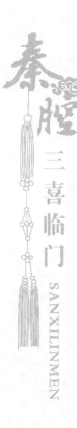

上头给咱派来了个计划生育专干,你月梅嫂子县上开会也到了公社,你骑上我的加重飞鸽快去接回来!

双　喜　是!

方队长　(发现双喜的穿戴)哎,你打扮得像个新郎官,这是?

双　喜　(不好意思地傻笑)嘿嘿嘿……

方队长　笑啥哩?

双　喜　队长,伢玉珍卫校毕业,今天也要回来哩。

方队长　哦! 这刚诣么! 快去,哈哈哈!

〔双喜急下,与端洗衣盆上来的方嫂相撞,扭头下。

方　嫂　哎哟! 啥事这么急的?

方队长　我叫他接月梅和计划生育专干。

方　嫂　接计划生育专干? 咳,你呀!

　　　　(唱)　当队长你就抓生产,

　　　　　　　莫给自家找麻缠。

　　　　　　　睁只眼来闭只眼,

　　　　　　　生娃的事情少沾边!

方队长　(唱)　生产、生育是棋一盘,

　　　　　　　生育、生活紧相关;

　　　　　　　你头发长来见识短,

　　　　　　　这号大事少插言。

方　嫂　去去去,看把你能的些! 要不是我牵线,月梅能到咱队上? 你能添员干将?

方队长　对,咻算是你一功。这回呀,你给咱再立上一功,计划生育也带个头,先把你怀上的这个"计划"了。

方　嫂　啥? "计划"了! 说了个轻巧!

方队长　哎,你……你不要叫我在人前说不起话么。

方　嫂　咱只有一个娃子一个女子,怕啥? 你不要管,到时候我说。(推脱地)哎,老丁到北京开会呀,你快去送送人家么。

方队长　哎,娃他妈——

方　嫂　快去么!(推队长下)哎哟,这死老头子一个"带头"

把我这心带地啪啪啦啦只是个跳！

（唱）　听说是计划生育又要大开展，

　　　　我心里扑扑通通不安然！

　　　　虽然说一儿一女活神仙，

　　　　我心中另有小算盘；

　　　　怕的是一个儿子不保险，

　　　　要有上两个后人心才宽。

　　　　那日我后山偷着去摇签，

　　　　算定了这次怀的是儿男；

　　　　他"计划"，我不管，

　　　　软磨硬泡推天天，

　　　　张果老骑驴走着看，

　　　　到时候我再巧打算。

（拿洗衣盆下）

〔二幕启。

〔景同前场。只是窗上的喜字不见了，一树碧桃换成了满枝繁花。石墩换成了崭新的竹桌椅。

〔丁母腰系围裙，正在摘菜。

〔燕燕提包跑上。

燕　燕　奶奶，奶奶，我妈、我姑姑回来了。

丁　母　人呢？

燕　燕　在后头走着呢。（掏出包内物品）看，我妈给我买的新书包！奶奶，这是给你买的鞋。

丁　母　（拿鞋看）哎哟，这鞋做得多好看……

〔燕燕又取出一块衣料，调皮地盖在奶奶头上，碰落新鞋。

丁　母　疯女子，把鞋给我弄脏了。（珍惜地拾起鞋。燕燕调皮地拍手笑，丁父闻声拿着菜刀上）

丁　母　老头子，鸡还没杀吗？女儿、媳妇都回来了。你快当些！（推老头下，对燕燕）快，倒洗脸水走！

月　梅　（内唱）春风送爽脚步健，

〔月梅上。

月　梅　（唱）　一路山花迎我还。

　　　　　　　　肩负重托道路远，

　　　　　　　　快马还须再加鞭。

　　　　　（欢喜地看着家中的景物）

玉　珍　（内喊）嫂子，嫂子！

　　　　〔玉珍上，双喜推车随上，放车于门外，解行李。

玉　珍　哎呀，紧跑慢赶撵不上你。快见我哥了，看把你跑得快的些！

月　梅　死女子，还猪八戒倒打一耙呢，你和双喜说悄悄话，把嫂子凉到一边，我不走等啥呢！

　　　　〔玉珍不依，笑打月梅，姑嫂二人嬉闹，玉珍与端水上的丁母相碰。

玉　珍　（笑得前仰后合）哈……

丁　母　这么大个人了，还是疯疯张张的。

月　梅　妈！（忙接过洗脸水）

燕　燕　婆婆给你们泡的糖茶。

丁　母　玉珍，快叫妈看看！

　　　　〔玉珍跳上石墩，母笑端详女儿。

丁　母　嗯，长高了，吃胖了，捂白了，俊样了。像个大学堂出来的样子，（玉珍跳下，笑依母怀）毕业分配了？

玉　珍　嗯。

丁　母　分到哪里了？

　　　　〔玉珍要答话，梅笑制止。

月　梅　妈，你猜。

丁　母　这娃，还跟妈绕圈圈。（征询地看月梅）是县医院的大夫？

　　　　〔月梅笑而不答。

玉　珍　往近处猜。

丁　母　咱公社卫生院？

玉　珍　还要近。

丁　母　还要近?

月　梅　妈,我向公社党委申请,把玉珍分到了咱村上当住队干部。

丁　母　住队? 这是真的?

双　喜　(提行李进门)行李都来了。

　　　　〔燕燕接行李进屋。

丁　母　(高兴地)还是我月梅懂事,知道妈时常记挂你妹子,把她要到我跟前,早晚有个照应。(笑)这可又是个大喜事呀!

双　喜　(拉玉珍至一旁,低声)看把你妈高兴成啥了,咱俩的咓事,瞅机会提提。

玉　珍　去去去!

丁　母　(端起鲜菜)双喜,不要走,就在大妈这儿吃团圆饭。

月　梅　玉珍,双喜(开玩笑地)团圆饭!

丁　母　(命令式地对玉珍)玉珍,歇上几天就上班。国家把你供成了医生,可要好好给乡亲们看病呀!

玉　珍　妈,我回来是抓大事的。

丁　母　啥大事?

玉　珍　计划生育。

丁　母　(不信地)啥?

玉　珍　计——划——生——育!

丁　母　啊!(鲜菜散落一地)

双　喜　大婶,这是大事呀。

丁　母　(沉重地走向月梅)月梅,这是真的?

月　梅　妈,你看,公社给玉珍开的介绍信,把咱队当成重点来抓呢。这确实是关系千家万户的大事。

丁　母　(拿上介绍信拍打着)大事,啥大事——咓是当骗匠!

　　　　(唱)　日日盼,夜夜想,

　　　　　　　指望你展翅高飞翔。

　　　　　　　谁料想一盆凉水浇头上,

哪有姑娘当"骗匠"？
三年卫校你白上，
让人背后指脊梁。

月　梅　妈！

（唱）　计划生育天天讲，
　　　　控制人口党提倡。
　　　　妹在卫校受教养，
　　　　破旧俗勇把重担扛。
　　　　上级党委都夸奖，
　　　　妈妈脸上也荣光。

丁　母　（唱）　月梅你为嫂年纪长，
　　　　　　　抬脚动步欠思量。
　　　　　　　不该公社去逞强，
　　　　　　　不该让妹妹干上这一行。

　　　　（指介绍信）去，把这给人家退了！

月　梅　妈！

玉　珍　（夺过介绍信）
　　　　妈呀！

（唱）　搞计划生育我自愿，
　　　　你埋怨嫂嫂不应当。
　　　　男女平等都一样，
　　　　你咋还是老眼光？

丁　母　（又拿过介绍信）你不退，我去退。

玉　珍　（挡）妈，你、你也就太落后了！

丁　母　我落后？好，今天我就落后到底！

　　　　（扯破介绍信扔地上）

月　梅　啊！（急拾起介绍信）

玉　珍　哼！没有介绍信我照样干！

丁　母　我叫你干！我叫你干！

　　　　〔母追打玉珍，双喜拉挡，母顺手拿起桌子上的新鞋
　　　　向玉珍打去，自己险些摔倒。月梅急扶，母拨过月

梅,自己跌坐椅上,月梅几乎被搡倒。燕急出屋扶月梅。

燕　燕　妈!(啜近)

月　梅　燕燕,不哭。(给燕拭泪)

丁　母　(淌泪)唉!我这是遭了啥孽了啊!
　　　　〔方嫂端一盆洗过的衣服,拿棒槌大大咧咧上。

方　嫂　哟,玉珍、月梅,嫂子听说你们回来,连衣服都没洗完就来了。

月　梅　嫂子。(忙搬坐椅)

双　喜　(递眼色)方嫂!

方　嫂　哎哟,玉珍妹子分到大医院当大夫了吧?看把大婶高兴得眼泪长淌哩。

丁　母　哼!当医生,跑到咱家门口当骟匠来了!

方　嫂　啊?

丁　父　(内喊)老婆子!(提开剥好的鸡上)

玉　珍
月　梅　大!

丁　父　(高兴地)哦,回来了,(对丁母)哎,干炸还是红烧,你这大把式快上手。

丁　母　搁给狗吃去!

丁　父　啥?

方　嫂　(拉过丁父)玉珍到咱队抓计划生育,大妈给气糊涂了。

丁　父　嗨!娃娃工作上了,干啥都一样,气啥哩。

丁　母　哼!伤生害命损阴德,叫人指着脊梁骂祖先!

方　嫂　就是咧话,到家门口干这等事,唾沫星子把人都能淹死!月梅,你当嫂子的好好劝劝玉珍么。

月　梅　嫂子,这次县上开会,专门研究计划生育,是我把玉珍要回来的。

方　嫂　(惊愕)啊!……

丁　父　嗯,要得对!

丁　母　你少火上加油!

丁　父　我这是锅底添柴。（坐在老伴旁边劝说）

丁　母　姑娘娃干这号事,丢人败兴惹人嫌!

丁　父　娃们有这觉悟,咱应当高兴么!

丁　母　你这老东西难道就不懂顶门立户的道理?

丁　父　你这老脑筋咋就光知道顶门立户?要都像咱"一串串"放开了要娃,我看过不了几年,咱都得把脖项吊到二梁上喝西北风去!

月　梅　妈,我大说得对。

丁　母　哼!你们都有道理,就是我错了。我走!

　　　　〔丁母怒气冲冲进屋,丁父、燕燕跟下。

方　嫂　月梅,你看你弄的这麻达事情,叫乡亲们咋说哩!玉珍,还是听大婶的话,把咱差事辞了去。

玉　珍　偏不!

方　嫂　看这娃,把你妈气走,叫人笑话死咧!

双　喜　队长娘子,你就不要火上泼油了。还嫌不热闹!

方　嫂　哎哎哎,这咋是狗咬吕洞宾——不识好人心么。

月　梅　嫂子,不要说了。

方　嫂　有话不说,我这心里憋得慌。月梅,（低声）你听嫂子给你说,玉珍是个姑娘娃,你又不能生,抓计划生育,光是嘴上鼓鼓劲,谁听你的?

双　喜　哎,你是婆娘,能生能养,你咋不抓?

方　嫂　你朝我出的啥气?有本事,对你丈母娘说去!

玉　珍　（又羞又气）方嫂,你——

方　嫂　好好好,不说了,都怪我这张嘴,惹得猪嫌狗不爱的……（端盆下）

　　　　〔丁母夹包袱出,丁父跟出。

丁　父　老婆子!

月　梅　妈!（拉住包袱）

丁　母　（径直向门口走,拿围裙擦眼泪,走两步又停住,将围裙甩向月梅,带哭声地）肉跟油饼都在火上热着呢……

月　梅　妈。(拦,拉挂包袱)

〔丁母擦着眼泪下。

月　梅　(扑向门口,难过地呼唤着)妈!

〔玉珍失声哭。

丁　父　叫她走。叫她在你姨家住上一向,开开眼去。来,把包袱给我。(拿包袱欲下)

双　喜　大伯,我带你骑车子撵大婶。

〔双喜、丁父推车下。

〔玉珍哽咽,月梅给玉珍拭泪。

月　梅　不要难过,妈慢慢会想通的。

玉　珍　这,真难啊!

(唱)　为此事咱姑嫂互励共勉,
　　　　向党委诉衷肠把重担承担;
　　　　未迈步竟招来冷风扑面,
　　　　抓节育为什么这样艰难?

月　梅　玉珍!

(唱)　要改变几千年传统习惯,
　　　　咱面前定还有许多困难;
　　　　党对咱寄希望任重道远,
　　　　切不可心意冷清泪涟涟。
　　　　万事总是开头难,
　　　　莫想只开顺风船;
　　　　嫂嫂和你相依伴,
　　　　不怕人背后说闲言。
　　　　挨骂受气嫂嫂顶,
　　　　定要闯过这一关。

(逗笑)哟! 快出嫁的大姑娘了,还哭鼻子呢!

玉　珍　(破涕为笑,扑向月梅)嫂子——

〔二人紧紧依偎。

167

第三场

〔前场两个月后。

〔二幕前,村路上。

〔易嫂邋里邋遢,背一个孩子,抱一个孩子,盼盼在后面紧跟着上。

盼　盼　妈妈,我也要去!

易　嫂　你干啥去?妈去找队长借钱,你当妈是吃筵席去呀!

盼　盼　我不,我要去……

易　嫂　你再犟,看我不打你个死女子!

（欲打盼盼,盼盼跑下）

易　嫂　唉!

（唱）　送子娘娘心眼偏,

给我送女不送男。

一年一个不断线,

落了个外号"一串串"。

粮钱借下一河滩,

为吃为穿发熬煎;

年年盼着把身翻,

岁岁窟窿补不严。

浆水倒进了醋罐罐,

日子越过越穷酸。

去年的秋粮早吃完,

总算盼到快开镰。

打个条条再赊欠,

过上一天说一天。

哎!

（借条落地,拾起借条下）

〔二幕启。

〔生产队队部院内。左侧是一排有玻璃窗的房子,窗户敞开着,双喜正埋头算帐。屋前右侧有观音柳树摇曳。右侧影壁上贴有计划生育的宣传画,前边放一凳子,玉珍拿洒壶在清扫院落,浇花草。

玉　珍　（唱）　阳光明媚照山村,

　　　　　　　家乡美景日日新;

　　　　　　　大白掛子穿身上,

　　　　　　　千家万户装在心;

　　　　　　　节育工作要抓紧,

　　　　　　　莫误春光好时辰。

（对屋内:你快点!）

〔双喜未动,玉珍走至窗下,一把将帐本抓住。

双　喜　（出屋）哎哎哎,不敢搞乱了!

玉　珍　这地方腾给计划生育用,你说好了帮我收拾,一算开帐就没有个完了!

双　喜　哎,我不光算队里的帐,还算咱俩的帐哩。

（拿过帐本）

玉　珍　咱俩的啥帐?

双　喜　分了粮,有了钱,克哩马喳快撩乱,把咱俩个的咻事——赶紧办。

玉　珍　你倒扑腾了个欢!计划生育干不出个样样行行,我还没咻闲心哩。

〔易嫂暗上。

双　喜　（有些发急）看你些,结了婚,我也能更好地帮助你呀!

玉　珍　你帮我啥呢?

双　喜　帮……哎,咱俩也来个带头计划生育!

玉　珍　啊,坏死了,坏死了!（追打双喜）

易　嫂　（“噗嗤”笑出声来）,你小俩口演的是哪一出戏呀?

玉　珍　（不好意思,又不满意地）易嫂,你……（提洒壶下）

双　喜　严肃些,我们现在还是同志关系。

易　嫂	对,你俩就是咻(示意双双对对)同志关系么。嫂子是说笑话呢,大兄弟,莫着气!
双　喜	(不高兴地)你有啥事情?
易　嫂	唉,嫂子还能有啥事……
双　喜	又是借粮,借钱?
易　嫂	不借日子咋过呀,这就是咱社会主义的优越性么,人人都能有饭吃。这是借条,大兄弟,帮嫂子好话多说,请队长给批一下。
双　喜	好话说上七筐箩八簸箕,今年没向。
易　嫂	咋?今年就不是社会生义啦?
双　喜	社会主义也不是热炕,让你睡到上头干吃净拿。(进屋)
易　嫂	哎,大兄弟,大兄弟!(跟进)

〔方队长拿半截铅笔在小本上划写着上,方嫂跟上。

方　嫂	娃他大,娃他大!我有话跟你说呢。
方队长	哎呀!几百口子要吃要喝,这分配计划急忙整不出来,你再不要热闹处加热闹。
方　嫂	哟!就你会计划?我也"计划"去呀。
方队长	(莫名其妙)你计划?
方　嫂	哎,响应号召,计划咱俩口只要一个娃。
方队长	哈哈哈,咋啥闲传哩。(仍埋头画写)
方　嫂	你忘了,我表姨她堂姐大伯子的外甥女,就是我那个在地区工作的表妹,婚后没娃,时常闹架,不是想要咱引弟吗?咱把女子给她,娃子留下,这不是"一孩化"好办法吗?
方队长	哦,这么个"一孩化"呀?
方　嫂	哎,人家又来信了。(掏出信)咱快给个回话嘛。

〔双喜和易嫂在屋内吵起架来。

方队长	(不耐烦地大声喊)吵啥呢?
易　嫂	啊,队长——(拉双喜出)你给评评这理。
方　嫂	一串串,这是咋咧?
易　嫂	(唱)　麦子半黄快开镰,

我家无粮断炊烟。

娃娃光着屁股蛋，

他大等着穿汗衫。

双喜瞪眼不肯管，

还把借条摔一边。

双　喜　咋？就说你冷格生娃，还给谁把功劳挣下了！

（唱）　娃娃生下一串串，

你把生娃当本钱；

把你的欠帐算一算——

（隔窗取出一叠借条抖打着）

再借你家拿啥还？

易　嫂　哼！你门缝看人，把人看扁啦。自古常言：父母欠债儿女还，不要看我现在一串串，长大了哪个不值他一千元！

双　喜　啊，娃娃生了一河滩，才是为了卖钱呀！

易　嫂　（不屑地）小伙，你就不知道咪娃们拍着小手，张着小口，"爸呀"，"妈呀"地叫开了，咪是个啥味？

双　喜　咋不知道，娃娃排成一长串，个个碗里洋芋饭，老大哭，老二喊，老三还是个光屁股蛋……就是个咪味！

易　嫂　不跟你说。队长给批了吧！

方队长　现在加强民主，队长也不能一个人说了算。

易　嫂　那就上会讨论嘛，给！

〔队长接过条子。

双　喜　（隔窗取出账本、算盘等，塞给队长）给！

方队长　哎，这是咋咧？

双　喜　这会计我当不了，你也上会讨论，另选高明。

〔双喜欲下，方嫂拉住。

方　嫂　双喜，你咋为难你方大哥呢？

双　喜　是他为难我，还是我为难他？

方　嫂　看这娃，你方大哥把你可咋咧？

双　喜　咋咧？哼！跟上他这号队长，烂帐挽成乱疙瘩，不光这算盘没法打,(玉珍上,双喜看珍一眼)一辈子也……也……也……

易　嫂　(旁白)小心得了噎食病!

方　嫂　(领悟,笑)也难成个家,得是的?

易　嫂　哎,你娶你的媳妇,我生我的娃,咱井水不犯河水么。

双　喜　大家硬让你这些欠帐户拖累死了!

二婶子　(抢娃拿借条喊上)队长,队长!

方队长　可来了一个! ——(对婶)又是借条?

二婶子　让你说对了,我咏大儿子不好意思来,我只得拿这老脸硬夯么。唉,老少一家子,十个张嘴的,连碗稠拌汤都喝不到嘴里,大儿子两口硬要到东岸子赶麦场去,把七个孙女都给我撂下……

方队长　(发急)他俩口走了吗?

二婶子　正拾缀东西哩。

方队长　快叫他不要走,不要走!

二婶子　那就请队里解救一下饥荒。(递给借条,走了几步又返回)哦,群狗他妈还叫我捎了一个借条呢。(又递给队长借条一个)

　　　　〔二婶下,和急冲冲跑上的老保管撞了满怀,保管眼镜落地。

二　婶　死老汉把我孙子撞零干了!(说着下)

老保管　机子都保不住了,还孙子呢!

　　　　〔保管满地摸眼镜,双喜给拾起。

双　喜　老保管,啥机子保不住了?

老保管　拖拉机,拖拉机!

众　　　拖拉机!

老保管　人家西堡子大队又来要帐了。说是咱演"刘备借荆州"——久借不还,今天硬要把咱的拖拉机开去顶帐!

方队长　双喜,咱能不能先凑上一部分钱——

双　喜　钱?队长,你看佴哪个队要买会计,干脆把我卖了,

还能拾掇几个钱 。

方队长　这……

老保管　队长呀，我看我这保管也得辞职。

方　嫂　哎哎哎 ，我的好老叔哩，你就不要再凑热闹了！

老保管　唉，粮没粮，东西没东西，叫我这保管管啥家！保管
　　　　个老鼠也非得饿死不成。（下）
　　　　〔气氛紧张。

易　嫂　（发急）队长，我的咟事情——

方队长　他嫂子，我看，你把这条条先拿上——

易　嫂　（急了）好我的队长呢，咱社会主义的优越性你总得
　　　　照顾么。

玉　珍　（由衷地）社会主义的优越性再大，也经不住这包袱
　　　　越背越沉。咱硬是吃了人口太多的亏了，生孩子还
　　　　真是得有个计划呀……　　　　　·
　　　　〔月梅拿"计划生育指导室"木牌上。

易　嫂　你姑娘家懂个啥，人生人，鸡下蛋，女人在世就是生
　　　　娃娃的，咟咋能计划？

月　梅　能计划，你看！
　　　　〔月梅举起"计划生育指导室"牌子，玉珍、双喜高兴
　　　　地接过。

月　梅　易嫂，计划生育指导室就在这里。欢迎你来！

易　嫂　哎哟，怪怕人的！

月　梅　嫂子，玉珍专门学过，手术保险着哩。

易　嫂　唉，月梅，你是过来人了，你不生不养都离了婚，我没
　　　　个儿子，在男人跟前连腰都直不起来。
　　　　〔月梅低头走向一边。

双　喜　你咋胡说开了？

方　嫂　打人不打脸，骂人不揭短，你咋好歹不分？

易　嫂　不管咋说，那号缺阴德的事我才不干呢。

方队长　哎，计划生育造福子孙万代，是积德，咋能说是缺
　　　　德呢？

玉　珍	净胡说八道！
方　嫂	哟，六指指搔痒，咋多出你这一道道？你算老几？
玉　珍	计划生育专干！
易　嫂	啧啧啧，哼！我不跟你说，队长，你说一句话，到底借不借？
方队长	唉！死水怕勺舀，筛子大招不住眼眼子多，你不计划生育，队上就没法管。
方　嫂	就是的么，总不能叫你一串串把大家给串住。
易　嫂	队长娘子，你悄着，有嘴说别人，你咋不带头？
方　嫂	我咋？
易　嫂	哼！说的好听，咋不把你怀上的先"计划"了？
方　嫂	啊！（瞠目结舌，瘫坐凳上）
双　喜 玉　珍	哼！戏越唱越热闹了！
月　梅	（走向队长）方大哥，嫂子真的——
方队长	（有口难言）这，嗨！（对方嫂）早叫你"计划"了，硬是不听，你看这——
方　嫂	悄着，看她一串串把我能咋？
易　嫂	谁把谁也咋不了。
方　嫂	你咋是条疯狗，逮住谁咬谁？
易　嫂	哼！纸里休想包住火！
	（唱）　你老汉掌权有靠山，（横梅一眼）
	官官相护你把光占。
	我不"计划"你干瞪眼，
	狗揽八堆你管得宽！
易　嫂	（唱）　你不要仗势欺人把风头占！
方　嫂	（唱）　你不要给个梯子想上天！
易　嫂	（唱）　破罐子我不怕摔两半！
方　嫂	（唱）　风大当心把舌头闪！
易　嫂 方　嫂	（互唾）呸！（队长挡架，二人唾队长脸上）
方队长	（叱方嫂）少说两句，谁把你也当不了哑吧！

方　嫂	哼！自家生了一河滩，还有脸说别人！
	〔方嫂大摇大摆下。
易　嫂	你！（欲追）
月　梅	嫂子，（挡住）
易　嫂	（绕场半周，从月梅、双喜、玉珍面前昂然走过）柿子不能专拣软的捏，政策不能光给群众上！
双　喜 玉　珍	你！
方队长	易家的，你也少说两句！
易　嫂	队长，对咧！对咧！再不要丈八高的灯台照远不照近了，自家的婆娘都管不住，还想管别人！粮和钱我不借了。（将借条揉成团扔向双喜）生下的总不能捏死。娃，我交给队里。
双　喜	你——
	〔易嫂趁势将娃塞到双喜怀里，下。
	〔娃娃哭。
双　喜	队长，要不，我……先给你家抱去。
方队长	（火爆地）胡成精！
月　梅	来，给我。（抱过娃娃）
方队长	（使劲摔掉烟头）玉珍、双喜，把牌子挂出去，明天开始行动，谁挡计划生育的路，就拿谁开刀！
双　喜 玉　珍	（振奋）好！
	〔娃娃惊哭。
月　梅	（拍娃）嗯……

第四场

〔前场十几天后。

〔景周三场。

〔幕启时场上无人，月梅左臂挎包袱，抱娃娃，右手提食罐上。

月　梅　（唱）　怀抱着易嫂女思绪烦乱，

连日来风波起心中不安；

方家嫂不节育影响一片，

一串串吹冷风推波助澜；

马卧槽车脱轨船搁浅岸，

姑嫂们苦支撑行步艰难；

玉珍妹忙工作不辞劳倦，

双喜他热心肠终日不闲。

如何能克服这眼前困难——

（向屋内：玉珍、玉珍！）

玉　珍　（拿医疗器械出屋）

（接唱）我面前来了个一串串。

月　梅　一串串？（回身找看）

玉　珍　哼！挎的件件，抱的蛋蛋，提的罐罐，嫂子，你也成了一串串了！

月　梅　（笑）这个鬼女子！

玉　珍　（接过罐罐，包袱）你咋把娃还不送回去？

月　梅　一串串躲回娘家了，娃给她男人搁下，我又不放心。

玉　珍　你也就太心软了。（打开罐罐）哎呀！好香的鸡肉！（给月梅喂）嫂子，吃！

月　梅　我不想吃……

玉　珍　那是劳累的，吃！（梅不吃）那我也不吃！

月　梅　（强忍地）好，我吃。（刚吃，欲吐）

玉　珍　呀，你病了，（摸摸额头）不烧，怕是中暑了，我给你取些药。（欲去）

月　梅　不要紧，回去喝几口浆水就行了。

玉　珍　喝浆水？哎呀，你怕是有喜了！

月　梅　不敢胡喊叫，要没那回事，还不让人笑掉牙！

玉　珍　那可说不定。

月　梅　咱整天动员人家计划生育,嫂子自家……

玉　珍　怕啥,生上一个你是符合政策的,我给你取些止吐的
　　　　药去。(走一步又折回)嫂子,你替人家抱娃哩,要
　　　　真是抱上咱自家的娃娃……(遐想)我这个当姑姑
　　　　的先给他扯上一身花衣裳……

　　　　〔玉珍高兴地轻轻哼起歌儿,进屋,稍倾复上。

月　梅　(望着玉珍的背影,沉入甜美的遐想)是啊! 要是真
　　　　有那么一天……

　　　　(唱)　此事似梦又非梦,
　　　　　　　我的心中喜又惊;
　　　　　　　多年来常常做美梦,
　　　　　　　梦醒却是一场空!
　　　　　　　盼只盼此事并非梦,
　　　　　　　盼只盼宝宝早降生;
　　　　　　　待来年杨柳青青春意浓,
　　　　　　　喜鹊枝头唱连声!
　　　　　　　到那时——
　　　　　　　妈妈亲,
　　　　　　　爸爸疼,
　　　　　　　一家老少乐无穷;
　　　　　　　燕燕拉着小弟弟,
　　　　　　　串串笑声似银铃。
　　　　　　　宝宝随着青苗长,
　　　　　　　迈着步儿田里行;
　　　　　　　葱儿绿、桃花红,
　　　　　　　苹果树开花白生生。
　　　　　　　甜是蜜桃酸是杏,
　　　　　　　韭菜麦苗早分清。
　　　　　　　环山银渠映笑影,
　　　　　　　槐树湾里捉蜻蜓。

秦腔

三喜临门

SANXILINMEN

枝头麻雀喳喳叫,

展翅飞腾扑楞楞……

玉　珍　（接唱）扑楞楞,啪啦啦,

喜坏了咱的大和妈。

（一把抱过娃娃）

奶奶缝个花裥裥,

爷爷背你捉蛤蟆……

（大笑）哈哈哈……

月　梅　（不好意思）疯女子!（接过娃娃）快拿药来!该换
季了,我给妈寄衣裳去。

玉　珍　哎,对,我给妈写个信,报告好消息。

〔月梅抱娃夹包袱下。

〔玉珍提食罐进屋——

〔双喜上。

双　喜　（念）设下金钩把鱼钓,管叫方嫂难脱逃。玉珍,
玉珍!

〔玉珍正啃鸡腿,出屋——

玉　珍　啥事把你高兴的?

双　喜　好消息,队长把腰扭伤了!

玉　珍　人家扭了腰,你还高兴呢!

双　喜　我从队长的腰病想了个治服方嫂的好办法,所以才
高兴哩!

玉　珍　啥办法?

双　喜　来!（耳语）

玉　珍　（边听边笑）哎,好,妙!（双喜讲完）哈,你这脑袋瓜
里的弯弯套套还不少呀!

双　喜　这就叫,不怕她赖,照人下菜,哈……（玉珍将鸡腿塞
双喜口中）

玉　珍　好,分头行动!

〔玉珍进屋,双喜下。

〔方队长手按腰眼上。

方队长　（唱）　两口子从来是原则难讲，
　　　　　　　　为节育闹嚷嚷唇剑舌枪；
　　　　　　　　说轻了她全当隔靴搔痒，
　　　　　　　　说重了跑娘家避风躲藏；
　　　　　　　　昨夜晚掀起了一场风浪，
　　　　　　　　翻山沟追赶她将腰扭伤。

玉　珍　（出屋）队长，听说你伤了腰？

方队长　唉！说不成！

玉　珍　嫂子也真不像话，让人家把你都编成了顺口溜，
　　　　说啥——
　　　　（念）　队长真窝囊，
　　　　　　　　光会打官腔；
　　　　　　　　天天抓"计划"，
　　　　　　　　单单怕婆娘……

方队长　唉，知道，知道。为这事我和她没少打架闹仗，可她
　　　　老跟你绕弯弯——要不，干脆我结扎算了。

玉　珍　你结扎，嫂子怀上的还不是照样生？

方队长　唉，这号人，真没办法！

玉　珍　办法倒有一个，不知你同意不？

方队长　（急切地）快说，啥办法？

玉　珍　咱们今天来个——（耳语）

方队长　哈哈哈，是叫我和你们唱戏呀？

玉　珍　这台戏你可是不说话的主角！

方队长　行！只要能把队里计划生育的局面打开，你们咋说，
　　　　我咋办！

双　喜　（跑上）快！来啦！来啦！
　　　　〔玉珍、队长进屋——
　　　　〔双喜搬一长凳子坐在屋门口，故作悠闲地看报，窥
　　　　测方嫂动向。

方　嫂　（哭喊着上）娃他大，娃他大！
　　　　（唱）　听得双喜一声讲，

急得我头昏心发慌；

（踉跄，双喜偷笑）

我不讲"计划"把祸闯，

老头子今天要遭殃！

紧赶慢撵来阻挡——娃他大，娃他大！

〔方嫂闯手术室，双喜挡。

双　喜　（唱）　方嫂你肃静莫嚷嚷！

方　嫂　好兄弟，叫嫂子进去，

双　喜　好嫂嫂，里边需要安静。

方　嫂　我有要紧事。

双　喜　手术怕感染。

方　嫂　我非进去不行！

双　喜　你就是进去不成！

方　嫂　你！

　　　　（唱）　你们不把道理讲，

　　　　　　　　"计划"我老汉不应当。

　　　　　　　　我要到公社去告状——（拉双喜）

双　喜　（接唱）我奉陪嫂子走一场。

　　　　（双喜反拉方嫂。方嫂急挣脱。

方　嫂　（唱）　你狗逮老鼠管闲账，（气坐凳上）

　　　　（双喜故意坐到方嫂身旁）

双　喜　（唱）　咱这是针尖对麦芒。

方　嫂　（唱）　我要向县委去反映，

双　喜　癞蛤蟆打喷嚏，好大的口气！

　　　　（双喜猛立起，凳斜方嫂倒地）

玉　珍　（开窗探头）（唱）　哪怕你告状到中央。

方　嫂　（忙起身）玉珍你——（又想解决问题，忙换笑脸）你
　　　　心肠好，你把你方大哥放了吧！

玉　珍　我是执行队长的命令，谁挡计划生育的路，拿谁
　　　　开刀！

方　嫂　哎哟，你们放了队长，我……我"计划"还不行吗？

玉 珍	早有这话省了多少麻搭？
方 嫂	那就把队长放了，啊！
玉 珍	放队长容易，你先进来！
方 嫂	嫂子保险进去，你快把队长先放出来！啊！
玉 珍	不行，先进后出！
方 嫂	哎哟，嫂子赌咒还不行吗？老天在上……
玉 珍	对了，对了，不要嘴上抹蜜了，你不进来，队长就休想出去。（关窗）
方 嫂	（着急地拍打窗子）玉珍，我求求你！（屋内无动静）娃他大！你哑巴了？你咋不说话呀！
	（唱） 你是咱家的驾辕马，
	处处靠你把事拿；
	纵然我糊涂做事差，
	也该念咱是结发；
	你若有个啥麻达，
	我娘们以后咋办呀？
双 喜	保持安静，手术开始！
方 嫂	（扑向窗边嚎啕）玉珍、玉珍，快把你方大哥放了，我进去，我进去……
玉 珍	（开门出）快当些！
方 嫂	哎哟！……（边哭边往屋里走）
	〔双喜、玉珍跟在两边，挤眉弄眼偷笑。
月 梅	（内喊）玉珍！（急上）
方 嫂	（急忙转过身，拉住月梅，哭不成声）月梅！
月 梅	嫂子不要难过，我问问玉珍是咋回事！
方 嫂	（仍哭）你快给嫂子做主，这两个要把你方大哥给"计划"了呢！
月 梅	（对喜、珍）怎么回事？
双 喜	月梅嫂。（对月梅耳语）
月 梅	啊！咋能这样呢？玉珍，快把队长放了！
	〔玉珍不动。

月　梅　（生气）快去！

　　　　〔玉珍赌气进屋把队长扶出来。

方　嫂　（急扶）他大，还疼吗？

方队长　不要紧，刚扎过，松快多了。

方　嫂　怎么，你……你到底扎过了？

方队长　扎过了，玉珍扎得不错！

方　嫂　（哭天抢地）哎呀，这么大的事，你也不和我商
　　　　　量……这可叫我咋办呀……

方队长　对啦，对啦！嚎叫啥呢！

方　嫂　（拉双喜）不行！咱到公社讲理走！

方队长　人家给我扎针治腰疼？你出的啥洋相？

方　嫂　（猛一喜）啊，扎针治腰疼？（忙给双喜陪笑，又给玉
　　　　　珍拍衣服）看这娃哟，和嫂子开这号玩笑。

玉　珍　（扭向一边）谁和你开玩笑。（方嫂尴尬）

月　梅　嫂子，他们这样做不对，你可别往心里去！

方　嫂　嗨，没啥，没啥，嫂子量大着哩，只要你方大哥没事，
　　　　　我没啥。（急欲脱身，推队长）没事了，还不快回，在
　　　　　这里吃了包子等汤呀，走！

双　喜　慢着，刚才许了愿赌了咒，还没"计划"就想溜？

方　嫂　啊，这……嫂子这两天身子有些不美气，过两天保准
　　　　　上门报到。

双　喜
玉　珍　不行！

方　嫂　不行？那……找个保人该能行吧？娃他大，你把我
　　　　　保了！

方队长　你信得过我，我还信不过你，（径下）

方　嫂　呸！离了红萝卜，照样上席面。

月　梅　嫂子，我把你保了。

双　喜
玉　珍　（惊、气）你——

月　梅　计划生育，这是牵扯到家家户户的利益，方嫂是个聪
　　　　　明人，放心，她说话，会算数的。

方　嫂　看看看,到底是妇女主任,一张口就带政策,妇女主任作保该行了吧,哟,晌午端了,该回家做饭了。(欲下)

玉　珍　站住!(挡住方嫂走路,气得跺脚,对月梅)
　　　　嫂子,你……你不能因为自己有了喜,就对这号人心慈手软!

双　喜　啊?……嗨!(气蹲一边)

月　梅　(又气又急)玉珍,你……

方　嫂　(由衷地为月梅高兴)啊,月梅有喜了?到底好人有好报,娃的碎衣裳你就别操心了,嫂子帮你拾掇,走,叫那些短见的人也知道知道。
　　　　(高兴地喊着)哎,大喜事呀,月梅有喜了!(下)

玉　珍　你!——(欲追)

月　梅　玉珍!(挡住玉珍去路)你!……真不懂事呀!
　　　　(唱)　常言说弓弦紧绷容易断,
　　　　　　　滴水能将顽石穿;
　　　　　　　你错怪嫂子我不怨,
　　　　　　　怕给工作添困难;
　　　　　　　一步棋错全盘乱,
　　　　　　　因势利导多宣传。

玉　珍　哼!嘴都磨破了,顶啥?这号绊脚石只有硬搬!

月　梅　不!绊脚石是几千年的封建意识啊。什么"不孝有三,无后为大","多子多福","养儿防老"……一条条看不见的锁链,捆住了人的手脚,我自己也受了多少痛苦,现在有了,不连你也高兴吗?——咱们要耐心引导,千万不能把她当绊脚石呀!

玉　珍　我看出来了,哼!绊脚石确实不是她,是你!

月　梅　啊!

玉　珍　给一串串看娃,给队长娘子做保,叫人家讲政策,你倒会送人情,怪不得大家都说,方嫂是你的媒人,你是她的靠山!

月　梅　你……你也这么看嫂子?

玉　珍　是你自己作出来的!

月　梅　玉珍，你听我说——

（玉珍径自走到屋侧，将指导室牌子摘下）

玉　珍　挂这不是摆样子图好看的，哼！早知今日，何必当初，嫂子拆我的台，这个队的计划生育工作我干不成了！（扔牌子于地，捂脸哭下）

月　梅
双　喜　（呼喊）哎！玉珍，玉珍！——

　　　　〔二人紧迫下。

第五场

〔前场数日后。

〔二幕前。苗继祖提礼品上。

苗继祖　（唱）　乘车急忙到乡下，

　　　　　　　　为领引弟来方家；

　　　　　　　　但愿借女莫出岔，

　　　　　　　　明年引个胖娃娃。

〔易嫂哼着乱弹"许翠莲来好羞惭……"上。

易　嫂　（见苗）咦！这不是那个老、老苗同志吗，你咋来了？

苗继祖　喔？嫂子，我、我来找一个远房的亲戚——

易　嫂　啥亲戚？

苗继祖　是我表姑她娘家大伯子侄女的女婿她三姨……

易　嫂　哎哟，看你说的这拐拐、弯弯套圈圈的，她姓啥吗？

苗继祖　她姓方，不，她丈夫姓方。

易　嫂　（思索）咳！说了半会，才是俺的队长娘子么！同志，你顺我这指头瞅不要拐弯，端向前，村西第一家门朝南。

苗继祖　好，谢谢你。（欲下）嫂子，我来的这事，可不要给旁人说呀。

| 易　嫂 | （稀奇地）哟，啥事嘛？看把你害怕的。 |

易　嫂　（稀奇地）哟，啥事嘛？看把你害怕的。

苗继祖　我——（欲吐又止）唉，这事说不成……

易　嫂　啥事还有说不成的？

苗继祖　嫂子，你不知道，到如今我还是没个娃，叫人咋能不熬煎？我是想引个女子，才来——

易　嫂　噢，才是这事情……

苗继祖　嫂子，我走了。（下）

易　嫂　（自语）队长娘子把女子给人，这——嗯，这戏里头有戏呢，我要看她这戏是咋唱呀！（下）

〔二幕启：方队长家院内，左侧有房，右侧有院门。院内摆有石桌、椅。

〔方嫂正织补一条破麻袋，若有心事地不时望着门外。

方　嫂　（唱）　朗朗晴空飘彩云，

　　　　　　　　大忙季节累煞人；

　　　　　　　　我与他姨夫捎信暗商定，

　　　　　　　　要把引弟送表亲；

　　　　　　　　表弟他无子心愁闷，

　　　　　　　　只盼着引弟引条根；

　　　　　　　　女儿进城有福分，

　　　　　　　　我再生一个儿子多称心！

〔苗继组上。

苗继祖　（敲门）有人吗？

方　嫂　谁呀？（开门。打量来人）哦，你是，他姨夫吧？快进来坐。

苗继祖　嗯，你是表姐吧，这是我给娃娃带的一点东西。（递过礼品）

方　嫂　哟，这么远的路，叫你费心了。

苗继祖　引弟呢？怎么不见她？（取出一个洋娃娃）

方　嫂　（前后张望）引弟——这死女子，刚还在这儿……

苗继祖　表姐，村里到处贴满了计划生育的宣传标语，看来你们这儿抓得很紧呀！

方　嫂　你当啥呢！（闭门，悄声地）我这队是重点。前几天差一点把我都给计划了。他姨夫，你喝茶，抽烟。

苗继祖　（喝茶）领引弟的事，你跟姐夫商量好了么？

方　嫂　你姐夫说等你来了再当面商量。（笑）伢还有些舍不得哩！

苗继祖　（不安）那……你呢？

方　嫂　自家亲戚么，我没麻达。成全了你两口，我，咳，还生呢么！

苗继祖　这就叫两全其美呀。（少顷）只是，人家怕不让你再生了吧？

方　嫂　就是的么，一天到黑地动员呀，劝说呀，讲政策呀，把人耳朵都能聒死……

苗继祖　我倒有个好主意。

方　嫂　啥好主意？

苗继祖　咱给他来个"金蝉脱壳"！

　　　　（唱）　就说是让娃进城把书念，
　　　　　　　　亲戚家住上一半年；
　　　　　　　　天长日久娃习惯，
　　　　　　　　姐夫咋好再阻拦？
　　　　　　　　单等表姐快分娩，
　　　　　　　　看他哪个把手沾；
　　　　　　　　这就叫金蝉脱壳免灾难，
　　　　　　　　保你如意又平安。

方　嫂　（高兴地）哟！他姨夫到底是当干部的，见多识广眼眼子稠么！

苗继祖　夜长梦多。表姐，得抓紧呀！

方　嫂　能成，等他大回来，见个面，吃了饭，咱马上就走。

　　　　〔月梅上。

月　梅　（敲门）嫂子！

方　嫂　（惊）啊，月梅！（对苗）管计划生育的妇女队长。

苗继祖　（焦急地）我，我还是先躲一躲……

方　嫂　嗯。（暗示让苗进屋里）

　　　　（苗提礼品进屋）

方　嫂　（扣上屋门，开院门）月梅来了！快进来。

月　梅　嫂子，忙啥哩？

方　嫂　不忙，我补麻袋，哎，补、补麻袋哩……

月　梅　这些天都见不上你的人影？

方　嫂　唉，天天寻人看病呀，抓药呀，不得闲么。

月　梅　嫂子啥病？我给你煎药去。（欲进屋）

方　嫂　（忙拦）哎，不不，今个儿好得多了。

　　　　〔方队长急上。

方队长　月梅来了？

方　嫂　你咋这么快就忙毕了？

方队长　没毕呢。换好种缺两条麻袋，把咱的先借上。（欲进
　　　　屋取麻袋）

方　嫂　（忙阻）哎哎，你不要急，这不是麻袋？你还寻啥呢！

方队长　（看麻袋拿起）一条还是不够。（又欲进屋）

月　梅　队长，我家里有，我去取。

方队长　不了，月梅，屋里还有呢。

方　嫂　啥麻袋不麻袋的。掌柜的，你赶紧去把咱引弟叫回
　　　　来，死女子这半天也不知跑到哪搭去了！

方队长　（着急地）人正忙哩，你凑得啥热闹吗？叫引弟做
　　　　啥？（急欲进门）

方　嫂　（急）哎，不不，你不要进去——（挡住门口）

方队长　把他家的。你是怕谁把咱屋的啥宝贝拿走了着？快
　　　　走开。（一把拨过方嫂，推门欲进）

苗继祖　（出现在门口，尴尬地）表姐夫……

方队长　（同时一惊）你——
月　梅

方　嫂　（忙打圆场）娃他大，这就是我给你说过的咏他姨
　　　　夫，要领咱引弟到城里去——（见梅在场又止）

苗继祖　（急掩饰）让引弟到城里上学去。

方　嫂　　对，伢城里咍学习质量高么。刚才，他姨夫走乏了，
　　　　　　我让他在屋里先歇歇，等你回来再商量。

月　梅　　嫂子，你这儿有客人，我走了。（欲下）

方　嫂　　哎，走啥哩，来，我给你介绍一下——

月　梅　　我，认识他。

苗继祖　　哦，认识，认识。

方　嫂　　咳，都是熟人么，坐坐坐。（对苗）他姨夫，月梅可是
　　　　　　个好人。唉，前些年跟了个没良心的，嫌月梅不生，
　　　　　　离了；如今和我村里的老丁结了婚，还不是怀上了，
　　　　　　比谁也不缺个鼻子少个眼。

月　梅　　嫂子，说这些干什么。（阻止）

方　嫂　　对，不说了，不说了。

　　　　　〔方队长出屋整好麻袋。

方队长　　他姨夫，你先坐，我正忙哩，一会儿就回来。（下）

苗继祖　　（坐立不安地）表姐，我——

方　嫂　　你坐你的，你姐夫就是咍号冷面子人。月梅，你陪着
　　　　　　他姨夫说说话，我做饭去。（下）

月　梅　　嫂子——

　　　　　〔月梅、苗继祖不安地坐着，各怀心思。

月　梅　　（背唱）我只说往昔事烟消云散，
　　　　　　　　　　谁料想偏相遇令人难堪。

苗继祖　　（背唱）月梅她怀身孕可喜可羡，
　　　　　　　　　　又是悔又怕她有意刁难。

月　梅　　（背唱）过去事成已往不记旧怨。
　　　　　　　　　　今日事我怎能袖手旁观？
　　　　　　（对苗）抓节育千秋业意义深远，
　　　　　　　　　　万不可为私利不顾全盘！

苗继祖　　（接唱）时光逝日月转人生有限，
　　　　　　　　　　我无后引一女情通理圆。

月　梅　　（接唱）无儿女来抱养无可责怪，
　　　　　　　　　　你不该施计巧把路走偏；

引弟她刚对我哭诉一遍，

你为何寻借口将真情隐瞒？

苗继祖　（接唱）这本是区区的小事一件，

你何必做文章轻信童言；

劝你撒手莫多管，

勿给自己落闲言！

月　梅　（冷笑）哼……

苗继祖　你笑什么？

月　梅　我笑你堂堂的卫生局宣传科长，身为共产党的干部，却是满脑子的封建思想。台上口若悬河大讲党的政策，心里却想的是"不孝有三，无后为大"，"借女冲喜引儿子"。你只想儿子、儿子，还顾不顾一点党的威信？群众的利益？

苗继祖　你——（面红耳赤，强抑怒气）我们两厢情愿不用你来多管！

月　梅　你要是执意不听劝告，那就领引弟走吧。我并没有多管，因为这事势必会影响我们队上的计划生育工作，我应该向地委反映事情的真相。

苗继祖　（惊）啊！（理屈词穷，气急败坏）好，我走我走！

　　　〔易嫂上，和急出门的苗相撞，苗下。

方　嫂　（端食盘上）哎，他姨夫呢？

月　梅　他走了。

方　嫂　走了……

月　梅　嫂子，"借女冲喜"这事，咱可不能做呀！

易　嫂　就是么，亲戚咋能干这号事？真是——

方　嫂　（借机发泄）哼，马槽里多了个驴嘴，要你多管？

易　嫂　哎，有理不打上门客，你咋是这号人？

方　嫂　你到算是哪门子客？黄鼠狼给鸡拜年——没好事！

易　嫂　你算说对了，我就是来寻队长给我做主的。

月　梅　嫂子，啥事？

易　嫂　娃给你撂了这一向，我要去抱娃，我咆掌柜的开口就骂,动手就打……

月　梅　走,咱寻他讲理去。

易　嫂　(拉月梅)月梅,这事我不能再给你添麻烦了。

方　嫂　(拿笤帚扫地上)不咋地,月梅不嫌麻烦,没生没养的她管,生下来长大的她也管,她管得宽着呢!

月　梅　嫂子,你——

方　嫂　我咋?我忍心把娃给人,想个"双保险",也是给你减轻困难么,你硬是不放过。我在你心里咂位位还不剩个一串串!

易　嫂　哎,你唱你的"双保险",拉址我做啥呢?说话也太占地方了!

方　嫂　把你给撞了?我在我屋里说话谁还给我嘴上贴封条?不爱听了朝出请。

易　嫂　朝出请?哟。凭你这家当,人样看把我请得来?屎巴牛上了花椒树——看把你麻得些!我是看得起队长才寻队长来的!(干脆坐下)

方　嫂　你——(还欲上前)

月　梅　(拉方嫂坐下)嫂子,你听我说几句……

方　嫂　我不听咂政治课虚套套!

月　梅　不,嫂子,你想想,咱国家的事那么多,那么忙,为啥还要把计划生育这事抓得这么紧?还不是为了让咱社员群众过上好日子?国家为咱着想,咱也应该为国家分忧呀!

方　嫂　哼,人家一连串地生倒有理,我一共只要了两娃,犯了啥法咧?

易　嫂　我成串串生的都是女子,要再像你一儿一女咂活神仙,我呀,才不唱咂皮影子戏哩!

方　嫂　哎,你为啥光踩我的脚后跟?

易　嫂　谁要你是队长娘子哩?村看村、户看户、社员看的是干部么!

方　嫂　我不是党员,又不是干部,谁爱带头谁带头去!都少管我！

易　嫂　哟,老虎的屁股——还不敢摸了？

方　嫂　好,这队里、家里都没我立脚的地方了,我走!（进屋）

月　梅　易嫂,快去叫队长回来!

易　嫂　嗯。（匆匆下）

方　嫂　（夹包袱出屋喊）引弟、引弟!跟妈进城,找你姨夫去!（朝门口走）

月　梅　（拉住方嫂的包袱）嫂子,你——

方　嫂　我咋了？我没有背脚踩人,我没有过河拆桥!

月　梅　我——

方　嫂　你好嘛!人常说:是亲必顾,是邻必护,沾亲带故,暗中相助。可你好,六亲不认!

（唱）　莫怪嫂子我舌头尖,

　　　　直肠人说话不拐弯;

　　　　前些年你不生养遭冷眼,

　　　　嫂子我为你也心酸;

　　　　如今你怀孕笑满面,

　　　　嫂子这心里比蜜甜;

　　　　我一副热肠换冷面,

　　　　你盘根搜底寻麻烦;

　　　　过河拆桥你行事短,

　　　　情薄如纸人心寒!

月　梅　嫂子呀!

（唱）　忘不了坎坷路上嫂怜念,

　　　　忘不了苦病床头把药煎;

　　　　忘不了嫂嫂为我牵红线,

　　　　忘不了春种秋收肩并肩。

　　　　雨中同撑一把伞,

　　　　烈日之下战麦田;

　　　　劳动致富共勉励,

　　　　一副重担两人担;

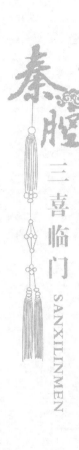

秦腔

三喜临门

SANXILINMEN

夜沉沉,嫂作伴,

热肠快语暖心间;

黄河九曲水不断,

你我姐妹心相连。

方　嫂　（唱）你既把姐妹情义念,

就该听嫂进一言;

计划生育再休管,

莫学那蚕儿作茧把自己拴。

月　梅　（唱）你只想自己"双保险",

不念国家有困难;

不是月梅把你怨,

大事面前你眼不宽。

方　嫂　哼,我看出来了,你是铁豌豆下锅,油盐不进呀。我的事不用你管,我撵他姨夫去——（欲下）

〔方队长急上,易嫂、玉珍随上。

月　梅　（拦挡）嫂子,你先听我把话说完……

方　嫂　（推月梅）我啥都不听!

〔月梅碰于石桌上,捂腹,疼痛难忍。

众　　　（惊呼）月梅——

玉　珍　（扑向月梅）嫂子,（怒视方嫂）我嫂子是有身子的人,你要负责!

方队长　（暴怒）你干的好事!

方　嫂　我……（急扶月梅）月梅、月梅——

第六场

〔前场几天后。

〔二幕前。路上。

〔丁母提篮食品等物上。

丁　母　（唱）　天大的喜事从天落，

　　　　　　　　乐得我几夜眼未合。

　　　　　　　　月梅怀孕喜死我，

　　　　　　　　两腿生风如穿梭。

　　　　　　　　下火车，赶汽车，

　　　　　　　　翻过沟梁下了坡——

丁　父　（内喊）老婆子！

丁　母　（接唱）忽听前面人喊我。

丁　父　（提菜篮上）老婆子，

　　　　　（接唱）哪阵风把你吹过河？（接篮子）

丁　母　暖悠悠的东风，玉珍捎书打信，说他嫂子有了喜。

　　　　我能不敢紧回来？

丁　父　（故意地）哎，气消了？

丁　母　（伸着新衣）看，这是月梅给我做的新衣裳，伢有心

　　　　着哩。这一回娃又立了一大功，我喜都来不及。哪

　　　　里还来的气？

　　　　（顿）我就是着你老不死的气！

丁　父　隔山架河的，我可把你咋惹啦？

丁　母　这么大的事，你凉冰冰地连句暖和话都没捎。

丁　父　我这不是老远欢迎你哩吗？你回来我可就解放啦。

丁　母　（不解地）解放你？

丁　父　锅台上把我转得稀稀受不了了！

丁　母　你转锅台？那月梅、玉珍呢？

丁　父　（顿觉失口）啊……啊……

丁　母　啊啥哩？

丁　父　啊……这……月梅住了医院，玉珍照看呢。

丁　母　（急问）啥病？

丁　父　不要紧，胎气震了一下

丁　母　啊！（急急惶惶跑下）

丁　父　老婆子，老婆子！（提篮追下）

　　　　〔二幕启。

〔景同四场，柳树下放着一个简易的小摇篮。易嫂娃在摇篮里啼哭，玉珍在给娃娃送奶瓶喂奶，月梅拿着一件正在缝的小花衣从屋内出，轻轻走到玉珍身边。

月　梅　（笑看孩子）吃得真香！

玉　珍　（擦擦额上的汗珠）这小家伙，一点委屈都不受。（站起来收拾奶瓶）

月　梅　玉珍，回去跟咱大商量一下，把咱的粮食分出一些，给盼盼家送去。

玉　珍　你住了院一串串都不把娃抱回去，你还替人家操心。

月　梅　他俩口子为这事打架了，盼盼她妈也有难处，快去吧！

玉　珍　嫂子，你也真是……（不情愿地下）

〔月梅拿小衣服在孩子身上比试着，拍着孩子，轻轻哼起了摇篮曲。

燕　燕　（挎着小篮，欢叫着上）妈妈，妈妈，药采来了！

月　梅　嘘！（笑着指小孩入睡，示意轻声）

〔燕燕蹑手蹑脚走到摇篮旁，给月梅看采来的药，月梅笑点头，给燕燕擦汗。

燕　燕　（伏在摇篮旁看小孩，轻声）小妹妹真好玩！……妈妈，你也给我生个妹妹！

月　梅　（轻声）嗯，不……

燕　燕　（轻声）那生个小弟弟？

月　梅　小孩子家，知道啥！

燕　燕　（提药篮）妈，我给你煎药去。（又回头调皮地）给我生个小弟弟！（跑下）

月　梅　（燕燕的话触动了思绪）生个弟弟……

（唱）　小燕燕语切切把弟弟盼望，

　　　　她怎知做娘的难言衷肠！

　　　　为节育全村里翻波涌浪，

　　　　旧观念筑起了万丈高墙；

　　　　眼面前困难多层层屏障，

　　　　怀身孕心中喜又觉徬徨；

我也曾想打胎树立榜样——

（思索）不——

怎能狠心把骨肉伤。

忘不了受人的恶语诽谤，

忘不了背地里冷风寒霜；

待等到来年里春风荡漾，

铁树开花分外香！

〔丁凯上。

丁　凯　（唱）　接家书一路上心弛神往，

愿月梅顾大局勇写新章。

做一颗铺路石把通途开创，

我二人两相知贴心贴肠。

——月梅！

月　梅　老丁！（忙为老丁掸土，急进屋端水出）

月　梅　老丁，我——（欲言又止）

丁　凯　唔？

月　梅　我告诉你个好消息……

丁　凯　（若有心事地）嗯，我知道了。

月　梅　知道了？你是咋知道的？

丁　凯　妹妹写信告诉我的。

月　梅　噢。这一下，你可高兴了吧？

丁　凯　我……高兴、高兴，不过——

月　梅　不过啥？老丁呀！

（唱）　莫非你担心我保胎无望，

咱一腔喜悦情又化冰凉？

丁　凯　不，不是……

月　梅　（接唱）又莫非你也有封建思想，

怕只怕再生女空喜一场？

丁　凯　不，也不是……

月　梅　咳，你呀！

（接唱）这不是那不是快把话讲，

真叫人难猜你是何心肠？

丁　凯　（为难地背白）这，这话我难出口呀……

　　　　（唱）　叹月梅多年来苦盼切望，

　　　　　　　　不生育受尽了流言中伤；

　　　　　　　　此一番若割爱她心绪可想，

　　　　　　　　我怎忍太莽撞让她心伤？

　　　　　　　　思绪万端心惆怅，

　　　　　　　　话到嘴边口难张。

月　梅　老丁，真急死人了，你快说呀！

丁　凯　月梅，你打算生，生这个孩子吗？

月　梅　哦？你说什么？

丁　凯　我是说，咱们都是管计划生育的人，事情到了自己头
　　　　上不好办呀。我反复想过了，这个孩子——

月　梅　孩子怎么？

丁　凯　还是…打掉吧……

月　梅　（一惊，出乎预料）啊？打掉……

　　　　（唱）　他吞吞吐吐把话讲，

　　　　　　　　一言刺痛我肝肠！

　　　　　　　　只说他知此事大喜过望，

　　　　　　　　怎料想竟把我心伤。

　　　　　　　　为怀胎多少年朝思暮想，

　　　　　　　　为怀胎多少夜泪湿枕旁。

　　　　　　　　多少难听话，

　　　　　　　　冷风刺骨凉。

　　　　　　　　心中含隐痛，

　　　　　　　　悲泪埋胸腔。

　　　　　　　　似觉人前低三等，

　　　　　　　　忍辱含屈口难张。

　　　　　　　　如今大喜从天降，

　　　　　　　　打胎好比刀割肠！

丁　凯　月梅，想开些，咱们可不能意气用事呀！

月　梅　意气用事？（爆发般地，惨痛地）不，我就要赌这口气，我要生，我要生，我不是"不下蛋的母鸡"，我是个女人，我也是个堂堂正正的女人啊！老丁，让我生吧，我就要争一口气，生一个咱们俩的亲蛋蛋娃……（伤心地哭）

丁　凯　月梅，我的好月梅，你冷静些。（饱含感情地）你的心情我都理解，你的苦衷我全能体谅；难道，难道我就不愿要 一个儿子？难道我不想抱上一个咱们俩的亲蛋蛋娃吗？接到玉珍的信，夜里我睡不着，想呀，想呀。想咱们自己，也想那许多和咱一样没有儿子的人，想到了方嫂、一串串，还有十年里生了七个女子，至今仍想再生一个儿子的二婶子她儿媳……我又想，假若没有儿子的家庭都添一个人，那么，小到咱村，大到全国，岂不是又要增添几十万，几百万，甚至几千万人哪！这样下去，拖累重的家庭啥时候才能不再靠洋芋拌汤过光景？啥时候才能没有五、六岁还光着屁股的孩子？啥时候才能根本改变这种贫穷落后的面貌啊！

　　（唱）　劝月梅且冷静胸襟宽广，

　　　　　　可不能为赌气两眼迷茫；

　　　　　　节育事关系着国富民强，

　　　　　　这些话还望你再三思量。

月　梅　老丁，你说的这些道理都对，我是不该赌这口气。多少年风风雨雨，我心里有创伤呀。而且，我、我还担心你将来也会嫌我不生，被人看不起……

丁　凯　不，月梅，我们还有燕燕，她是我们的骨肉，也是你亲孩子，燕燕她多爱你呀！

月　梅　是的，燕燕爱我，我更爱燕燕，她是我们的亲孩子……

　　（唱）　情切切，意深长，

　　　　　　老丁与我诉衷肠。

他心地纯正人敬仰，

肺腑话儿暖心房。

老丁——（扑向丁凯，二人偎依，亲切攀谈）

（伴唱）情切切，意深长，

相爱夫妻诉衷肠。

心地纯正人敬仰，

肺腑话儿暖心房。

〔玉珍上。

月　梅　老丁，我还有一个担心，这事怎么跟妈说？

丁　凯　我去说！

玉　珍　哥，我早跟妈说了！

丁　凯　你跟妈说了？说什么呀！

玉　珍　说我嫂子有喜了呀！

丁　凯　你嫂子要节育，不留这个孩子了。

玉　珍　啊！嫂子……（扑向月梅落泪）

丁　凯　怎么，你不支持你嫂子？

月　梅　傻丫头，还要嫂子给你做工作吗？

玉　珍　（哽咽）我……我……我……（摇头）

燕　燕　（内喊）妈！

月　梅　（应）哎。（对丁）去看燕燕吧，她成天在念叨你呢！

〔丁凯、月梅下。

〔玉珍呆愣愣地摇着摇篮，不时抽抽噎噎地哭。

〔方嫂、易嫂，提鸡拿鸡蛋等上。

易　嫂　（念）　杀了只肥鸡提在手，

方　嫂　（念）　三江水难洗满脸羞。（见珍在流泪，二人吃
　　　　　　　惊）

方　嫂
易　嫂　玉珍，你嫂子？

玉　珍　哼，你们还好意思见我嫂子！（擦泪）

方　嫂
易　嫂　你嫂子到底咋样了？

玉　珍　我嫂子要……带头节育哩！

〔二人惊坐地上。

丁　母　（内喊）月梅,月梅!

玉　珍　（惊）呀! 我妈来了,你俩离远,不要叫我妈见了
　　　　生气!

〔二人猫腰退步,躲在影壁后。

丁　母　（喊上）月梅,月梅!

玉　珍　妈!（接过母亲手中的提篮）

丁　母　玉珍,你嫂子到底咋样了?

玉　珍　没啥了,好着呢。

丁　母　真没啥?

玉　珍　我还能哄你!（给母亲搬凳子）

丁　母　（舒了一口气,发现小衣及摇篮）哟,把这都准备
　　　　好了。

　　　　（拿走小衣看）

〔玉珍难过地背过身。

丁　母　（笑,摇头）到底没抓过碎娃,缝得太大了。（不见月
　　　　梅）哎,你嫂子睡着了?

玉　珍　（未转身）哦,我给你叫去。（下）

〔燕燕蹦蹦跳跳地上,丁凯、月梅随上。

燕　燕　奶奶!

丁、梅　妈!

丁　母　哎,哎,（抚摸燕燕）又长了一截子。

燕　燕　婆婆,我妈要给我生小弟弟了!

丁　母　（高兴地）知道,知道。（从篮里取物,拿出一个食品
　　　　盒,对梅）这是你姨妈家给你带的果脯,（取一枚给
　　　　梅）月梅,你尝!

月　梅　酸甜酸甜的,味道真好。（把盒给燕燕）

丁　母　（笑起来）哎哟! ……（拉丁凯到一边）听见了吧?
　　　　酸儿子辣女子,这一回呀,八成是个娃子娃。（又不
　　　　放心地）哎,月梅到底咋样了?

丁　凯　（笑）好着呢!

丁　母		妈到底放心不下。
丁　父		（抱两个大西瓜上）放你一百二十条心！燕燕，走，给你婆杀瓜去。（下）

〔燕燕拉丁凯欲下。

丁　母		凯凯。（丁止步）妈给你说。你亲自照看月梅，在这多住些日子。燕燕，把这给你妈拿进去。
燕　燕		（欢快地）哎！

〔燕燕、丁凯提大包小件进后院，梅欲帮忙，被母拉住。

丁　母		月梅，妈给你说话哩，这一回呀，你安心保胎，想吃啥喝啥，尽管对妈说，里里外外有妈经管，你啥事都不要操心。
月　梅		哎，哎……（话难出口）妈，你走乏了，我给你泡茶去。
丁　母		等着吃西瓜么！
月　梅		妈，你走热了，我给你取把扇子来。
丁　母		哎，哎。（望着月梅进屋，喜不自禁）媳妇能生会养，是我老婆福分强哟！哈哈哈……

〔影壁后面传来抽泣声。

丁　母		（诧异）谁呀（走向影壁）。

〔方嫂、易嫂抽泣着走出。

丁　母		哼！才是你俩个。（生气，背过身）
易　嫂 方　嫂		大妈！
丁　母		唉，不是大妈说你们俩，你俩也就太那个了……
方　嫂		大婶，都是我不好，我给月梅拿了些铺身子的东西……
易　嫂		大婶，我对不起你们家，月梅给我又管娃娃，又送粮，（拿出面袋）我把下蛋的母鸡杀了，想补个情，可……可……（哽咽）
丁　母		好了，好了，哭个啥！知错改错不为错，有心就行了，拿东西干啥！

易 方	嫂 嫂	大妈,月梅她……

〔月梅拿扇子出屋,尚未弄清发生的事情。

丁　母　月梅肚量大,不会往心里去。

易 方	嫂 嫂	她……她要带头节育,不要这个娃了。

丁　母　你……你们说啥?

易 方	嫂 嫂	月梅要带头计划生育哩!

丁　母　(惊)啊!(晕眩)

　　　　(唱)　一声惊雷当头炸,

　　　　　　　霹雳电闪眼目花。

　　　　　　　此事是真还是假,

　　　　　　　心中又苦又觉辣……

月　梅　(扑向母)妈!(为母抚胸)

易 方	嫂 嫂	(惊慌)大妈!

〔丁凯、燕燕托一盘西瓜上。

燕　燕　(捧起一牙西瓜,放在奶奶手里)奶奶,吃瓜!

丁　母　(捧瓜颤抖)

　　　　(唱)　黑子红瓤确非假,

燕　燕　(憨厚地喂瓜给婆婆)奶奶,吃!

丁　母　(接唱)凉透心肝冰碎牙!

〔丁母拎起衣襟掩脸哭泣,西瓜落地,燕燕惊呆。

丁 月	凯 梅	妈!妈!

丁　母　〔缓缓抬头擦泪〕凯凯,这是真的?

丁　凯　妈,我正要和你老人家商量呢!

月　梅　妈,我们两个商量好了,就等你老人家一句话——

丁　母　(斩钉截铁)一句话,不行!

丁　凯　妈,你先消消气,咱们再商量嘛!

丁　母　没啥商量的!难道……难道你们让丁家断后不成?

丁　凯　妈,燕燕不是咱家的后代吗?

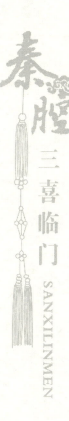

秦腔

三喜临门

SANXILINMEN

方　嫂　（拉过月梅）月梅，隔层肚皮隔重山，不是亲生差一
　　　　半呀！

月　梅　（紧紧搂住燕燕）不，妈，咱燕燕就是我亲女儿。

丁　母　你待燕燕像亲生，妈放心、高兴，可咱燕燕到底是个
　　　　女娃，日后总是人家的人呀！

燕　燕　（生气）奶奶，我咋是人家的人？我咋是人家的人？
　　　　（燕燕缠闹不休）

丁　母　哎哟，烦死了！（打燕燕一巴掌）

燕　燕　（嘟着嘴哭下）我告诉爷爷去，我告诉爷爷去。（跑
　　　　下）

丁　凯　燕燕……（追下）

丁　母　我看这地方你住不成了——（径自进屋）

月　梅　妈！

方　嫂　月梅，嫂子说错了话，干错了事，你打我骂我都成，可
　　　　不敢跟嫂子生这么大的气呀！

易　嫂　月梅，嫂子难为你了，你那些年受了多大的苦，就是
　　　　为了出一口气，也该生下这个娃呀！

月　梅　嫂子，计划生育，可不是为了生气和致气啊！

丁　母　（提网儿，内装暖瓶、脸盆等物，出）走，跟妈回！

月　梅　妈！

丁　母　（拉住月梅）回！

月　梅　妈，（恳求地）

丁　母　（生气地）回！
　　　　〔丁母拉月梅走，月梅退步。

月　梅　妈，我踏出这一步不容易呀，你老人家就答应了吧！

丁　母　啥事都由你，只有这事，你得听妈的！
　　　　（拉月梅走）

月　梅　妈，你看咱队上这些年，产量年年上，口粮往下降，土
　　　　地不变样，人却年年长，再不计划，吃饭都难场呀！
　　　　（月梅拉母）

丁　母　国家这么大，就多咱一个娃？

月　梅	人人都要这样想，"四化"能搞出啥名堂？
方　嫂	月梅，"四化"只是墙上的画呀！
月　梅	不，"四化"连着千万家，人人都该添砖瓦。
易　嫂	嗨，国家大事由党抓，轮不上咱这婆娘家！
月　梅	十亿人，家口大，党不是神仙一把抓。
丁　母	哼，山沟沟一个老百姓，比国家主席还能！
月　梅	妈，大家的事，大家操心，咱不能光顾自家么。
丁　母	（气得发抖）月梅，你……
月　梅	妈……
	〔丁母盯视月梅。
方　嫂	（对易）快找丁大夫来！
	〔方嫂、易嫂悄悄跑进后院去找丁凯。
丁　母	你！……
月　梅	妈！……
丁　母	你！……
月　梅	妈！……
丁　母	你……你……你个不懂事的月梅，难道你就忘了黄连泡泪水的哪些年了吗？
月　梅	妈！

（唱）　一句话引落千行泪，
　　　　往事历历恨又悲；
　　　　不生育人前矮三辈，
　　　　冷言恶语耳旁吹；
　　　　黄连苦胆泡血泪，
　　　　野岭徘徊无家归。
　　　　儿非是铁心钢铸肺，
　　　　母亲莫将儿心亏；
　　　　吃过黄连知苦味，
　　　　黄连明目辨是非；
　　　　旧观念千年常作祟，
　　　　多少女儿血泪飞；

千载锁链要砸碎，

妈！愿妈妈，收悲泪，振精神，壮儿胆，

添把力——春雨春风育花蕾！

〔丁凯暗上，玉珍、方嫂、易嫂后跟。

丁　母　月梅。

（唱）　妈不是老朽太昏聩，

只因往事令人悲；

凯儿多年受苦罪，

难得今日展双眉；

人生得子天做美，

天逐人愿何不为？

丁　凯　妈！

（唱）　母亲心意儿感佩，

体贴关怀情入微，

儿招祸全因"人口论"，

党为儿平反明是非。

耿耿信念岂能违，

竭尽忠诚以身随；

小小牺牲何足论，

万代同饮幸福杯。

玉　珍　妈，你就成全了我嫂子吧！

丁　母　啊！你也给你嫂子帮腔？难道叫丁家绝后断根

不成？

〔丁文领着燕燕气冲冲地在观众池里喊："娃他妈，

给你丁家的钥匙。"上。

丁　凯
月　梅　大，

易　嫂
方　嫂　大伯！

丁　母　（挡）哎，半路上杀出个程咬金，谁可把你惹了？

丁　文　你！哼，口口声声女子是外人、外人，一脑门子的传

宗接代。你就忘了，我这个"外人"的老根子咋上了

丁家的门!

（唱）　想从前你家贫困房无瓦,

　　　　长工我倒插门儿到你家。

　　　　一家人苦撑苦熬冬到夏,

　　　　穷光景有儿也难顶门阀;

　　　　一声声传宗接代嘴上挂,

　　　　娃他妈,把你的家谱从头查!

（静场。众人期待,丁母沉思）

月　梅　妈,我大说的对呀,光景过不好,有儿又能传什么宗,
　　　　接什么代?还不是传的瓦盆盆,烂罐罐,半张草席铺
　　　　炕面?

　　　　（诙谐地）妈,等我燕燕长大了,也来个男到女家!

燕　燕　（不解）啥?啥?（见众人笑,觉察）妈坏!妈坏!……
　　　　（打梅）

　　　　〔丁母提热水瓶等物站起。

丁　父　哎哎哎,你可咋咖?

丁　母　不咋,我拿出来的,我原给月梅送回去!

珍、梅、凯　妈!（梅接丁母手中的东西）

方队长　（喊上）月梅,月梅!

　　　　〔双喜推自行车随上。

方　嫂　悄着,月梅要做节育手术呀!

方队长　啊,不行,月梅情况特殊,政策允许,不能这样!（走
　　　　向月梅）

月　梅　方大哥!——

方　嫂　（抢先截住方队长,堵到月梅面前）哎,还要我给你
　　　　做工作吗?

方队长　咦,你?……

方　嫂　我咋,月梅出来了,我第二个进去!

方队长　呃!

珍、梅　嫂子!

方队长　好!哎,还有个好消息呢,县上通知召开计划生育先

进分子大会,让我们队选一名代表,另外双喜给咱领回了独生子女证。你们说,代表选谁当?独生子女证谁领第一张?

方　嫂　那还用说,月梅,都是月梅的。

丁　母　队长,那个证,可得给我也留一张!

方队长　你?(笑弯腰)

二婶子　哎,老嫂子,咿外东西就是咱老婆子要的吗?

丁　母　我是给玉珍、双喜要的,怕到时候没有了。

玉　珍　(羞,捂脸)妈!

〔双喜不好意思。众笑。

易　嫂　哎,队长,把咿证给我也留一张——

方队长　你——

易　嫂　队长娘子第二个出来,我给咱第三个进去——计划生育也要来个一串串呢!

众　　哈哈……

——剧　终

演出单位

西安市五一剧团

铁流战士

根据兰州部队宣传队同名京剧 移植

西安市五一剧团创研室 移植

剧情简介

　　1935 年秋,中国工农红军某部长征北上,经过甘南藏族地区青云滩部落时,派卫生队政治指导员向华等三人深入藏区,发动牧民群众,为后续部队通过创造更为有利的条件。

　　此时,国民党军某部骑兵团团长鲁占祥亦率部赶至,妄图和千户华尔盖勾结起来,在白河一线布防,堵截我红军北上抗日。

　　在极端困难的环境下,向华依靠群众、宣传群众、发动群众,揭露了鲁占祥的阴谋,争取了大千户,粉碎了国民党军白河布防、堵截红军的阴谋计划,有力地配合了我红军后续部队全歼敌人,顺利地通过藏族地区,胜利北上。

场　目

人 物 表

向　华　　女,中国工农红军某部卫生队政治指导员
主　任　　男,中国工农红军某部政治处主任
方　浩　　男,中国工农红军某部战士
张　强　　男,中国工农红军某部战士
刘排长、通信员及红军战士若干人
多日吉　　男,青云滩部落的牧民
尕布藏　　男,青云滩部落的猎手
桑　尕　　女,青云滩部落的牧民,尕布藏的母亲
扎　西　　男,青云滩部落的牧民
才　让　　男,青云滩部落的牧民
索　南　　男,青云滩部落的牧民
花木错　　男,青云滩部落的牧民
罗　卡　　男,青云滩部落的牧民
青云滩部落的牧民、奴隶若干人
华尔盖　　男,青云滩部落的千户
华尔盖千户的打手若干人
鲁占祥　　男,国民党军某骑兵团团长
哈有福　　男,国民党军某骑兵团特务排长
管　家　　男,华尔盖千户的管家
国民党兵若干人

序曲合唱

红军铁流两万里，

披荆斩棘全无敌。

播火种，传真理，

鲜红的太阳照大地。

第一场　接受任务

〔1935 年秋。

〔甘南藏族地区。

〔远看雪山银光闪烁，金色草原一望无垠，白河水奔腾东泻。

〔红旗前导，铁流滚滚，红军战士舞蹈过场，主任多日吉及通讯员随红军队伍上场。

〔主任拿望远镜远眺。

主　任　通讯员，向华同志他们回来了没有？

通讯员　向指导员他们还没有回来。

主　任　（转向多日吉）多日吉大叔，您从金沙江开始就给我们带路，为抗日救国贡献了力量。现在咱们过了白河，到了你的家乡青云滩部落，我们的意见你就留下吧！

多吉日　不！主任，说什么也要把你们送出草原。

通讯员　（发现向华）主任，是向指导员！

〔向华、方浩、张强上场。

〔主任、多日吉等迎上去与向华握手。

向　华　主任！

主　任　向华同志，你们回来了，快说说情况。

向　华　我们宣传组到部落以后，发现部落里只有一些老弱病残的穷苦牧民,生活非常困难,我们送给了他们一些茶叶和盐巴。经了解千户对我们有很大的疑虑,带着部落躲进山里去了。

主　任　多日吉大叔,部落的千户叫什么名字?

多日吉　他叫华尔盖,对牧民凶狠,对官府也有戒心。他有一支黑马队,三年前就在这儿和鲁占祥的队伍还打过仗哪!

向　华　主任同志,在这一带深入宣传党的政策,做好群众工作,争取千户理解我们北上抗日的意义,对后续部队通过这里会创造更有利的条件。因此我们小组请求留下,完成这个任务。

方　浩　向指导员是个医生,这是做群众工作方便的条件,就让我们留下完成这个任务吧!

张　强　主任,就让我们留下吧!

向　华　主任……

主　任　向华同志,你们的意见和领导的想法完全一致。我们决定,由你们小组留下完成这个任务。完成任务后,随后续部队一同北上。

多日吉　主任,要是这样,我也要求和向指导员他们一道留下,我是本地人,人熟地熟,帮助完成任务之后,再把后续部队送出草原。

主　任　太好了,多日吉大叔,那就让你老人家多辛苦啦!

多日吉　哪里的话,一路上你们帮我明白了许多道理,为了打日本救中国,什么事情我都愿意做呀! 主任你就放心吧!

主　任　好! 向华同志,遵义会议之后,党确定了北上抗日这一条唯一正确的路线,没有任何力量能够阻挡我们红军沿着这一条路线奋勇前进! 从苏区出发到现在,敌人一直在围追堵截我们,当前我们突然插过了白河,估计敌人很可能赶到这一带,你们一定要有充分的精神准备,要及早地和后续部队取得联系。

（唱）　征途上任务重多有困难，

党的教导要牢记心间。

举红旗靠群众战胜艰险，

同志们等待你胜利回还。

向　华　保证完成任务！

（唱）　革命重担挑肩上，

共产党员志如钢。

党中央革命路线指方向，

有广大群众、革命战友在身旁。

心明眼亮智慧广，

完成任务信心强。

征途中纵然有惊涛骇浪，

定能够排万难奔向抗日战场。

（向华与主任握手）

第二场　风云突变

〔接前场。

〔青云滩部落。

〔丘陵起伏的草原伸向远处，场上有一"嘛尼堆"。

〔幕起：天空中乌云滚动。

尕布藏　（内唱）紧催马随部落飞下山冈，

〔尕布藏乘马上场。

尕布藏　（接唱）心挂念老阿妈急回帐房。

茫茫的大草原无比宽广，

却没有穷苦人立足地方。

逃不过头人的皮鞭枷锁，

躲不掉官府人的大狱牢房。

我这里快加鞭回家探望，

但只见草山上一片火光。

啊！草山失火啰！

〔桑尕上。

桑　尕　尕布藏！

尕布藏　阿妈。

桑　尕　你怎么回来啦？

尕布藏　千户带部落下山了，阿妈，我去救火，你快去叫人。

桑　尕　好！你快去，我就来。

〔尕布藏策马急下，桑尕从另一侧下。

〔哈有福和一小匪爬上，四处察看。

哈有福　这把火总算给他点起来了，这一下他华尔盖就得乖
　　　　乖地听咱鲁团长的了。（指嘛尼堆）快！把这玩艺
　　　　儿给他点着。

〔小匪泼汽油，哈欲点火。

〔桑尕上。

桑　尕　（见状）啊！原来是你们放的火，强盗！

　　　　（唱）　官府人心肠狠毒蛇一样，

　　　　　　　　多少回在草原杀人放火抢牛羊。

　　　　　　　　这新仇旧恨涌心上，

　　　　　　　　怎能够放跑这吃人豺狼。

　　　　（喊）官府人放火啰！

小　匪　我毙了你！（欲开枪）

哈有福　不能开枪！（拔出匕首）

〔桑尕与哈有福厮打，将哈有福胸前符号撕了下来，
却被哈有福刺了一刀，倒下。

哈有福　（从身上摘下一顶写有"中国工农红军"字样的斗
　　　　笠，丢在桑尕身旁）哼！找红军算账去吧！

　　　　（向小匪示意）快走！

〔二匪溜下。

〔花木错、才让等救火群众上。

花木错　啊！桑尕阿妈！桑尕阿妈！桑尕阿妈被人杀伤啦！

才　让　（拾起斗笠）看！官府人干的。

索　南　我去把尕布藏找来！（下）

　　　　〔后台人声起。

众　乙　啊？大千户来啦！

　　　　〔打手、华尔盖、大管家上。

管　家　花木错,你们这是干什么？还不去给千户老爷救火！

花木错　大管家,桑尕阿妈被人杀伤了！

管　家　啊！

才　让　（将斗笠给管家）看！官府人干的。

华尔盖　救我的草山要紧,都快去救火！

管　家　都快去救火！

　　　　〔众扶桑尕下场。

　　　　〔一打手跑上。

打　手　禀报千户,鲁团长的大兵开进草原啦！

　　　　（华尔盖挥手,众打手荷枪持刀列于两旁）

　　　　〔马蹄声近,鲁占祥、哈有福等上。

鲁占祥　华尔盖千户,兄弟来迟了一步。

华尔盖　你们烧了我的草山,杀了我部落的人,想干什么？

鲁占祥　哈……大千户错怪啦！你把黑马队撤离白河渡口,
　　　　带领部落上了山,致使一股红军通过这里。他们前
　　　　边走,后面就放火杀人,这怎么能怪我们呢？

华尔盖　这……

　　　　〔幕后尕布藏声:"闪开。"

　　　　〔尕布藏持刀上。

尕布藏　（逼近鲁占祥）你们杀人、放火,我和你们拼了！

　　　　（举刀欲砍鲁占祥,被匪兵将刀架住）

华尔盖　尕布藏,你大胆！

尕布藏　他们杀了我的阿妈,我要报仇！

鲁占祥　年轻人,你说人是我们杀的,可有证据吗？

管　家　在被杀害人的身旁有一顶斗笠。

哈有福　（将斗笠接过,在华尔盖和尕布藏面前一亮）这是红

215

军的斗笠,火是他们放的,人是他们杀的,这就是证据!

华尔盖　红军?

尕布藏　嗯?

（唱）　杀母之仇定要报,
　　　　心中好似烈火烧!

我找他们算账去!（下）

鲁占祥　太莽撞啦!华尔盖千户,这下你明白了吧,你虽然给红军让了路,可他们还是没有饶过你呀!

华尔盖　……

鲁占祥　倘若再让后面的红军抵达,恐怕就不只是杀人放火啦!

华尔盖　嗯……

鲁占祥　（示意匪兵抬枪上）兄弟这次前来,就是要在白河一线布防阻截红军,以保护部落的安全。我想华尔盖千户会以大局为重,与我们携起手来担此重任。这点薄礼,请千户笑纳。

华尔盖　哈……鲁团长请!

〔鲁占祥华尔盖携手而下,众匪兵、打手随下。

〔向华、方浩、张强上。

向　华　（唱）　马群惊牛羊散牧民遭难,
　　　　　　　狂风起乌云翻火光冲天。
　　　　　　　官府军如虎狼烧杀掠抢,
　　　　　　　霎时间草原上突起烽烟。

同志们! 敌人已经开进草原,看来是想在白河一线布防据守,阻截我后续部队渡河北上。

方　浩　这给后续部队渡河带来的困难可就更大啦!

张　强　指导员,多日吉大叔到帐圈探听消息还没有回来,我看咱们应该马上进帐圈。

向　华　对,立即发动群众粉碎敌人的阴谋!

方　浩
张　强　对!

向　华　走！

〔多日吉上。

多日吉　向曼巴,哪儿去?

向　华　进帐圈。

多日吉　不行呀！眼下到处是官府人,我看你们还是先到后
　　　　山避几天再说……

向　华　大叔,不要紧,只要和群众在一起就可以战胜一切
　　　　困难。

多日吉　向曼巴！

　（唱）　眼见草原起烟尘,

　　　　部落之中难存身,

　　　　倘若你们遭风险,

　　　　我有何脸面见红军。

向　华　大叔！

　（唱）　恨官府军进草原疯狂残暴,

　　　　革命人岂能够躲避山坳。

　　　　任务急,须当早,

　　　　要和藏族人民在一道。

　　　　斩荆棘,驱虎豹,

　　　　战胜顽敌在今朝。

方　浩
张　强　走！

第三场　奴隶觉醒

〔接前场。傍晚。

〔尕布藏家帐房外。

〔一顶黑色的牛毛帐房,帐房外秋花簇簇,晚霞绚丽。

〔幕启:几个男女牧民神色忧虑地注视着扎西从帐房

走出,花木错随上。

众牧民　扎西老爹,桑尕阿妈怎么样啊?

扎　西　(摇头)什么办法我都用了,人还是昏迷不醒!

花木错　真的就没救了?

老　妇　我看还是到寺院求求佛爷去吧!

扎　西　咱们苦奴隶没有酥油、大洋,怎么能见着佛爷的面哪!

老　妇　唉! 可也是呀。

〔管家、打手上。一打手吹起海螺,一打手捧着告示。

〔群众惊惧地看着。

管　家　奴隶百姓们听着! 大千户传话:红军过草原给部落带来了灾难。为协助官府人阻截红军,要派"乌拉"差上山伐木修筑碉堡工事,每户五口人的去三个,三口人的去两个,两口人的去一个,一口人的去一个! 明天一早在嘛尼堆前会齐,有违抗者斩首示众!

(管家打手下,海螺声渐远)

老　妇　唉! 大灾大难又要临头啦!

扎　西　这红军又给盐巴又给茶叶,可千户又说他们……唉! 这到底是怎么回事?

牧民甲　咳! 谁知道。

〔幕后传来向华的喊声"老乡"!

〔向华抱一羊羔上,方浩、张强随上。

向　华　(亲切地)老乡,这是你们谁家的羊羔?

扎　西　你们是……

向　华　我们是受苦人自己的队伍!

扎　西　这……(不解地)

〔群众发现方浩背着斗笠。

才　让　(指斗笠)啊? 这……

方　浩　我们是工农红军。

〔群众纷纷走下。

张　强　老乡,我们是受苦人自己的队伍!

方　浩　指导员，你看这……

向　华　同志们，长期以来由于国民党反动派对兄弟民族歧视压迫和反动宣传，藏族同胞的这种态度是很自然的，我们要耐心地多做细致的工作。

〔多日吉匆匆走来。

多日吉　向曼巴，现在才弄清楚乡亲们为什么躲着你们，原来是官府人造谣说你们杀人放火烧了草山。眼下千户和鲁占祥已经勾结起来，要阻挡红军哪！

〔帐房内传出桑尕的呻吟声。

张　强　帐房里有人！

多日吉　我进去看看！（进帐房。内喊"桑尕""桑尕"！走出）向曼巴！

〔向华示意张强警戒。向华、方浩、多日吉进帐房。张强四周巡视。少顷，向华等走出。

张　强　指导员，怎么回事？

向　华　老阿妈被人刺伤了！（掏出蒋匪兵符号）你看，老阿妈手里紧紧地攥着这个。

张　强　（接过）蒋匪兵的符号？

（念）"特务排长哈有福"？

向　华　看来他就是杀人凶手！多日吉大叔，这个老阿妈是谁？

多日吉　她叫桑尕，是个受苦人，她还有个儿子叫尕布藏，这会儿也不知道哪儿去了？

向　华　我们要赶快想办法抢救老阿妈。

〔方浩上。

方　浩　老阿妈伤势很重，昏迷不醒。

张　强　这怎么办？

向　华　马上输血！

方　浩
张　强　输血？
多日吉

方　浩　指导员，输我的！

张　强　输我的！

方　浩 张　强	输我的!
向　华	同志们,这里什么条件也没有,只有输我的,我是 O 型血。
多日吉	不! 向曼巴,这可万万使不得呀! 在长征路上为了救我,你……要输就输我的!
向　华	大叔,别争了,现在救人要紧。张强同志来帮我,方浩同志,你赶快找点水来!
方　浩 张　强	是!
	〔张走进帐房。方浩提水桶下。向华欲进帐房,多日吉上前阻拦。
多日吉	向曼巴,难道就没别的办法啦?
向　华	老阿妈伤很重,流血过多,现在只有输血!
多日吉	向曼巴,你们红军身上的担子重啊! 不! 说什么也不能让你再输血了!
向　华	(深情地)大叔,我知道你老人家爱护我们人民子弟兵,可我们红军看到老阿妈生命垂危,这心里……

(唱)　见阿妈受重伤心如刀扎,
　　　想起了狗地主逼死我爹妈。
　　　日夜里受折磨当牛做马,
　　　孤零零剩下我讨吃千家。
　　　挨不完的鞭打,
　　　受不尽的欺压。
　　　春雷一声响,
　　　漫天飞彩霞。
　　　党的阳光和雨露,
　　　——抚育我苦苗儿重新发芽。
　　　人民军队向太阳,
　　　——培养我树壮志卫国保家。
　　　共产党是我最亲的人,
　　　人民就是我的亲爹妈。

为了党的事业，

——我赴汤蹈火何所惧。

为人民救死扶伤，

——我愿把满腔热血献阿妈！

多日吉　（激动得热泪盈眶）向曼巴！

向　华　大叔！走，帮我一下。

〔二人走进帐房，尕布藏跑上。

尕布藏　（唱）　手持钢刀四处寻，

深仇未报急煞人。

满腔愤恨回家转，

帐房之中看母亲。

〔方浩提水桶上。

方　浩　（亲切地迎上去）老乡！

尕布藏　（一惊）你们……？

方　浩　我们是工农红军！

尕布藏　红军！（抽刀便砍，方浩急忙架住，多日吉急出拦住）

多日吉　尕布藏！

尕布藏　（回身见多日吉）啊？多日吉大叔！

〔众牧民上。

多日吉　你这是干什么？

尕布藏　（怒视方浩）他们放火烧了草山，又杀伤我的阿妈，我……我要报仇！

多日吉　（气愤地）尕布藏！好鹰抓的是狐狸，猎人打的是恶狼，快拨开你眼前的尘雾，看一看你的钢刀对的是乌鸦还是凤凰！

（方浩提水桶进帐房）

（唱）　尕布藏你莫要是非不分，

这红军是我们救命恩人，

你睁眼看一看帐房之内，

向曼巴是怎样抢救亲人。

221

尕布藏,放火烧草山杀害你阿妈的不是红军,是那万恶的官府人!

众　　不是红军,是官府人?

多日吉　对!是官府人,不是红军!红军是我们穷苦人的队伍啊!一年前,我被官府人抓去支"乌拉"差,给他们送烟土。从青云滩一直走到金沙江畔,不料我伤病交加,一步也走不动了,黑心的官府人就把我扔在那荒无人烟的沙滩上……就在这时,有一支红军人马从我身边经过,是红军救了我,向曼巴为我输血治伤……尕布藏,乡亲们!哪朝哪代有像红军这样的队伍把咱们奴隶当人看哪?红军为了打日本救中国长征北上,历尽了千辛万苦。(掏出一个野菜团子)尕布藏,乡亲们,你们看哪!红军在长征路上吃的是草根,咽的是树皮,可是输到你阿妈身上的却是那鲜红鲜红的热血呀!

〔此时正在输血的向华身影,透过灯光从帐房内映出。

(高亢的颂歌骤然响起,群众拥向帐房)

〔向华输完血后走出帐房。

向　华　乡亲们!

多日吉　尕布藏,乡亲们,这就是向曼巴!

众　　(爆发地)向曼巴!

向　华　(走近尕布藏)尕布藏,老阿妈的脉搏开始均匀了,你放心吧。

尕布藏　(感激地)

(唱)　见此情不由我热泪滚滚,

　　　谢不尽好曼巴救命之恩。

　　　你待咱苦奴隶情深似海,

　　　我却将手中刀错对亲人。

　　　对曼巴我这里深深谢罪,

　　　只恨我鲁莽人青红不分。

〔双手将腰刀捧起跪在向华面前,向华将尕布藏
扶起。

向　华　（唱）　尕布藏你莫要懊恼悔恨,
　　　　　　　　雪山鹰破迷雾才能展翅凌云。
　　　　　　　　我们是共产党领导的工农红军,
　　　　　　　　为的是普天下受苦人民。
　　　　　　　　你和我虽然有藏汉之分,
　　　　　　　　却本是两棵苦果一条根。
　　　　　　　　都是那受压迫受剥削的苦奴隶,
　　　　　　　　都是被官府军任意欺压的受苦人。
　　　　　　　　尕布藏啊,
　　　　　　　　要报仇,要雪恨,
　　　　　　　　只有跟着共产党,
　　　　　　　　抗日救国一条心。
　　　　　　　　打倒国民党反动派,
　　　　　　　　迎来花团锦簇满地春。

尕布藏　（唱）　千里草原红军到,
　　　　　　　　奴隶心头冰雪消。

众　　　（合唱）穷苦牧民举刀枪,
　　　　　　　　要杀尽官府狗强盗!
　　　　　　　　任凭那风狂和雨暴,
　　　　　　　　哪管它骇浪与惊涛。
　　　　　　　　一心跟定共产党,
　　　　　　　　我们至死不动摇!

〔方浩、张强从帐房内奔出。

张　强
方　浩　（兴奋地）向指导员! 老阿妈醒过来啦!

尕布藏　阿妈。（跑进帐房,复出）向曼巴!

〔众牧民兴奋地围拢向华。

众　　　向曼巴!

第四场　山林怒火

〔森林里。

〔砍伐树林的声音不断传来。

〔幕启：索南等牧民扛木料过场。

一群众　（四处观看）索南，看见向曼巴没有？

索　南　出了什么事？

一群众　刚才看见管家转来转去，看样子是在找向曼巴。

索　南　啊！那你快去告诉多日吉大叔，我去找向曼巴。

〔二人分下。牧民扛木料过场，老妇背木料上。

〔向华与索南及牧民上场。

老　妇　向曼巴，这么下去，我们可真是忍受不了啦！

索　南　向曼巴，你说咱们怎么办？

向　华　现在我们要进一步向群众揭露鲁占祥伐木料大修工
　　　　事的罪恶阴谋。你们再去给乡亲们讲一讲。

索　南　好！

老　妇　向曼巴，你也要小心哪！

众　　　你可要当心哪！

向　华　放心吧，和大伙在一起，出不了问题。

〔索南等下场。

向　华　（唱）　耳听得伐木声林中震荡，

　　　　　　　　眼看着根根木料运下山冈。

　　　　　　　　反动派逞疯狂阻我北上，

　　　　　　　　修碉堡筑工事处处设防。

　　　　　　　　该怎样应付这危急情况？

　　　　　　　　不由得向华我暗自思量。

　　　　　　　　哪怕他敌人残暴凶狂，

　　　　　　　　发动起群众就会有无比力量。

　　　　　　粉碎那反动派围追堵截的痴心妄想，

　　　　　　要筑起革命的铁壁铜墙。

　　　〔方浩、张强、才让上。

向　华　你们回来啦？

方　浩　（将图交给向华）我们把敌人的兵力部署情况，已经搞清了。你看白河渡口是由千户的黑马队把守着，在黑马队的左右和背后有鲁占祥的三个营。

向　华　（看图）看来鲁占祥要在白河渡口上大做文章，如果敌人把工事修起来，对我们后续部队渡河会带来很大的不利！

张　强　咱们要想办法叫他的碉堡修不成。

向　华　对！另外，咱们还要做千户的工作，尽可能争取他站到抗日民族统一战线这方面来，协助红军渡河北上。

方　浩　可是，敌人烧草山、嫁祸我们红军的阴谋千户还不清楚，恐怕工作不太好做。

向　华　根据桑尕阿妈的揭露，放火烧草山的就是鲁占祥的特务排长哈有福，这个人对我们争取千户、发动群众、揭露敌人非常重要。

方　浩
张　强　我们一定想办法抓住他。

向　华　对！现在需要立即派人过河，设法找到后续部队，把敌人布防情况告诉他们。才让，渡河地点看好了吗？

才　让　看好啦！猩猩崖敌人没设防，那儿山高林密，比较隐蔽。

向　华　好。那就决定明天晚上从猩猩崖渡河。（对方浩、张强）现在咱们到那边去再开个党小组会，进一步研究一下。

　　　〔四人下场。多日吉上看见向华，欲喊，突然发现管家及哈有福走来。

多日吉　啊！官府人！

　　　〔隐蔽在大树后。

　　　〔哈有福、管家带匪兵上，四处寻找。

管　家	怪呀！一眨眼儿工夫就……
哈有福	你看清了吗？
管　家	没错，一个短头发的生人，准是那个女红军。
哈有福	（掏出大洋给管家）想办法把她抓住，以后还有你的好处。
管　家	（接过大洋）你放心吧！
匪　兵	（望着向华下场的方向，好像发现了什么）排长！你看……
哈有福	走！

〔管家、哈等欲下，多日吉急中生智，从树后走出，大步奔下。扎西扛木料走上。

管　家	啊！多日吉，带红军进部落的就是他！
哈有福	追！

〔匪兵欲追多日吉，扎西背木料故意阻挡，哈有福气急一脚将扎西踢倒。

哈有福	（命令一匪）给我往死里打！（和管家及一匪兵跑下）
扎　西	你们这群强盗！
匪　兵	我打死你！（鞭打扎西）
扎　西	我跟你们拼了！（与匪博斗）

〔匪兵用枪托将扎西打倒。

〔尕布藏及二牧民上。

尕布藏	住手！

〔匪兵见势不妙溜下。

〔向华、尕布藏及牧民群众上。

向　华	扎西老爹！（给扎西包扎）
众	扎西老爹！
扎　西	向曼巴！快，管家带官府人去抓多日吉啦！
尕布藏	啊！索南，跟我来！（二人奔上）
扎　西	向曼巴！
	（唱）　白河水，流不断，

奴隶的眼泪要流干。

女　　（合唱）世世代代做牛马，

　　　　　　　祖祖辈辈受熬煎。

男　　（合唱）身上套着重镣铐，

　　　　　　　皮鞭毒打受摧残。

扎　西　（唱）　哪一天才能杀尽虎豹豺狼报仇冤，

众　　　（唱）　哪一天才能拨开乌云见晴天。

扎　西　向曼巴，你看看我们这苦难的草原吧！

民　妇　我们奴隶世世代代都在这皮鞭刀子底下过活呀！

向　华　（唱）　见乡亲遭劫难我气炸肝胆，

　　　　　　　　怎容忍蒋匪帮横行草原。

　　　　　　　　是谁抢走了我们的牛羊，霸占草山？

众　　　是官府人！

向　华　（唱）　是谁把我们当牛做马任意摧残？

众　　　是官府人！

向　华　（唱）　是谁给我们套上千年的锁链？是谁？是谁？

众　　　（唱）　是官府人！是官府人！是官府人！

向　华　（唱）　仇和冤有根源，

　　　　　　　　血债要用血来还。

众　　　（唱）　血债要用血来还。

向　华　乡亲们，反动派开进草原，抢走了咱们多少牛羊？屠
　　　　杀了我们多少乡亲呐！今天他们又欠下了一笔新的
　　　　血债，难道咱们能够容忍他们这样横行霸道吗？

众　　　不能！

向　华　我们中国工农红军，在共产党领导下长征北上，为的
　　　　是打日本救中国，解救我千千万万苦难的同胞。可
　　　　是，国民党反动派却千方百计围追堵截，妄图消灭我
　　　　们红军。乡亲们，难道我们能够帮助反动派伐木料、
　　　　修工事来阻挡抗日北上的红军吗？

众　　　不能！不能！

扎　西　向曼巴，你说得对呀！有了共产党毛主席，我们苦奴

　　　　　　隶就有了指望了。乡亲们,我们再也不能给官府人砍
　　　　　　伐木料了,跟着向曼巴,向官府人讨还血债!(死去)

向　华　扎西老爹!

众　　　(唱)　仇恨烈火漫山头,
　　　　　　　　旧恨未雪添新仇。

向　华　(接唱)团结起来去战斗,
　　　　　　　　奴隶再不做马牛。

众　　　(接唱)团结起来去战斗,
　　　　　　　　奴隶再不做马牛。

向　华　(接唱)举起枪,拿起刀,
　　　　　　　　不报冤仇誓不休。

众　　　(接唱)要报仇! 要报仇! 要报仇!
　　　　　　　　要报这血海深仇。

第五场　　夜渡白河

　　〔次日夜。
　　〔阴云密布,群山隐约,河水奔腾。
　　〔幕启:尕布藏警惕地探望四周,向内招手后下。

向　华　(内唱)攀险峰跨激流奔走急忙,
　　　　〔向华、方浩、才让上。

向　华　(接唱)送战友过白河,迎寒风踏银霜飞越山冈。
　　　　　　　　看草原云雾浓夜色苍茫,
　　　　　　　　白河水奔流急涌向前方。
　　　　　　　　面对着这一派雄伟景象,
　　　　　　　　激起我对日寇仇恨满腔。
　　　　　　　　刹时间我好像飞向松花江上,
　　　　　　　　仿佛是听见了日寇强盗屠杀我同胞,
　　　　　　　　阵阵枪声响耳旁。

恨不得插双翅飞向疆场,

持利剑斩尽那日寇豺狼。

拯救我四万万苦难同胞,

喜看那全中国红旗飘扬。

才　让　向曼巴,这儿是猩猩崖,前面就是过河的地点。

向　华　你们把情报交给后续部队,把首长指示带回来。我们一定想办法,救出多日吉大叔。

方　浩
才　让　是!

〔尕布藏从另一侧上。

尕布藏　向曼巴,过河地点官府突然增加了岗哨。

向　华　敌人连这个地方都增加了岗哨,看来一定是后续部队逼近了白河。

方　浩　指导员,敌人!

向　华　隐蔽!

〔四人下。

〔二匪兵上,巡视四周。

〔向华、方浩、才让上,与匪搏斗,将二匪击毙。

向　华　渡河!

方　浩　是!

第六场　掩护亲人

〔接前场两日后。时近黄昏。

〔华尔盖的帐房里,阴森昏暗。

〔华尔盖心绪缭乱地数着念珠,管家站在一旁。

华尔盖　管家,听奴隶百姓们说火烧草山不是红军干的?

管　家　火烧草山有红军斗笠为凭,那还假得了? 谣言不可信哪!

华尔盖　我的黑马队回来没有?

管　家　还没有……

华尔盖　(不满地)再去传我的话,叫黑马队在天黑以前一定要撤离白河渡口!

管　家　千户!红军即将抵达白河对岸,奴隶百姓又闹起了抗捐抗差,在这个时候撤回黑马队,恐怕不太合适吧?

华尔盖　正是因为红军快要到了,我才要撤!

管　家　要是和鲁团长闹僵了,怕不好收拾!

华尔盖　要知道,如今他把那么多的人马摆在我黑马队的左右和背后。倘若有个风吹草动,叫我身陷重围,不就全完啦!

管　家　呀!

华尔盖　红军虽然厉害,只是过山的猛虎。鲁占祥可是个歇窝的恶狼啊!要是让鲁占祥在白河岸上把碉堡工事修起来,那可是在我华尔盖的心窝上插了一把钢刀哇!

管　家　大千户说得对!

华尔盖　和鲁占祥打交道,咱们不能不防他一二。

〔一打手跑上。

打　手　禀报千户,鲁团长到!

华尔盖　啊!这个时候他来干什么?(思考片刻)你去告诉他,就说我今天身体不爽,不便见客。

(转向欲下)

管　家　千户,鲁团长匆匆而来,怕是有要事相告,还是见一见吧!

华尔盖　不摸对手的底细,我不能贸然出手。我看,还是你先应酬一下。

管　家　也好!

〔华尔盖下。

管　家　请!

230

〔鲁占祥上。哈有福及马弁等人随上。

管　家　（向鲁示意,故意大声地）鲁团长,千户今日身体不爽,特命奴才接待团长,实在是不敬得很哪!

鲁占实　哪里,哪里,我们都是自家人,不必客气。

管　家　（机密地）鲁团长,千户要在今天晚上把黑马队撤离白河渡口。

鲁占祥　哼! 我早就料到他会这样干的!

管　家　我看情况有变,你要提早准备。

鲁占祥　不要紧,如今多日吉在我手里,只要我们能从他口里掏出红军的下落,看他华尔盖怎么处置。

管　家　可是多日吉受红军影响太深,要是至死不说呢?

鲁占祥　那我就借华尔盖的手杀掉多日吉,让他和红军结下冤仇。这样一来,华尔盖还是我笼头里的一匹马。

管　家　好! 团长真是太明智了。

鲁占祥　你去告诉千户,就说司令长官来电,有要事相商。

管　家　呀!（下）

鲁占祥　（对哈有福）大管家这个人现在对我们还很有用处,以后要多给他点甜头。

哈有福　知道啦!

〔管家内喊:"千户到"!

〔华尔盖、管家上。

鲁占祥　啊! 华尔盖千户,多日不见,你好哇!

华尔盖　鲁团长,请坐!

鲁占祥　请——（坐）华尔盖千户,在这动荡不安的年月,您居然有这番雅兴,在高山设帐,欣赏这草原的景色,钦佩! 钦佩!

华尔盖　鲁团长,您匆匆而来,莫非也是欣赏我这草原的景色吗?

鲁占祥　啊? 哪里哪里! 小弟哪有这样的闲情逸致呀!

华尔盖　是啊! 我也没有这样的闲情逸致呀! 只是为了观察不测风云罢了。

鲁占祥　啊！噢！岂止天有不测风云，就是人心也是变幻莫测啊！

华尔盖　对！鲁团长！有的人……

　　　　（唱）　手毒心黑不好斗，

鲁占祥　千户，也有人……

　　　　（唱）　利欲熏心老滑头。

华尔盖　（唱）　我得要看风使舵闯荡逆流，

鲁占祥　（唱）　我必须投下诱饵叫他自吞钓钩。

　　　　千户，近来民心浮动，闹事者日益增多，上司三番五次来电报追查原因。（掏出电令）请看，司令长官电令：如发现私通红军者，全家枭首示众，财产全部充公。

华尔盖　哼！……

鲁占祥　千户，小弟的部下近日多次向我报告，在您的部落里不但有人私通红军，而且还牵扯到千户你呀！

华尔盖　我？

鲁占祥　对！

华尔盖　哈……这简直是无中生有！告诉你，为阻挡红军你们要木料，我派出几百人上山砍伐；你们要修碉堡工事，我命令几十个帐圈的牧民为你们修筑。不要说我华尔盖不会私通红军，就是在我部落里有人想私通红军，我看他也没有那么大的胆量！

鲁占祥　不，千户！我问你：砍伐木料的穷奴隶为什么竟敢抗拒官差，致使修工事的木料至今交付差数很大，河防工事陷于瘫痪？

华尔盖　那是因为你的部下打死了扎西，激怒了百姓！

鲁占祥　我还要问你，你的牧民在白河渡口修筑工事，为什么胆敢三五成群，寻衅闹事消极怠工？而你的黑马队竟不闻不问？

华尔盖　请别忘了，在白河渡口监督修筑碉堡工事的是你的部下！

鲁占祥	还有,在猩猩崖我的两个哨兵下落不明,这是谁干的?
华尔盖	这和我有什么关系?
鲁占祥	有关系! 以上种种,皆因你的部落里有人引进了红军!
华尔盖	你有什么证据?
鲁占祥	要有呢?
华尔盖	依法论罪!
鲁占祥	好! 带上来!
	〔哈有福内喊:"带多日吉!"
	〔匪兵押多日吉上。
多日吉	(唱) 陷牢笼入虎口折磨受遍,
	见仇人不由我怒火冲天。
	纵然是拼一死我肩担风险,
	想叫我说出真情难上难!
鲁占祥	千户,就是他给红军带的路,就是他把红军引进了部落!
多日吉	哼! 是你们抓我去支"乌拉"差,差点没死在金沙江边边,是红军救了我的命,送我回到家乡。
鲁占祥	红军,他们杀人放火,宣传赤化!
多日吉	住口!
	(唱) 草原上千百年暗无日光,
	红军来苦奴隶有了指望。
	他们像雪山的金翅凤凰,
	为牧民播种下如意吉祥。
	他们待咱亲人一样,
	打柴背水放牧牛羊。
	问饥问寒走遍帐房,
	火红的心暖人胸膛。
	鲁占祥进草原牧民遭殃,
	砍森林烧草山抢走牛羊。
	设防线要阻挡红军北上,
	像你这人面兽心的狗豺狼绝没有好下场!

233

鲁占祥　大胆！你快把红军交出来！

多日吉　（唱）　要让我交出恩人是妄想，

鲁占祥　你私通红军，国法难容！

多日吉　（唱）　纵然是粉身碎骨也无妨。

鲁占祥　红军在什么地方，你快说！

多日吉　（唱）　红军就在我心里掩藏，
　　　　　　　　任凭你用钢刀劈开我胸膛，
　　　　　　　　喷出仇恨烈火千万丈，
　　　　　　　　定把这魔鬼地狱全烧光！

鲁占祥　大千户！

华尔盖　……

鲁占祥　华尔盖千户，这个人杀与不杀，红军抓与不抓，黑马
　　　　队撤与不撤，河防工事修与不修，请千户自便，小弟
　　　　告辞了。（下）

华尔盖　鲁团长，鲁团长……
　　　　〔哈有福敬礼下。

华尔盖　（看着多日吉）你……！来人哪！
　　　　〔二打手跑上。

华尔盖　（指多日吉）把他给我带下去！

打　手　呀！（对多）走！
　　　　〔多日吉轻蔑地一笑。

第七场　当机立断

　　　　〔紧接前场。黄昏。
　　　　〔山林深处，参天劲松迎风挺立。阴云弥漫，雷声隆
　　　　隆，人喊马嘶，海螺呜咽。远处不时传来枪声。
　　　　〔幕启：桑尕阿妈神情焦急地眺望远方。

桑　尕　（唱）　人喊马嘶枪声震，

霎时帐圈乱纷纷。

向曼巴清晨去渡口，

不见回还急煞人。

〔尕布藏急上。

尕布藏　阿妈！向曼巴还没回来？

桑　尕　没有，出什么事啦？

尕布藏　千户派人赶乡亲们到渡口，要当场杀死多日吉大叔！

桑　尕　啊！

尕布藏　官府人也乘机出动，四处搜查红军哪！

桑　尕　这可怎么好？

尕布藏　我去找向曼巴去。

　　　　〔急促的马蹄声渐近，索南内喊"尕布藏"和"罗卡"
　　　　等，牧民持枪刀奔上。

尕布藏　索南，你们这是要到哪儿去？

索　南　尕布藏，我把人都带来了，咱们杀进千户庄院，救出
　　　　多日吉大叔！

尕布藏　什么？杀进千户庄院？不行，向曼巴不在，你们不
　　　　能去！

索　南　哎呀！启明星一升起来人家就要杀多日吉大叔了，
　　　　快走吧！

尕布藏　不行，等向曼巴回来再说！

索　南　哼！要是向曼巴今晚上不回来，多日吉大叔不就完
　　　　啦，罗卡，吹起海螺，咱们走！

　　　　（欲下，被尕布藏挡住）

尕布藏　索南，一定得等向曼巴回来咱们再行动。

索　南　等，等，再等就……

尕布藏　索南，你们这样冒冒失失，杀进千户庄院，弄不好会
　　　　坏了红军渡河的大事啊！

索　南　这和红军渡河有什么关系？

二牧民　索南，尕布藏说得对，咱们还是等向曼巴回来再
　　　　说吧！

桑　尕	对呀！不知河水的深浅,可不能轻易的行船哪!
索　南	尕布藏,往常一提起打官府,你比谁都跑得快,今天为什么反倒不敢上啦?
尕布藏	什么? 不敢上? 我尕布藏不是那号怕死鬼!
索　南	那咱们走!
尕布藏	走就走……(一想)不,不能去,不能去! 向曼巴今天临走的时候再三地说,无论发生什么情况,也不要轻举妄动,听见了没有,不要轻举妄动!
索　南	嗨! 眼看多日吉大叔就要被杀害,难道你就不着急吗?
尕布藏	不着急? 我这心里……嘿! 大伙儿谁的心里不像是泼了一碗滚烫的酥油? 自打多日吉大叔被官府人抓去,向曼巴饭咽不下,觉睡不着,今天又冒着风险到渡口上去打听消息。相信向曼巴会想出办法的!
索　南	可现在情况太紧急啦!
尕布藏	情况再紧急也不能冒失!
索　南	好,你不去,我们去! (抽出腰刀)不怕死的跟我走!(冲下)
尕布藏	索南! 索南……
	〔向华健步上场。
向　华	尕布藏!
众	向曼巴!
尕布藏	向曼巴,你可回来了,索南带人杀向千户庄院,救多日吉大叔去啦!
向　华	什么?
尕布藏	他们这样做会闯出大乱子!
向　华	那快去把他们叫回来,大家一齐商量个办法。
尕布藏	好! (对群众)走!
	〔众下,向华步上山坡,心潮起伏。
向　华	(唱)　秋风紧云雾暗雷鸣电闪,
	松涛声激起我心潮滚翻。

小方他送情报不见回转，

到如今后续部队音讯杳然。

多日吉陷虎口群情激愤，

索南他盲动冒险叫人把心担。

华尔盖昨日要撤黑马队，

如今却把部落迁。

他摇来摆去看风行船，

鲁占祥借刀杀人居心凶奸。

他二人明合暗斗互相谋算，

我必须细分析考虑周全。

抓战机需果断刻不容缓，

观全局形势急如箭在弦。

雷声隆像战鼓响彻云天，

催动着北上的航船乘风扬帆。

抗日的思想光辉灿烂，

驱迷雾照亮了万水千山。

想到此策略定当机立断，

分化瓦解奸敌顽。

到明天乌云散朝霞鲜艳，

我红军战旗飘飘凯歌高昂胜利向前。

〔一牧民上。

牧民甲 向曼巴，方浩他们回来了！

〔方浩与刘排长、才让上。

方　浩 向指导员，这是后续部队的刘排长。

〔向华与三人握手。

向　华 太好了！你们来得正是时候。（对方浩）快说说情况。

方　浩 首长完全同意我们的战斗方案，决定明天拂晓渡河，指示我们去找华尔盖讲明北上抗日的道理，力争他不与红军为敌。为了完成这个任务，派刘排长带小分队来支援我们。

刘排长　向指导员,小分队现在后山隐蔽,听候您的命令。

向　华　好!让同志们先休息一下。

〔刘排长、方浩、才让、群众甲下。

〔尕布藏、索南、桑尕等牧民群众走上。

尕布藏　向曼巴,都回来啦。

索　南　向曼巴,我就不明白,为什么我们不赶快去救多日吉
大叔?

向　华　索南,多日吉大叔我们一定要救,可是不能这样救。
你想想,像你这样杀进千户庄院,被鲁占祥趁机包围
起来可怎么办?

索　南　那……那就跟他拼了!

向　华　那多日吉大叔还救不救呢?

索　南　这……

向　华　你想过没有?多日吉大叔是被鲁占祥抓去的,为什
么却让华尔盖来杀他?

索　南　那为什么?

向　华　这是鲁占祥要借刀杀人。这么一来,不就把华尔盖
拴到他的马尾巴上,由他牵着走啦!

尕布藏　向曼巴,你说昨天华尔盖要从渡口上撤走黑马队,可
今天为什么又要赶乡亲们到渡口上去呢?

向　华　我看这是在鲁占祥的压力下,他不得已才这么干的。
鲁占祥很可能趁机把部落包围在渡口,逼着华尔盖
阻截红军,要是他不答应……

众　　　那怎么样?

向　华　恐怕就不止是杀多日吉大叔一个人啦!

众　　　啊?

索　南　向曼巴,这可怎么办?

向　华　索南,我问你,再好的猎手,能不能一枪打死从两个
方向跑来的野兽?

索　南　一枪……不能!

向　华　对!如今鲁占祥和华尔盖是明合暗斗,我们应该利

用他们之间的矛盾,争取华尔盖,救出多日吉大叔,孤立鲁占祥,粉碎他阻截红军的阴谋!

众　　　是呀!

索　南　这么说咱们应该马上找华尔盖去!

向　华　对! 我们要对华尔盖宣传中国共产党的主张,向他讲明利害,不与红军为敌,给后续部队渡河创造更有利的条件。

索　南　哎呀! 我才算明白啦! 刚才我差点……唉!

桑　尕　向曼巴,华尔盖和咱们不是一个马背上的人,你去我就是担心……

众　　　是呀!

向　华　阿妈,你放心,乡亲们! 红军千军万马,浩浩荡荡,已经逼近了白河。乡亲们一个个磨刀擦枪,怒火冲天,准备杀豺狼! 更重要的是抗日的铁流滚滚向前,量他华尔盖也得考虑考虑。

众　　　对! 量他也得考虑考虑。

桑　尕　好! 我也去。

众　　　对! 我们都去。

　　　〔张强兴冲冲地上。方浩、刘排长等随上。

张　强　指导员,在去渡口的野牛沟,我们把那个姓哈的抓住了。

向　华　好,有口供吗?

张　强　这家伙顽固得很,我们从他身上搜出一封信。
　　　（将信交给向华）

向　华　（看信）嗯,是鲁占祥给他三营下的密令。（念）"命你营今晚乘千户处理多日吉之机会抢占山头,封锁要道,包围部落,搞掉黑马队,除掉华尔盖……"这封信对分化瓦解他们很有用处。

方　浩　咱们应该马上行动!

向　华　好! 刘排长。

刘排长　到!

向　华　小分队由才让带路,于明天拂晓袭击敌人指挥部,炸掉敌人的弹药库,把鲁占祥从渡口牵回去。然后迅速脱离接触,插到渡口,配合后续部队渡河,全歼这股敌人。看大家还有什么意见?

刘　才　保证完成任务!

向　华　乡亲们! 奔向白河渡口!

众　　　走!

第八场　争取千户

〔拂晓前。白河渡口。

〔河水咆哮、乌云弥漫,一旁可见未竣工的碉堡。

〔幕启:海螺声声。打手押多日吉上。

多日吉　(唱)　迈大步挺胸膛怒火满腔,

　　　　　　　恨官府鲁占祥残暴凶狂。

　　　　　　　我一生受尽了人间苦难,

　　　　　　　谁料想遇救星在金沙江。

　　　　　　　共产党就像金色的太阳,

　　　　　　　把我这苦奴隶心儿照亮。

　　　　　　　只要是向曼巴安然无恙,

　　　　　　　纵然是我一死又有何妨。

　　　　　　　站渡口望对岸心神向往,

　　　　　　　愿红军过白河千军万马浩浩荡荡奔向抗日前方。

打　手　走!

〔多日吉昂然走下。

〔华尔盖上。

打　手　千户! 按你的吩咐,一切就绪。

〔管家上。

管　家　千户!

华尔盖　你回来啦!怎么样?鲁占祥他来吗?

管　家　来,鲁团长听说千户要亲自处死多日吉,马上就向司令长官举荐千户为白河的保安司令!

华尔盖　噢?

管　家　他让奴才先回来向千户贺喜,鲁团长随后就到。

华尔盖　好,只要他一来,我当着他的面杀了多日吉,私通红军的罪名,他休想栽到我的头上!哈哈哈,到时候黑马队撤与不撤,可就是我华尔盖的事!(对管家)叫他们准备好,鲁团长一到就开刀。

管　家　叫奴隶百姓都过来。

〔众打手驱赶群众上。

打　手　禀报千户,远处来了一支人马!

华尔盖　吹起海螺,准备开刀!

管　家　吹起海螺,准备开刀!

〔海螺声声,群众惶恐不安。内群众喊声"闪开"!

〔尕布藏、索南、桑尕等群众随上。

〔向华身着军装、英姿焕发、正气凛然,阔步登场。

华尔盖　(一惊)你?……

向　华　我们是中国工农红军!

华尔盖　啊?

管　家　来人哪!

打　手　呀!

华尔盖　慢!(转向向华)你有何贵干?

向　华　听说千户要处死多日吉,请问他犯了什么罪?

华尔盖　他私通红军。

向　华　华尔盖千户。

（唱）　我红军北上为抗战,

历艰险越雪山救民倒悬。

多日吉满怀着正义肝胆,

为红军带路不怕难。

241

　　　　　　　　这举动本应该大大称赞，
　　　　　　　　将死罪加他身上理不端。
　　　　　　　　分明是鲁占祥借刀之计，
　　　　　　　　颠倒黑白来离间。
　　　　　华尔盖千户，鲁占祥的狼子野心难道你还没看透吗？

华尔盖　可是多日吉把你们引进部落，杀了我的牧民，烧了我的草场。

向　华　不，千户。

　　　　（唱）　我红军本是那人民武装，
　　　　　　　　爱人民纪律严四海传扬。
　　　　　　　　为抗日过草原长征北上，
　　　　　　　　怎能够烧草场把牧民杀伤？

众牧民　（唱）　红军过草原，
　　　　　　　　没拿过一针一线一只牛羊。
　　　　　　　　红军过草原，
　　　　　　　　爱牧民串帐房问饥寒治病伤。
　　　　　　　　红军来，草原上春风拂荡，
　　　　　　　　雪山上升起了金色的太阳。

向　华　（唱）　杀人放火者暗中藏，
　　　　　　　　罪魁祸首就是鲁占祥！

管　家　千户，可不能听他的。

华尔盖　（对向华）你可有证据？

桑　尕　有，我就是人证！

华尔盖　啊！桑尕，你……

桑　尕　大千户！

　　　　（唱）　那一日嘛尼堆前我亲眼看见，
　　　　　　　　官府人哈有福火烧草山。
　　　　　　　　我拼死要抓那放火强盗，
　　　　　　　　竟被他将我刺倒在草滩。
　　　　　　　　若不是向曼巴舍身输血，
　　　　　　　　我今天怎能够活在人间。

你莫要被魔鬼迷住双眼，

要看透官府人豺狼心肝。

华尔盖　你说的可是真的？

桑　尕　大千户你看，这符号就是我从官府人身上撕下来的。

管　家　桑尕，你胆大包天，竟敢在千户面前造谣惑众！

向　华　住口，你敢在这儿袒护杀人放火的强盗！尕布藏，把刽子手带上来！

尕布藏　呀！（向内招手）

〔一牧民押哈有福上。

你说，杀人放火的是谁？

哈有福　火是我放的，人也是我杀的。

华尔盖　什么？

哈有福　大千户，这可都是奉鲁团长的命令干的呀！

尕布藏　多日吉是谁抓的？

众牧民　说！

哈有福　是大管家帮抓的，鲁团长还答应将来把白河草滩赏给大管家。

管　家　你……

华尔盖　（对管家）你这个畜牲！（打管家一记耳光）

〔管家溜下。

华尔盖　（抓起哈有福）你说，红军斗笠是怎么回事？

众牧民　说！

哈有福　那是鲁团长命小的伪造的！

华尔盖　（将哈摔在地上）你……

向　华　华尔盖千户，到底是谁在部落杀人放火，现在你该明白了吧！

〔华尔盖不语。

向　华　自从鲁占祥进占草原，今天"鸟"税款，明日将大片草场霸为己有，部落里修碉堡，挖战壕，难道这只是为了阻截红军吗？

华尔盖　这……

向　华　当前在我中华民族生死存亡的危急关头,摆在你面前的有两条路:一条是响应中国共产党的号召,以国家民族利益为重,给红军北上让开大路,对抗日救国作出应有的贡献;另一条是和鲁占祥同流合污,堵截我北上抗日的红军,这是自取灭亡。何去何从望千户郑重考虑!

华尔盖　这……

〔一打手急上。

打　手　禀报千户,鲁团长到!

众牧民　向曼巴。

向　华　他来得好!

〔一牧民将哈藏于众后。

〔鲁占祥带匪兵上。

鲁占祥　啊!……噢!……哈哈哈!……华尔盖千户刚刚荣任了保安司令,一出马就处置反叛,捉拿红军,我恭喜司令为党国立了一大功啊!(示意)

〔一匪兵托委任状上。

鲁占祥　华尔盖司令,这是司令长官亲自签署的委任,请吧……

向　华　鲁占祥,收起你这套吧!我问你:是谁密令他的三营今晚乘千户在渡口害死多日吉的机会,抢占山头,封锁要道,把部落包围在渡口,妄图用牧民的血肉来抵挡红军的炮火?是谁阴谋搞掉千户的黑马队,除掉华尔盖,实现他霸占白河草原的野心?

鲁占祥　你这是宣传!纯粹是共产党的宣传!

向　华　哼!华尔盖千户,你看看这封信吧!

华尔盖　(看信)好哇!鲁占祥,你当面笑脸相待,背后暗下毒手,来人!

打　手　呀!

华尔盖　传我的话,把黑马队从渡口给我撤下来,把多日吉放了!

打　手	呀！
鲁占祥	千户，这是无中生有！
尕布藏	（指哈）人赃俱在！
众牧民	（将哈推出）铁证如山！
鲁占祥	啊！
向　华	鲁占祥！
	（唱）　穷凶极恶鲁占祥，
	无耻汉奸休猖狂。
	刀枪不向贼日寇，
	奴颜婢膝要投降。
	阻我红军抗日北上，
	屠杀人民赛虎狼。
	耍阴谋，施伎俩，
	狼子野心暗包藏。
	白河掀起满天浪，
	卖国贼绝无有好下场。
哈有福	（挣脱，跑至鲁占祥面前）团长，人是红军放的，人也是红军杀人，刚才是他们用刀子逼着我才那么说的呀！
鲁占祥	混蛋！不会办事，还不给我滚！
尕布藏	你跑不了！（将哈有福一把抓起，摔在地上）
鲁占祥	华尔盖，命你马上交出红军，放了我的人，如其不然，可别怪我翻脸不认人！
众牧民	杀了他！
鲁占祥	谁敢杀我的人！
众牧民	杀！
尕布藏	嘿！（手起刀落，将哈砍死）
鲁占祥	好哇，来呀！把队伍给我调上来！
众牧民	谁敢动？
	（众唱）仇恨烈火高万丈，
	众志成城斗志强。

秦腔 铁流战士 TIELIUZHANSHI

　　　　　　阻截红军是妄想，

　　　　　　誓把顽敌一扫光。

　　　　〔一匪兵跑上。

匪　兵　团长，红军打到了指挥部！

鲁占祥　啊？快撤！

　　　　〔众匪狼狈窜下。

　　　　〔红军及牧民数人追下。

向　华　华尔盖千户，在我后续部队马上就要渡河之际，你能

　　　　撤走黑马队，释放多日吉，我们表示欢迎。

华尔盖　哦呀！哦呀！

　　　　〔河对岸火光四起。

方　浩　（兴奋地上）指导员！河对岸升起信号！

　　　　〔华尔盖溜下。

向　华　好！点起火堆，配合后续部队渡河！

群　众　呀！

　　　　〔群情振奋，火光熊熊。

第九场　歼敌北上

　　　　〔拂晓。

　　　　〔幕启：红松岭下。

向　华　（内唱）战马鸣军号响声威雄壮，

　　　　〔红军小分队和众牧民乘马上。

　　　　〔向华、多日吉、尕布藏跃马奔腾而上。

　　　　〔马舞。

向　华　（接唱）追残匪歼顽敌马蹄奔忙。

　　　　　　众乡亲信心强精神抖擞，

　　　　　　小分队一个个斗志昂扬。

　　　　　　今日里撒下这天罗地网，

鲁占祥难逃脱覆灭下场。

单等那凯歌奏红旗飞扬，

归鹰群飞向那抗日战场。

索　南　向曼巴，来到红松岭！

向　华　同志们，后续部队已经突进白河，我们要先敌强占红
　　　　松岭，切断敌人后路，配合后续部队全歼这股敌人。

一战士
一牧民　向指导员
向曼巴，敌人败退下来！

向　华　抢占制高点，准备战斗！

众　　　是！

　　　　〔军民策马飞驰下场。

　　　　〔管家带鲁占祥等狼狈逃上。

管　家　团长，这儿就是红松岭，红军就是神仙也飞不到这
　　　　儿来。

　　　　〔枪炮声。一小匪跑上。

小　匪　报告团长，红军大部队压过来了！

鲁占祥　啊？

管　家　从这儿走，翻过这座山就万无一失了！

　　　　〔从另一侧又跑上一匪军。

匪　兵　报告团长，红松岭已被红军占领，咱们被包围啦！

鲁占祥　啊！（对管家）大管家，你不是说万无一失吗？我上
　　　　了你的当了。（拔枪）

管　家　不！不！不！团长，我……（欲逃）

鲁占祥　你往哪儿跑！（击毙管家）给我冲！冲！（逃下）

　　　　〔向华率众杀上。开打。追下。

　　　　〔多日吉去追匪上。刀劈数敌，追下。

　　　　〔尕布藏追上。枪挑数匪，生擒一匪，押下。

　　　　〔向华追鲁占祥上。开打，将鲁击毙。

尾声

〔宽广的草原,旭日东升,天边朝霞似火。

〔多日吉、桑尕及男女牧民在向前进中的红军招手致意。

〔后续部队首长、向华、战士和参加红军的尕布藏、花木错等同上。

向　华　乡亲们!

众牧民　向曼巴。(拥向前)

〔女牧民将哈达献给首长,奶茶端向向华。

向　华　(接过奶茶)谢乡亲!

(唱)　清清泉水流不尽,

乡亲们情谊比海深。

今日重踏长征路,

明朝再回草原看亲人,

再回草原看亲人。

众牧民　"沙给"!

(合唱)一条条哈达双手捧上,

一碗碗奶茶细表衷肠。

愿红军胜利奔向抗日疆场,

愿红军乘风破浪扬帆远航!

〔远处红军后续部队乘胜前进,场上藏族群众挥手欢送红军及参军的藏族青年。

——剧　终

演出单位

西安市五一剧团

山乡风云

根据同名粤剧移植整理

吴有恒
杨乃静　编剧
莫汝诚

胡文龙　移植

项宗沛　整理

剧情简介

  1947年初秋，华南某山区游击队女连长刘琴，见农女春花跳潭，忙下水救起。春花父、刘三保赶来，说明春花因被桃园堡联防大队长迫害而自尽。

  游击队政委把主攻桃园堡的任务交刘琴连队，并派刘化妆进堡在桃园中学任教师，以作内应。春花返家病情加重，乡长关天爵带人又来迫害，打昏春花而去。就在春花危难之时，刘琴带卫生员、虎子来访，经及时救治，春花转危为安，并提出要随刘闹革命。刘让春花留家待命。

  刘琴以教师身份，由林校长陪同来见七爷。七爷之女四小姐选定刘为拜月大会执事。春花未婚夫黑牛系刘七爷护兵，经刘琴、黑牛娘、春花、何奉等人开导，讲明黑牛爹死因，黑牛决定跟着刘琴闹革命。政委派虎子传达指示：中秋节发动进攻，解放桃园堡。

场　目

秦腔 山乡风云 SHANXIANGFENGYUN

人 物 表

刘　琴　游击队女连长

春　花　女奴，后参加游击队

黑　牛　刘立人的护兵，后参加游击队

何　奉　老农奴，春花的父亲

黑牛娘　老贫农

林可倚　桃园中学校长

刘三保　贫农

政　委　游击队政治委员

老　李　游击队班长

虎　子　游击队通讯员

刘立人　反共联防主任，桃园堡主，外号"番鬼王"

万选之　反共联防大队长，外号"斩尾蛇"

关天爵　乡长

四小姐　刘立人的女儿

游击队卫生员、通讯员、战士各若干人

匪班长及匪兵若干人

《西安秦腔剧本精编》
QINQIANGJUBENJINGBIAN

第一场

时　　间　一九四七年初秋。

地　　点　华南某山区的一个山头上。

〔红色沙土山头。周围山势雄厚，林壑深邃，峰峦
重叠。

〔人民游击队班长老李率四游击队员上。

老　李　（唱）　远道奔驰紧握枪，

游击队员们　（接唱）游击健儿入山乡。

老　李　（唱）　中原炮火连天响，

游击队员们　（接唱）蒋匪进攻逞疯狂。

老　李　（唱）　为了全国早解放，

游击队员们　（接唱）反攻杀敌除豺狼。

老　李　继续搜索前进！（率众下）

〔刘琴上，虎子随上。

刘　琴　（唱）　望群山接青天层峰险峻，

群山下烟雾罩地暗天昏。

群山内众乡亲千仇万恨，

群山外春雷震战马扬尘。

进山乡竖红旗把豺狼扫尽，

叫山乡怒翻起革命风云。

虎　子　连长，你又回到久别的故乡了。

刘　琴　是啊！此番回乡，真是心潮澎湃！

〔老李率游击队员们上。

老　李　报告连长，前面发现敌情！

刘　琴　（瞭望）像是从桃园堡出来的敌军，大概又是那"斩
尾蛇"。同志们，准备战斗。

〔枪声。支队通讯员急上。

通讯员　报告连长，政委命令，要全连马上赶到六女潭接受任务。

刘　琴　同志们，立即转移，一班抢占制高点掩护。

〔队员们辙下，刘琴、虎子亦撤下。

〔匪班长上，向四处看了看，无有发现，向幕内招手。

万选之率匪兵上。

万选之　（唱）　不是毒蛇不过河，

　　　　　　　老子有名斩尾蛇。

　　　　　　　称霸山乡谁敢惹，

　　　　　　　反共联防手段绝。

匪班长　报告大队长，共军走了。

万选之　走了？便宜了他们！

〔突然一声枪响，万的军帽被击落，众匪急卧倒。

匪班长　（拾起军帽）大队长，你的军帽被打穿了。

万选之　啊！据情报，有股共军主力要入山乡，其中有个神枪手女连长，莫非是……

匪班长　恐怕就是她！大队长，这个女连长百发百中，人称穆桂英，我们还是……

〔众匪欲跑。

万选之　（喝住众匪）怕什么？饭桶，与我追！（挥手）

〔又一声枪响，万手被打伤，手枪坠地。

万选之　哎哟！

〔众匪急扶。

第二场

时　间　数日后。

地　点　六女潭旁。

〔二幕落,关天爵上。

关天爵　（唱）　一股共军进山乡,

　　　　　　　煽动刁民抗捐粮。

　　　　　　　咱是这里二皇上,

　　　　　　　近日心里老恐慌。

　　　　　　　七爷偏又对我讲,

　　　　　　　要我催租去下乡。

　　　　　　　只怕碰上共产党,

　　　　　　　我这老命活不长。

〔匪兵甲上。

匪兵甲　报告关乡长,春花刚才哭哭啼啼跑出堡子。

关天爵　为了何事?

匪兵甲　听说万大队长把她……

关天爵　混帐,胡说什么,走,把她追回来!

匪兵甲　是。（同下）

〔幕启。六女潭畔。六女潭四周山水环绕,潭水晶
　莹。有一石崖悬垂水面,潭畔小树。山桧子花在水
　中显出倒影,十分幽静。

〔春花上。

春　花　（唱）　乌云滚滚天地昏,

　　　　　　　六女潭水万丈深。

　　　　　　　多少姐妹把命殒,

　　　　　　　负屈含冤潭底沉。

　　　　　　　春花遭辱苦受尽,

　　　　　　　不如投潭葬此身。（上石崖,又止步退下）

　　　　　　　有心投潭寻自尽,

　　　　　　　谁能替我把冤伸?

　　　　　　　爹爹年老力将尽,

　　　　　　　养老送终靠何人?

　　　　　　　仇上加仇恨加恨,

　　　　　　　要报冤仇海样深。（欲回去,又止步）

有何脸面回村去，

难在世上再做人，

黑夜漫漫何时尽？

今日一死不甘心。（爬上石崖，向四方跪拜）

爹爹，你一生孤苦，世代为奴。只说是父女相依为命，含怨度日，想不到女儿今日受辱含冤而死，不能报答老爹爹养育之恩了！爹爹呀！（投潭）

〔刘琴、虎子上，见状急呼救人，跳下潭去。

〔卫生员与众战士闻声上。

〔刘琴、虎子抱春花上，卫生员为春花急救。

卫生员　她还发高烧，像是投水前就有病。

〔春花苏醒，疑惧面前是匪兵，欲逃。

〔刘琴上前去扶。

春　花　（惊）啊！

〔刘琴醒悟，脱帽露出女相。

刘　琴　不要怕，我们是共产党的军队，是为穷苦人办事的。

虎　子　我们是来救你的。

春　花　（喊叫）你们为什么救我？让我去死，让我去死呀！
　　　　（又欲投水）

刘　琴　小妹妹！（拉住春花，扶她回来）小妹妹，你为什么
　　　　要投水呀？

春　花　我……

　　　　（唱）　大姐莫把我盘问，

　　　　　　　　我是个恨重冤深的受苦人！

刘　琴　（唱）　有苦你就诉，

　　　　　　　　有冤替你伸。

春　花　（唱）　苦深似海无处诉，

　　　　　　　　冤大如山谁敢伸。

刘　琴　（唱）　共产党专为穷人解围困，

　　　　　　　　解放天下受苦人。

　　　　　　　　雪清千年仇和恨，

消灭豺狼闹翻身。

春　花　翻身,翻身? 我不懂,我要死!(要挣扎起立,被众拦住)

〔何奉内喊:"春花! 春花!"

虎　子　连长,有人来了。

刘　琴　看样子,是来找这个小妹妹的,带他们上来!

〔虎子下,引何奉、刘三保上。

何　奉　(凄惶呼叫)春花!(抱着女儿哽咽)

刘　琴　大伯,你……

刘三保　他叫何奉,世代为奴,住在桃园堡外奴才村,是春花的爹!

刘　琴　大伯,春花为什么投潭自尽?

何　奉　这……

刘三保　叫桃园堡的联防大队长糟蹋了!

刘　琴　(愤怒)嘿,又是斩尾蛇。

虎　子　连长,我们要为他们报仇!

众　人　报仇!

何　奉　(惊疑地望着众人)报仇? 你们是什么人?

虎　子　我们是共产党的军队。

何　奉　啊,是共产党? 三保,我们走,快走!(欲扶春花回)

刘　琴　大伯,不要着急。我问你,春花投水之前,可有病症?

何　奉　她染病发烧已经多天了。

卫生员　她投水受了寒,病情定然加重,会有生命危险的。

刘　琴　大伯,让我们给她把病治好,再送她回家吧。

何　奉　姑娘呀!

　　　　(唱)　你们好心不敢领,
　　　　　　　你们说话我不明。
　　　　　　　我家世代奴才命,
　　　　　　　咱们不能一般同。
　　　　　　　生死早已由天定,
　　　　　　　不能逆天把事行。

刘　琴　大伯!

（唱）　生死不是天注定，

奴才不是命生成。

何以人间分贵贱?

只因世上有不平。

穷人翻身闹革命，

冲破黑暗见光明。

何　奉　革命?

刘　琴　是革命。

刘三保　何大哥，这姑娘的话说得有理啊!

何　奉　三保，乡规族法写得清楚，奴才犯法罪加一等，还是快帮我把春花扶回去。（扶春花）

刘　琴　大伯，回去无医无药，会误了春花性命。

刘三保　奉哥，还是将春花留下吧。

何　奉　三保，被主家知道，就是天大的罪名。她若该死，就让她死在家里，走吧。（欲行）

虎　子　（急拦）不能走!

〔何奉、刘三保被吓得愣住。

〔支队政委上，通讯员随上。

政　委　虎子，对群众讲话可不能急躁啊!

众　　　政委!

政　委　（对何奉）老伯，你还没想通就先回去吧!

〔何奉、刘三保扶春花下。

政　委　虎子，送他们出山口。

虎　子　是!（下）

刘　琴　政委，那姑娘有热症，回去无医无药，可能会死的。

政　委　我们另想办法。

刘　琴　另想办法?

政　委　是的，支队党委已经决定攻打桃园堡，拔掉这个据点。

众　　　（兴奋地）好啊!

刘　琴　政委,我请求把主攻任务交给我们连!

政　委　好,就交给你们。

刘　琴　(喜,立正敬礼)是。坚决完成任务。

政　委　刘连长!

　　　　(唱)　桃园堡内联防队,

　　　　　　　地主武装上千人。

　　　　　　　八面碉堡防守紧,

　　　　　　　石墙坚固堑壕深。

　　　　　　　破堡计划要审慎,

　　　　　　　时机成熟杀敌人。

刘　琴　时机成熟?

政　委　支队党委决定,派人化装进堡,组织群众,了解敌情。
　　　　时机成熟,里应外合,配合主力部队拔掉这个据点。

刘　琴　化装进堡,派谁去?

政　委　大破天门阵的穆桂英!

刘　琴　政委,你……

政　委　你是本地人,自小离乡,堡内无人知道。支队研究了
　　　　个办法,安排你在桃园中学担任教师。这是学校聘
　　　　请书。

刘　琴　啊!

政　委　你进堡后要多加小心,地方上会有同志来照应你,你
　　　　要抓紧时机,耐心发动群众,取得群众支持,完成
　　　　任务。

刘　琴　政委,这不是叫我脱下军装当大姑娘吗?

政　委　你不就是个大姑娘吗?
　　　　〔众笑。

刘　琴　这……

政　委　这是革命需要。

刘　琴　(立正)是!

政　委　这就对了。你还有什么困难吗?

刘　琴　困难?(想了想)就是堡内堡外我连一个基本群众

也不认识。

政　委　刚才那父女俩呢?

刘　琴　那大伯的工作可不好做啊。

政　委　别看老头子像根枯木,只要找到合适的钥匙,打开他心上的锁,他的活力便会解放出来!

刘　琴　对。政委,我一定记住你的话,坚决完成任务。入堡之前,先去访问何奉父女。

政　委　好,我等待你的好消息!(与刘琴握手)

第三场

时　间　当天晚上。

地　点　何奉家里。

〔二幕前,刘琴、虎子、卫生员上。

刘　琴　(唱)　百鸟归巢天色晚,
　　　　　　　　　访贫问苦离高山。
　　　　　　　　　趁着月光把路赶,
　　　　　　　　　桃园堡已经在眼前。

　　　　　虎子,上前观察。

〔虎子正要观察,幕内传出关天爵声音。

虎　子　连长,桃园堡内出来三个人,朝这边走来。

刘　琴　迅速隐蔽!

〔三人隐蔽下。

〔关天爵带二匪兵上。

关天爵　(唱)　关二爷我当乡长,
　　　　　　　　　杀宰由我不商量。
　　　　　　　　　春花丫头太混帐,
　　　　　　　　　竟敢寻死到潭旁。
　　　　　　　　　今晚和她算总帐,

　　　　　不信奴才再疯狂。

　　　　　（对匪兵）你们没有查出是谁把春花救出来的？

匪兵甲　没有，我们吊打了几个竹园村人，都说不知道。

关天爵　奇怪，莫非是……

匪兵乙　共产党！

关天爵　（大惊）在哪里，快跑！

匪兵乙　二爷，我是说莫非是共产党救的，看把你吓的！

关天爵　混帐，连话也说不清，快走！（同下）

　　　　　〔刘琴、虎子、卫生员上。

虎　子　连长，刚才那是关天爵，让我赶上去把他干掉！

刘　琴　虎子，不要打草惊蛇，我们绕道前进。（同下）

　　　　　〔二幕启。何奉家一贫如洗，一盏油灯放在一张破桌
　　　　　上，春花奄奄一息躺在床上，片刻之后慢慢挣扎
　　　　　起来。

春　花　（唱）　昏沉沉做噩梦，

　　　　　　　　斩尾蛇缠我不放松。

　　　　　　　　豺狼恶毒无人性，

　　　　　　　　害得我欲死不能又难生。

　　　　　　　　秋风阵阵天寒冷，

　　　　　　　　千仇万恨涌心胸。

　　　　　　　　浑身疼痛难行动，

　　　　　　　　可恨老天太无情。

　　　　　　　　为什么穷人多薄命，

　　　　　　　　大祸一宗连一宗。

　　　　　　　　挣挣扎扎把力用，

　　　　　　　　拼死和贼把冤债清。

　　　　　斩尾蛇！（力不从心地跌倒地上）

　　　　　〔何奉、刘三保上，发现春花倒地，大惊，忙扶春花
　　　　　上床。

何　奉　春花，春花！

　　　　　〔春花不应。

何　奉　　唉！

　　　　　　（唱）　有家难还无路走，

　　　　　　　　　　苦难何时是尽头。

　　　　　　　　　　春花潭中虽遇救，

　　　　　　　　　　无医无药更添愁。

　　　　　三保,春花投水后,热症加重,成了这个样子,该怎么
　　　　　办呀！

刘三保　　奉哥,这都怪你。山上的姑娘,好心留她医治,你偏
　　　　　要带她回来。唉,我看还是去找山上那位姑娘吧！

何　奉　　不能啊,三保……

刘三保　　要不,我去找黑牛,让他来出个主意。

何　奉　　这事怎敢让他知道,黑牛知道春花被害,会去寻她闯
　　　　　祸的。

刘三保　　你这个人啊,前怕老虎后怕狼。耽搁了春花性命,怎
　　　　　对得起孩子她娘啊！（从后门下）

何　奉　　三保,三保！（关门,坐在春花身旁）孩子,如果你命
　　　　　中注定只作十八年奴才,你便自己去吧！如果你苦
　　　　　命未终,你便回来！（哭泣）

　　　　　〔关天爵与二匪兵上。

关天爵　　（念）乡长,乡长,大权我掌,下乡一趟,黄金万两。

匪兵甲　　报告乡长,来到春花门口。

关天爵　　进去！

　　　　　〔匪兵踢开门进屋。

关天爵　　何奉奴才,春花呢? 叫她回去服待七爷。

何　奉　　她病了。

关天爵　　病了? 怕是六女潭的水喝多了吧。

何　奉　　关乡长,春花她……

关天爵　　她,她,她什么? 她能随便去死吗? 桃园堡有哪条族
　　　　　例准许奴才自己去死的呢? 这就是犯法！我问你,
　　　　　是谁把她救出来的?

何　奉　　是,是竹园村的人救的。

关天爵	胡说,是不是遇见共产党了?
何　奉	没,没有。
关天爵	不说实话,就是私通共产党。
何　奉	关乡长,这这冤枉啊。
关天爵	你不说?(对二匪兵)把那贱货拉出来!
	〔二匪兵从床上拉下春花。
春　花	(昏迷中)啊……我要去死呀!
关天爵	大胆,奴才犯法,罪加五等,你为什么没有死成?是谁救你的?要是不说,我杀了你!
春　花	罪加十等也是一死,你杀吧。
关天爵	造反了,打!(与匪兵同打春花)
何　奉	(急上前护住春花)你打吧,打死了少个奴才。
关天爵	老奴才,你也反了,我要打得你们不敢去死,不敢欺主!
	〔关天爵、匪兵同打何奉、春花,春花被打晕。
匪兵甲	乡长,断气了。
关天爵	装死,老奴才,再敢反抗,我就要你的老命。
	(匪兵)走!(同匪兵下)
	〔何奉挣扎着爬到春花身边,以为女儿已死。
何　奉	春花啊!
	(唱)　黄梅未落青梅降,
	女儿死得真冤枉。
	可怜你出世亲娘丧,
	老父为你求奶浆。
	十八年把儿来抚养,
	到处奔波受恓惶。
	实指望父女相依傍,
	含冤噙泪度时光。
	想不到大祸从天降,
	你今竟被虎狼伤。
	血海深仇记心上,

秦腔
山乡风云
SHANXIANGFENGYUN

老父送你上坟场。（抱住痛哭）

〔刘琴、虎子、卫生员上。

虎　子　连长，这里就是，村后紧靠入堡的侧门，门前没有敌
　　　　人岗哨。

刘　琴　知道了。（示意虎子警戒，上前敲门）

何　奉　（惊）啊，又来了！（愤怒地拿起菜刀）

〔刘琴再敲门。

何　奉　来了，我来了。（开门执刀砍去，刘琴闪过）

刘　琴　大伯，是我们！

何　奉　啊，是你们……

刘　琴　我们送药来给春花治病呀！

何　奉　春花她……（指春花）

刘　琴　小黄，急救！

〔虎子留在门外警戒，刘琴、卫生员进，卫生员为春花
　　　注射针药，春花渐渐苏醒。卫生员出门警戒，下。

何　奉　（极为感动）姑娘！你们！你们……（热泪直流）

春　花　爹！

何　奉　女儿，这位姑娘又来救你了。

春　花　姐姐！（伏在刘琴怀中哭，忽又绝望地推开）

　　　　（唱）　两番救我恩难忘，

　　　　　　　　你好心难扶断头秧。

　　　　　　　　十八年我和牛马一个样，

　　　　　　　　何曾一日把人当。

　　　　　　　　为奴做婢无生望，

　　　　　　　　枉费你一片热心肠。

刘　琴　（唱）　春花莫往绝路想，

　　　　　　　　苦难日月不久长。

　　　　　　　　牢记这笔血泪帐，

　　　　　　　　要将仇恨化力量。

　　　　　　　　报仇翻身求解放，

　　　　　　　　挺起胸膛斗豺狼。

春　花	（唱）	天地虽宽无路往， 心中一片雾茫茫。
何　奉	（唱）	受气犹如箫笛响， 横直一样是凄凉。
刘　琴	（唱）	箫笛能吹百样腔， 人间并非尽凄凉。 大雾中你要辨方向， 三条路看你奔哪方？
何　奉 春　花		三条路？
刘　琴	（唱）	一条路甘心为奴不反抗，
春　花	（唱）	提起为奴恨满腔。
刘　琴	（唱）	二条路逃奔他乡去流浪，
何　奉	（唱）	挨冻受饿更凄凉。
刘　琴	（唱）	三条路参加革命来反抗，
何　奉	（唱）	奴才犯上罪难当。
刘　琴		如此说来，条条路都走不得吗？
何　奉		走不得呀？
春　花		爹呀！
	（唱）	姐姐指路把话讲， 犹如明灯照前方。 反正都要把命丧， 不如索性拼一场。（提菜刀欲奔下）
何　奉		春花你不敢！
刘　琴		春花，单枪匹马搞不成革命，只有大家组织起来，才能打垮反动派。
春　花		姐姐，那我就跟你去。
何　奉		春花……
刘　琴		大伯，你说呢？
春　花		爹，眼前没有别的路走，不能在家等死，你让我跟姐姐去吧。
何　奉		（抚春花）孩子，你的命是他们救的，只有他们把你

265

当人待，爹本该让你跟他们去，只是从来造反没有成功的。

（唱）　改朝换代非寻常，

多少英雄饮恨亡。

桃园堡墙高有联防，

里边住的野豺狼。

任你好汉英雄将，

怕难斗过刘、关、张。

剪不破天罗和地网，

造反不成更遭殃。

刘　琴　（唱）　众人拾柴火焰旺，

千溪万河汇汪洋。

齐心团结气势壮，

仇恨抵得万支枪。

穷人翻身得解放，

哪怕恶霸刘、关、张。

带路人有共产党，

红旗一举红四方。

眼见东方天快亮，

莫道那黑夜漫漫难见光。

要破天罗和地网，

只有起来斗一场。

何　奉　哦……（自言自语地）都说是今年竹子开花，要改朝换代。看起来，有了共产党，这世道是要变个样子了。

刘　琴　（高兴地）大伯！

何　奉　姑娘，从今往后，我要往明处走，往明处走。

春　花　爹，你就让我跟姐姐去吧。

何　奉　好，你就跟他们去吧！

春　花　爹！（感动地跪下）

　　〔虎子上。

虎　子	连长,有人来了。
黑　牛	(在后门外叫)春花!
何　奉	是黑牛。

〔春花走向后门,黑牛已推门进来,何奉忙用身子护住刘琴。虎子监视着黑牛。

黑　牛	春花,你怎么去投水?(突见刘琴)什么人?

〔黑牛欲拔枪,已被虎子的枪指住。

虎　子	别动!
何　奉	黑牛,你别乱来!
春　花	她是救我的。
黑　牛	救你的?(对刘琴)你来做什么?
刘　琴	治病救人。
黑　牛	治病救人?我一眼便知你是哪路人。
刘　琴	我也知你是哪路人。
何　奉	他是刘立人的护兵。
刘　琴	啊!原来是吃那份粮的。
黑　牛	你想怎样?
刘　琴	不怎么样。我看你倒很关心这个受苦姑娘。我问你,春花被害投潭,你敢不敢为她出头露面?
黑　牛	我自有主意,大丈夫有仇必报!
刘　琴	好!这样看来,我们还可以商量。
黑　牛	我与你路有路,桥有桥,搭不上。
刘　琴	山水也有相逢日。
黑　牛	你勿杖着是猛虎就乱过江。
何　奉	黑牛,你还嘴硬,快向姑娘认错。
黑　牛	奉叔!
何　奉	快去!
黑　牛	(对刘琴)好,念你救过春花,日后相逢,我就让你一让,失陪了。
春　花	黑牛哥……

〔黑牛欲下,虎子上前拦阻,刘琴示意让黑牛下。

何　奉	姑娘,你不要和他见怪,他也是个穷苦人,奉养着一个瞎眼老娘,倒也孝顺。	

何　奉　姑娘,你不要和他见怪,他也是个穷苦人,奉养着一个瞎眼老娘,倒也孝顺。

刘　琴　瞎眼老娘?

何　奉　她双眼是哭瞎的。

刘　琴　啊?为了何事?

何　奉　这……说来话长!

刘　琴　噢,天快亮了,我还有事,咱们回头再谈吧。

何　奉　春花,你快收拾包袱,跟他们去吧。

刘　琴　慢,你就留在这里。

春　花　姐姐,我参军呀,你不要我了?

刘　琴　不,你是参军了,可你的任务是留在这里。(与春花耳语)好,我们走了,过两天我一定再来。

〔刘琴、虎子下,何奉、春花送。

第四场

时　间　数日后。

地　点　桃园堡内刘立人家大厅。

〔二幕外:万选之上,两匪兵托机枪随上。

万选之　(唱)　日前上山打一仗,

　　　　　　　一败涂地手受伤。

　　　　　　　只说回来把伤养,

　　　　　　　刁民反抗闹嚷嚷。

　　　　　　　为保桃园防共党,

　　　　　　　加强实力买机枪。

　　　　　　　哪个再敢来反抗,

　　　　　　　马上叫他见阎王。

〔二幕启,刘家大厅。红木桌椅,墙上挂着刘关张桃园结义画像,旁有对联。

万选之　请见七爷。

〔刘立人内应"嗯"上,关天爵随上。

刘立人　(念)一族我为长,人称番鬼王。

　　　　选之,何事?

万选之　七爷,添置机枪,已经运到,请七爷过目。

刘立人　(看)好呀!

　　　　(唱)　联防队防共党一方屏障,

　　　　　　　桃园堡赛过那铁壁铜墙。

　　　　　　　买机枪好比是猛虎添膀,

关天爵　(唱)　保大哥坐江山自有关张。

刘立人　哈哈……

万选之　七爷,我看还是小心为上。近日山乡潜入一股共军,
　　　　煽动刁民抗租抗税,我们得要严防。

刘立人　言之有理,真是栋梁之材。

万选之　七爷过奖。听说四小姐中秋拜月,要大讲排场,我看
　　　　如此张扬,万万不宜。

〔四小姐闻声而出,怒对万选之。

四小姐　呸!

　　　　(唱)　年年闹拜月,

　　　　　　　为得求吉祥。

　　　　　　　我爹不阻挡,

　　　　　　　偏你怕张扬。

万选之　(唱)　拜月若出事,

　　　　　　　责任谁承当?

四小姐　(唱)　你当大队长,

　　　　　　　吃的什么粮?

　　　　　　　我爹洪福广,

　　　　　　　又添新机枪。

　　　　　　　不信共产党,

　　　　　　　敢进拜月场。

关天爵　四小姐说得也对,不要闹得草木皆兵,叫人笑咱们害

怕共产党。

四小姐　是嘛，还是二爷有见识。

关天爵　再说今日还是四小姐头一趟回门，应该特别热闹一番，万大队长，你可不要扫兴啊！

万选之　关二爷，你……（转对刘立人）七爷，这三爷出外，眼前可是少一臂之力，要是万一出事，这个责任我可是难以担当。

四小姐　谁要你担当！

万选之　四小姐，你……

四小姐　我怎么？嘿，你当个联防大队长，连我玩的事都保不了，真是个大草包！

刘立人　放肆。拜月的事儿回头再说。

（四小姐噘嘴下）

万选之　七爷，我可是一片真心，这共产党可不好对付呀！

刘立人　哈哈……何必长他人志气，灭自己威风，同共产党较量，我自有办法。

关天爵　七爷雄霸一方，选之不必过虑。

刘立人　天爵，刘三保那帮人抗租不交，你处理了没有？

关天爵　已经押到外面了，听候七爷吩咐。

刘立人　他们不交租，我要他们交命。今天先杀几个抗租的外村人，给他们看看！选之，你把捉来的抗租乱民，拉出去试试新枪！

万选之　领命！（与两匪兵托机枪下）

刘立人　天爵，刘三保交你处理。

关天爵　好。

〔刘立人下。

关天爵　带刘三保！

〔二匪兵押刘三保上。

关天爵　刘三保，你抗租不交，想怎么样？

刘三保　家无粒米，叫我拿什么交租？

关天爵　七爷吩咐，中秋节近，催收租谷，卖儿卖女也得交齐。

刘三保　你逼我卖孩子！

关天爵　你不愿意？那就跟刚才那一帮人一样，按共产党办！

　　　　〔入内。

刘三保　天哪！这还有穷人活路吗？（下）

　　　　〔林可倚引穿着教师服装的刘琴上。

林可倚　（念）　白云无定态，

刘　琴　（念）　秋水有潜龙。

林可倚　刘老师，请坐。

刘　琴　林校长，刘大乡绅这间大厅倒别有一番布置。

林可倚　是啊，哈哈……

　　　　〔机枪声响。

刘　琴　机枪声。

林可倚　刘大乡绅又杀人了！

刘　琴　啊？

林可倚　刘老师，桃园堡乃是非之地，刘关张三姓为王，万大队长实权在掌。近日来四小姐为闹拜月，正与大队长各不相让。你初来作客，要小心应酬才好！

刘　琴　多谢校长关照。

林可倚　请稍候，我先进去看看。（下）

　　　　〔刘琴向四周察看，幕内传出刘三保的喊声："你们好狠心，逼我卖孩子！"接着是一阵鞭打声。

刘　琴　（唱）　进虎穴满眼是吃人景象，
　　　　　　　　桃园堡是一座万恶屠场。
　　　　　　　　霎时间激起我怒火万丈，
　　　　　　　　恨不得杀掉这吃人魔王。（想起政委指示）
　　　　　　　　政委教导记心上，
　　　　　　　　为革命强忍着愤恨满腔。

　　　　〔万选之上。

万选之　啊！这位是……

刘　琴　新来的中学教员，林校长带来见七爷的。

万选之　哦，欢迎，欢迎！（握手，发觉刘琴手上起茧，旁白）

271

啊,女教师手上起茧?（回头看看刘琴,旁白）目光炯炯,举心不凡!

（旁唱）教书人却为何手如铁掌?

观神态和举止又不寻常。

莫非她是共产党?

我莫把山鸡当凤凰。

刘　琴　（旁唱）他披着人皮是毒蟒,

笑面虎腹内把刀藏。

万选之　（旁唱）她目光炯炯面带三分男儿相,

刘　琴　（旁唱）他贼眼闪闪露凶光。

万选之　（旁唱）是共产党她也难逃罗网,

刘　琴　（旁唱）他曾经领教过我两声枪。

万选之　（旁唱）小心和她来较量,

刘　琴　（旁唱）斗败的蛐蛐莫逞强。

万选之　刘小姐!

刘　琴　先生!

万选之　刘小姐!

（唱）　请问执教已多久?

刘　琴　（唱）　教书生涯已三秋。

万选之　（唱）　自幼就把寒窗守?

刘　琴　（唱）　苦读十年把学求。

万选之　（唱）　府上定然基业厚?

刘　琴　（唱）　清茶淡饭度春秋。

万选之　（唱）　令尊令堂可高寿?

几个兄弟在外头?

刘　琴　（唱）　莫非先生查户口?（取了履历表）

履历表上写情由。

先生请看。

万选之　哪里,哪里。对新来的教师,万某理应关心。对吗?

哈哈……

刘　琴　哈哈……

〔林可倚和刘立人、关天爵、四小姐上。

四小姐　（边上边说）爹，连拜月也害怕，哪会有这么多的共产党呀！（忽见刘琴）啊，林校长，她就是新来的女教员吗？

林可倚　是，让我来介绍。刘老师，这位就是联防主任刘七爷。

刘　琴　刘七爷。

林可倚　这位是关乡长。

刘　琴　关乡长。

林可倚　这位是七爷的四小姐。

刘　琴　四小姐。

四小姐　坐吧。

林可倚　（对万选之）啊，对不起，还有你。（对刘琴）这位的官衔是——

四小姐　（抢着说）联防大队长，专防共产党的。

关天爵　万大队长，足智多谋，善于应变。

四小姐　他呀，变过几变啰！在日本人那时候，他搞过维持。

刘　琴　维持什么？

关天爵　就是维持会。

四小姐　就是当汉奸嘛。

关天爵　人家是国军。

四小姐　什么汉奸，国军，穿一条连裆裤！

刘立人　四女！

四小姐　对，对。他又是蒋总裁的嫡系部下。（发泄地）哼！威风极了，连拜月都要禁，怕拜月姑娘会变成共产党哩！

刘立人　小女，不要说这些！

万选之　七爷，这位新来教师，品学非凡，请七爷亲来"接待"。

刘立人　（奸险地）唔！我会尽"地主之谊"。选之，刘老师从省里来，不可怠慢！（转头对刘琴）刘老师来本乡执

教,本人十分欢迎。

关天爵 万选之	欢迎,欢迎!
刘立人	刘老师是哪里人?
林可倚	刘老师是本地人,单名一个琴字。
刘立人	啊!本地人,是哪村的?
刘 琴	塘尾村。
刘立人	塘尾村同为世祖,不算很疏,你父亲是……
刘 琴	家父叫刘昌。
刘立人	刘昌?
关天爵	啊,你原是刘昌的令媛!(对刘立人)就是泥水昌,那年他妻室去世后,就过了南洋,留下一个独生女儿。
刘立人	噢。不知刘老师是哪个学校毕业的?
林可倚	履历表上写的是省立女子师范毕业。
刘立人	唔,难得肯回到这偏僻山乡任教!
万选之	(背语)哼!没想到共产党真大胆,竟敢跑到这块地方来……(察看刘琴)连桃园中学的教员也吓跑了几个,刘老师,你不怕吗?
刘 琴	其实,那些人也太胆小了。能到七爷的地方,我才不怕。
万选之	难得,难得!刘老师这个时候敢回来,真够关心乡梓了,
刘 琴	不敢当。一来上头派我回来,二来要为乡亲做点事,这是我的本份。万大队长是外处人,也敢来这里,我怎么不敢回来呢?今后我还要向七爷多多请教。
刘立人	好说。奉茶。

〔春花奉茶上,见刘琴会意。

刘立人	唔,刘老师既是塘尾村人,有个后生你应该认识。
刘 琴	不知是哪一位?
刘立人	(对春花)叫黑牛来!
春 花	黑牛!

〔黑牛上。

黑　牛　七爷,什么事?

刘立人　有个人叫刘琴,你认识吗?

黑　牛　刘琴?不认识。

〔众愕然。

刘　琴　黑牛哥,就是我呀……

黑　牛　啊,你?

刘　琴　你不认识我了?我小时候,曾经和你到六女潭玩过水的,我叫阿琴呀。

林可倚　现在上边派她来我学校教书。

黑　牛　果然是"山水也有相逢日"!

刘　琴　认得了吧?

刘立人　认得吗?

黑　牛　认得了,认得了……好大胆呀!

刘立人　什么好大胆呀?

万选之　什么大胆?

黑　牛　她小时候在六女潭玩水,好大胆。

刘立人　(释然地)认得就行了,下去吧。(黑牛拭汗下)说起来泥水昌是我下一辈,算起来,你应叫我……

关天爵　七叔公!

四小姐　那我是四姑了。

〔众笑,万选之苦笑。

关天爵　讲起来又是一家亲!(讨好地)四小姐,拜月会你要我找的执事,我还未找到,我看——

刘　琴　四小姐,可惜我没有这个本事,要不,我就帮你一下。

林可倚　刘老师能歌善舞,图画音体,件件俱长!

刘　琴　林校长过奖了,我这个人只会打打篮球,练练单双杠,看,手都起茧了,怕帮不了忙吧。(故露双手)

〔万选之注视。

四小姐　阿琴,你行!今年拜月,我就请你当执事。有你,就热闹起来了。

万选之	七爷,还闹拜月?
四小姐	要拜,要拜!
刘立人	算了,选之,共军不可不防,但也不要搞得人心惶惶。关上堡门,谅也无妨。
四小姐	好,这次拜月,大功告成了。爹,庆中秋,包你大开眼界。
刘　琴	四小姐,闹拜月,看我巧妙安排!
	〔四小姐笑。
	〔刘立人、关天爵笑。
	〔刘琴、林可倚笑。

第五场

时　间	几天后,初夜。
地　点	何奉家里。
	〔二幕外,何奉上。
何　奉	（唱）　自那日遇见琴姑娘,
	好似黑夜见曙光。
	萧笛能吹百样腔,
	从今不再是凄凉。
	只有黑牛心懵懂,
	执迷不悟保豺狼。
	我已对琴姑娘讲明真相,
	难道她尚未点醒黑牛娘?
	趁着今夜月光亮,
	去找黑牛走一场。（欲下时,发现黑牛）
	像是那个牛转来了,我在这儿等他。
	〔黑牛不悦地上。
黑　牛	（唱）　春花近日变了样,

見面和我不搭腔。

此事令人好惆怅，

不免前去问端详。（看见何奉）

奉叔，你站在这里干什么？

何　奉　　我来找你，春花叫你到家有事商量。

黑　牛　　春花找我？我也正要找她去，走吧。

何　奉　　我还要找个人去，你先走吧，

黑　牛　　你找谁？

何　奉　　等会儿你就知道了。

黑　牛　　那好，我先走了。（下）

何　奉　　我去请那琴姑娘来，把这牛犊开导开导！（下）

〔二幕启，春花由内走出。

春　花　　（唱）　潭水泛波冰河解，

　　　　　　　　　黑夜透出曙光来。

　　　　　　　　　琴老师把我当作亲人待，

　　　　　　　　　受苦人快要把头抬。

　　　　　　　　　黑牛哥执迷不悔改，

　　　　　　　　　琴老师叫我约他来。

　　　　　　　　　要教他明是非分清好歹，

　　　　　　　　　该走哪方莫徘徊。

　　　　　　　　　爹爹找他出门外，

　　　　　　　　　为何此时还不来？（点灯）

〔黑牛上。

黑　牛　　春花。

〔春花不理。

黑　牛　　春花，这几天你怎么不跟我说话？

〔春花仍不理。

黑　牛　　你到底为了什么？

〔春花仍不作声。

黑　牛　　春花呀！

　　　　　（唱）　这几天你为何愁眉苦脸，

见了面我问话你不答言。

我和你两相好一心不变，

春　花　（接唱）你是主我为奴各走一端。

黑　牛　（唱）　我和你一样是受苦受难，

春　花　（唱）　你为何当马弁供贼使唤？

黑　牛　春花我！

　　　　（唱）　当马弁并非我出自心愿，

难道你不知我有苦难言。

三年前被抓丁开赴前线，

冒生死历艰险逃回家园。

关天爵要把我捉拿解县，

多亏了刘立人出面周旋。

他见我枪法好胆大勇敢，

才叫我当马弁护他安全。

我也是无路走出于无奈，

才答应进刘府暂把身安。

对你家也总算便于照看，

保弱妹护大叔免遭事端。

春　花　（触动心事，激愤地）好一个保弱妹护大叔，我问你，

你保住了什么？

　　　　（唱）　我为奴受尽了人间苦难，

你替人当马弁处之安然。

若不是琴老师挺身抢险，

春花我早已经命丧寒潭。

黑　牛　你投水自尽，到底为了什么？

春　花　你知道又能怎么样？

黑　牛　我要替你报仇！

春　花　你做不到。

黑　牛　我能做到，你说。

春　花　我……

黑　牛　你怎么样？

春　花　我……我被人污辱了。

黑　牛　什么？是谁？

春　花　斩尾蛇！

黑　牛　是他？（迈身欲走）

春　花　你要干什么？

黑　牛　我要把他撕成两半！

春　花　慢着，你听我说。

黑　牛　你……

　　　　（唱）　你莫阻拦把我劝，

　　　　　　　　不报此仇枉戴天。

春　花　（唱）　报仇还需有远见，

　　　　　　　　不能莽撞顾眼前。

黑　牛　（唱）　为你报仇头可断，

　　　　　　　　钢刀宁折不能弯。

春　花　（唱）　你单枪匹马去冒险，

　　　　　　　　全家都要受牵连。

黑　牛　（唱）　天有多远逃多远，

　　　　　　　　何须留恋破家园。

春　花　（唱）　穷人到处是风险，

　　　　　　　　能逃何必等今天。

黑　牛　报仇不得，逃走不得，你叫我怎么办？

春　花　找琴老师。

黑　牛　琴老师？

春　花　是，找琴老师。

黑　牛　她，她，她会把桃园堡闹翻天！

春　花　把桃园堡闹翻天有什么不好？

黑　牛　我没讲不好，桃园堡多少不平事，我也看到，难怪有
　　　　人要把它闹翻天。不过七爷对我也算不错呀！

　　　　（唱）　恩仇是非我能辨，

　　　　　　　　黑牛不是黑心肝。

　　　　　　　　七爷对我够恩典，

279

　　　　　　　　我不能调转枪头打长官。

春　花　（生气地）番鬼王对你有恩,那你就去报答吧!

黑　牛　春花!

春　花　从今后,你我一刀两断,你给我走!

黑　牛　春花!

春　花　走、走、走!

黑　牛　走就走!（欲冲下）

　　　　〔刘琴从后门上,拦住黑牛。

刘　琴　你慢走!

黑　牛　又是你!

刘　琴　我要管,还有一位也要管。（指门外）

　　　　〔黑牛娘出现在门口,何奉随上。

黑　牛　娘! 你怎么来了?（急接娘进内坐下）奉叔,你怎么
　　　　把我娘找来?

黑牛娘　黑牛,让娘摸一摸你的脸。

黑　牛　娘,你要干什么?

黑牛娘　你过来!

黑　牛　（跪在娘前）娘,我在这里。

黑牛娘　（用手颤抖着仔细抚摸黑牛面部）儿啊,你的眉眼、
　　　　脸庞全像你死去的老子,可和你老子走得都不是一
　　　　条路!

黑　牛　娘,你说的什么?

黑牛娘　你做错了事,犯了罪了!

黑　牛　啊! 娘,我做错了什么事? 犯了什么罪? 娘教儿改
　　　　我改过就是。

黑牛娘　唉! 你不明真情,有些事连为娘过去也不知晓,也难
　　　　怪我儿无知啊!

　　　　（唱）　忆往事不由我心中悲惨,
　　　　　　　　把仇恨埋心间二十五年。
　　　　　　　　怕孩儿性暴烈寻仇生事,
　　　　　　　　枉送了儿性命我不敢明言。

多亏了琴姑娘给娘指点，

好比那春风吹化水一潭。

娘要把血泪仇讲在当面，

就看儿从今后走向哪边？

黑　牛　娘，你快说。

黑牛娘　（接唱）想当年你的父被逼出山，

随邹正闯州县一马当先。

两年后邹正战死众离散，

风雪夜你父孤身返桃园。

只说是重整旗鼓再出战，

哪知晓被人告密入牢监。

万般毒刑都受遍，

他铮铮铁骨腰不弯。

到头来被刀剐鲜血四溅，

黑　牛　（痛呼）爹！

黑牛娘　（接唱）娘怀儿晕倒在桃园堡前。

他临死挺身骂贼高声唤：

"报仇不出二十年！"

到如今二十五载冬去春来，

儿却为仇人一家保平安！

说什么番鬼王对你有恩典，

儿啊，要明辨善恶黑白报仇冤！

黑　牛　娘，这杀父的仇人是番鬼王一家？

黑牛娘　发号施令的是当时刘家的族长老剥皮！可为娘今日才知晓，当时出谋献策的正是番鬼王！刘立人！

黑　牛　娘，你是怎样知晓的？

黑牛娘　是琴姑娘告诉我的。

黑　牛　（对刘琴）你？

刘　琴　问你奉叔，就知底细。

黑　牛　奉叔，这是真的？

何　奉　千真万确，杀害你父当天，番鬼王在花厅里出谋献策,是我偷听到的。二十多年来,我将此事,埋在心底。要不是琴姑娘几次三番开导于我,连你娘也仍被蒙在鼓里。三年来,眼见你不知杀父之仇,为番鬼王充当护兵,心如刀绞,可我,我不敢说啊!

黑牛娘　儿啊!今日把话讲明,何去何从,就看你了!

黑　牛　原来是这样!

（唱）　霹雳一声如山倒,

刹时怒火心头烧。

血海深仇定要报,

不杀仇人恨难消。（欲冲下）

刘　琴　你去哪里?

黑　牛　将番鬼王、斩尾蛇碎尸万段。

刘　琴　站住!

黑　牛　你不让我报仇?

刘　琴　我们要帮你报仇!

黑　牛　不用!

（唱）　我一人——

刘　琴　（唱）　单丝不能合成线。

黑　牛　（唱）　我一只手——

刘　琴　（唱）　难以敌双拳。

黑　牛　（唱）　我一只脚——

刘　琴　（唱）　难踢乾坤转。

黑　牛　（唱）　我一枪——

刘　琴　（唱）　崩不塌这个天。

黑　牛　（顿足）这也不能那也不能,难道我就罢了不成,难道我就无路可走?娘?

黑牛娘　你听琴姑娘的!

黑　牛　（对刘琴）那你说!

刘　琴　眼前只有一条路,就是参加革命,跟共产党走!

（唱）　穷人个个有仇恨,

有仇不只你一人。

天下穷人团结紧，

才能报仇把冤伸。

同举刀枪同上阵，

消灭恶霸蒋匪军。

黑　牛　（唱）　有仇不报非好汉，

知错不改枉为人。

可恨我从前太混沌，

竟把仇敌当恩人。

琴老师，我……我替番鬼王做过事，我有罪，我今日服罪了。（双手捧枪，交给刘琴）

刘　琴　这是干什么？

黑　牛　缴枪！

刘　琴　你既然弃暗投明，参加革命，这把枪，你用来打反动派吧。

黑　牛　琴老师，黑牛从今以后，听共产党的话，叫我走南我不走北，叫我走东我不去西。上刀山，下火海，绝不皱眉。

何　奉　（欢喜）黑牛！

春　花　（同时）黑牛哥！

黑牛娘　我的好儿子！

刘　琴　黑牛，我们要在这里开个会，你现在的任务是监视桃园堡的侧门，发现动静，立即通知我们！

黑　牛　是！

刘　琴　春花，警戒的任务就交给你了。

春　花　我知道。

刘　琴　大伯，来开会的同志你都通知到了？

何　奉　都来了，在林子里隐蔽着。他们看到屋上有红灯就来了。

刘　琴　好，现在就分头行动吧！（对黑牛娘）大娘，你也请回。

〔黑牛、春花扶黑牛娘下。何奉捧出灯和罩子。刘琴将罩子套在灯上，红光四射。

第六场

时　间　中秋节前数天夜里。

地　点　桃园中学刘琴居室。

〔二幕前，万选之鬼头鬼脑地上。

万选之　（唱）　深夜悄悄人睡静，

　　　　　　　　我的心里不安宁。

　　　　　　　　穷鬼们近日暗活动，

　　　　　　　　三番五次闹事情。

　　　　　　　　刘琴进堡一月整，

　　　　　　　　至今来历未查清。

　　　　　　　　七爷轻信把她用，

　　　　　　　　四小姐又要闹花灯。

　　　　　　　　我不能大意出漏洞，

　　　　　　　　去到校园探行踪。

〔匪班长上。

匪班长　报告大队长，有个黑影溜进校门！

万选之　追！（同下）

〔二幕启。刘琴居室，布置整洁，墙上挂着字画，窗外玉兰、木棉花影婆娑。正面有门通外边，台右有门通内室，挂着门帘，刘琴坐在灯下看书。

（合唱）静静悄悄夜已深，

　　　　闪闪烁烁满天星。

　　　　花枝摇曳秋风劲，

　　　　银河淡淡月色明。

　　　　隐藏刀光与剑影，

　　　　暂换红装掩女兵。

刘　琴　时间过得真快，不觉进堡已经一个月了。离开部队一个人工作真不容易啊！

（唱）　　秋深夜静心难静，
　　　　　波涛起伏在胸中。
　　　　　无有闲心恋夜静，
　　　　　惯从杀条爱刀兵。
　　　　　可喜群众已发动，
　　　　　贫下户个个愤不平。
　　　　　黑牛好汉真勇猛，
　　　　　小春花坚定又机灵。
　　　　　单等一声战斗令，
　　　　　中秋月夜闹花灯。
　　　　　闹它个外攻加内应，
　　　　　要叫箫声变枪声。
　　　　　何大叔上山三天整，
　　　　　请示破堡用奇兵。
　　　　　但愿带回战斗令，
　　　　　莫负佳节月华明。
　　　　　到那时重把军装整，
　　　　　和战友一同再出征。
　　　　　直到那全国解放同欢庆，
　　　　　万众齐唱"东方红"！

　　　　〔春花匆匆上。

春　花　琴姐。

刘　琴　奉大叔回来了没有？

春　花　我爹回来了，他叫我告诉你，在山上找了两天，没找
　　　　到人。

刘　琴　啊！联络断了。

春　花　姐姐怎么办？

刘　琴　不要着急，让我想一想。

　　　　〔敲门声。

刘　琴　谁？

〔春花去开门，进来的是化了装的虎子。

虎　子　连长。

刘　琴　嘘。（示意春花出外警戒）

〔春花下。

刘　琴　虎子，你怎样进来的？

虎　子　桃园堡税务所所长带队下乡收税，让我们都抓住了，我就扮作税丁，混进堡内的。

刘　琴　为什么奉大叔上山找不到你们？

虎　子　情况有变化，部队转移了地点，现在政委派我来联络。

刘　琴　政委有什么指示？

虎　子　首长说，地方党有个同志要来和你联系，叫我来传达接头暗号。

刘　琴　有个同志来和我联系，那暗号是什么？

虎　子　那人来向你借书，他说要《红楼梦》，你说是《石头记》，他说要古本，你说只有新版；他说要全套四本，你说好，我拿给你；他说，让我自己拿好了。

刘　琴　啊！《红楼梦》《石头记》古本，新版……好呀！

虎　子　连长，我走了。

〔春花急上。

春　花　琴姐，有人来。

刘　琴　谁？

春　花　斩尾蛇！

刘　琴　斩尾蛇！让虎子马上入房，春花掩护。（向春花耳语）

〔春花带虎子入内室。

〔刘琴坐下，装作看书。

〔万选之上，敲门。

刘　琴　谁呀？请进来。

万选之　（进门）啊，琴老师还没有休息啊！

刘　琴　（掩书起立）啊！大队长，有事吗？

万选之　不,不,我……我是找林校长不着,顺便来坐坐,琴老师,你这里布置得很雅致呀!内室一定更讲究啰!

　　　　　　(欲进内室)

刘　琴　(有礼貌地一拦)大队长,请坐!

万选之　好,坐、坐、坐!

刘　琴　大队长,你找林校长有什么事?

万选之　我找林校长想借本书,说不定你这里就有。嘿嘿……

刘　琴　(旁唱)他鬼头鬼脑耍花样,

　　　　　　　　　莫非虎子露行藏?

　　　　　　　　　狭路相逢不相让,

　　　　　　　　　准备和贼斗一场。

　　　　　　大队长,你要借书吗?

万选之　是啊。

　　　　　　(唱)　我久住山沟脑筋旧,

　　　　　　　　　不能适应新潮流。

　　　　　　　　　为了进步不落后,

　　　　　　　　　想借本新书把你求。

刘　琴　你要借什么书?

万选之　我要借红……

刘　琴　红什么?

万选之　红色的。

刘　琴　哈……大队长真会开玩笑,我这里哪有这类书?

万选之　琴老师,你桌上这本书,就一定很有趣!

刘　琴　(拿书在手)大队长,这本书不合你的胃口。

万选之　不合我胃口?不见得吧?让我看看。

刘　琴　怕你看不懂。

万选之　看不懂就认真学嘛。(伸手要书)

刘　琴　那好。(交书给万)

万选之　(看书)动物学?

刘　琴　是专门研究那些禽兽的!

万选之　（苦笑）琴老师真爱讲笑话。

刘　琴　不是讲笑话，人不研究禽兽，又怎能知道畜牲本性
　　　　呢？听说动物学家正在研究蠢猪和狐狸的杂交，你
　　　　知道吗？

万选之　（尴尬）不，不知道。

　　　　（旁唱）这个女人好利口，

　　　　　　　　句句话中有骨头。

　　　　　　　　谅你藏人难飞走，

　　　　　　　　我旁敲侧击用计谋。

　　　　琴老师！

刘　琴　大队长！什么事？

万选之　（唱）　你虽女流胆量够，

　　　　　　　　一人敢住这小阁楼。

刘　琴　（唱）　桃园堡有你把门守，

　　　　　　　　我这里高枕有何忧？

万选之　这很难说。

　　　　（唱）　近来地方不安静，

　　　　　　　　强盗黑夜把人偷。

　　　　　　　　只怕你这屋前后，

　　　　　　　　暗中有人来逗留。

刘　琴　有人到我这里来？

万选之　是啊！

刘　琴　哈哈……

　　　　（唱）　强盗敢来这里走，

　　　　　　　　算他狗运到了头。

万选之　啊！琴老师，这话怎讲？

刘　琴　大队长，有句俗话，不知你听过没有？

万选之　什么俗话？

刘　琴　"强盗进学堂，碰着的都是书（输）"！

万选之　呀！

　　　　（旁唱）她明车暗马和我斗，

步步棋高出我一筹。

琴老师？

（接唱）大将临阵也失手，

　　　　　人无远虑有近忧。

　　　　　有个黑影这里走，

　　　　　一定躲在屋里头。（欲入内室）

刘　琴　（拦住）噢，原来大队长是追着她来的。

万选之　（反被吓住）什么？真的在这里？（忙退后拔枪）

刘　琴　哎哟，大队长，看你动刀动枪的，怪不得吓得神色慌
　　　　张逃到这里了。

万选之　（一直警戒着）琴老师，人既然在此，你就请他出
　　　　来吧。

刘　琴　我不能把她交给你。

万选之　我偏偏要他！

刘　琴　算了，大队长！

　　　　（唱）　你何必纠缠不放手，

　　　　　　　强求到手反成仇。

　　　　　　　我劝你放条路儿让她走，

万选之　（接唱）不到手誓不罢休。

刘　琴　（唱）　她宁死不甘落你手，

　　　　　　　何必逼人到尽头？

万选之　啊，你说什么？

刘　琴　（唱）　你莫逼春花无路走！

万选之　怎么，你说的是春花？

刘　琴　是啊！

万选之　啊！（唱）　难道真是这丫头？

　　　　（旁白）不行，我得借口去搜。（对刘）琴老师，恐怕
　　　　是个男人吧！

刘　琴　男人？大队长，你这是什么意思？

万选之　嘿嘿，琴老师，你一定把林校长藏在房间里和我开玩
　　　　笑。（向内）林校长，林校长！

〔万选之一边叫着，一边快步走向门边，一掀门帘，春花持剪刀出追万选之。万选之十分狼狈，后退。

春　花　斩尾蛇，你逼我走投无路，我和你拼了！（扑前）

万选之　你敢动，我打死你！（拔枪）

刘　琴　（夺过春花剪刀）春花，不要怕，我在这里。

万选之　（旁白）糟糕，这个黑影难道真是春花？她为什么要躲躲闪闪呢？

刘　琴　万大队长，你到底想怎么样？

万选之　没……没什么。

刘　琴　没什么？（严肃地）万大队长，你半夜来穿房入室，行为放肆，满口胡言，到底居心何在？所为何来？如若解释不清，我和你找七爷评理。

万选之　不，不，我实在是来找林校长的。

〔林可倚上。

林可倚　你找我？

刘　琴　校长来得正好！

林可倚　什么事呀？

刘　琴　林校长，大队长夜入学校诋毁教师，我要找七爷分清道理。（向万）走吧，大队长！

万选之　林校长……

林可倚　刘老师有话慢慢说！

刘　琴　大队长借名巡夜，胡作非为，说你藏在我房里。

林可倚　大队长，你是怎么搞的呀？

万选之　林校长，实在是个误会。（拉林到一旁）你林校长是个老大了，我哪敢胡怀疑。其实有件事情……（耳语）

林可倚　（惊）啊！有这样的事？大队长未必吧？

万选之　宁可信其有，不可信其无。

林可倚　那么你想怎样？

万选之　搜！

林可倚　搜？恐怕不妥吧。她是七爷的侄孙女，在省城又有

<table>
<tr><td></td><td>人事,你没有真凭实据,我担心会惹出事来。</td></tr>
<tr><td>万选之</td><td>林校长,倘若学校混进了共产党,你也有窝藏之罪。</td></tr>
<tr><td>林可倚</td><td>那么你一定要搜?</td></tr>
<tr><td>万选之</td><td>要搜!</td></tr>
<tr><td>林可倚</td><td>我看这样吧,一来我有责任,二来免你怀疑,由我入内去搜。</td></tr>
<tr><td>万选之</td><td>你怎样进去?</td></tr>
<tr><td>林可倚</td><td>我自有办法!</td></tr>
<tr><td>万选之</td><td>那就靠你了。</td></tr>
<tr><td>林可倚</td><td>你看我的,(转对刘琴)刘老师,万大队长是一时冒昧。</td></tr>
<tr><td>万选之</td><td>是,一时误会。</td></tr>
<tr><td>林可倚</td><td>大队长实在是来找我借书的。</td></tr>
<tr><td>万选之</td><td>是,是来借书的。</td></tr>
<tr><td>林可倚</td><td>不过这套书我也没有,想向刘老师你借。</td></tr>
<tr><td>刘　琴</td><td>(戒备地)校长要借什么书?</td></tr>
<tr><td>林可倚</td><td>红—楼—梦—</td></tr>
<tr><td>刘　琴</td><td>(意外地,立刻又镇静起来)哦,是石—头—记。</td></tr>
<tr><td>林可倚</td><td>我要古本的。</td></tr>
<tr><td>刘　琴</td><td>我只有新版的。</td></tr>
<tr><td>林可倚</td><td>我要全套四本。</td></tr>
<tr><td>刘　琴</td><td>好,我拿给你。</td></tr>
<tr><td>林可倚</td><td>我自己去拿好了。</td></tr>
</table>

〔林可倚回头看万选之一眼,万得意地点头,林进
　内室。

〔春花惊,刘琴向春花示意。

〔万选之紧张等候。

〔林可倚拿上三本书复上。

<table>
<tr><td>林可倚</td><td>刘老师还差一本找不着。</td></tr>
<tr><td>刘　琴</td><td>(会意)在枕头底下,我去拿给你。</td></tr>
</table>

〔刘琴进内室,春花随进。

万选之　林校长,怎么样?

林可倚　嘿,大队长,你呀,都干些无聊事。

万选之　没有人?

林可倚　斗室一间,方横几尺真有人我能看不见?

万选之　啊! 那么这黑影子真是春花了。

林可倚　大队长!

（唱）　你老兄也真是小心过份,

　　　　见黑影也害怕疑鬼疑神。

　　　　刘老师好读书研究学问,

　　　　走得端行得正是个好人。

万选之　林校长,你不知道,共产党就是这样的。

林可倚　照你这样说,行为正直的好人就是共产党,有心作坏
蛋就是国民党了?

万选之　(自知失言)这,这……

林可倚　大队长,这回你大意失荆州了,哈哈……

万选之　嘿嘿……

〔刘琴拿书上。

刘　琴　林校长,这是第四本。

林可倚　(交给万选之)大队长,这回书(输)够了吗?

万选之　书够了,书够了,琴老师,打搅,打搅。(一鞠躬退
下)

刘　琴　(到门边看后关门,回头激动地)林可倚同志!

〔二人热烈握手。

林可倚　刘琴同志!

（唱）　组织上原让我暗中掩护,

　　　　怎奈是情况变化异当初。

　　　　因此上转告你政委嘱咐,

　　　　中秋节破此堡要把贼除。

刘　琴　(兴奋地)好啊!

（唱）　我正愁力单薄乏人相助,

　　　　遇同志奏凯旋信心更足。

借《红楼》斗顽敌倒也有趣，

快设法将虎子送出此屋。

林可倚　我有办法掩护他出去。

刘　琴　虎子。

〔虎子、春花同上。

虎　子　同志！（与林握手）

春　花　林校长，你也是……

林可倚　春花同志。

刘　琴　我们这里一切都准备好了，按上级指示准时行动，马上回去把情况向上级汇报。

虎　子　是！

林可倚　（拉虎子）走，我掩护你出去！（同下）

第七场

时　间　中秋节下午到月夜。

地　点　桃园堡拜月场上。

〔二幕前，刘三保上来打扫地方。

刘三保　（唱）　年年拜月玩穷汉，

今年闹月不一般。

穷人个个露笑脸，

眼看快要见青天。

只盼月长天色晚，

捣毁这万恶魔窟把身翻。

〔群众甲、乙上。

群众甲　三保叔，今年拜月比哪一年都热闹啊！

刘三保　是啊，你们准备得怎么样啦？

群众乙　准备好啦。锄头、柴刀、钢叉、梭标……一起来。

群众甲　三保叔，打下桃园堡，你被迫卖去的儿子就能回家了。

刘三保　不光我的儿子能回来,所有卖去的孩子都要回来,本地人都要回老家。琴老师昨晚不是说过还要开仓济贫分田分地吗?

群众甲　对。三保叔,我们的人已经进堡了。

刘三保　快去告诉琴老师去。

〔群众甲、乙下。

〔幕内何奉喊:"抬到这里来,抬到这里来!"

〔何奉引化了装的老李、虎子等游击队员抬八音柜上。

虎　子　三保叔!

刘三保　虎子,你们来了!(对何奉)进堡时有什么动静?

何　奉　没有碰到斩尾蛇,狗班长搜过柜就放进来了!春花还没有回来?

刘三保　琴老师已吩咐黑牛在堡内接应她。她假装是给四小姐运衣物的,狗兵不敢检查。

〔春花挑箱子神色紧张地上。

春　花　爹,琴老师呢?

何　奉　怎么啦?

〔刘琴上。

春　花　好险哪。

刘　琴　出了什么事?

春　花　我们刚到门口,就碰见斩尾蛇拦住要搜。

刘　琴　黑牛不是接你们去了?

春　花　要不是黑牛哥,还抬不进来呢!

刘　琴　黑牛呢?

春　花　在巷口等着斩尾蛇。

〔幕内传出斩尾蛇和黑牛争吵声。

刘三保　斩尾蛇来了。

〔众紧张。

刘　琴　大家先镇静。

老　李　连长,他们刚才搜过锣鼓柜,我们把枪支转放在花里。

刘　琴　好,就这么办!

〔急忙将箱子里的武器移入柜内。

〔万选之、关天爵、匪班长上。

何　奉　大队长,关乡长!

万选之　春花刚才挑的那两个箱子呢?

何　奉　这两个就是。

万选之　刚才为什么不让检查?一班长,搜!

刘　琴　慢:

　　　　(唱)　四小姐没有亲开口,

　　　　　　　哪个敢来随便搜?

　　　　　　　劝你休要乱动手,

　　　　　　　免惹是非闹不休。

万选之　(唱)　娘娘的绣鞋也要逗,

　　　　　　　责任担在我肩头。

　　　　　　　一班长只管替我搜,

　　　　　　　哪个敢来拦马头。

〔匪班长欲动手时,黑牛冲上。

黑　牛　住手!

　　　　(唱)　快收回你那肮脏手,

　　　　　　　黑牛在此难得搜。

　　　　七爷的东西,哪个敢搜!

万选之　我一定要搜!

黑　牛　搜不成!(二人各按枪)

关天爵　啊!大家都是自己人,何必……

刘　琴　黑牛,大队长有怀疑,就让他搜吧!(暗示黑牛)

　　　　(唱)　大队长果真实权有,

　　　　　　　七爷的面子也不留。

　　　　　　　要搜你就搜个够,

　　　　　　　看你咋样把场收!

春花，打开箱子让他搜！

〔春花把钥匙扔地上，匪班长拾起开箱检查。

匪班长　报告，箱子里都是些拜月的衣物。

关天爵　哎！选之，我早就说你是疑心生暗鬼，算了吧，再莫白费力了。

万选之　(不肯罢休，四下顾视)那边是什么人？

何　奉　请来的八音锣鼓手。

万选之　这锣鼓柜是哪里来的？

关天爵　(不耐烦地)何奉家的。

万选之　打开看看！(何奉示意，黑牛拦)

黑　牛　不准动！

刘　琴　大队长，你搜完一个，又搜一个，分明是在有意生事！

万选之　生事又怎么样？

春　花　你这是欺人！

万选之　嘿，善者不来，来者不善。一班长，搜！

〔刘琴示意黑牛阻拦。

黑　牛　不准动！

　　　　(唱)　你把威风耍个够，

　　　　　　　搜到几时才罢休？

　　　　　　　强中自有强中手，

　　　　　　　黑牛让你不姓刘。

万选之　(唱)　我说到做到不改口，

　　　　　　　管你姓刘不姓刘。

黑　牛　(唱)　你敢来！

万选之　(唱)　你敢斗！

黑　牛　(唱)　看你能有几只手？

　　　　　　　看你能有几个头？

　　　　　　〔二人对峙，形势紧张。

刘　琴　大队长，你这样做，太过份了吧。

万选之　琴老师，这里不是你的闺房，由不了你做主。

刘　琴　这里也不是联防大队部，也由不了你作主，中秋拜月,四小姐亲自主持,是刘、关、张三姓的事,应该由乡长作主。

关天爵　(为难地)啊……哎……我……

刘　琴　乡长若要搜,就请搜吧,搜得出来就可,搜不出来就是无事生端,故意刁难。四小姐怪罪下来,由你担待。乡长,你就搜吧!

关天爵　哎哎,琴老师,这个我不敢作主,我不能作主。

万选之　好,你不作主,我作主,搜!

刘　琴　大队长!这锣鼓柜你要搜几回呀!

关天爵　啊,锣鼓柜搜过了吗?

众　人　搜过了。

关天爵　选之,这是怎么搞的?

万选之　谁搜过?

匪班长　是我搜过的,里面都是些八音锣鼓。

关天爵　哎呀,你看,你看!琴老师,完全是误会。选之,我们走吧!

万选之　(对匪班长)混帐,你何不早说!(打匪班长一巴掌)走!

　　　　〔万选之、关天爵、匪班长下。

老　李　连长,政委说,今晚堡内以红灯为号,攻堡方向改在南门,要连长在南门接应。

刘　琴　好!敲响锣鼓。

　　　　〔众敲打下。

　　　　〔二幕启。一轮圆月挂在天中,拜月场上,张灯结彩。左右各有一拱门,上书"月门"二字,大拜桌上围着桌围,摆着色彩鲜艳的各种供品,点着一对大红烛,香炉内香烟缭绕。

　　　　〔锣鼓喧天,四小姐领一班拜月姑娘(手拿白色折扇)舞上。刘琴手捧一红色花灯上。

姑娘们　(边舞边上唱)

　　　　　月轮高挂哟分外明,

姑娘拜月哟闹盈盈。

婆娑起舞哟齐欢庆，

祝祷山乡哟降吉星。

〔四小姐拜月，姑娘们拜月。

刘　琴　四小姐，穿月门吧。

四小姐　（对众姑娘）穿月门！

〔四小姐领姑娘们穿月门，然后舞下。

〔刘琴把红灯挂在高竿的绳子上。

刘　琴　（唱）　中秋月明黄昏后，

恶魔日子到了头。

一班降龙缚虎手，

击鼓吹箫伏四周。

游击健儿枪在手，

轻装待命破碉楼。

单等红灯升竿顶，

镰刀斧头报冤仇！

〔春花上。

春　花　琴姐，怎么还不动手？

刘　琴　春花要沉着。

〔黑牛、刘三保和化了装的虎子、老李等上。春花
　警戒。

老　李　连长，时间快到了。

刘　琴　黑牛，有什么情况？

黑　牛　全堡依旧戒严。斩尾蛇将此门封闭，南门又加了两
　　　重岗哨。

刘　琴　嗯。我们仍按原来计划，四更从南门送灯出堡。

众　人　是。

刘　琴　春花，但等送灯时刻一到，你升起红灯，让堡外的同
　　　志们望见。

春　花　好。

〔林可倚急上。

林可倚	刘琴同志,情况有变化。
刘　琴	怎样?
林可倚	联防大队部移到南门设防,万选之拿了南门的钥匙, 说要天亮才进堡门送灯,四小姐正在那边和他争吵。
刘　琴	林可倚同志,四更之前,我们必须打开南门!枪响之 后,你马上和李班长、虎子用火力封锁通往奴才村的 侧门,防止敌人逃跑。
林可倚	好。
刘　琴	黑牛,你找机会打开南门,接应部队进堡后,迅速回 来监视关天爵、番鬼王。
黑　牛	是。
刘　琴	三保叔,你联同众乡亲,守护粮仓,防止敌人纵火 破坏。
刘三保	好。
虎　子	连长,谁去对付斩尾蛇?
刘　琴	由我对付,大家散开。

〔众分下。

〔四小姐生气地上。

四小姐	（唱）　联防队长太混帐,
	偏偏刁难四姑娘。
	好好一场拜月兴,
	霎时叫他全扫光。

〔万选之上。

万选之	四小姐!
	（唱）　求你多把我体谅,
	我专门吃的这份粮。
	近日到处有共党,
	叫人不得不严防。
四小姐	（唱）　谁能像你这个样,
	胆小如鼠形慌张。
	开门,我要送灯!

万选之	（唱）	要开门得等天大亮，
四小姐	（唱）	哪个封的你为王？
万选之	（唱）	我是联防大队长。
四小姐	（唱）	保的三姓刘、关、张！

万选之　不管怎么说，今晚堡门就是不能开。

四小姐　我非开不可！

万选之　不能开！

四小姐　（发蛮）开！

〔刘立人、关天爵、林可倚同上。

刘立人　四女，又吵什么？

四小姐　万选之不给开门送灯！

关天爵　选之，四小姐一场高兴，你何必那么认真呢？

万选之　半夜打开堡门，出了事情，那可不堪设想啊！

四小姐　等天亮才送灯，人们不笑话咱们怕共产党吗？

〔刘琴、黑牛上。

刘　琴　四小姐，时间快到了，这灯还送不送呀？

四小姐　（被激起火）爹，这桃园堡到底谁说了算呀？我看这里官最大的就是万大队长了。

刘立人　四女不要放肆。

四小姐　他才放肆。他有啥本事，连你的话也不听，就会说这里有共产党那里有共产党。哼，才是胆小鬼！

万选之　哎，七爷！

　　　　　（唱）　我一片忠心防共党，

　　　　　　　　　想不到落个这下场。

　　　　　　　　　钥匙交还你手上，

　　　　　　　　　兄弟难吃这份粮。

关天爵　你要辞职？

刘立人　选之，不要和孩子一般见识。（对四小姐）四女！

　　　　　（唱）　再不要难为大队长，

　　　　　　　　　吵吵闹闹不应当。

　　　　　选之！

（唱）　辞职话儿莫再讲，

　　　　　有事咱们好商量。

四小姐　（委屈地）爹，这灯到底送不送呀！（撒娇）

林可倚　七爷，大队长老谋深算，半夜开堡门确是难防共产党，不过四小姐也有道理。如果没有共产党，岂不是多此一举，大大扫兴。

关天爵　林校长，依你说，有还是没有呢？

林可倚　我？嘻……现在谁说有，谁说无，都是空口无凭。

刘　琴　是呀！倒不如派个人出去看看。

黑　牛　七爷，派我出堡搜索。若是外边无事，那就不必惊慌了。

关天爵　对，七爷，这个办法倒不错。

万选之　不行！

刘　琴　怎么？大队长连七爷的贴身护兵也信不过吗？

四小姐　爹，我看他连你也信不过，你干脆让位算了。

万选之　四小姐！

刘立人　选之，出去看看也不费什么事，你就叫黑牛带些人去吧。

　　　　（万选之无可奈何地把钥匙交与刘立人）

刘立人　黑牛，你出去要细心搜索，不得有误。

黑　牛　领命。（接钥匙欲下）

万选之　班长，你带一班人跟黑牛出去，要小心！

匪班长　是。

刘　琴　黑牛，你也要小心！

黑　牛　琴老师放心！（与匪班长下）

刘立人　四女，再不要生气了。（下）

万选之　哼！（下）

四小姐　阿琴，你尽心帮我办事真好！我一定叫我爹好好提拔你。

刘　琴　多谢四小姐，这都是我应该做的，我看，现在可以准备送灯了。

四小姐　好，送灯啦！送灯啦！

〔内场众人应声，"送灯，送灯！"。

〔内场打起送灯锣鼓。

〔姑娘们手捧花灯穿场舞下。

〔刘琴示意春花升红灯。

〔春花去升红灯，万选之带二匪兵突然从一边冲上。

万选之　（枪对春花）不许动！

〔关天爵急忙拔枪在手。

〔春花仍要升灯，被万选之推开，逼至台前。

万选之　你要干什么？说！

四小姐　大队长，你又要找她麻烦，有意捣乱！

万选之　四小姐，不要再胡搅蛮缠了，她是共产党！

四小姐　啊？

万选之　（对春花）快说，不说实话，我马上嘣了你！

春　花　送灯了，把红灯也升起来呀！

万选之　胡说，从来没有送灯时要升红灯的，升红灯，分明是
　　　　个暗号！琴老师，请你来审问吧！

刘　琴　要我审问？

万选之　是啊，琴老师智慧超人，定能问个水落石出！

刘　琴　那好！

　　　　（唱）　小螳螂挡车轮太不自量，
　　　　　　　　只不过顷刻间自取灭亡。
　　　　　　　　叫春花吐真情速快言讲，
　　　　　　　　今夜晚升红灯所谓哪桩？

春　花　（唱）　升红灯庆中秋红光明亮，
　　　　　　　　愿山乡一年年如意吉祥。
　　　　　　　　乡亲们男耕女织心舒畅，
　　　　　　　　奴婢们再不遭暴雨寒霜。
　　　　　　　　头顶上乌云恶雾齐扫荡，
　　　　　　　　山野里毒蛇猛兽无处藏。
　　　　　　　　桃园堡只见那桃花怒放，
　　　　　　　　笑看你刘关张怎样下场。

今日里春花我纵把命丧，

化杜鹃我也要红遍山乡。

万选之　住口！（对匪兵）把她押入地牢！

何　奉　（内喊）慢着！

〔何奉急上，刘三保和化了装的老李、虎子等齐上。

何　奉　大队长，你不能冤枉我女儿！

万选之　去你的！（一脚踢倒何奉）把他们父女一起押走！

匪兵甲　（内场大叫）报告！（急上）报告大队长，水路自卫队来电话，发现一队人从北山南下，朝我们方向行进。

万选之　是些什么人？

匪兵甲　他们说没弄清楚。

万选之　哎，堡门不能开，我去追黑牛回来！（欲下）

刘　琴　站住！你来不及了。

万选之　什么人？

刘　琴　共产党。（开枪打伤万选之）

〔虎子、老李击毙二匪兵。

〔四小姐惊叫逃下。

关天爵　啊！共产党！（欲逃）

刘　琴　春花，升红灯！

〔春花去升红灯，关天爵拉住升灯绳子，被刘琴打了一枪，一声惨叫，拉着绳子倒地，红灯升起，霎时，枪声大作，场上大乱。

〔刘琴领众冲下。

〔林可倚脱去长袍，拔枪冲下。

〔游击队过场，开打，经过一阵激烈战斗，刘立人被黑牛击毙。

刘　琴　报告政委，胜利完成任务。

政　委　刘琴同志，你们做得好！（握手）

〔刘三保上。

刘三保　琴老师，众乡亲开仓分粮了。

〔众乡亲背粮食过场。

政　委　乡亲们！桃园堡解放了！我们要把革命进行到底，
　　　　解放全中国！

　　　〔众亮相。

——剧　终

演出单位

西安市五一剧团

红花曲

根据同名锡剧移植

西安市五一剧团创研室移植

剧情简介

　　这是一部反映上世纪六十年代,中国纺织业工人们在社会主义建设中互相学习,共同提高的故事。剧中讲述新新布厂之看车工杜桂英等工人到先进单位新华纺织布厂学习的过程中,得到该厂织布工共产党员黎玉贞等同行的热情指导,并让杜桂英看车,进入实际操作,同时也遇到该厂织布车间肖桂英居功自傲,瞧不起小厂同行的对待。当车间出了疵布事故后,肖以为是杜操作实习的结果,经验证,是肖居功求荣而忽视质量的原因。经支部书记和黎玉贞的亲切开导和批评,肖得以提高,共同投入为社会主义生产好布,让全国人民穿好衣的工作中去。

　　该剧由原省军区五一剧团移植改编并演出。

场　目

人 物 表

黎玉贞	女,三十二岁,新华纺织布厂织布工,共产党员
肖桂英	女,三十四岁,纺织生产小组长
杜桂英	女,三十八岁,新新布厂织布车间看车工,共产党员
杨主任	男,四十五岁,车间主任,共产党员
杨巧英	女,二十一岁,纺织工人,共青团员
王菊芬	女,二十四岁,纺织工人,共青团员
小　瑛	女,十四岁,肖桂英女儿
孙金娣	女,五十四岁,纺织工人,共产党员
老　管	男,五十五岁,纺织厂机修工兼支部书记
杏　妹	女,二十三岁,纺织工人,看车工
小　王	男,二十岁,纺织工人,黑板报编辑
秀　娟	女,二十二岁,纺织工人,共青团员
根　娣	女,二十岁,纺织工人,共青团员
群众若干	

第一场

〔现代,初春。某城市纺织厂。

〔工厂厂院一角,这里是通往各车间的要道。台左有标语牌,上写"开展比学赶帮运动,赶上全国先进水平",台右是一排黑板报,台中是圆形花圃,近处竖立厂房、水塔、办公大楼等建筑物,远处可见锡山和惠山。

〔幕后合唱:

　　　　一人红,红一点。

　　　　人人红,红一片。

　　　　一厂红,红一面。

　　　　厂厂红,红满天。

〔合唱声中幕启。

〔小王在编写黑板报,厂内迎接全市第三次大面积实物评比质量动员大会刚刚结束,群众议论过场。青年织布女工秀娟、根娣欢跃地上。

根　娣 秀　娟	(同唱)比学赶帮浪推浪,
根　娣	(唱)　姐妹们,班前班后练兵忙。
秀　娟	(唱)　人人立志做闯将,
根　娣	(唱)　个个奋勇斗志扬。
秀　娟	(唱)　咱玉贞和肖组长, 　　　　革新创造比人强。
根　娣	(唱)　攻坚破关夺质量, 　　　　奋发图强斗志昂。
秀　娟	(唱)　昨天她在组内讲,

根 娣 秀 娟	（唱）　为迎接全市第三次实物评比会大干一场。
根 娣	会都结束了,怎么组长还不见回来?
秀 娟	走,找她走。(走至黑板报前)
根 娣 秀 娟	嘿,小王,动员大会刚刚结束,你就把黑板报编出来了。
小 王	哎,这……骑上快马加三鞭嘛。(指黑板报一角)你们来看。
根 娣	(至前)响应党委号召学习全国先进经验,赶上全国先进水平,誓夺全市质量第一流,迎接全市第三次大面积实物评比!
秀 娟	学习黎玉贞,赶上肖桂英,超过肖桂英小组。
根 娣	嗨,走快叫组长和黎玉贞同志来看看。(欲下) 〔乐起。
根 娣 秀 娟	看,组长来了。
	〔肖桂英领着王菊芬等女工上。
秀 娟	组长(指黑板报)你看。
根 娣	不少小组都想超过我们哩。 〔杏妹持产品检验报告单暗上。
肖桂英	(看黑板报兴奋地)好嘛。 （唱）　竞赛就要有对手, 　　　　你追我赶比劲头。 　　　　常言道,海上有风浪更大, 　　　　激流正好驾飞舟。 　　　　兄弟小组来促进, 　　　　我们要快马加鞭争上游。
杏 妹	组长,你放心吧, （唱）　我们这个组,好比是一匹千里马, 　　　　日行千里夜走八百,还不知乏。 　　　　她们要想把我们来赶上,

　　　　　　　哼,除非是我们骑驴,她骑马。

肖桂英　（故作严肃地）杏妹呀,说话虚心点。

杏　妹　咳,咱有啥说啥嘛。（从提包内取单）你看产品检验
　　　　报告单。（给肖桂英,同看）

根　娣
秀　娟　嗨,又是个"满堂红"。

杏　妹　再有十天我们就是百日无疵布小组了!

肖桂英　对,（对众鼓励地）同志们在这十天内,大家加把劲,
　　　　不出一只疵布,争取在实物质量评比会议上再夺它
　　　　个上游。

小　王　肖桂英同志,有啥措施我给你报道一下。

肖桂英　有,我们要更好地掌握防疵红花。同志们我们来研
　　　　究研究吧!（至一旁作研究）

小　王　肖组长,我等着你们的稿子啦。（招手下）
　　　　〔黎玉贞持一束小红花上,乐起。

黎玉贞　（唱）　朵朵红花红殷殷,
　　　　　　　　分送姐妹表寸心。
　　　　　　　　雪白布面插红花,
　　　　　　　　检查疵点凭着它。（孙金娣暗上）

　　　　同志们!

众　　　玉贞。

黎玉贞　（示小红花）你们看。

众　　　小红花。

孙金娣　这是玉贞做下送给大家的。
　　　　〔玉贞将花分送给众。

肖桂英　玉贞,大家很想听你讲讲掌握红花防疵的体会,你就
　　　　给大家讲讲。

黎玉贞　同志们,这红花呀,
　　　　（唱）　朵朵红花红殷殷,
　　　　　　　　党是辛勤浇花人。
　　　　　　　　群众智慧催花红,
　　　　　　　　红花红在姐妹心。

311

肖桂英	（唱）	要创造小组百日无疵布，
		大面积评比争上游。
		台台布机织好布，
		先进红旗不能丢。

黎玉贞	（唱）	布面插花是要领，
		为夺优质把劲增，
		要想百日无疵布，
		全靠人人思想红，
		思想防疵最要紧。
		人红布红花更红，
		愿将红花送姐妹，
		让我们同赶全国新水平。

孙金娣 玉贞说得对！思想防疵是最要紧的。我们要赶上全国的新水平，那要不断地向前迈进。

王菊芬 对，我们要时刻警惕思想上产生疵点。组长，我们团小组去开个会讨论一下。

肖桂英 好，你们去商量一下，加把劲，更上一层楼！

王菊芬 嗯，杏妹你也来参加我们的小组会。

杏　妹 好。

王菊芬 那咱们走吧。（与杏妹、根娣、秀娟同下）

黎玉贞 桂英同志，我们也要开个会排排差距，找找问题啊！

孙金娣 对，我们是要开个会，研究研究是怎样在第三次大面积评比中争个上游。

肖桂英 老阿姨，实实在在地说，凭我们的设备条件，凭我们小组的技术水平，争个上游，还是有把握的。

黎玉贞 桂英同志，不能光看到我们设备条件好，还应当看到我们的弱点，就拿布面平整度来说，我们就没有赶上全国先进水平。

肖桂英 平整度……这是个老问题啊，眼前……

黎玉贞 眼前兄弟厂就有好经验啊。

肖桂英 （惊喜）啊，哪家兄弟厂？

孙金娣　这是玉贞的建议书。(将书给肖桂英)

肖桂英　(接书)建议领导上组织我们到新新布厂去学
　　　　习……

黎玉贞　是呀,听说新新布厂的布面平整度比我们好。

肖桂英　玉贞呀!

　　　　(唱)　听话先要辨辨音,
　　　　　　　　传来之言莫当真。

　　　　平整度是个老大难问题,就连上海那么大的厂,也没
　　　　有彻底解决。那么小个新新厂,凭技术凭设备要想
　　　　解决我看是不可能的事。要学习我看还是到上海
　　　　去吧。

黎玉贞　(唱)　本市既有好经验,
　　　　　　　　我们何必出远门?

孙金娣　(唱)　哪里有经哪里取,
　　　　　　　　大厂小厂不该分。

肖桂英　(唱)　江水哪有海水深,
　　　　　　　　小溪难把大鱼寻。
　　　　　　　　新新厂小少油水,
　　　　　　　　设备不全无能人。
　　　　　　　　要是向它去学习,
　　　　　　　　真是瞎子点灯白费劲。

黎玉贞　(唱)　常言道,山外还有青山在,
　　　　　　　　十步内也能把芳草寻。
　　　　　　　　上次我出席群英会,
　　　　　　　　就认识新新布厂的一工人。
　　　　　　　　她接的头儿快又紧。
　　　　　　　　这一点她就胜我们。

肖桂英　(唱)　十指头也不一般等,
　　　　　　　　天上也有大小星。
　　　　　　　　我看是为了照顾小厂的积极性,
　　　　　　　　才让她在群英会上挂个名。

秦腔　红花曲　HONGHUAQU

黎玉贞　（唱）　桂英你说话欠思忖，

　　　　　　　　不该目中无有人。

　　　　　　　　她们的厂小有干劲，

　　　　　　　　攻坚破关有雄心。

　　　　　　　　要知深浅先下水，

　　　　　　　　我建议登门求师到新新。

　　　　〔杨主任内喊："桂英,桂英。"

　　　　〔杨主任身穿工作服,提工具袋匆匆上。

肖桂英
　　　　　杨主任。
黎玉贞

杨主任　桂英！今天有兄弟厂派人到我们厂里来学习,有两
　　　　位同志分配到你们小组内,跟班八九天,学习小红花
　　　　防疵经验,你们准备准备。

肖桂英　好哦！杨主任是哪家兄弟厂啊？

杨主任　是新新布厂。（走向黑板报处）

黎玉贞　（喜）
　　　　　　　　新新布厂。
肖桂英　（惊）

黎玉贞　（旁唱）　正想学她的好经验,

　　　　　　　　偏巧师傅到眼前。

肖桂英　（旁唱）　大面积评比不容缓,

　　　　　　　　偏偏她又来添麻烦。

　　　　〔二人迎面,肖桂英有些不高兴,黎玉贞看出她的心
　　　　事,故问。

黎玉贞　桂英你怎么了？

肖桂英　（佯装）没有什么。

黎玉贞　桂英,我们去宿舍给她们准备准备床铺吧。

肖桂英　杨主任,再有十天,我们就是"百日无疵布"小组了。
　　　　大面积评比就在眼前,她们来跟班,只怕……

杨主任　是呀,大面积评比就是在眼前,新新厂同志来跟班,
　　　　我们既要教好她们技术,也要保证自己的质量嘛。

肖桂英　（迟疑地）这……

黎玉贞　杨主任,你放心吧,桂英,走。（二人下）

〔王菊芬持决心书上,根娣、秀娟跟上。

王菊芬　组长组长哦,杨主任你见我组长来没有?

杨主任　她到宿舍里去了,有啥事情?

王菊芬　交决心书。

杨主任　那你去吧。

众　　　走,找她们去。(下)

杨主任　(看完黑板报激动地)好呀!

　　　　(唱)　黑板报写满了表扬意见,
　　　　　　　肖桂英果真是闯将一员。
　　　　　　　技术上过得硬人人称赞,
　　　　　　　产量上不断地一番加番。
　　　　　　　创五好争上游勤学苦练,
　　　　　　　有这样先进组叫人喜欢。

〔老管内喊:"老杨,老杨。"

〔老管领着杜桂英、杨巧英上。

老　管　(对杜桂英、杨巧英)来! 我给你们介绍一下,这是
　　　　我们车间杨主任。

杜桂英
杨巧英　杨主任。

杨主任　老管,她们是……

老　管　哦,这就是新新厂派来交流经验的同志,这位是杜桂
　　　　英同志,这位是杨巧英同志,把她们已分配到肖桂英
　　　　小组了。

杨主任　啊,(热情地)欢迎欢迎。

杜桂英　杨主任,过去你们厂给我们厂帮助很大,这次我们又
　　　　来添麻烦了。

杨主任　没关系,帮助兄弟厂是我们应尽的责任嘛。

老　管　只是我们没有什么好经验啊。

杜桂英　管书记你们太客气了。

杨巧英　我们新新厂是全市最小的一个厂,设备陈旧技术落
　　　　后,上两次全市产品质量评比都是中游。

老　管　同志啊,先进不是天生的,上游是靠争来的,只要有

秦腔
红花曲
HONGHUAQU

志气,就是机械设备条件差一些,产品质量照样能赶上全国先进水平。

杨巧英　我们书记也是这么说的。厂小雄心大,力争产品质量第一流。

杜桂英　下次再评比,努力争上游。

杨主任　好,你们能有这样的雄心壮志可不简单呀。

杨巧英　你们才不简单呢! 产品质量,月月先进,年年受到表扬。

杨主任　同志啊!

　　　（唱）　说什么年年月月受表扬,

　　　　　　这都是上级党领导有方。

　　　　　　再加上我们厂大设备好,

　　　　　　优质高产理应当。

杨巧英　（唱）　新新厂立志紧跟上,

　　　　　　山鸡展翅追凤凰。

杜桂英　（唱）　为了取经来贵厂,

　　　　　　还请大力来相帮。

杨主任　（唱）　要取啥经尽管讲,

　　　　　　帮助你们理应当。

老　管　（唱）　人家说我们是先进厂,

　　　　　　其实经验也平常。

　　　　　　存在的问题也不少!

　　　　　　还请你们多相帮。

　　　　比方说,我们的……（指向黑板报）

杨主任　（拉老管至一旁）产品质量,老管你摆问题也要看看对象嘛,人家是来取经的。

老　管　老杨啊,人家上门来交流经验,我们正好摆摆问题,请人家传经啊。

杨主任　（旁白）人家来学习时间短,任务重,不要给人家添麻烦,有问题我们自己研究自己解决嘛。

老　管　老杨啊,我们车间连续得了几次红旗,要当心这个（指头）里边发热。

杨主任	（会意地）发热,你放心,不会的!
老　管	老杨,我们要警惕呀,新新同志跟班期间,我们不仅要热心地帮助,更要虚心地学习人家的长处。老杨啊,你把她们妥善安排一下,要保证她们学习好、生活好,我还有点事。（转身对杜桂英、杨巧英）你们谈谈,我还有点事,咱们回头见。
杜桂英 杨巧英	管书记你去忙吧。（老管招手下）
杨主任	走,我们找她们去。（欲下） 〔肖桂英上。
杨主任	（见肖桂英）哦,桂英,我给你介绍一下,这是生产组长肖桂英同志,这位……
肖桂英 杜桂英	（惊喜）杜 肖桂英,（上前紧紧握手）桂英姐 妹!
杨主任 杨巧英	你们早就认识!
肖桂英 杜桂英	我们解放前曾在一个小布厂里做过工。
杨主任	太巧了,你们还是老姐妹。
肖桂英	（对杨巧英）这位是?
杨巧英	组长,我叫杨巧英,杨树的杨,灵巧的巧,英雄的英。
肖桂英	啊! 杨巧英同志,欢迎你们。
杨巧英	杨主任,我的师傅是谁呀?
杨主任	桂英,你看跟谁合适?
肖桂英	杨主任你分配吧。
杨主任	好,巧英你跟黎玉贞。
杜桂英	（惊喜）黎玉贞! 那我的师傅呢?
杨主任	（稍考虑一下,对肖桂英）桂英啊,你们是老姐妹,就在一起互帮互学吧。哦! 你们在一起谈谈,巧英同志,我带你去找玉贞。（同作招手地分下）
杜桂英 肖桂英	桂英妹 姐! （感慨地） （同旁唱）久别的姐妹今相逢,

秦腔
红花曲
HONGHUAQU

往事件件涌心中。

解放前同作临时工,

挨打挨骂受欺凌。

临时工做了三年整,

贼工头解雇我姐妹分西东。

喜今日^取经重相会,

忆苦思甜情更浓。

〔黎玉贞、杨巧英、孙金娣、王菊芬,众女工同拥上。

黎玉贞　杜桂英,你好?

杜桂英　(忙作镇静一下)玉贞你好?

黎玉贞　同志们,这就是新新厂织布生产能手杜桂英同志。

〔杜桂英有些不好意思。

肖桂英　玉贞你们也认识。

黎玉贞　我刚才讲的在市里开会认识的就是她呀。

肖桂英　哦!

杨巧英　玉贞,她们两个人也认识,还是老姐妹呢!

黎玉贞　还是老姐妹,那太好了,我们可以更好地在一起交流
　　　　经验了。

杜桂英　(走近肖桂英)桂英妹我一定要好好地向你学习。
　　　　(恳切地)

肖桂英　你放心吧,我一定要好好地教你。

黎玉贞　我们互相学习。

众　　　对,互相学习。

第二场

〔二幕外:杨主任手拿斧头回台上。

杨主任　(唱)　刚才桂英来反映,

玉贞做事太荒唐。
把车让给巧英挡,
她却放手站一旁。
眼看要影响产品质量,
事关重大非寻常。
评比若还评不上,
难免叫人说短长。

〔老管上。

老　管	老杨你慌慌张张到哪里去?
杨主任	我要找你商量个事。
老　管	是不是让外厂同志看车的事。
杨主任	是呀,玉贞竟让巧英看车,我看……
老　管	老杨啊,学打铁就要先抡榔头,学修车就要先拿斧头。不让人家看车怎么能学到过硬的工夫哩。
杨主任	你的意见是对的,可是肖桂英说法也有道理啊。
老　管	哦!
杨主任	她说巧英她们技术差,对机器性能又很生,大面积评比就在眼前,保质保量要紧嘛!
老　管	那你的意见呢?
杨主任	人家来学习一定要把人家教好,不过她们才来几天,对我们的车子又不熟悉,可能影响产品质量,万一出了问题,那就不好了。我看还是白天让她们跟班看看,晚上下了班给她们多教教,看车的问题等几天再研究。哦,老管呀,你最好找玉贞多谈谈。
老　管	我看人家是生产能手,来了这几天车子也熟悉了。只要双方配合得好,不会影响产品质量的,即使生产暂时受一些影响,也要让她们学到过硬本领。肖桂英的想法是不全面的,我们要有全局观点嘛。党委把外厂来学习的同志放到先进小组,不仅是为了她们学到过硬的工夫,而且也是为了我们更好地向人家学习。老杨啊! 我们要向肖桂英做做思想工

作啊。

杨主任　这……找肖桂英谈谈。

老　管　是啊,肖桂英对生产抓得很紧是好的。可是,还要多看看人家的长处啊!

（唱）　帮中不把学习忘,

取长补短共商量。

双方配合同向上,

大家比学又赶帮。

取得经验再推广,

厂厂先进红四方。

老杨啊,我们开展比学赶帮运动,不但要比生产,更重要的是比思想,比风格。

〔杨主任不语。

老　管　我看,我们开个支委会研究研究好不好?

杨主任　好,开个支委会研究研究。

老　管　好,走。（边说边下）

〔二幕开,女工宿舍,窗明几净,陈设简洁,宿舍边庭院的门敞开着,墙角并排长着两株桃李,花儿盛开。杜桂英用两椅搭成布机,把围裙搭在椅背,当成"布机",从上面拿起一朵小红花。

杜桂英　（唱）　小红花呀小红花,

插在布面把疵点查。

你似那边境线上的防守哨,

我好似流动哨兵警戒不让疵点向过逃。

这方法对提高产量功效大,

我要好好把它学到家。（作练习捶腰）

（接唱）为把全国先进赶,

书记会上作动员。

人人刻苦把兵练,

个个奋勇攻难关。

委托我来学经验,

　　　　　　纵然有千难万难只等闲。

　　　　　　对,还是练练。

　　　　　〔杨巧英愉快地上,见杜桂英练兵又高兴又关怀地。

杨巧英　桂英姐,你刚刚下了班又在练兵,

　　　　　〔工人们三三两两地往伙房吃饭……

　　　　　〔杏妹与秀娟路过窗前。

杏　妹　巧英吃饭了没有?

杨巧英　还没有呢?

杏　妹　巧英,今天食堂里是酸汤细面,你要多吃几碗。

杨巧英　那为什么?

杏　妹　祝贺你今天看了玉贞的十二台车呀。

秀　娟　巧英你真行。(向杨巧英翘大拇指)

杨巧英　哎呀看你!(杏妹、秀娟笑下)

杨巧英　今天又闯过了一关。桂英姐,今天玉贞姐让我看车
　　　　　十二台,我心里很紧张,出了一身汗,总算没有出事
　　　　　故。桂英姐,你听见了吗,今天玉贞姐让我看了车。

杜桂英　看车!

杨巧英　嗯! 看了十二台车。

杜桂英　是真的吗?

杨巧英　是真的。玉贞姐对我太关心了,她主动教我看车,我
　　　　　心里真是有说不出的高兴,又很担心,只怕出个烂
　　　　　子,可是不由得心慌起来,忽然只听得一台车钢嗿嗿
　　　　　嗿地响起来了!

杜桂英　(惊)啥,出了事故了?

杨巧英　还好,多亏玉贞眼明手快急来抢救,才没有造成
　　　　　事故。

杜桂英　巧英呀!

　　　(唱)　她们是个先进组,
　　　　　　　事事都在人前头。
　　　　　　　质量要求高标准,
　　　　　　　你看车时刻要小心。

你明天看车可一定要小心，多向同志们请教。

杨巧英　嗯！桂英姐，你看了几台车？

杜桂英　我还没有看呢。

杨巧英　啥？肖桂英同志还没有让你看。

杜桂英　她们质量要求得高，我不能胡来呀！

杨巧英　桂英姐，以前我也是这样想的，后来玉贞同志帮助了我，认为这种思想是不对的。我替你去向肖桂英同志提一下！（欲下）

杜桂英　巧英她们的工作忙，我们还是少打扰吧！

杨巧英　这怎么能说打扰呢，我们要求看车，是为了学习小红花防疵的经验，给她作个助手，也算帮了她的忙呀。

杜桂英　我也是这样想的，今天我见她很忙，帮她打了个结，她就检查了又检查！看样子好像……

杨巧英　她好像还不放心，我看她们的接头还没有你接得好呢。

杜桂英　巧英，我们是来学习的，要多看人家的长处啊。

杨巧英　她们的接头。

杜桂英　她们的接头是慢了些，她们巡回被动与接头慢很有关系，我们吃过晚饭去向肖桂英提出一个建议。

杨巧英　提个建议？

杜桂英　巧英呀，人家有长处，我们要学，人家有困难，我们也要帮啊。

杨巧英　哎，我倒没想到这一点！

杜桂英　巧英，等一会咱向她们提建议，现在你帮我看看。

杨巧英　嗳！我们来练。

〔黎玉贞上，手中用回丝练接头。

黎玉贞　（唱）　巧英看车倒还稳，
　　　　　　　　布面平整又均匀。
　　　　　　　　接头又快又牢紧，
　　　　　　　　特来请教问原因。

看你们两个人多用功呀！

杜桂英 杨巧英	（急停）玉贞同志！
黎玉贞	巧英呀，今天在车上，我看你接的头又快又好，打的结又牢又紧。
杨巧英	啊！这个接头呀，是杜桂英姐姐最近革新的，她一分钟能接四十多个，我刚跟她学了不久，还没有学到家呢？
杜桂英	巧英……
黎玉贞	杜桂英同志你就收我做个徒弟吧！
杜桂英	哟，收徒弟，我可不敢当，上班你教巧英，下班又要教我，我这个徒弟还没出师呢？
杨巧英	哎呀！讲啥师傅徒弟，依我看你们两个人又做师傅又当徒弟，我呀！是徒弟的徒弟。
黎玉贞	巧英你还客气啥，你今天看车不是蛮好吗？明天我那二十四台车统统让你看。
杨巧英	（惊喜）二十四台统统让我看！
黎玉贞	怎么了。（惊喜转身又上前）
杨巧英	我不敢……
黎玉贞	为啥？（笑）看你平日多爽快，今天扭扭捏捏得倒像个刚过门的新媳妇。
杨巧英	玉贞同志，（激动地）
	（唱）　你是全厂一标兵， 　　　　月月都是满堂红。 　　　　全组的技术过得硬， 　　　　产量不断往上升。 　　　　质量要求高标准， 　　　　连两次都评第一名。 　　　　我看车怕给你出疵点， 　　　　影响你全组的好名声。
杜桂英	玉贞同志，
	（唱）　你们是全市先进厂， 　　　　优质高产已闻名。

		万一出下啥毛病，
		我俩人心内怎安宁。
黎玉贞	（唱）	这样说不对劲，
		工人本是一家人。
		怎分你厂和我厂，
		分啥你们和我们。
		我问你前来取经为的啥？
		就为了担心我丢人。
杨巧英	（唱）	为的是学习经验赶先进，
杜桂英	（唱）	织好布为人民。
黎玉贞	（唱）	一根纱能否织成一匹布，
杜桂英 杨巧英	（同唱）	一匹布经经纬纬千万根。
黎玉贞	（唱）	一匹布，纱万根，
		根根条条均又匀。
		千根万条一股劲，
	（同唱）	万丈彩绫暖人民。
黎玉贞	（唱）	一花独放难成景，
杜桂英	（唱）	万紫千红满园春。
黎玉贞	（唱）	高墙块块砖头砌，
		百川归海水才深。
杜桂英	（唱）	工人阶级一笔写，
黎玉贞	（唱）	工业战线藤一根。
		千厂万厂是一厂，
		厂门都对天安门。
黎玉贞	（唱）	我们向一个目标往前进！
		都向着共产主义光明的前程奔。
杜桂英 杨巧英	（同复唱）	……
杨巧英		玉贞同志那么明天？
黎玉贞		廿四台车全部归你看，我做你的辅助工。
杨巧英	（激动地）玉贞同志！	

杜桂英　巧英你要好好地学呀!

杨巧英　嗯!

黎玉贞　桂英同志你看了几台车?

杜桂英　我,还没有看呢?

黎玉贞　啥,肖桂英为啥还没有让你看车?

杜桂英　我想多练练再要求看车。

黎玉贞　(旁白)一定是肖桂英……(对杜桂英)你们等一等
　　　　我去去就来。

杜桂英　玉贞妹,我们还是来练练接头吧!

黎玉贞　不,我去找肖桂英来一起练。(下)

杨巧英　桂英姐,她去找肖桂英,一定是谈让你看车的事。

杜桂英　巧英,你说肖桂英会不会让我看车啊?

杨巧英　会,会,一定会让你看车的。

杜桂英　(激动地)巧英!

杨巧英　玉贞姐,真是个好同志,不愧是个共产党员。

杜桂英　玉贞这种好思想好风格,我们要好好学习啊!

杨巧英　嗯!

杜桂英　巧英! 要赶全国新水平,莫怕苦练兵,来我们一起
　　　　练练。

杨巧英　练呀!(边舞边练)

杜桂英　(同唱)一根根经纱,根根经纱千万丈,
杨巧英

　　　　　　一条条纬纱来……来相帮。

　　　　　　一梭来一梭往,

　　　　　　要把过硬功夫练身上。

杜桂英　(唱)　练得过硬明天争取把车挡,

　　　　(同唱)练好本领回厂去推广,

　　　　　　　把祖国建设得繁荣壮丽更富强。

　　　　〔杏妹和女工回宿舍路过窗前。

杏　妹　巧英,你怎么还不去吃饭。看你呀,高兴得连肚子也
　　　　不知道饿了。(下)

杨巧英	啊,马上就去吃。(对杜桂英)桂英姐我们吃饭走。
杜桂英	好!

〔二人进内,肖桂英上。

肖桂英	(唱)　守住关口抓质量, 　　　　百日无疵紧提防。 　　　　给巧英看车我心惚恍, 　　　　下了班找她多相帮。

〔肖桂英进,杜桂英、杨巧英拿食具出。

杜桂英 杨巧英	组长!
肖桂英	哦,桂英姐,我特意给你做了一点你最爱吃的小菜。 (递小菜给杜)
杜桂英	小菜(打开菜盒)雪里蕻炒竹笋! 桂英妹,你还记得……
肖桂英	怎么不记得? 解放前,你有一次病了好久,后来病稍微好些想吃这个菜,那时我到菜场去转了几个圈,可是口袋里一个钱也没有!
杜桂英	(激动地)你瞒着我把身上仅有的一件小棉袄当了,到底让我吃到了。
肖桂英	(笑)　哈哈哈,那是过去的事了。
杜桂英	如今!……
肖桂英	如今,你想吃啥,尽管给我说好了。哦,不早了,你快吃饭去吧!
杜桂英	我还不饿。
肖桂英	哎,你跟班几天了。我们生产忙,照顾得很不够,你对小组有啥意见和要求请提提吧,哦,特别是对我要多帮助。
杨巧英	(对杜桂英)杜桂英姐姐,你不是还有个建议吗?
肖桂英	建议,好啊,非常欢迎,提吧!
杜桂英	这几天我跟班发现,你们巡回路线很紧张,是不是在接头上……
肖桂英	(牢骚地)就是嘛,经纱上脱结多,要不是我们改进

了巡回路线,加上小组的技术过得硬,要是换了别个组,还不知道出多少疵布呢?

杜桂英　(以手示意)桂英妹我是说我们打的结……

肖桂英　啊!刚才你在我车上打了一个结,我……

杨巧英　桂英姐一分钟能打四十多个哩。

肖桂英　(误会地)巧英!你就把我太夸奖了,我现在一分钟才能打三十来个。哦,我还给你带来了一件东西,(忙从日记本里取出两张纸)喏,这是我去年革新的新式接头法总结,你们先好好看看,不懂的地方尽管问我。

杜桂英　(欲说明)桂英同志。

杨巧英　(忍不住地)桂英姐,我说的接头。

肖桂英　这种接头法,看去难学,其实也很容易,哦,你看见玉贞来没有?

杜桂英　玉贞刚才来过,她说找你去。

肖桂英　嗨!她找我,我找她,好像捉迷藏。(欲下)

杨巧英　(拿起肖桂英忘记的笔记本)组长你的笔记本,刚才我们说的接头……

肖桂英　巧英等一会,我抽空帮你们练吧!

杜桂英　桂英同志……

肖桂英　还有啥事?

杜桂英　我想提个要求。

肖桂英　好,只要能办到我一定办。

杜桂英　桂英同志!

　　　　(唱)　多蒙你们把我教,

　　　　　　　勤做示范很辛劳。

　　　　　　　只是我看车的次数还很少,

　　　　　　　好比是鸟未练翅难飞高。

　　　　　　　早想向你来请教,

　　　　　　　只怕给你把麻烦招。

　　　　　　　今日我把心事表,

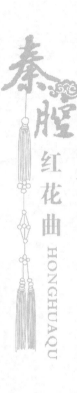

明天你……让我看车练一遭。

肖桂英　（唱）　这个要求提得好，

正好趁机说明瞭。

你学技术要求高，

我应该尽力把你教。

百问百答不烦躁，

示范千遍不辞劳。

怎奈是大面积评比快来到，

任务重顾不得请勿计较。

杨巧英　这么说你不同意我桂英姐看车。

肖桂英　这……这叫我怎么说好呢？巧英呀！一家不知道一家难呀！

（唱）　你莫当先进小组样样都好，

哪晓得这个担子真难挑。

要得红旗永不倒，

样样行行要求高。

别的事儿能办到，

看车事不敢马虎半分毫。

你还是跟班看看好，

下班后我再给你教。

杜桂英　噢！

〔黎玉贞上。

黎玉贞　哎呀！肖桂英同志，你跑到哪儿去了，叫我到处找你呀！

肖桂英　我也正在找你哩。

黎玉贞　我想找你一起练练接头。

肖桂英　哎！玉贞接头的事我已和她们谈过了，等一会再来练，她们还没有吃晚饭呢！

黎玉贞　啥，还没吃晚饭？

杜桂英　不要紧。

肖桂英　那怎么能行，桂英姐你们还是先去吃饭吧！

杜桂英	那也好,巧英我们吃饭走。
杨巧英	走。
杜桂英	玉贞吃过饭再来练。
黎玉贞	好。(二人下)
黎玉贞	桂英你……
肖桂英	玉贞你不要你呀我呀的,我们就谈谈关于她们看车的事。
黎玉贞	我正要问你为啥还没有让杜桂英看车?
肖桂英	(又痛心又好气)我也要问问你为啥要让杨巧英看车呀? 玉贞呀。

肖桂英
（唱）　她们初来机器生,
　　　　影响质量是大事情。
　　　　百日内无疵布咱作保证,
　　　　紧要关出问题责任不轻。

黎玉贞　（唱）　人家虚心又谨慎,
　　　　跟班学习很认真。
　　　　她们生产是能手,
　　　　请你放手又放心。

肖桂英　（唱）　我不是对人不放心,
　　　　全厂都在看我们。
　　　　同志们都在赶先进,
　　　　生产更要多留心。
　　　　若还这次出疵品?
　　　　全厂的荣誉化灰尘。

黎玉贞　（唱）　既对咱全厂荣誉负责任,
　　　　就应该尽心竭力帮外人。
　　　　人家既把咱当先进,
　　　　更应当无私援助表红心。
　　　　可记得咱到上海把经取,
　　　　她们的风格多动人。
　　　　千方百计来帮助,

全力以赴为我们。

桂英呀！

众人拾柴火焰高，

独木虽高难成林，

我们要站得高来看得远，

把全局观点放在心。

肖桂英 你的意思也要我让杜桂英看车。

黎玉贞 你不放手让人家看车，怎能练好硬功夫呢？

肖桂英 我看你这样做……啊！玉贞，情况不同呀！

黎玉贞 有什么不同？桂英是生产能手，我们两个厂又是织
的同种布。人家跟班几天了，对车子性能也熟悉了。

肖桂英 这些我比你了解得多。

黎玉贞 桂英呀！让人家看车不仅是为了帮，也是为了学习
人家的长处呀。

肖桂英 她们有啥长处？

黎玉贞 她们的接头就比我们接得快打得好。

肖桂英 对了对了，今天杜桂英在我车上接了个头，就把我急
了一身汗，只好中断巡回去检查。

黎玉贞 中断巡回，那要漏过疵布的呀。桂英你这样做是对
她们不信任，我看只要配合好，不会影响产品质量。
即使小组产量受到一点影响，她们练好本领回去，就
能更好地完成国家计划，这有啥不好哩？

肖桂英 你……

黎玉贞 领导上把杜桂英杨巧英交给我们互教互学，我们就
要对她们负责任，我们让她看车还能学到不少的好
经验。管书记一再地教导我们，帮中有学，学中有
帮啊！

肖桂英 哎！你这个人啊！

黎玉贞 桂英你要想想。

肖桂英 还想什么？你明天给我把杨巧英看的那十二台车收
回来。

黎玉贞　啥？

肖桂英　收回巧英看的那十二台车。（进内）

黎玉贞　桂英桂英！（欲追又沉思，只好坐一旁）

〔杨主任上。

杨主任　（唱）　下班后支部会作了决定，

　　　　　　　　让外厂同志们看车练兵。

　　　　　　　　这件事我虽然还想不通，

　　　　　　　　党决议我得要坚决执行。

肖桂英　（出场）……

杨主任　桂英你怎么了？

肖桂英　杨主任，看车事我说不服她，你跟她谈谈吧！

杨主任　不，我是来找你谈的。

肖桂英　找我？

杨主任　是的，明天你还是让杜桂英看车。

肖桂英　杨主任你说啥？

杨主任　（大声）明天让杜桂英看车。

肖桂英　（一怔）杨主任你刚才……

杨主任　刚才是刚才，现在是现在。桂英你对生产负责我是
　　　　了解的，要知道学打铁要用榔头，学修车要拿斧头。
　　　　再说也能向人家学习嘛。

黎玉贞　桂英同志，杨主任说得对呀！

肖桂英　好吧！我服从领导决定。

黎玉贞　桂英光不能嘴上通，更重要的是思想通啊。

第三场

〔幕外，小王兴冲冲上。

小　王　（唱）　肖桂英小组创先进，

　　　　　　　　工作严肃又认真。

将近百日无疵品，

同志们个个喜在心。

见苗促进要抓紧，

前去采访等新闻。

〔肖桂英迎面上。

小　王　肖桂英同志,你到哪里去了,叫人好找啊?

肖桂英　女工宿舍去了,找我什么事情?

小　王　快把这几天的检验单给我。

肖桂英　你又是要稿子。

小　王　骑上快马加三鞭嘛,这次你们的质量如果又是"满堂红"。那就是百日无疵布的小组了!

黎玉贞就创造一年不出疵布的新记录了。

肖桂英　看你倒比我这个组长还高兴哩。

小　王　我们车间有你这个先进小组当然高兴啰! 全组百日无疵布,这不仅在全厂,在全市也是一个刷新的纪录啊! 组长,快把检验单给我看看,我还等着写报道呢。

肖桂英　小王检验单还没拿来呢。

小　王　哪……

肖桂英　不过,实实在在地说,不会有啥问题。

〔王菊芬上。

王菊芬　组长组长,新新布厂的同志马上要走。

肖桂英　怎么说走就走,我们小组还准备开个欢送会。

王菊芬　是呀,我也是这样想的。可是她们说这次来取经,已经给我们添了不少的麻烦,再开欢送会,心里更过意不去。

肖桂英　这怎么能行,特别是我们小组更应该热情一些。

小　王　对! 要热烈地欢送。

肖桂英　对,好,我去取检验单,你们先走一步。

王菊芬　组长,检验单我去拿。

肖桂英　也好。

〔王菊芬下。

肖桂英 小王！我还要告诉管书记,检验单菊芬拿来就给你。

（两人分下）

〔二幕开:女工宿舍大楼门口。

〔王菊芬在收拾东西又下。

〔小王上。

小　王 菊芬……

〔杏妹从宿舍出。

杏　妹 小王,菊芬正在帮助她们收拾东西呢。

小　王 咳！这个人……（菊芬头从门内伸出又缩回,听）

杏　妹 你寻她有啥事?

小　王 她把产品检验报告单拿来了没有?

杏　妹 你急啥呢,走,我们准备这个。（做敲锣鼓手势）

小　王 你先去,我要找菊芬。（杏妹下）

〔菊芬提网包从宿舍出。

王菊芬 小王你找我啥事?

小　王 检验报告单呢? 我还等着发消息呢。

王菊芬 哦,我就取,你等等。（递网包给小王下）

〔杜桂英上。

小　王 杜桂英同志,准备好了吗?

杜桂英 准备好了。

小　王 我送送你。

杜桂英 谢谢,不送咧,小王你没见肖桂英同志?

小　王 你也在找她,我给你找去。（将提包交杜桂英下）

杜桂英 好,新华厂的同志真好呀。

（唱） 高山敲鼓到处响,

新华厂先进经验传四方。

她们的风格很高尚,

在帮中能学学中帮。

给我们树立好榜样,

可惜时间太匆忙。

她们要练新结头，

我也未能尽力帮。

有些同志未练好，

我好像有块石头压心上。

〔杨巧英上。

杨巧英 桂英姐，感谢信写好了！

杜桂英 都写了些啥？

杨巧英 （示信）我把你要感谢她们的话都写上了，（调皮地）一个字也不少！

杜桂英 不光是感谢呀！

杨巧英 对，我们回去要创造百日无疵布小组，用实际行动答谢她们。这一条我也写上去了。

杜桂英 巧英，有些同志要学我们的接头，还未练好。肖桂英生产忙没有顾得上练。我总觉得有些放心不下。

杨巧英 好多同志都在练，只要练熟就好了，肖桂英她不想练也就算了。

杜桂英 巧英，趁我们临走之前，再找大家一起练练好吗？

杨巧英 好，我去找她们来。

杜桂英 不，还是我们一起去。

〔远处传来隐约的鼓锣声。

〔杜桂英、杨巧英遥望。

杨巧英 看玉贞她们来了。

〔黎玉贞领秀娟、根娣等女工上。

众 杜桂英，杨巧英同志今天真的要走呀。

黎玉贞 眼睛一眨八天过去了，要是再多住几天在一起学习学习多好呀。

杜桂英 是呀！我们也想多留几天学学，可是厂里生产需要人，只好下次再来。

孙金娣 （内喊）桂英桂英。

〔孙金娣匆匆上。

孙金娣 杜桂英同志就要走呀，（风趣地）你教的那个接头

法,还有我这个老学生还没学会呢,想走没那么容易。(众笑)

黎玉贞 桂英同志,我们的接头工夫还不过硬,再教教我们吧。

杜桂英 玉贞看你……

众 是呀,再教教我们吧。

杜桂英 好,我们一起来练。

黎玉贞 同志们练呀。

(边唱边舞)

　　　抽出了银线一根又一根,(众合)

　　　结起了小小结头紧又紧。(众合)

众 (边唱边舞)

　　　紧又紧呀! 永不分!

　　　好比是阶级姐妹心连心。

　　　抽出了银线一根又一根,

　　　结起了小小结头紧又紧。

　　　织好布为革命,

　　　织出那锦绣江山万年青。

杜桂英 同志们你们接的头都很好嘛。

秀　娟 还差得远呢。

〔肖桂英小王群众敲锣鼓上。

肖桂英 桂英同志! 你怎么说走就走,我们还准备开欢送会呢。

杜桂英 桂英同志,这是我们写给你们小组的感谢信。

肖桂英 唷! 还客气啥呢,我们帮助你们不够呀。

杜桂英 我们回厂一定要在生产上用实际行动向你们汇报。

杨巧英 争取创造百日无疵布小组向你们看齐。

杜桂英 同志们时候不早了,巧英,我们走吧。

众 来我们送送你们。(帮着给杜桂英、杨巧英拿东西)

〔锣鼓声起,黎玉贞向肖桂英低语匆匆入内,肖示意锣鼓下。

秦腔
红花曲
HONGHUAQU

肖桂英	等等！杜桂英杨巧英同志，我们小组有一件小小礼物送给你们。

〔黎玉贞持红花上。

肖桂英	（指红花）你们看。
杜桂英 杨巧英	小红花。
黎玉贞	是呀。
	（唱）　临别仅把红花赠， 　　　　小小红花含情深。 　　　　天天开在布面上， 　　　　朵朵红在姐妹心。 　　　　跃进红花开两地， 　　　　同织好布为人民。
杜桂英 杨巧英	（唱）　花虽小意义新， 　　　　感谢大家一片心。 　　　　红花开在心头上， 　　　　革命友谊更加深。
众	（唱）　红花开在布面上， 　　　　红花红在姐妹心。 　　　　两地同开革命花， 　　　　姐妹永做革命人。

〔王菊芬边喊边上，手里拿着检验单。

王菊芬	组长组长……
肖桂英	菊芬，检验单拿来了。
王菊芬	嗯。
小　王	快让大家看看，我还等着发消息呢？
杏　妹	我看一定又是个满堂红。
王菊芬	满堂红？出了一个疵布。（塞检验单给肖桂英怀中下）
肖桂英	出了一只疵布。（急看单）
众	疵布，是谁车上出的？
肖桂英	十一号车。

众	玉贞的车。
肖桂英	玉贞你……哎。
黎玉贞	十一号。

<table>
</table>

黎玉贞 （唱）　十一号出下了一个疵品，
　　　　　　背过身来暗沉吟。
　　　　　　我看车向来很谨慎，
　　　　　　从不马虎半毫分。
　　　　　　却怎么今日出疵品，
　　　　　　这其中必定有原因？
　　　（急白）拿来我看，十一号车。
　　　（唱）　原是桂英出疵品，
　　　　　　看错车号怪别人。

　　　　　桂英你……

肖桂英　玉贞你……
　　　（唱）　我说要知山前路，
　　　　　　先要问问打柴人。
　　　　　　你不吃黄连不知苦，
　　　　　　任性把车让给人。
　　　　　　事故已出你该相信，
　　　　　　我的话是假还是真。

黎玉贞　（唱）　桂英她看错车号太粗心，
　　　　　　声声责怪我玉贞。
　　　　　　若把真情对她论，
　　　　　　她定把责任推别人。
　　　　　　暂且平心忍一忍，
　　　　　　回头帮她找原因。

杏　妹　咳，这一下百日无疵布小组一切都完了。

根　娣　不要埋怨，还是先找出疵布的原因吧。

杨巧英　玉贞姐的车是我看的，这怪我。

肖桂英　巧英，疵布已经出了，常言说得好，人有失手，马有失蹄，你也不要难过。

黎玉贞　巧英,疵布不是你出的。

杜桂英　听说出了疵布,我们心里总觉得不好受。

　　　　〔管书记急忙上。

老　管　咳,总算赶上了。

肖桂英　管书记,我们组内出了一只疵布。

老　管　回头再查原因吧。现在欢送客人应该高高兴兴的嘛,(对杜桂英、杨巧英)杜桂英、杨巧英同志,对我们提提意见,帮助帮助我们。

杨巧英　管书记,我们没有啥意见,有一个要求!

老　管　好,说吧。

杨巧英　管书记,今后我们还要来取经呐。

老　管　我看这样吧,今后我们互帮互学,常来常往吧。

杜桂英　我们这次来取经收获很大,谢谢党委! 谢谢大家!

孙金娣　唉! 谢啥呢! 一家人嘛。

老　管　我们都是为了一个共同目的建设社会主义嘛。

杜桂英　时候不早了,我们该走了。

老　管　都准备好了。

杜桂英　准备好了。

老　管　大家送一送。

杜桂英　不送了。(群众拥杜桂英下)

杨巧英　哎呀,我的提包还忘了拿。(急回宿舍)

黎玉贞　(唱)　她们是满腔热情来取经,

　　　　　　　怎奈时间不留情。

　　　　　　　许多经验未交流,

　　　　　　　总觉得心中不安宁。(取出笔记本)

　　　　我还是把这个送给她们,多少对她们还有点帮助。

杨巧英　玉贞姐这疵布……

黎玉贞　这疵布在你看车之前就出了,与你没有关系。(把笔记本给杨巧英)巧英,这里详细记着我们几年来学习的一些体会,你带回去看了,不对的地方请提提意见,帮助帮助我们。

杨巧英	（翻看）这是肖桂英姐姐的笔记本嗨。
	〔女工上。
女　工	巧英,车快要开了。
杨巧英	哎呀,赶不上她们了。
黎玉贞	不要紧,跟我走。（同下）
	〔幕内声:"同志们,再见再见。"
	〔众掌声锣鼓声。
	〔肖桂英急上。
肖桂英	（唱）　大面积评比在眼前,
	出疵布叫人心不安。
	玉贞不听我相劝,
	叫巧英看车惹祸端。
	〔黎玉贞上。
黎玉贞	（唱）　桂英同志出疵品,
	不由我玉贞把心担。
肖桂英 黎玉贞	（唱）　事已至此怎么办?（想）
	要帮玉贞 　　　　　　桂英找根源。
黎玉贞	桂英我正要找你。
肖桂英	我也正要找你。
黎玉贞	找我?
肖桂英	是的,找你啊!
	（唱）　你是全厂一标兵,
	事事一身带头行。
	不该麻痹又任性,
	私自将车让巧英。
	争上游已经成幻梦,
	大面积评比已落空。
黎玉贞	（唱）　评比上游是要争,
	更应该帮人好作风。
	这个位置要摆正,

秦腔
红花曲
HONGHUAQU

〔王菊芬上。

黎玉贞　（唱）　争名不是图虚名。

　　　　　　　　疵布既然已出现，

　　　　　　　　咱还是冷静考虑找寻病根怎样生？

肖桂英　冷静！你这个疵布出的。咳！

王菊芬　组长你错怪了我玉贞姐了。

肖桂英　我晓得！

　　　　（唱）　虽说玉贞责任重，

　　　　　　　　也怪我这个组长平时抓得松。

王菊芬　组长，你不能把张三的帽子扣在李四的头上，疵布又不是玉贞出下的，你对人家生那么大的气。你来看不是十一号，是七十一号。

肖桂英　七十一号，是我出的疵布！（急看检验单）

王菊芬　组长，你也要好好想想！

黎玉贞　菊芬你！（示王菊芬下，王菊芬下）

肖桂英　（唱）　实想说百日无疵传喜讯，

　　　　　　　　平日里高标准要求别人。

　　　　　　　　想不到自己车上出疵品，

　　　　　　　　从今后我有嘴怎说别人。（闷坐一旁）

黎玉贞　（走近肖桂英处）桂英同志！

肖桂英　玉贞。

　　　　（唱）　我说让生手看车太冒险，

　　　　　　　　你说我对人要求严。

　　　　　　　　你叫我要放手来要大胆，

　　　　　　　　要与人好好把经传。

　　　　　　　　说什么叫人把车看，

　　　　　　　　才会有本领破难关。

　　　　　　　　即使暂时影响质量和生产，

　　　　　　　　也要把全局观点放心间。

　　　　　　　　到今日杜桂英看车她，她，她……出破绽，

　　　　　　　　这责任叫谁来承担？

| 黎玉贞 | （唱） | 且莫激动须冷静， |
| | | 我们一同找根源。 |

且莫激动须冷静，
我们一同找根源。
桂英是五天之后把车看，
疵布出在她看车前。
何况是杜桂英看车织布是能手，
新新厂创造了许多纪录。
群众会见布样人人羡慕，
代表们见布样个个点头。
你眼前有宝不识宝，
身边有经不去求。
你中断巡回出疵布，
根子就在这里头。（指脑）

桂英呀！

布面上有了疵点好修补，
思想上有了疵点可要彻底革除。

桂英同志。

肖桂英 好，好了！你是千有理万没错，我与你不说了。（欲下，内喊声："杨主任，疵布的原因还没有找出来啊？"）

〔杏妹与杨主任上。

杏　妹 杨主任你看这疵布出的……

众 是啊！玉贞怎么会出疵布？

杨主任 你们不要吵……（对肖）啊！你们都在这里，一起来找找疵布的原因吧。

肖桂英 杨主任，这疵布是我出的。（递检验单给杨主任）

杨主任 我知道了。（接看单）这是怎么搞的？（复看单）这……

肖桂英 杨主任，我……

杨主任 桂英啊！

（唱） 你向来技术过得硬，
从来没有出事情。

341

秦腔 红花曲 HONGHUAQU

大面积评比得优胜，
月月都是满堂红。
全组人人都高兴，
鼓足干劲把上游争。
眼看着百日无疵快完成，
想不到偏偏这时出毛病。

从今后可要千小心万小心啊！

黎玉贞　杨主任，疵布已经出了，还是找找原因吧？

杨主任　（见肖桂英苦闷作安慰地）桂英呀，你要从技术操作上找一找问题。还有车子要有啥毛病？我马上去帮你检查一遍。（肖桂英不语）到底是什么问题？你说嘛。

肖桂英　我晚上开会谈。（急下）

杨主任　桂英。（欲下）

黎玉贞　杨主任，你……

杨主任　我去把肖桂英的车子再检查一遍。（急下）

黎玉贞　杨主任……哎！

杏　妹　照这样出疵品，评比会一定要受影响。

秀　娟　你就会埋怨，出了疵布谁的心里不难受！（静场片刻）

黎玉贞　（见众不语）同志们，现在不谈评比，我们来找一找出疵布的原因吧？

众　　　好，来找吧。

第四场

〔一个月后，织布车间主任办公室。

〔窗明几净，陈设简洁，办公桌上放着一盘纱型，几块样布，壁上除生产图表外，挂有大小锦旗、奖状，琳琅满目,闪闪发光,室中靠内有门通外。

〔幕内合唱:

> 比学赶帮争上游,
>
> 转眼已是一月零。
>
> 评比今天要揭晓,
>
> 看谁更上一层楼。

〔幕启:杏妹在桌上写东西。

〔根娣急匆匆地上至门口。

根　娣　杨主任。

杏　妹　谁呀?

根　娣　啊,杏妹,你看见杨主任来没有?

杏　妹　杨主任到市里评比会上找厂长去了,还没回来呢,你
　　　　找他有啥事?

根　娣　我想问问评比会上的消息。

杏　妹　没问题,我们一定是上游了。

根　娣　啊! 你是怎样知道的?

杏　妹　(唱)　上次评比咱数第一,

　　　　　　　　这次咱的样布并不低。

　　　　　　　　产品质量是一类,

　　　　　　　　按规矩第一还是咱们的。

根　娣　(唱)　我们虽剪好样布,

　　　　　　　　质量都是第一流。

　　　　　　　　可人人都在赶先进,

　　　　　　　　天天创立新纪录。

　　　　　　　　你十拿九稳思想太浓厚,

　　　　　　　　说大话小心把人丢。

杏　妹　说大话,我们组长自从上个月不小心出了一只疵布,
　　　　小组会接受了大家帮助以后,质量抓得多么紧,你再
　　　　不要用老眼光看人了。

根　娣　杏妹我说你呀!

杏　妹　我怎么了?

根　娣　你要!

〔小王兴冲冲地上,取粉笔盒。

小　王　嗨,你们先甭说,我告诉你们个好消息!我们第二车间的府绸,第三车间的斜纹布,都评到上游了。(欲下)

〔秀娟急上。

众　　　(同问)小王这是真的吗?

小　王　(示粉盒)你不相信,等一会你们来看快报吧!(下)

杏　妹　(兴奋地)他们两个车间的布样评上上游了,那我们的布样更没问题了。

秀　娟　啊!(兴奋地)这一次我们的组长又该……

杏　妹　介……绍……经……验,哎!我来表演给你们看看!(伴咳一声,学肖桂英的声调)咳。

〔肖桂英与王菊芬暗上,秀娟急给杏妹示肖桂英的习惯动作。

杏　妹　(学肖桂英的习惯动作)同志们实实在在地说。

肖桂英　(急上前追打杏妹)你……你们在暗地里磨人的啥豆腐呢? 真是个调皮鬼。

杏　妹　组长,这次评比大会根娣还担心我们会不会评到上游。

根　娣　实实在在地讲啊……啊! 厂长等一会回来就知道了。

杏　妹　我看没问题。

肖桂英　杏妹,屋里说话倒不要紧,要是到外边乱说,叫人家听见了又要说我们不虚心。

杏　妹　让她们去说好了,组长我建议把我们小组连续三次争上游的喜事,写篇稿子,请小王向全厂发个消息。

王菊芬　评比结果还没有公布,就要写稿子,我看你呀还是不虚心。

杏　妹　这怕啥! 这个上游我们是饿鹰抓鸡娃,十拿九稳。(伏案仍写稿)

王菊芬　你又是个八稳九稳的,我看你呀,满脑子骄傲自满思想。

杏　妹　你……

〔内声:"杨主任回来了。"

肖桂英　好了,你俩不要争吵,杨主任回来了我们问问他吧?

〔杨主任边上边笑容满面地向大家招手。

众　　　杨主任,杨主任……

根　娣　杨主任,这次评比,我们小组是不是上游?

众　　　快点说吧。

杨主任　你们不要着急嘛!

（唱）　这次评比硬碰硬,

　　　　将对将来兵对兵。

　　　　各项的指标评高上,

　　　　同类品种比高强。

　　　　各厂的布样都很好!

　　　　看得我又高兴来又紧张。

　　　　评定了多少上游厂,

　　　　一厂更比一厂强。

　　　　这真是强中还有强中将,

　　　　天外有天更宽敞。

我们车间的样布与新新厂正好是同品种。

众　　　同品种?杨主任,哪家厂是上游啊?

杨主任　我回来时新新厂和咱们的样布还没有评呢,依我看
　　　　咱们的上游问题不大。

秀　娟　新新厂这一回竟然和我们在一块评比,我看还不简
　　　　单呀。

杏　妹　有啥不简单,小厂。

王菊芬　你怎么老是看不起小厂。

杏　妹　本来嘛,上次他们织布的能手杜桂英,还跟我们组长
　　　　的班呢。

王菊芬　这说明了,人家比我们虚心好学。

杨主任　你们还争什么?新新厂抽剪的就是杜桂英的样布。

秦腔
红花曲
HONGHUAQU

众　　　　杜桂英的。

肖桂英　　（唱）　听说对手是杜桂英，

　　　　　　　　　她的一切我摸得清。

　　　　　　　　　操作技术未过硬，

　　　　　　　　　这上游我算拿手中。

　　　〔众议论，玉贞匆匆上。

黎玉贞　　杨主任，评比的结果怎样？

杏　妹　　杨主任说没有问题。

杨主任　　评比还没有结果我有事先回来了。

杏　妹　　啊！杨主任请你先看看这篇稿子。

杨主任　　稿子，你们先研究研究吧。（取一叠报表下）

众　　　　杏妹你念出来听听。

杏　妹　　听了可得提意见。

　　　　　（念快板）

　　　　　　　　　报喜讯，大家听，

　　　　　　　　　人人脸上笑盈盈。

　　　　　　　　　要问喜讯哪里来，

　　　　　　　　　要问谁把上游争。

　　　　　　　　　这次全市大评比，

　　　　　　　　　我厂的样布是头等。

　　　　　　　　　样布抽剪是谁的，

　　　　　　　　　就是那生产能手肖桂英。

肖桂英　　哎，我没有啥，你们织的布，不是和我是一样的，都是
　　　　　一类品。

杏　妹　　组长，这篇稿子……

肖桂英　　你拿去叫小王修改修改，提法上（郑重地）要虚心
　　　　　一点。

秀　娟　　我替你送去。（下）

　　　　〔黎玉贞拉肖桂英一旁。

黎玉贞　　桂英，杏妹，这篇稿子反映了我们小组的骄傲自满情
　　　　　绪没有完全克服。我们无论如何要注意呀！

肖桂英	我晓得,上个月为我出了一只疵布,组内开了几次 会,现在大家的情绪不是蛮好吗。同志,这怎么能 算骄傲自满呢?这是群众的积极性,我们可不能泼 冷水啊。
黎玉贞	桂英同志,我们要看到群众的积极性,但也不能忽视 思想问题呀!

〔小王上。

小　王	厂长已经回来了。
众	走!找厂长走,问问我们是不是上游?
小　王	不用去了,只要看看这篇稿子就知道了。
杏　妹	是不是我写的那篇稿子你修改好了?
小　王	我就是为这桩事来的,你这篇稿子,我已经替你改好 了,只改了一个字。喏,你自己看吧!
杏　妹	只改了一个字?
众	改了哪个字,念出来听听!
杏　妹	(唱)　报喜讯,大家听, 　　　　人人脸上笑盈盈。 　　　　要问喜讯哪里来? 　　　　要问谁把上游争。 　　　　谁的布样是头等, 　　　　肖桂英改……
众	往下念呀!
秀　娟	(接念)肖桂英改为杜桂英。
杏　妹	啥?肖桂英改为杜桂英,小王你开的啥玩笑。(笑) 哈哈哈。
小　王	谁和你开玩笑,信不信由你,我去写黑板报了。(下)

〔杨主任、孙金娣上,一面上一边作交谈表情。

众	杨主任,这回评比我们是不是上游?
孙金娣	杨主任,你告诉大家吧。
杨主任	我们厂有两个车间是上游,就是我们车间是中游。 上游是新新厂。

肖桂英 黎玉贞	（唱）	听说上游是新新厂，

不由^{桂英费}_{玉贞细}思量。

不由 桂英费/玉贞细 思量。

肖桂英	（唱）	没想到枯木枝上花开放，
黎玉贞	（唱）	这真是木樨花虽小满园香。

杏　妹　新新厂怎么能评到上游？

杨主任　人家布面平整度比我们好。

王菊芬　玉贞姐早就说过杜桂英的结头比我们打得好，这对布面平整度很有关系，我们要好好向她们学习，迎头赶上去。

秀　娟　是呀，新新厂设备陈旧条件差，但是人家干劲足志气大。

黎玉贞　是呀，要好好向人家学习。

杏　妹　新新厂过去生产落后，这次得上游，我们过去先进，这次得中游，奇怪呀？

杨主任　是呀？我也觉得奇怪，到底是机器问题？还是操作技术问题？

杏　妹　是呀？布面平整度不好，难道都是我们看车工的责任吗？

孙金娣　杏妹呀，新新厂用的就是我们厂里的纱，肖桂英看的车是管师傅亲手修理的，台台都是满意车。还有什么问题呢？

杏　妹　那……上个月杜桂英来跟班还是我们给她传了经。

孙金娣　杏妹呀，可不能这么说，我们落后了就要承认，好好排排差距。

黎玉贞　老阿姨说得对，我们是落后了，要找落后原因啊！

肖桂英　落后，凭我们这样的设备，凭我们小组这样的技术，我不信真的能输给新新厂的杜桂英。

黎玉贞　桂英同志，可不能这样想呀。

　　　　（唱）　比学赶帮浪滔滔，

　　　　　　　　万舟齐发气势豪。

莫以为船大桨多行得快，
要看到小舟扬帆破惊涛。
若不扬帆借东风，
只能是一橹一橹慢慢摇。
要把落后的原因找？
依我看人的因素是第一条。

孙金娣　玉贞说得对，车子是死的，人是活的，我们只看到自己的厂大条件好。不虚心向人家学习，这就是落后的原因！

众　　　对！我们要从思想上排排差距，杨主任你说呢？

杨主任　我说到底是不是思想上麻痹大意，你们再好好地研究研究。

肖桂英　有啥好研究的。

孙金娣　桂英，你就是不虚心，上次杜桂英同志跟你的班，你不好好向人家学习，你真是身边有宝不识宝啊。

〔老管暗上。

肖桂英　好好，这次没评上全怪我。（欲下）

老　管　桂英！我们大面积评比，可不是为了评比而评比，为上游而上游啊！

（唱）　评比是为了大家同前进，
　　　　争上游是为提高创造革新。
　　　　既要比产品质量第一流，
　　　　更要比风格高尚思想新。
　　　　不断树立新样板，
　　　　为的是你追我赶快马加鞭向前奔。
　　　　这次评比为啥落了后，
　　　　桂英呀！这该细细想原因？

肖桂英　管书记，这次我织的布也是一类品啊。

老　管　桂英同志，你织的是一类品，但是上游的标准也在不断提高呀！

（唱）　你满足于现状沾沾自喜，

眼光里只看到自己成绩。

不自觉产生了骄傲情绪，

把别人的长处不放眼里。

这件事应引起我们警惕，

要多在思想上寻找根基。

革命人遇波折要有勇气，

更应该高标准要求自己。

在这次评比中吸取教训，

思想上树立起革命红旗。

〔肖桂英不语。

老　管　（接）怎么泄气了，我们要胜不骄、败不馁呀。当在胜利的时候，要看到自己的缺点，在失败的时候要看到自己的优点。

根　娣　优点，得了个中游还有啥优点。

老　管　同志们，看问题要全面嘛。（出示样布）你们看，这块质量全面达到全国先进水平的布，就是你们小组织出来的。

〔众看布。

众　　　我们组？是谁织的？

老　管　就是玉贞，她向杜桂英学会了新式接头后试织出来的，生产技术科刚刚鉴定过质量全面达到了全国先进水平。你看！我们要好好找找原因，排排差距啊！

王菊芬　同志们！我们要好好向玉贞姐学习。玉贞你来给我们介绍介绍。

众　　　对，给我们介绍介绍。

〔肖桂英又惊又喜地闷坐一旁。

杨主任　桂英不要泄气呀，我们不但要赶上她还要超过她。

肖桂英　（有信心地）管书记，杨主任，人有失手马有失蹄，这一次上游是我丢掉的，我一定把它再夺回来。（欲下）

孙金娣　桂英！

肖桂英　老阿姨看下次评比吧。（急下）

孙金娣　桂英桂英！（至门口又折回向杨主任）老杨啊，我是提过多少次意见，你总是说老阿姨呀，这是小问题，如今我看桂英的思想上这个根子要在你主任身上找挖。

杨主任　我！

孙金娣　你要好好地找找原因，接受教训。（气下）

老　管　老阿姨的话说得对，这次评比落了后，不能怪肖桂英，我们要负全部责任，我们要从思想工作上生产管理上找找问题啊。

杨主任　老管。

（唱）　我对她平时也算要求高，
　　　　肖桂英生产也算抓得牢。
　　　　论设备她们车台好，
　　　　论技术她们数头挑。
　　　　这次失败出意料，
　　　　原因何在不知道？

老　管　原因何在？关键问题是没有找出真正落后根子。

杨主任　对！一定要把真根子找出来，赶上去啊！这样吧，晚上我们两个人加加班。

老　管　加班？

杨主任　是呀！你带小王把肖桂英小组的车台再仔仔细细地检查一遍。我去跟她们开个小组会，再从操作技术上找找问题，你看好不好？

老　管　不，老杨啊，还是先从思想上找找问题吧。

杨主任　从思想上。

老　管　对，老杨啊，我们被评为先进车间快两年了吧。

杨主任　还差一个月零八天啊，老管呀，你问这个干什么？

老　管　自从我们被评为先进车间以来，党委一再地提醒我们防止骄傲自满，要学习人家的长处，可是近几个月来我们把厂大设备好有成绩看得太多，看不到自己的弱点，把这些有利的因素，变成了自己的包袱，步

子就快不起来了！我看这就是我们落后的真正根子。

杨主任　你说的是。

老　管　老杨啊，你来看。（推窗）

（唱）　你看那太湖三万六千顷，
　　　　烟波茫茫接青云。
　　　　若不是条条细流来汇合，
　　　　又怎能横跨三州宽又深。
　　　　纵然五湖三江多澎湃，
　　　　还应该志在沧海向东奔。

老杨啊！毛主席教导我们虚心使人进步、骄傲使人落后。我们要善于看到人家的长处啊。

杨主任　（唱）　老管他比喻深刻动人心，
　　　　字字句句重沉沉。
　　　　平时我只抓生产夺先进，
　　　　实指望优质高产样板新。
　　　　各项指标闯头阵，
　　　　操作技术胜过人。
　　　　谁料想评比偏偏成后进，
　　　　愿望和事实两下分。
　　　　只怪我思想工作未抓紧，
　　　　光顾生产指标却忘了人。
　　　　我成绩包袱背得重，
　　　　好条件成了绊脚绳。
　　　　头脑发热不清醒，
　　　　骄傲自满不前行。
　　　　眼前中游是教训，
老管呀！
　　　　我要到新新纱厂把师寻。
　　　　去找厂长写申请，
　　　　甘愿当个小学生。

老管我要到新新跟班学习去。

老　管　好,我们一起去。

杨主任　那肖桂英!

〔黎玉贞等急匆匆上。

黎玉贞　管书记,杨主任,这是我们找出的差距。(递纸给管看,后给杨主任)

众　　　管书记,杨主任,我们还有个建议。

老　管　有什么建议说吧。

黎玉贞　管书记,大家有个要求,请领导上组织我们到新新厂去学习一次。

老　管　大家都有这个要求。

众　　　是啊!

老　管　杏妹你也去吗?

杏　妹　嗯,我也要到新新厂去学习。

杨主任　我也去。(众喜)

老　管　好,告诉大家一个好消息,党委已经作了指示,要我们组织一个取经小组到新新厂去跟班学习,老杨你带队!

杨主任　好! 我们一定要把先进技术全部学到手,攻破平整度这个难关!

老　管　先进技术要学,更要紧的是学人家的先进思想,和奋发图强的革命精神。

杨主任　对,同志们我们都准备准备。(与众同下)

老　管　玉贞你等一等,我们要找肖桂英好好谈谈。

黎玉贞　对!

老　管　这个任务交给你吧,你们是老姐妹,在旧社会一起吃过苦。趁明天星期天,你就找她谈谈吧。(从提包内取出两块布样给黎玉贞)这里有两块样布,这是杜桂英织的,这是肖桂英织的,你带去给她看看。

黎玉贞　(接过样布激动地)管书记,我一定完成任务。

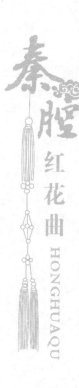

秦腔
红花曲
HONGHUAQU

第五场

〔二幕前。

黎玉贞　（内唱）　黎玉贞离厂急急行，

〔黎玉贞上。

黎玉贞　（唱）　管书记叫我访桂英。

言说她只见河东杨柳绿，

看不见河西桃花红。

这两块布样分上下，

让她亲眼看分明。

摆事实，讲道理，

说服她新新布厂去取经。

要帮助阶级姐妹同前进，

党的教育我牢牢记心中。（下）

〔二幕启：肖桂英家，这是一间简单的小客堂，墙上挂有毛主席像，还有奖状，以及她和丈夫孩子合拍的照片。正中有宽大的玻璃窗，右面有门通往外面，左面有门通卧室。

〔肖桂英用纱头在练接头，小瑛在窗前桌上看书，有时作笔记，少顷。

肖桂英　小瑛，你昨晚上说，今天要到学校去参加劳动。

小　瑛　嗯！

肖桂英　去，抽个空赶快休息一下去。

小　瑛　我不累，老师说星期天抽时间再复习复习功课。

〔少顷，小瑛发现肖桂英像有心事的样子，故意地倒杯水至面前。

小　瑛　妈，你喝水吧。

肖桂英　妈不渴,你放在那儿。(仍练接头)

小　瑛　妈,我看你这几天像有什么心事似的?

肖桂英　心事!(故作镇静)妈没有啥心事。

小　瑛　那你下班回来低头纳闷,话也不多说,好像是在想什么问题呢?

肖桂英　小瑛,你好好地学习,妈没有什么。(又练接头)

小　瑛　妈,你不要瞒我,我早都看出来啦。

肖桂英　小瑛你!

小　瑛　妈妈你!

　　　　(唱)　往日里回家来笑容满面,

　　　　　　　又问这又问那说个不完。

　　　　　　　这几天我看你有些烦厌,

　　　　　　　下班回低着头不问不言。

　　　　　　　有时咳有时叹愁眉不展,

　　　　　　　好像是有心事压在胸前。

　　　　〔肖桂英摇头。

小　瑛　(唱)　莫不是未完成季度生产?

　　　　　　　为这事不由妈心中愁烦。

　　　　〔肖桂英表示不是。

小　瑛　(唱)　是阿姨对妈妈有啥意见?

　　　　　　　妈妈你为这事心中不安?

肖桂英　(点头难受地)小瑛呀,你不要说了,妈这几天有责任在身,你看,练这个(指线头)就没有时间和你多说话了……

小　瑛　妈……

肖桂英　小瑛,你要听话,叫妈好好地练,明天下车间妈还要作竞赛表演呢。

小　瑛　嗯。

肖桂英　(看桌上表)你说到十二点还要劳动吗,快去休息一会去。(小瑛进内间)

　　　　(唱)　小瑛她再三来追问,

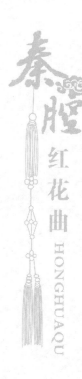

我满腔心事难出唇。（徘徊、沉思）

为生产日日夜夜我心操尽，

反落个骄傲自满不虚心！

〔黎玉贞上。

黎玉贞　桂英。

肖桂英　啊，玉贞你来了？

黎玉贞　来了。

肖桂英　你来得正好，我有话想要给你说呢。

〔一面说一面倒水，不小心一点水洒到小瑛的笔记本上，黎玉贞忙取笔记本甩水急看。

黎玉贞　啊！这是谁写的？

肖桂英　是小瑛写的。

黎玉贞　小瑛的字还写得不错呀。

（念）学习的敌人是自己的满足，要认真学习一点东西，必须从不自满开始，对自己"学而不厌"，对人家"诲人不倦"，我们应取这种态度。

小　瑛　（拉黎玉贞至一旁）阿姨，我妈为啥这几天……

肖桂英　小瑛，时间快到了，你赶快劳动去吧。

小　瑛　嗯，阿姨，你一定不要走，等我回来一块在家吃饭啊。

黎玉贞　对，阿姨不走，在你家吃饭，你去吧。

小　瑛　妈，我去了，阿姨再见。（跑下）

黎玉贞　真是个好学生。

肖桂英　这孩子一说话就没个完！

黎玉贞　好孩子……桂英，你刚才不是说有话要给我说呢，有话你就说吧。

肖桂英　玉贞呀！

（唱）　咱姐妹一处同做工，

我的一切你知情。

步步向前勤耕耘，

到今日反落个思想有毛病。

玉贞呀！你说这是为什么？

　　　　　　　我想来想去想不通。

黎玉贞　桂英,我们要实事求是嘛,既要看到优点,也要看到弱
　　　　点,小组同志要到新新厂去学习。大家都等着你呢。

杜桂英　(激动地)等我?

黎玉贞　是呀。

肖桂英　(内心矛盾地)去向杜桂英学习。

黎玉贞　不虚心学习人家的长处,我们就会落后。

肖桂英　就会落后,你说我们已经落后了?

黎玉贞　人家是上游,我们是中游,这是事实嘛。

肖桂英　我不相信我们会落后。

黎玉贞　那依你说呢?

肖桂英　这是偶然的失手。

黎玉贞　桂英同志,平时党教育我们见先进就学,做一个思想
　　　　红技术过得硬的织布女工。我们可不能辜负党的期
　　　　望啊!

肖桂英　(激动地)啥? 我辜负党的期望!

　　　　(唱)　自从我当了小组长,
　　　　　　　时刻把党的教导记心上。
　　　　　　　革新扩台是闯将,
　　　　　　　班前班后练兵忙。
　　　　　　　创五好、争先进,
　　　　　　　我把车间当战场。
　　　　　　　攻坚破关向前闯,
　　　　　　　有困难我桂英一身去担当。
　　　　　　　哪一年不登光荣榜,
　　　　　　　哪一季不受人赞扬。
　　　　　　　非是我桂英自夸奖,
　　　　　　　哪一件我不比人强。
　　　　　　　怎说我辜负了党期望,
　　　　　　　扣这个帽子我不承当。

黎玉贞　(唱)　桂英你的确有特大优点,

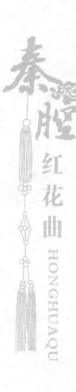

有成绩更应该阔步向前。

学先进超先进你追我赶，

见别人有长处要虚心钻研。

可是你到如今竟然自满，

把人家好技术不在心间。

讲个人论成绩连连不断，

看人家总觉得十分平凡。

像这样眼向下不向前看，

难免得不进步落人后边！

肖桂英 （唱） 论产量我月月超额生产，

论质量我一天高似一天。

我织的一类品全厂称赞，

讲技术我自信并不一般。

论教人咱真心传授经验，

亲身带亲指点百问不烦。

这样做还说我不太全面，

你反来责怪我叫人难言！

黎玉贞 桂英同志！

肖桂英 好了好了,想不到连你多年的老姐妹都不了解我！

黎玉贞 （也激动地）呀！

（唱） 她满腹牢骚把气生，

话儿越说越不通。

多年的姐妹话难讲，

如今叫我难为情。

莫非我语言说得重，

刺得她心里怒冲冲。

莫非我态度太生硬，

惹得她不接受人批评。

倒叫我一时心难定，

该怎么帮她把理明。

〔风起,肖桂英有些寒意,取衣欲披,见黎玉贞未着外衣,忙给黎玉贞披上。

肖桂英　当心受了凉。

黎玉贞　不,我不冷。

肖桂英　披上吧。

黎玉贞　(有所思地)桂英,你给我披上这件衣服,倒使我想
　　　　　起一件往事来。

肖桂英　想起什么事来了?

黎玉贞　(唱)　一件衣服推又让,

　　　　　　　　　一段往事涌心上!

　　　　　　　　　自幼儿一同进工厂,

　　　　　　　　　你与我一起扫厂房。

　　　　　　　　　扫厂房,苦难忘。

　　　　　　　　　吃糠菜,充饥肠。

　　　　　　　　　想学技术把车挡,

　　　　　　　　　好似水底捞月亮。

　　　　　　　　　工头们个个赛虎狼,

肖桂英　(唱)　把咱们当贼来提防。

　　　　　　　　　上班后真如同犯人一样,

黎玉贞　(唱)　哪里有学习的好时光。

　　　　　　　　　有时儿把车望一望,

　　　　　　　　　被工头看见就遭殃。

肖桂英　(唱)　不是皮鞭便是棒,

　　　　　　　　　被打得浑身旧伤加新伤。

黎玉贞　(唱)　为躲避工头监视偷偷学艺把法想,

　　　　　　　　　咱只好披星戴月天色不明就起床。

肖桂英　(唱)　天天起早到工厂,

　　　　　　　　　为学会技术养爹娘。

黎玉贞　(唱)　来上班厂房铁门紧关上,

　　　　　　　　　那时节夜深人静寒风刺骨,

肖桂英　(接唱)咱姐妹两人冻得浑身都发僵。

黎玉贞　(唱)　牙儿打牙哈哈响,

秦腔
红花曲
HONGHUAQU

你为我脱下棉衣裳。

肖桂英　（唱）　你衣裳单薄怎抵挡，

记得你当时遍体都冰凉。

你咬紧牙关言说不冷把我让，

把棉衣又披在我身上。

黎玉贞　（唱）　咱二人推来又推往，

两眼相看泪恓惶！

黎玉贞
肖桂英　（唱）　到后来咱俩共披一件棉衣等到东方亮，

茹苦含酸斗风霜！

黎玉贞　在那万恶的旧社会里，为了活命想学点技术，我们一样遭遇的人何止千千万万！

（唱）　忆往事，恨难忘，

多少辛酸在胸膛。

盼星星，盼月亮，

直盼到东方发红出太阳。

先烈们抛头颅洒热血为了革命一个一个把命丧，

才换得工人翻身把当家。

旧社会想学技术是梦想，

为吃饭受尽苦楚教人想起气满腔。

今日里为了革命苦心钻研心向上，

有人教来有人帮。

是先进经验就大推广，

组织互助比学帮。

生产一浪赶一浪，

把先进表扬又表扬。

这都是社会主义制度好，

这都是党的领导力量强。

桂英同志，你想过这些吗？

〔肖桂英内疚转入沉思。

黎玉贞　桂英同志，管书记叫我带来两块样布，这块是杜桂英

　　　　　　同志的,这块是你的,你看。(递布)

肖桂英　样布。(接样布)

　　　　(唱)　两块样布细较量,

　　　　　　　果然她的比我强。

　　　　　　　杜桂英织出优质品,

　　　　　　　叫我桂英费猜详!

黎玉贞　桂英同志,这才是,不比呀,坐井观天,一比天外还有天,你再看那边。(指着窗外锡山)

　　　　(唱)　你看那锡山东山紧相靠,

　　　　　　　一个低来一个高。

　　　　　　　登上锡山低头看,

　　　　　　　高楼大厦在脚下稍。

　　　　　　　抬头再把东山看,

　　　　　　　谁高谁低就明了。

　　　　　　　一座东山三个峰,

　　　　　　　一峰更比一峰高。

　　　　　　　抬头看,自己低,

　　　　　　　低头看,自己高。

　　　　　　　莫道东山高又高,

　　　　　　　哪比泰山半截腰。

肖桂英　(唱)　难道我只往低处看,

　　　　　　　看不见山外青山入云天。

　　　　　　　难道我固步自封目光短,

　　　　　　　骄傲自满落人后边。

　　　　　　玉贞,我真的错了吗?

黎玉贞　桂英,我们是工人阶级,肩上的担子可不轻呀!

　　　　(唱)　我们要学先进步步向上,

　　　　　　　把革命大红旗双肩来扛。

　　　　　　　鼓干劲争上游毫不退让,

　　　　　　　把祖国建设得更加富强。

　　　　　　　咱应该站得高极目远望,

秦腔
红花曲
HONGHUAQU

361

心怀着全世界胸阔志昂。

为支援世界人民求解放，

织好布就是咱投入反帝的具体力量。

桂英啊，毛主席经常教导我们：即使我们的工作得到了极其伟大的成绩，也没有任何值得骄傲自大的理由。虚心使人进步，骄傲使人落后，我们应当永远记住这个真理。

〔肖桂英激动地握住黎玉贞手。

肖桂英　玉贞！你真是个好同志！我一定要到新新厂跟杜桂英班学习。

尾　声

〔一个月后。景同第一场，原来的标语牌上换成"不断革命，永远前进"字样。

（合唱）江南三月正逢春，

　　　　红花盛开太湖滨。

　　　　花红人红生产红，

　　　　桂英姐快马加鞭向前奔。

　　　　比学赶帮浪滚滚，

　　　　立大志来树雄心。

　　　　再接再厉同前进，

　　　　要做不断革命人。

〔幕启，小王欢悦地边喊边上。

小　王　同志们快来，快来！快！快！

〔王菊芬、杏妹上。

菊　芬
杏　妹　啥事？小王。

小　王　肖桂英同志回来了。

菊　芳 杏　妹	（望）在哪里呀？
小　王	（指远处）看，那不是肖桂英同志。（边喊边下）
菊　芳 杏　妹	（分向两边喊）同志们，组长回来了！
	〔秀娟、根娣和众女工上。
秀　娟 根　娣	（兴奋地）组长回来了！
	〔众喜议，杨主任、孙金娣上。
众	杨主任，我们组长从新新厂回来了。
杨主任	（兴奋地）我晓得。
	〔小王上。
小　王	嗨，杨主任，你今天是新鞋，新袜子、新裤子、新……
杨主任	看你这小伙子，这新那新的，只有这个新（指自己头）是最要紧的。
孙金娣	对，思想新是最要紧的。
一女工	杨主任，你今天这身打扮是做啥呀？
杨主任	欢迎客人。
众	迎啥客人？
杨主任	跟你们组长一起来的，你们跟我走就知道了。
众	好，走。
杨主任	哎，锣鼓家伙呢？
	〔群众拿锣鼓上。
小　王	快。
杨主任	（拿上小镲）敲起来！
	〔众敲锣鼓欲下，肖桂英满面春风上。
众	组长。（热烈招呼）
肖桂英	杨主任。
杨主任	桂英回来啦，客人呢？
肖桂英	在厂部，马上来。
小　王	走，我们去接。（领众敲锣鼓下）
杨主任	桂英，这次学习收获怎么样？

秦腔

红花曲

HONGHUAQU

肖桂英　收获很大,杨主任,这真是不出厂门,坐井观天,一出
　　　　厂门,才知天外有天。

　　　　〔老管上。

老　管　老杨,客人来啦。

　　　　〔黎玉贞陪同杜桂英、杨巧英上。众敲锣鼓拥上。杜
　　　　桂英、杨巧英与杨主任打招呼。

杨主任　杜桂英同志,巧英同志,欢迎你们!

肖桂英　同志们,我这次去新新厂学习,收获很大,她们把小红
　　　　花的防疵经验又发展了一步,她们把小红花改插在盘
　　　　头上,这样,就能把盘头上可能造成疵布的因素消灭
　　　　掉,步步主动,转守为攻,做到不织坏布,不拆坏布了。
　　　　所以特地请她们来,给我们示范操作,传经授艺。

众　　　好!(鼓掌)(加小王快词)

黎玉贞　(兴奋地)杜桂英同志,你革新得太好了。

杜桂英　玉贞,这也是你们的防疵经验给我们的启发,还有肖
　　　　桂英这次去我们厂,对我们帮助也很大呀。

杨巧英　为了感谢你们的启发帮助,我们小组也做了一点小
　　　　礼物送给大家。

　　　　〔杜桂英从提包内取出一束小红花。

众　　　小红花。

　　　　〔杜桂英、杨巧英将小红花分送众人。

黎玉贞　(唱)　小红花呀小红花,

众　　　(唱)　是党亲手栽培它。
　　　　　　　　年年月月开不败,
　　　　　　　　台台布机开红花。

肖桂英　(唱)　巧手飞梭织彩霞,

众　　　(唱)　人人思想开红花。

黎玉贞　(唱)　革命事业跨骏马,

众　　　(唱)　花开万里香天下。

　　　　〔孙金娣手托一叠样布上。

孙金娣　管书记、杨主任,这是我们小组最近织的布,技术科已

经鉴定了,质量全面达到全国先进水平。(众欢跃)

杨主任　同志们！我们越是取得成绩,越要谦虚谨慎。

老　管　(兴奋地)对,全国人民都在盼望着我们织出更多价廉物美的布。我们要戒骄戒躁,不断革命,赶上和超过世界先进水平。

众　　　戒骄戒躁,不断革命,赶上和超过世界先进水平。

　　　(合唱)山外青山楼外楼,

　　　　　　英雄儿女争上游。

　　　　　　高举红旗看天下,

　　　　　　红光万道照千秋。

——剧　终

演出单位

西安市五一剧团

村官郭秀明

张民翔　李爱琴　编剧

剧情简介

　　该剧是根据铜川市红土镇惠家沟,优秀党支部书记郭秀明事迹而创作的秦腔现代剧。

　　剧中通过郭秀明以父子情、夫妻情、儿孙情和乡情、亲情激荡碰撞的情感纠葛,通过他为修路、建校致病而卖自家的机动车、药厨及玉米种子,使家境陷入困境的事实,及父亲向他下跪阻拦的戏剧情节,震撼了观众。他积劳成疾,住院治病,借了女儿的钱,导致了女儿婚姻的破裂。当他得知女儿离婚是为了向婆家多要一点钱为他治病,才把孙子判给对方时,他愧疚自己亏欠了女儿、孙孙! 他决心卖房还钱,使人们为之动情动容。

　　该剧虽取材真人真事,却艺术地再现了郭秀明实践"三个代表",为乡亲挥洒阳光,带领村民向贫穷挑战的时代精神,高歌了一曲当代共产党人的英雄颂歌。

场　目

人 物 表

郭秀明	郭　父
刘春凤	郭继琴
郭继民	文山顺
文淑芳	王镇长
肖庆民	长　海
吴焕林	吴　霞
孙　虎	耿　叔
耿　婶	二　伯
三　叔	群　众

第一场

〔幕启。

〔莽苍苍、雾茫茫、纵横交错的黄土高原伸向苍穹。

〔惠家沟村星星点点的窑洞,错落在崖畔。舞台右侧是郭秀明家院内,二伯、郭父、三叔等在闲聊。

合　唱　　　　山高坡陡雾漫漫,

九曲黄河莽原穿。

秦风秦韵秦川汉,

秦声吼出艳阳天。

——艳阳天。

〔吴焕林上。

吴焕林　二伯、三叔,晒太阳呢?

二　伯　焕林,你做啥去了?

吴焕林　唉,家里又揭不开锅了,我到后山娃他舅家借粮去了,唉……

二　伯　焕林呀,镇党委给咱村选党支部书记的事,不知道咋样了?

吴焕林　唉,好俺二伯呢,咄是伢党的事,咱倒操心干啥呢。二伯,看咱的日子咋过哩?

〔郭秀明上。

郭秀明　二伯、三叔。

二　伯　秀明!

郭秀明　春凤,倒茶。

〔内喊:"郭大夫——"王镇长及村民抬耿叔上。

郭秀明　耿叔怎么了?

王镇长　担水时滚沟了。

郭秀明	春凤,快……
王镇长	郭大夫,老耿的伤重吧?
郭秀明	不轻。
耿 叔	(清醒)我怎么在这里? 我不治了,我不治了!
郭秀明	咋能不治了,是怕我的医术不高? 还是怕我给你治不好?
耿 叔	唉,郭大夫,上次娃他妈欠你的药费还没清呢,我咋还能挂账治病呀!
郭秀明	耿叔,钱以后再说,若不抓紧治疗,这后果可不堪设想!
耿 叔	秀明,你看我家这光景……唉! 有病只能拖,拖好了是福,拖不好,死了,也能给家里减轻负担……
耿 婶	你咋能说这话呢,我和娃还靠你呢!
郭秀明	(边处理伤口边说)耿叔,只要你相信我的医术,我一定给你把病治好!
耿 婶	郭大夫,你可是我一家的救命恩人呀!
二 伯	王镇长,郭大夫可是个好人呀!
王镇长	(唱)　惠家河环境恶劣人心散,
	烂摊摊没有好村官。
	全村群众都访遍,
	推选秀明当村官。
	只怕秀明不愿干,
	我旁敲侧击套实言。
	乡亲们,大家说说咱惠家沟没有好日子的原因究竟是什么?
二 伯	王镇长,我看关键是缺一个好领导。
群 众	对,缺个好领导。
吴焕林	唉,对啥呢,现在干部都是各管各呢,谁倒管群众呢?
王镇长	秀明,你是党员,你说这个书记谁当合适?
郭秀明	(唱)　乡亲无钱医病痛,
	我心中好似五味涌。

怪只怪村子太贫穷，

谁把咱村民疾苦装心中。

惠家沟要圆致富梦，

我毛遂自荐来担承。

王镇长,这个书记我当合适。

王镇长 你能放下你这挣钱的诊所?

郭秀明 王镇长,我是个党员,若不带领父老乡亲们脱贫致
富,我这个党员不就白当咧!

群 众 王镇长,我们拥护郭大夫当书记!对,我们拥护……

郭 父 不行,秀明,你得是把药吃反咧,放的自在不自在,这
个书记咱不能当!

郭秀明 爸——

郭 父 唉!秀明,你得是不要命咧……

（唱） 惠家沟七姓八户是移民,

全村不是一条心。

谁当干部谁把麻烦寻,

到头来得罪一村人。

郭秀明 爸,只要咱一碗水端平,就不会得罪人。

郭 父 （唱） 你当医生百人尊,

挣钱能顶半个村。

这样好事哪里寻,

好日子把你过得头发昏。

刘春凤 秀明,你看把爸都气成啥了。

郭秀明 爸,再不改善咱村的这生存环境,咱村的老老少少可
就全完咧……

郭 父 你都不怕你完咧。你的心脏病一犯把爸我都能吓
死。我天天上山放羊,给你烧奶,不就是为了补好
你的身体,像你这样子,还敢胡折腾?寻着不要
命了。

郭秀明 爸,我虽身体有病,我能承受得了,可我这心里的病
……我不能眼睁睁看着父老乡亲们再受穷啊!

郭　父　这娃咋就这么犟嘛。王镇长,我求求你了,这个书记他不能当。

郭秀明　爸,你这是干啥嘛?

〔肖庆民上。

肖庆民　老同学!

郭秀明　庆民,老同学,好些年没见,你现在在哪里发财?

肖庆民　我在西安办了个诊所,今天来就是请你一块去发财的。

郭秀明　西安到处都是大医院,还有咱沾的毛?

肖庆民　大医院收费太高,现在医疗改革,得让市民自己掏腰包,所以小诊所生意红火得很。

郭秀明　不过,我觉得农村也需要咱们。

肖庆民　当然么,哪里都需要,关键问题是看哪里有经济效益。

郭　父　秀明,你同学说的可是好事……

肖庆民　老同学,你在这儿能赚几个钱?像这病在这里也就是花四五块钱,在县城也就是花四五十块钱,如果到了西安,没有三四百块钱就别想出医院的门。

群　众　那是咋回事?

肖庆民　消费档次不同嘛。老同学,如果你跟我到西安,我保你一年能赚十几万。

群　众　啊——这么多!

郭　父　秀明,这么好的事咋能不去?

郭秀明　这——

肖庆民　老同学——

（唱）　你的医术甚精湛,

难道甘心埋没在荒原。

同到西安把钱赚,

挣了钱把一家搬到西安多体面。

郭　父　（唱）　这样的好事你快去干,

娃呀——

到西安既轻松又能赚钱。

群　众　郭大夫——

郭秀明　（唱）　面对乡亲呼声悲，

　　　　　　　　面对着老父亲爱子心切将我催。

　　　　　　　　面对着穷山恶水岂能退，

　　　　　　　　面对贫穷我自责。

　　　　　　　　面对领导信任多疚愧，

　　　　　　　　面对同学相邀我难抉择。

　　　　　　　　到西安开诊所专业对路又实惠，

　　　　　　　　丢下了惠家沟良心有亏。

　　　　　　　　当村官弃专业功亏一篑，

　　　　　　　　怎忍心老父为我操心把怨背。

王镇长　秀明——

郭秀明　（唱）　豪言壮语我不会，

　　　　　　　　做人实在是原则。

　　　　　　　　是党员不能光卖嘴，

　　　　　　　　能带领村民致富是本色。

　　　　　　　王镇长，这个书记我当！

王镇长　秀明，我要的就是你这句话。

郭　父　不行，秀明你要当书记，我就没有你这个儿子！

郭秀明　爸！

肖庆民　老同学，你有心脏病，如果当了惠家沟书记，恐怕你
　　　　　连三年都活不了！

郭秀明　只要我能活三年，我就要让惠家沟变个样。我若不
　　　　　把党的阳光送到群众手中，我死不瞑目！

王镇长　秀明——（紧紧地握住郭秀明的手）

郭　父　你这是把福拿脚踢咧！

郭秀明　爸……（下取账本）

　　　　〔郭秀明复上。

郭秀明　这是乡亲们欠下近两千元的药费，我把它……

郭　父　秀明……

　　　　〔燃烧欠账单的火光，映红了整个舞台。

耿　叔　老哥,谢谢你了。

第二场

〔幕启。

〔惠家沟的伍家岭,人声鼎沸,机声轰鸣,一场火热的筑路场面展现在舞台。

伴　唱　　　夯歌声声群峰颤,

彩虹飞架彩云间。

郭秀明　　　同志们呀,嗨哟嗨哟,

加油干呀,嗨哟嗨哟,

要致富呀,嗨哟嗨哟,

先修路呀,嗨哟嗨哟……

推土机推开致富路,

荒原变成金银山。

〔耿婶上。

耿　婶　哎,水来了……

吴焕林　这大年龄了,在这凑啥热闹呢么?

郭秀明　(唱)　惠家沟要把面貌变,

奔小康之路要修宽。

男女老少齐参战,

好村民关键时刻冲上前。

郭继民　爸——推不成咧!

郭秀明　咋咧?

郭继民　俺姑把推土机挡住咧!推不成咧!

郭秀明　昨天晚上我不是给你姑都说好了吗?

郭继民　俺姑现在不行么?爸,你看这……

郭秀明　给你姑好好说一下。

郭继民　爸,你看能不能把路绕一下。

郭秀明	好俺娃呢！前边就是沟,往哪绕?
郭继民	俺姑又是哭又是闹的,你看……
郭秀明	给你姑说,这是爸的主意,她一定要顾全大局。(推郭继民下)
群众甲	呀,谁的牛,谁的牛咋跑到树林去了。你看这谁真不自觉,咱种个树多不容易!
群众乙	唉,这谁的牛?
群众甲	没事,村上有制度呢!
郭秀明	长海,把树林的牛牵过来。
长　海	这谁的牛?
	〔文山顺上。
文山顺	别喊别喊！那是咱的牛。
郭秀明	弄了半天,是你的牛。
文山顺	一不小心,牛就跑到树林里去了,我现在正往外赶呢!
郭秀明	这,你要支持亲家的工作,既然违犯了制度,咱就按制度办。
文山顺	按制度办!
郭秀明	罚款!
文山顺	还真罚呀!
郭秀明	真罚!
文山顺	罚！咱不支持亲家的工作谁支持呢? 罚咱就给么,给一元整!
郭秀明	不够!
文山顺	不够,不够了咱可添么！加五角!
郭秀明	差得远!
文山顺	那得多少?
长　海	山顺叔,罚款五十!
郭秀明	对你,可是一百!
文山顺	为啥!
郭秀明	牛跑到树林吃了树苗,罚款五十!

文山顺　对,五十!

郭秀明　你折了一根树苗,五十!

文山顺　唉呀!

郭秀明　长海,把淑芳叫来。

长　海　淑芳——

〔文淑芳上。

文淑芳　书记啥事?

郭秀明　你爸把牛赶到树林里去了,罚款一百,你去把罚款
　　　　一收。

文淑芳　爸,你咋能把牛赶到树林里去呢么?

文山顺　树林里的草肥么。

文淑芳　看你干的这啥事么!

文山顺　咋了,又不偷不抢的咋了?

文淑芳　拿来——

文山顺　啥么——

文淑芳　钱!

文山顺　俺娃现在当了会计了,问爸要钱呢,行,爸给你找去。
　　　　继民——

〔郭继民上。

郭继民　爸,啥事?

文山顺　这个爸你先别叫,我给你说,我的牛跑到树林里吃了
　　　　几根树苗,我折了一根树枝,你那书记爸要罚我一
　　　　百,我也没钱,你看着把那事一办。

郭继民　爸,你看你谁的钱不能罚,你咋罚我丈人爸的钱
　　　　呢嘛?

郭秀明　咋,你丈人爸的钱就不能罚?

郭继民　我丈人爸没钱。

郭秀明　没钱就别违犯制度嘛,再没钱我就把牛卖了。

文山顺　他谁敢,他谁敢卖我的牛,我就跟他没完!

文淑芳　(唱)　你二老莫吵莫翻脸,

郭继民　(唱)　莫让我小辈也难堪。

郭秀明	（唱）	不是我不给你爸留脸面， 当干部办事不能偏。
文山顺	（唱）	你大公无私是党员， 我不能让女儿到你家受可怜。
郭秀明	（唱）	要对亲朋多从严， 对群众咱要尺放宽。
文山顺	（唱）	大道理说得天花转， 要交罚款我没钱。
郭秀明	（唱）	村上制度不能犯， 不交罚款你牛难牵。
文山顺	（唱）	你真是碰倒南墙把土担， 当干部一点都不活泛。
郭继民	（唱）	咱家日子你不管， 村里事你却管得宽。
文淑芳	（唱）	受苦受累我不嫌， 咱两家和和美美我喜欢。

爸——

文山顺 悄着……

（对郭秀明）你把咱继民的话听一下。

长　海 山顺叔，你可生那大气干啥呢？

文山顺 我可敢跟谁生气嘛，咱又不是书记。

长　海 让我给书记再说一说。（对郭秀明）书记，你看这款能不能不罚了？

郭秀明 不罚了，那村上的制度就白订了。

长　海 你看这……

郭秀明 不行，非罚不可。

文山顺 郭秀明，你，你倒张啥呢么，你只不过是个小小的村官而已，你以为你是谁呀？明给你说呢，我今个就是有钱，我也不交。

郭秀明 文山顺，不交罚款，你的牛就别想牵走。

文淑芳 爸——

文山顺　往回走,真不嫌丢人。

长　海　山顺叔!

郭继民　淑芳——爸,你真的要把俺俩给拆散吗?

郭秀明　看你那没出息的熊样,开推土机去。

郭继民　我不干。

长　海　书记,你好坏把你俩亲家的关系也考虑一下。

郭秀明　不考虑,罚!

长　海　罚!

第三场

〔幕启。

〔郭秀明的家,低沉的音乐声中,郭秀明在输液。

〔郭父端鸡蛋上。

郭　父　(唱)　手端鸡蛋心中乱,

　　　　　　　想起了秀明儿老泪不干。

　　　　　　　灾害年他随我沿街讨饭,

　　　　　　　离开河南到铜川。

　　　　　　　人间苦楚他尝遍,

　　　　　　　惠家沟遇好人才把身安。

　　　　　　　好日子过了两天半,

　　　　　　　他却弃医当村官。

　　　　　　　一家的计划全打乱,

　　　　　　　又把咱拖到贫困边。

　　　　　　　可他犟得不听劝,

　　　　　　　为工作把命丢一边。

　　　　　　　秀明! 这是爸给你打了两个荷包蛋,你趁热把它吃了吧!

郭秀明　爸! 咋能让你给我端饭嘛!

郭　父　你看你瘦的这样子,再不补补咋能行?

郭秀明　(端着鸡蛋,感慨万千)

　　　　(唱)　如今鸡蛋算个啥,

　　　　　　　咱一家半年没吃过它。

　　　　　　　手捧鸡蛋难下咽,

　　　　　　　老父亲年愈古稀吃的是洋芋疙瘩。

　　　　爸,你把它吃了吧!

郭　父　(唱)　你看你累得变了形,

　　　　　　　浑身摇摆难禁风。

　　　　　　　再不补补咋能行,

　　　　　　　为父我要靠你养老送终。

郭秀明　(唱)　老父亲推辞我心酸痛,

郭　父　(唱)　你不吃为父我更加心疼。

郭秀明　(欲哭)爸!你把它吃了!

郭　父　你快吃!

郭秀明　干脆咱爷俩一人一个。

郭　父　爸已经吃过了。

　　　　〔虎子跑上,二人把碗放在桌上。

虎　子　郭书记——

郭秀明　啥事?

虎　子　修路用加油站的柴油,人家要钱呢。

郭秀明　你让他能不能再缓一缓?

虎　子　好我的书记呢,人家已经催了十几遍了,前天还把我的车都扣了!能拖我就不麻烦你了。

郭秀明　这——虎子,叫几个人把我的中药厨和我那机动三轮,开到红土镇去卖了,先给人家把账还了。

虎　子　那不行,村里的事,咋能卖你家东西呢。

郭　父　秀明,你不是说,过几年等你退下来还要办诊所,把它卖了咋办呢……

郭秀明　爸,等村上经济好了咱可再买。

郭　父　这——

郭秀明　快去,小心点,多叫几个人。

〔吴霞上。

郭秀明　吴霞,让你去培训,俺娃咋还在这?

吴　霞　我去过了,人家要培训费呢……

郭秀明　这,你等着。你把这些包谷种子拿去卖了,先去报名。

吴　霞　这怎么行,我不去咧。

郭　父　秀明,这包谷种子可是咱全家明年的口粮啊!

　　　　(唱)　你卖了机动三轮卖药厨,

　　　　　　　　看家里还有啥卖的。

　　　　　　　　无种子明年咋种地?

　　　　　　　　你不如先卖你老子。

郭秀明　爸,让吴霞去培训,也是为了给咱村培养技术人才!

郭　父　你再甭给我上政治课咧!

郭秀明　吴霞,你先把种子拿走。

吴　霞　这咋能成?

郭秀明　你快去吧!你郭爷爷会支持的。

〔吴霞背种子下。

郭　父　(突然跪在郭秀明跟前)郭党员!郭书记!

郭秀明　爸!

郭　父　我不是你爸,我是个老百娃,你也该给我一碗饭吃呀!(哭)

郭秀明　(忙跪倒抱住父亲)爸——

　　　　(唱)　老父苍泪纵横跪倒地,

　　　　　　　　抱着他双目泪涌我痛悲凄。

　　　　　　　　你一生未把清福享,

　　　　　　　　跟着儿风风雨雨受尽艰辛和委屈。

　　　　　　　　未吃一顿像样饭,

　　　　　　　　未穿一件像样衣。

　　　　　　　　为乡亲苦了老爸你,

　　　　　　　　咱家穷为的是全村奔富裕。

郭　父　（唱）　我虽然怨你又疼你，

　　　　　　　　为大家不能作践自己。

　　　　　　　　求秀明珍惜你身体，

　　　　　　　　你身子垮了我不依。

　　　　〔吴焕林急上。

吴焕林　郭秀明，郭书记，就说你这当干部的还关心群众生活不？

郭秀明　当然要关心。

吴焕林　那我问你，自从你当了书记，年年穷折腾，栽的那多树，种的那多草，得是吃呀？

郭秀明　栽树种草是为了改善咱的生存环境，再说那也是我们的绿色银行呀。

吴焕林　话说得好听，把老百姓都折腾成穷光蛋咧，整天修路呀种树呀，集资呀建校呀，那集资款不知都装谁腰包去了。

　　　　〔刘春凤上。

刘春凤　你……你说话可要凭良心……

吴焕林　良心，（看到碗里的鸡蛋）良心，这就是你们干部的良心，老百姓吃的啥，你这当干部的吃的啥，还是羊奶打鸡蛋……我就叫你吃不成！（摔了碗）

刘春凤　你还讲不讲理？

郭秀明　春凤——

刘春凤　秀明——

郭秀明　焕林！你摔了我的碗，我不怨你，但村里集资建校的决定不能变。

　　　　〔吴霞上。

吴　霞　书记，爸，你也在这。王镇长听说要卖你家的包谷种，把我美美地批评了一顿，他给我交了培训费。叫我把包谷种送回来了！爷爷……

郭　父　（一把接住包谷种）好，好，包谷种——

吴　霞　哟！家里咋成了这个样子？

刘春凤　你问你爸！

吴　霞　爸，这是咋回事？

吴焕林　大人的事娃们少管。

〔郭继琴上。

郭继琴　娘——焕林叔,吴霞,你们都在这。爸,我给你把钱
　　　　拿来了。

郭秀明　拿了多少?

郭继琴　所有积蓄都拿来了。

郭秀明　你女婿知道不?

郭继琴　爸,这你就甭管咧。

刘春凤　秀明,我跟你商量一件事,昨天我兄弟从河南打来电
　　　　话,说俺娘病重,我想回家看看。

郭秀明　你凑啥热闹,你知道咱家没钱么。

刘春凤　那我就先用女儿的钱。

郭秀明　我钱盖学校都不够呢,不敢动。

刘春凤　那你说怎么办?

郭继琴　娘,等把学校建好了,我和爸陪你一块去看我姥姥。

刘春凤　那也行。

郭秀明　焕林,你家有困难我也知道,这样吧,你家的集资款
　　　　我先替你垫上。

吴焕林　秀明哥!我——

　　　　(唱)　如今哪有这样的人,

　　　　　　　舍弃自家为村民。

　　　　　　　恨自己一时糊涂乱发狠,

　　　　　　　砸饭碗伤透你的心。

　　　　秀明哥,我就是做贼挖窟窿,也要把集资款交上。

〔文淑芳跑上。

文淑芳　姐——不好了,我姐夫和继民在村口打起来了。

郭秀明　为啥?

文淑芳　听说是为了什么钱。

众　人　啊!

第四场

〔幕启。

〔惠家沟小学工地。夜,明月高悬。

〔郭秀明在清理着建筑现场。

郭秀明　　（唱）　霜落莽原星光闪,

　　　　　　　　　山风阵阵夜清寒。

　　　　　　　　　身在铜川望河南,

　　　　　　　　　我心儿趟过九曲黄河飞越万重山。

　　　　　　　　　望中原想河南思绪万千,

　　　　　　　　　童年泣血历历在目铭心间。

　　　　　　　　　七岁我随爹娘沿门乞讨去逃难,

　　　　　　　　　犹如秋叶飘飘洒洒千里迢迢飘落在铜川

　　　　　　　　　惠家沟窑洞把身安。

　　　　　　　　　在这里吃过百家饭,

　　　　　　　　　在这里穿着百家衫。

　　　　　　　　　在这里乡亲供我把书念,

　　　　　　　　　在这里乡亲推荐骊山脚下上医专。

　　　　　　　　　在这里乡亲为我抛洒爱心一片,

　　　　　　　　　在这里使我懂得了乡情亲情人情啊——

　　　　　　　　　我把重任担在肩。

　　　　　　　　　当村官,当村官,

　　　　　　　　　当村官昼夜奔波在荒原。

　　　　　　　　　当村官使惠家沟逐渐面貌变,

　　　　　　　　　当村官沟坡染绿化杜鹃。

　　　　　　　　　当村官面对明月了心愿,

　　　　　　　　　当村官笑傲旭日看明天。

〔天色渐亮,霞光满天。郭秀明在工地背砖。

385

〔刘春凤上，给秀明披上衣裳。

郭秀明　春凤！

刘春凤　又一夜没回家，你身体不好，把你累垮了，咱一家可咋办呀！

郭秀明　没啥，我的身体我知道。

刘春凤　昨天晚上河南又来了电话，让咱俩无论如何回去一趟。

郭秀明　咱不是说好了吗？等学校建好了我和继琴陪你一块儿去。

刘春凤　那你就忙你的。我一个人回去。

郭秀明　你看学校这事我脱不开身，再说了你走了咱爸咋办？

刘春凤　你爸是爸，我妈就不是妈吗？

郭秀明　别哭别哭，等学校建好了立马就去。

刘春凤　迟了！我娘已经去世了。

郭秀明　啊！

刘春凤　（唱）　我和你风风雨雨三十年，
　　　　　　　　你从未看我娘到河南。
　　　　　　　　三十年未尝你橘子一瓣，
　　　　　　　　三十年未穿你衣衫一件。
　　　　　　　　三十年我辜负娘心一片，
　　　　　　　　三十年娘想女珠泪涟涟。

郭秀明　（唱）　春凤声声把我怨，
　　　　　　　　秀明愧疚难开言。
　　　　　　　　当书记何止亲情欠，
　　　　　　　　把多少亲朋得罪完。
　　　　　　　　有心去奠岳母了心愿，
　　　　　　　　建校事迫燃眉步履维艰。
　　　　　　　　回头我把春凤劝，
　　　　　　　　待日后我陪你岳母坟头化纸钱。

　　　　春凤别哭了，让继民给他舅寄点钱，把她老人家好好安葬，不要哭了。

〔刘春凤哭,秀明为妻擦泪,吴焕林端鸡蛋上。

吴焕林　唉,我可啥都没看见。

郭秀明　都老夫老妻看见了可怕啥!春凤,让继民把那事安排一下,你去把亲家给我叫来。快回去。焕林——

吴焕林　有个人叫我给你端来一碗羊奶打鸡蛋,你把它吃了!

郭秀明　焕林,有个人叫你给我端了一碗羊奶打鸡蛋,他就不怕旁人说他给领导溜尻子!

吴焕林　哈……我才不怕!

郭秀明　哈……(胸痛)

〔虎子上,众随上。

虎　子　焕林叔,你咋还会巴结领导!

吴焕林　你个崽娃子胡说啥呢,郭书记你要是能和我这群众打成一片,就把这鸡蛋吃了!

群　众　郭书记……

甲　　　不吃鸡蛋你后悔,

乙　　　吃了鸡蛋身体美。

丙　　　今天鸡蛋吃得饱,

吴焕林　吃了鸡蛋身体好。

合　　　身体好!

郭秀明　我吃,我吃。

刘春凤　秀明,咱亲家来了。

文山顺　找我啥事?

郭秀明　亲家,推果园的事……

文山顺　不是叫你都推了么?

郭秀明　村支部研究决定给你赔偿。

文山顺　给我赔偿,行么,谁还嫌钱扎手呢?

郭秀明　还有一个事。

文山顺　啥事!

郭秀明　村支部决定让你当村果业公司的经理。

文山顺　让我当经理?

郭秀明　亲家——

（唱）	你懂市场人活泛，
	理应为咱村把谋参。
	发挥你的公关特点，
	让咱村苹果核桃出潼关。

文山顺　事我干，这个经理，当不了。

郭秀明　这个经理非你当不可。

吴焕林　兄弟，再别拉麻了，哥再有你那本事还能轮到你？

虎　子　山顺叔，你就领着大家干吧。

文山顺　亲家，你说这是真的？

郭秀明　村委会的决定还能有假？

文山顺　拿来！

郭秀明　啥？

文山顺　手续！

众　　　哈……

〔郭继民上。

郭继民　爸——这事干不成了。

郭秀明　咋咧！

郭继民　有人把你告下了。

郭秀明　告我啥？

郭继民　说咱把村里的推土机占为己有！

刘春凤　这才是天大的冤枉！秀明，村上的账压到咱的头上，把咱一家压得连头都抬不起来，现在还有人……

郭秀明　春凤——

郭继民　爸，我给村上开推土机干了这么多年，村上可没给过我一分钱，就这人家还说我开推土机在外头捞外快呢。

刘春凤　秀明，你看你都干的这啥事么，你给伢领导说，这书记咱不当了。

耿　叔　这谁咋在背后说这话呢？

吴焕林　谁再说书记有经济问题，简直是放屁！

文山顺　对，放屁！

郭秀明　继民,你不要说了,咱们要相信组织会给我一个清白的。乡亲们,大家快去干活吧!

〔汽车声,王镇长和长海上。

王镇长　秀明——

郭秀明　王镇长!

王镇长　工程进展顺利吗?

郭秀明　村民把建校当成自家的事干呢,咋能不快呢?

王镇长　秀明,镇上有个重要会议要你去参加。

郭秀明　有啥会议让长海去就行了。

王镇长　这会非你去不行! 长海,工地事你就多操心。

郭秀明　长海,工程不能停,要注意安全,我开完会马上回来。

长　海　书记,你放心吧。

王镇长　秀明,你先上车。春凤,你给秀明拿几件衣服! 继民你也走!

〔三人下。

文山顺　这不对呀! 郭书记去开会让媳妇和娃干啥去了?

吴焕林　是呀!

耿　叔　长海,你给叔说实话,这到底是咋回事?

文山顺　说些!

长　海　区上领导让王镇长接书记到西安看病去了。

群　众　啥病么,还到西安看去了?

长　海　书记他得的是——食道癌!

二　伯　天呐! 惠家沟可不能没有郭书记呀!

群　众　郭书记……

〔强烈悲痛的音乐声起。

第五场

〔幕启。

〔惠家沟小流域治理工地。继琴、继民、庆民、长海等分头呼唤着秀明,绕场。

伴　唱　　　伍家岭上悲声旋,

　　　　　　如泣如诉绕群山。

　　　　　　云低风咽雾漫漫,

　　　　　　秀明不知在哪边。

〔众分头下。

〔郭秀明拄着棍子,背了一辆玩具小汽车摇摇晃晃地上。

郭秀明　惠家沟啊惠家沟,我又和你在一起了!

（唱）　　西安治病两月半,

　　　　　　与死神较量在床前。

　　　　　　白日常把家乡思念,

　　　　　　惠家沟苍苍莽原让我梦绕魂牵。

　　　　　　小流域治理可曾完?

　　　　　　学校玻璃可曾安?

　　　　　　果业公司可曾发展?

　　　　　　养殖业是否走在前边?

　　　　　　夜晚常把父亲思念,

　　　　　　难行孝反让你为儿把心担。

　　　　　　继琴她同我一个心眼,

　　　　　　为大家导致家庭矛盾我心不安。

　　　　　　继民儿为村里无私奉献,

　　　　　　没收入使家庭生活难堪。

　　　　　　一家人常把我埋怨,

埋怨过后是晴天。

患癌症一家悲凄肝肠断,

拖垮亲朋我心何安?

病到晚期难治愈,

回到了惠家沟心中坦然。

我一生奋斗多遗憾,

有多少规划未曾实施心不甘。

一霎时心慌意乱天地转,

浑身如瘫我倒……倒……在地畔畔。

(倒在地上)

〔郭继琴、郭继民边呼上。

郭继民 爸——

郭继琴 (看到郭秀明,搂住郭秀明痛哭)爸,你咋能离开医院嘛!我和继民到医院去看你,找不见你人。

郭继民 找不见你人,把我姐都吓哭了。

郭秀明 哭啥呢,爸想回家看看,想咱的龙龙娃……

郭继琴 你想他,我可以给你把他带去。

郭秀明 继琴——

(唱) 小龙龙和我隔代情,

我没有时间把他疼。

天伦之乐成梦境,

弥留之际补亲情。

继琴,我给咱龙龙娃买了个小汽车,想给他送去……

郭继琴 爸——

(唱) 手把玩具捧,

泪水眼中涌。

小汽车装满爸的爱,

小汽车更让我心疼。

我不能让爸再遭创伤病加重,

我只能对他瞒真情。

爸,小龙龙见了汽车,一定会高兴得喊爷爷好,爷爷

	好。爸,咱先到医院给你治病,以后我把龙龙给你带到医院去看你……
郭继民	咋能不看。我庆民叔给你在西安找了个教授,马上给你动手术。
郭秀明	做手术得花多少钱? 况且爸这病已经到晚期了。
郭继琴	爸,我知道你舍不得花钱,女儿给你把钱拿来了。
郭秀明	这么多的钱,从哪里来的? 女婿知道不?
郭继琴	这……他知道。
郭秀明	你快把钱拿回去,免得你俩产生矛盾。
郭继琴	我不回去,我要陪你一块到医院去看病。
郭秀明	这咋能成哩,你去了小龙龙谁管呢?
郭继琴	爸——(哭)
郭秀明	我娃,你今天是咋了?
郭继民	爸,我姐离婚了。
郭秀明	啊!那龙龙娃……
郭继民	我姐为了多要点钱给你看病,协议把小龙龙判给人家了。
郭秀明	啊!(打了继琴一个耳光)你——(哭)
郭继民	爸,我姐这可全都是为了你呀!
郭继琴	爸——(哭着抱住了郭秀明)
郭秀明	唉——(哭打自己)
郭继琴 郭继民	爸——
郭秀明	继琴,爸对不起你! (唱)　刚才爸手重不重, 　　　　女儿你疼也不疼?(给郭继琴抚摸)
郭继琴	爸! 我不疼。
郭秀明	(唱)　你不疼,爸心疼, 　　　　疼我外孙小龙龙。 　　　　无娘的孩子谁照应? 　　　　无娘的孩子咋长成? 　不成,继民,你把爸扶到你姐家去,爸去给人家赔情

道歉。就是把房卖了,也要还了你姐的钱,让你姐一家团圆。

郭继琴　爸! 你就甭去了。

郭秀明　（唱）　女儿婚变我悔恨,
　　　　　　　继琴,爸对不起你呀!（痛哭）
　　　　　　　　　我害得你夫妻两离分。
　　　　　　　　　借钱事引起了你家矛盾,
　　　　　　　　　要不然女儿你活得人上人。

郭继琴　（唱）　爸莫要自责莫悔恨,
　　　　　　　他不是女儿的同路人。
　　　　　　　虽然母子两离分,
　　　　　　　小龙龙总是你的亲外孙。

郭继民　爸——

郭秀明　（唱）　爸给你未留一分钱,
　　　　　　　反让你把三万债务担。
　　　　　　　你恨为父爸不怨,
　　　　　　　但愿你替父行孝你爷爷跟前。
　　　　　　　让老人家吃饱又穿暖,
　　　　　　　平平安安度晚年。

郭继民　（唱）　爸呀你教诲记心坎,
　　　　　　　你言传身教更值钱。
　　　　　　　家有万贯儿不羡,
　　　　　　　只求你病早愈合家团圆。
　　　　爸,咱先回去看看我爷爷,然后再到西安给你看病。

郭秀明　那也行。
　　　　〔王镇长、长海等上。

长　海　郭书记——郭书记,你咋在这儿呢?

王镇长　秀明,你咋治病都舍不得花钱,市上和区上领导都十分重视你的病,省上领导也有批示,要不惜一切代价治好你的病。

郭秀明　谢谢,谢谢领导的关心。

〔肖庆民等上，内喊：老同学——

肖庆民 老同学，你咋私自跑出了医院，折腾这么多人在找你，我在四医大给你找了个教授，马上给你做手术。

郭秀明 老同学，我是个大夫，我的病我知道。

吴焕林 不管咋说，咱们先回医院治病。

长　海 对，咱先去医院看病。

郭秀明 长海，大家都在这，咱们开个会，把咱村下一步的发展，研究一下。

长　海 书记，你就别再操心了……

郭秀明 王镇长，我有几句心里话想给大家说说。

王镇长 好，你就给大家说吧。

郭秀明 乡亲们，我得了癌症，说明我给乡亲们做事的时间越来越短了。我在住院期间，想了好多好多，为什么咱们村的人苦干了八年，和有些小康村相比还有差距……关键是我们的观念跟不上时代的发展……

（唱） 咱要抓住西部开发好机遇，

　　　　更不能把咱锁在山沟里。

　　　　走出家乡小天地，

　　　　看人家都是咋干的。

　　　　我请教了中科院的刘博士，

　　　　发挥咱优势要有大手笔。

长　海 书记，咱村上就按你说的办。

群　众 对，就按你说的办。

郭秀明 乡亲们，我已经和凯撒公司达成初步意向，在咱们这里建设秦川良种肉牛基地。

二　伯 郭书记，你住院也想着咱惠家沟的事。

郭秀明 二伯，可惜娃这身体不争气，如果老天爷能让我再活半年，我就把咱村那几件事都办好——

〔耿婶等上，内喊：郭书记——

耿　婶 郭书记，我给你做了一件大红衣服。红能避邪，你穿上它，啥病都好了。

耿　叔　　对,穿上它,啥病都能好。

众　　　　郭书记,穿上它。

郭秀明　　乡亲们对我的情,我郭秀明十辈子也还不了。

耿　叔　　秀明,你都病成这样子,咋还说这话呢!

〔刘淑芳扶刘春凤跑上。

刘春凤　　(一把抱住秀明)秀明——

　　　　　(唱)　看秀明骨瘦如柴不像人,

　　　　　　　　叫人悲痛又揪心。

　　　　　　　　悔不该为看老娘将你恨,

　　　　　　　　更让你病痛心痛痛十分。

郭秀明　　春风不要哭了,这么多年你跟着我吃了不少苦,还为
　　　　　我孝敬父母,抚养儿女,我对不起你。继民、继琴,扶
　　　　　着我,让我再看看咱惠家沟。

长　海　　郭书记,让咱全村人抬着你走。

众　　　　对,我们抬着你。

伴　唱　　　　千双手,手相连。

　　　　　　　　托着咱的好村官。

　　　　　　　　上一道坡,下一道弯,

　　　　　　　　草草木木他挂牵。

　　　　　　　　乡亲亲情都留恋,

　　　　　　　　无悔无怨当村官——

〔音乐声中,郭秀明慢慢地闭上了眼睛。

众　　　　郭书记——(群众悲呼,震撼群山)

〔满坡白花盛开,簇拥着火红的郭秀明……渐渐地白
花隐去,化作一面硕大的党旗。

——剧　终

演出单位

西安市五一剧团

警 鼓

西安市五一剧团保存本

剧情简介

　　20世纪60年代,备战备荒。高大妈的儿子和儿媳雷志英都参加了基干民兵,白天劳动竞赛,晚上参加训练,无暇料理家务和照管孩子,高大妈对此十分不满,她认为和平年代民兵训练纯属多余。针对这种和平麻痹思想,志英对她进行了耐心的说服,后又通过反动分子的破坏行为,高大妈才认识到民兵和全民备战的重要性。

人 物 表

高大妈　　　六十余岁
雷志英　　　二十五岁,女基干民兵,大妈儿媳
洪大爷　　　六十余岁,老赤卫队员

〔陕北老区某山庄,远山重叠,梯田绵亘,近处呈现出高大妈家的并排石窑,门前摆满秋季粮食、南瓜等。
〔幕启:明月当空,远处传来阵阵歌声笑语。高大妈自左窑出。

高大妈 (仰望长空)

(唱) 十五的月儿分外圆,

好似那银盘高空悬。

社员们月下分秋粮,

歌声笑语满山川。

一堆堆玉米黄灿灿,

毛豆角儿吊串串。

谷子糜子摆满院,

秋来粮食堆成山。

社员人人勤劳动,

战胜干旱夺丰年。

有了党的好领导,

幸福日子节节甜。

丰收不把国家忘,

交售公粮走在前。

勇儿他进城去送粮,

为什么,此时尚未转回还。

(右窑传出婴儿啼哭声)

哎哟!我的宝贝孙孙醒了,(急入内抱出孙子,亲昵地哄着)哟!小拴孙孙不要哭,妈妈分粮马上就回来给娃喂奶奶,爸爸进城送公粮,回来给娃买个蛋蛋糕。噢——噢——噢——

〔后台传出洪大爷的歌声,由远而近。

洪大爷 (声)老嫂子!

高大妈　谁呀？

洪大爷　（声）我呀！

高大妈　哟！是老洪啊！你们送公粮回来了？

洪大爷　（声）噢！回来了！

高大妈　我家勇儿咋不见回来？

洪大爷　（声）他到公社开民兵会了，叫我给家里捎个话。

　　　　〔哼着歌儿由近而远。

高大妈　送了一天公粮，不回家吃饭，又开什么民兵会，哼！

　　　　（唱）　我儿子民兵连里当连长，

　　　　　　　　生产练武忙又忙。

　　　　　　　　媳妇也把民兵当，

　　　　　　　　上月又领一杆枪。

　　　　　　　　小两口练武着了迷，

　　　　　　　　一个更比一个强。

　　　　　　　　下地生产带小靶，

　　　　　　　　地头休息学打枪。

　　　　　　　　下雨天钻到家里练，

　　　　　　　　窑洞变成了打靶场。

　　　　　　　　夜晚不知早安歇，

　　　　　　　　油灯旁边忙擦枪。

　　　　　　　　练武又不记工分，

　　　　　　　　年轻人全不细思量。

　　　　　　　　如今这天下多太平，

　　　　　　　　练武艺，我看是白下苦功磨衣裳。

　　　　唉！娃们都参加民兵去念毛主席的书，这我都拥护，可我这个媳妇呀！生产又好强，又有个吃奶娃娃，现在也领来一支枪天天练，这样下去只怕要累垮！

　　　　哼——（娃又哭，又哄）

　　　　〔雷志英背玉米，手里拿两个大谷穗上。

雷志英　（唱）　身背玉米把路赶，

　　　　　　　　头顶月亮上高山。

　　　　　　劳动换来丰收果，

　　　　　　一路歌声转回还。（入内，放下玉米）

　　　　妈，娃娃没有哭吧！（将谷穗放在妈前）妈！你看！

高大妈　哟！好大的谷穗！

雷志英　妈，这就是我们基干民兵排那 23 亩大寨田里的谷
　　　　子，谷穗全像狼尾巴，都是一尺多长，亩产 600 斤，只
　　　　多不少。

高大妈　真长得喜人！

雷志英　还有我们民兵连种的 300 多亩玉米丰产田，亩产量
　　　　超过千斤啦！

高大妈　嗯！要我说，你们把那玩枪练武的劲都给地里使上，
　　　　产量还要增加。

雷志英　妈！我们民兵有三大任务，搞好生产是我们民兵的
　　　　主要任务，另外还要——

高大妈　（打断媳妇的话）我看只有生产这一大任务就行啦！

雷志英　妈——

高大妈　（不耐烦地）好啦！好啦！今天又分粮又背粮，累了
　　　　一天，要吃，锅里我还放着几个窝窝头，哄娃早些睡。
　　　　（将娃交媳妇，转下）

雷志英　（凝视母去）

　　　　（唱）　我婆母勤俭又持家，

　　　　　　　左邻右舍人人夸。

　　　　　　　可就是和平麻痹思想偏，

　　　　　　　她对民兵认识差。

　　　　　　　我和大勇把地下，

　　　　　　　她抿着嘴儿笑哈哈。

　　　　　　　大勇教我瞄小靶，

　　　　　　　她双眉紧锁挽疙瘩。

　　　　　　　上月我领了一杆枪，

　　　　　　　她一见就把脾气发。

　　　　　　　要和老人谈思想，

设法解开这疙瘩。

我妈呀！什么都好，就是有严重的太平观念，认为民兵练武是瞎子点灯。今天我向团支部汇报了思想，支部说，全民武装，首先要解决全民爱武装的问题。目前战备动员，也应该是全民性的，每个民兵不仅自己要有敌情观念，树立战备思想，同时也要向周围的人作宣传，特别是自己的家庭。等大勇回来商量商量，和妈妈坐下来好好谈谈。（抱娃下）

〔稍顷，一阵警鼓，一阵哨子声，雷志英持枪提子弹袋上。

雷志英 （唱）　警鼓哨子响连天，

民兵集合号令传。

急忙赶往集合点，

接受任务莫迟延。（整理衣服绑子弹袋）

高大妈 （向外张望）

（唱）　刚才炕上矇一眼，

警鼓声声响耳边。

急忙穿衣窑门看，

不知出了啥事端。

（见媳妇出来，隐藏一旁）

雷志英 （全副武装，整理好）哼！大勇到现在还不回来，今夜晚紧急集合，还对我保密嘞！

高大妈 （旁白）我当是出了啥事，原来是民兵紧急集合，真是没事找事。

雷志英 （唱）　整好装急忙奔赴集合点，（欲走又停）

忽然想起事一端。

小拴睡得正香甜，

醒来啼哭谁照看。

这……

高大妈 （旁唱）紧急集合号令传，

眼见媳妇左右难。

　　　　　　她若出门集合去，

　　　　　　炕上娃娃谁照看。

雷志英　（唱）　我这里去把婆婆唤，（趋前）

高大妈　（旁唱）我这里权当没听见。（躲藏）

雷志英　（前行几步又止）我婆婆对民兵认识有偏，思想还没
　　　　　打通，把她叫醒，她要不让我去咋办？这——

　　　　（唱）　有心去把婆婆唤，

　　　　　　　又怕她起来把我拦。

　　　　　　　我还是干脆集合去，

　　　　　　　执行任务要当先。（欲走）

高大妈　（旁唱）媳妇你若集合去，

　　　　　　　小拴儿醒来炕下翻。

　　　　　　　我劝你还是不要去，

　　　　　　　如不然老娘把你拦。

雷志英　（欲走又止）哎呀！我这个小拴呀！才九个月就到
　　　　　处乱爬，没人管啦，他醒来准会翻下炕头，不行——

高大妈　（旁）我就说嘛，没人管娃，你就那么放心地走啦？

雷志英　（稍思片刻）嗯！（急下）

高大妈　（高兴地）

　　　　（唱）　媳妇回窑我亲眼见，

　　　　　　　为娘心里才安然。

　　　　　　　不用婆婆把她拦，

　　　　　　　炕上小拴把她拴。（下）

　　　〔警鼓、哨子二次响，雷复急上。

雷志英　（唱）　耳听警鼓响两遍，

　　　　　　　立即行动抢时间。

　　　　　　　我把小拴炕上拴，

　　　　　　　西河边集合莫迟延。

　　　小拴正睡得酣酣的，我用布袋子把他拴在木箱环环
　　　上，他醒了也保险翻不到炕底下。再说，他醒了只要
　　　一哭，他奶奶听见就会来心疼他孙孙的，嗯！集合

去。（跑下）

高大妈　（急上）

　　　　（唱）　耳听警鼓响两遍，

　　　　　　　　放心不下再看看。

　　　　　　　　媳妇她若执意去，

　　　　　　　　我要把她来阻拦。（出门走向右窑）

　　　　嗯，差不多，不见动静。我就说嘛，儿子参加集合就对啦，媳妇有娃不去还不行啦！（走近，听一听）反正啦，炕上有娃把她拴住，想走她也走不脱！（欲回，忽然从窑内传来，娃的哭声，高大妈一惊）啊！（近前）志英，把娃哄一哄，（见无人应）有啥气不要在娃身上出嘛！（哭声渐大，妈推门入）啊！跑啦！（指炕）啊！我小孙孙没把他妈给拴住，反倒被他妈拴起来了。（急忙跑出，边哄边埋怨）

　　　　〔洪大爷上。

洪大爷　（唱）　民兵夜间打演习，

　　　　　　　　召之即来人到齐。

　　　　　　　　连长下达战斗令，

　　　　　　　　支书动员好仔细。

　　　　　　　　天亮还要小比武，

　　　　　　　　各连民兵见高低。

　　　　　　　　"超龄"民兵留村里，

　　　　　　　　巡逻放哨要警惕。（抬头望见高家）哎……

　　　　大勇家是谁在说话？

高大妈　（向外）谁？

洪大爷　我！（入内）老嫂子！儿子媳妇都集合执行任务去了，这抱孙孙的任务就是你的了。

高大妈　哼！

　　　　（唱）　儿子媳妇不服管，

　　　　　　　　夜间演习把我瞒。

　　　　　　　　小两口悄悄都溜走，

撇下个娃娃炕头拴。

洪大爷 哎呀！老嫂子,谁叫你给孙孙起个名子叫小拴,今个真的把娃给拴起来啦!

高大妈 哼! 谁知道发了啥疯!

洪大爷 老嫂子! 你当媳妇那阵子,下地做活不是常把勇儿也拴在炕上吗? 我们志英媳妇把娃拴在炕上也是好意。

高大妈 啊! 还是好意! 来,我把你这个老东西平白无故地拴起来!

洪大爷 你听我说嘛,我琢磨是她听见号令,忙着要去集合,怕打扰你的休息,又怕娃从炕上摔下来,年轻人着了慌,才把娃拴在炕上。

高大妈 集合去一个还不行啦? 老洪啊,依我看,如今天下太平,这夜间演习呀都是没事找事。

洪大爷 噢,看样子你对民兵工作还有些意见。

高大妈 意见可多啦!

洪大爷 那你都摆出来让我这老民兵听听!

高大妈 哼! 老民兵,老民兵,我说老洪呀,没看你胡子都快白了的人,一天还和后生们混在一起,打枪呀,演习呀! 好斗的样子——

洪大爷 老嫂子,可不是我好斗,是帝国主义想欺负我们,阶级敌人不甘心死亡,放下枪杆子可是万万不行啊!

高大妈 枪杆杆,枪杆杆,哼!

洪大爷 (突然一惊,向外)谁?

高大妈 怎么啦?

洪大爷 (警惕地提枪)不对,外面有响动! (急下)

高大妈 什么事,大惊小怪的,老洪啊! 老洪,你一辈子吃了多少苦,受了多少罪,从小给地主放羊,把腿都撞坏了,共产党来了你参加赤卫军,游击队打国民党、白狗子,保卫延安,保卫毛主席,如今有了人民公社,天下太平,你不安安然然过你的日子,还跟过去一样,

跟后生们练武呀,演习呀,能顶个啥?(哄娃)

(天将黎明,远处传来民兵歌声)

〔雷志英全副武装上。

雷志英　(唱)　夜间演习把兵练,

咱村民兵凯歌还。

迎着太阳回家转,

先到炕上解小拴。(入内,扑向妈)

妈!我的好妈妈,(妈不理)小拴啥时候醒来的?哭闹了没有?快给我!(妈不给)妈!

高大妈　(生气地)我不是你妈,你也不是他妈!

雷志英　(唱)　好妈妈你别生气,

叫我给你说仔细。

昨晚民兵打演习,

我听见讯号心着急。

慌忙下炕拿武器,

准备马上集合去。

眼见小拴正酣睡,

这娃不乖爱调皮。

有心唤醒妈妈你,

又怕打扰你休息。

有心不喊妈妈你,

担心娃醒摔下去。

左右为难我没主意,

警鼓咚咚催人急。

民兵如今齐战备,

不能因儿失战机。

无奈我把娃娃拴,

快步前往莫迟疑。

高大妈　就说半夜三更你把娃拴在炕上赶去集合,都做了些啥?

雷志英　妈!昨天夜里我们民兵连,最先攻上了红崖子,全部歼灭了来犯的敌人。

高大妈 啥？还真有敌人？你们抓住了几个？都在哪儿,让我去看看。

雷志英 妈,那是演习,敌人都是假的。

高大妈 演习,演习,都是假的,依我说,如今你们这民兵呀,是怕吃饱了不得饿,穿新鞋不得破,放的清闲不清闲,放的安然不安然。（将娃抱入）

雷志英 妈！

高大妈 （推复上）今个你给我把枪交了,为参加劳动照管娃娃。

雷志英 （唱） 妈妈你听媳妇讲,

不能放下手中枪。

当年民兵扛支枪,

保卫边区保家乡。

反清乡,反扫荡,

围剿敌人投了降。

打过无数大胜仗,

迎来一轮红太阳。

全国大陆得解放,

祖国建设日日强。

党领导武装打江山,

保江山还要紧握手中枪。

高大妈 （接唱）蒋胡匪早已把命丧,

天下太平又安康。

雷志英 （接唱）妈妈你把话错讲,

阶级斗争不能忘。

高大妈 （接唱）咱有强大解放军,

何需全民动刀枪。

雷志英 （接唱）党号召全民搞武装,

人人心中要有枪。

劳武结合齐战备,

　　　　　　　　　祖国处处革布防。
高大妈　（接唱）咱这里是个大后方，
　　　　　　　　　江山牢固如铜墙。
　　　　　　　　　好好劳动搞生产，
　　　　　　　　　何需处处来布防。
雷志英　（接唱）居安思危仔细想，
　　　　　　　　　常备不懈多提防。
　　　　　　　　　美帝到处把战火放，
　　　　　　　　　在越南发动侵略战争更猖狂。
　　　　　　　　　越南人民志坚强，
　　　　　　　　　奋起抗战拿起枪。
　　　　　　　　　美帝接连吃败仗，
　　　　　　　　　疯狗急了又跳墙。
　　　　　　　　　在南越增兵又调将，
　　　　　　　　　出动飞机炸北方。
　　　　　　　　　豺狼野心又狂妄，
　　　　　　　　　梦想把侵略战火烧在我国大门上。
　　　　　　　　　台湾至今未解放，
　　　　　　　　　那里还有蒋匪帮。
　　　　　　　　　叫嚣要把大陆上，
　　　　　　　　　派匪特窜犯海边防。
　　　　　　　　　国内的阶级敌人耍花样，
　　　　　　　　　笑里藏奸黑心肠。
　　　　　　　　　怀揣一本变天账，
　　　　　　　　　伺机报复把人伤。
　　　　　　　　　革命警惕不能丧，
　　　　　　　　　战备思想要加强。
高大妈　（唱）　美帝想来是妄想，
　　　　　　　　　好比白天梦一场。
　　　　　　　　　阶级敌人兴风浪，
　　　　　　　　　自碰泰山一命亡。

雷志英	（接唱）对敌不能抱幻想，
	和平麻痹定遭殃。
	全民皆兵齐武装，
	我们要永远握紧手中枪。

〔洪大爷内喊："老嫂子。"

雷志英	（一惊）是洪大叔！
洪大爷	（背玉米上）你们来看，这是什么？
高大妈 雷志英	玉米，哪来的？
洪大爷	老嫂子！你把眼擦亮，仔细看看。
高大妈	啊！这是昨天后晌小拴他妈背回来的？我不是把它都放到拐窑里了吗？

〔志英出看。

洪大爷	对！你看拐窑里还有没有？
雷志英	（上）妈！一点都没有了。
高大妈	老洪啊！这到底是咋回事？
洪大爷	老嫂子！
	（唱）　适才窑内把话谈，
	忽听窑外响声传。
	心中起疑急察看，
	见一个黑影乱动弹。
	我轻移脚步赶向前，
	拐窑里一人背着东西跑了个欢。
	我连喊三声不答言，
	东倒西歪进沟湾。
	我手提钢枪把他撵，
	出枣林又爬峁峁山。
	跟踪绕过大寨田，
	一直追到黑虎潭。
	那狗贼难逃欲暗算，
	碰上了正在巡逻机智勇敢的王老汉。
	我们俩抓住那贼领口仔细看，

高大妈 **雷志英**	是谁呀？
洪大爷	（接唱）管制分子侯老三。
高大妈	啊！是他？平素看他比以前老实了。
洪大爷	哼，老实？狗忘不了吃屎，狼忘不了吃人。
雷志英	大叔！他人呢？
洪大爷	刚才带到队部审问，他已经老实坦白。
高大妈	他都交代了些什么？
洪大爷	侯老三交代，昨天夜里警鼓敲响，民兵紧急集合出发，他想钻空子偷集体分的秋粮，不料场上还有留下的老民兵巡逻，转身就走。路过你家门前时，思想你家两个民兵已走，老嫂子平日麻痹心宽，便大胆到拐窑背玉米，没有想到又碰上我这个老民兵。

高大妈　哼！

（唱）　我只说咱们掌政权，

　　　　哪个胆敢来翻天。

　　　　想不到这个黑心肝，

　　　　竟然在我的头上打算盘。

雷志英　（接唱）刀把子在咱手里攥，

　　　　阶级敌人心不甘。

　　　　伪装老实把人骗，

　　　　得机就想把浪掀。

洪大爷　（接唱）老嫂子！

　　　　不是老洪来埋怨，

　　　　你的思想走了偏。

　　　　不听枪声十几年，

　　　　你把那阶级斗争扔一边。

老嫂子，昨夜我听你的话味，就知道你思想走了偏，觉得如今天下太平了，民兵没用了，刀枪可以入库了。常言道，有备无患。老嫂子，你没看，大雁还有个警惕性，半夜里还要常派一个值更的，难道说，我们就不要民兵了，不要枪了，不防敌人了，这能行吗？

雷志英	妈,前天开大会你没参加,郭书记讲得可好,他说呀,帝国主义是豺狼,我们的枪杆子就是院墙,有了枪杆子,实行了毛主席指示的全民武装、人民战争,我们就有了坚实的院墙,就可以挡住豺狼,万一它敢闯进来,它就休想再活着出去。
高大妈	不要再说了,是妈我错了,以后让你们都好好当民兵,家里事,妈我包了。
洪大爷	志英,以后夜间演习,再不要拴娃了。
雷志英	(高兴地)妈! 拴娃是我没办法了的办法呀!
高大妈	不说啦,以后集合呀,你把娃交给我。大勇再进城,叫他给我买一瓶炼乳,准备你们集合去了我好喂娃娃。
洪大爷	嘀,老嫂子的战备思想这一下大大加强了。
雷志英	妈!
高大妈	嗨! 昨夜这三声警鼓算是把我也敲灵醒啦!
洪大爷	老嫂子,干脆给支书建议,叫你办个"战备托儿所",女民兵执行任务时把娃都交给你,免得拴娃!
	〔二人笑。
高大妈	老洪,吃一堑,长一智,都怪我平素少开会,思想生了锈,少再拿我要笑了!
	〔后台哨子响。
洪大爷	志英,民兵集合了!
雷志英	(取枪)走! (听见娃哭,欲走又止)
高大妈	你快去集合,小拴有我照管。
洪大爷	志英,放心,再不用拴娃了,走。
	〔众笑。

——完

编 后 语

　　《西安秦腔剧本精编》是一项大型剧本编辑工程。它收录了新中国建立后西安市辖的易俗社、三意社、尚友社、五一剧团四大著名秦腔社团上自清末、下至二十一世纪初近百年来曾经上演于舞台的保存剧本,承载与呈现着古都西安百年的秦腔史。这样一个浩大的戏剧工程,在西安市近百年文化史上是前所未有的,受到各方面广泛关注。

　　编辑组建立之初,面对的是四个社团档案室中百年以来的千余本(包括本戏、小戏、折子戏)约三千万字的剧本手抄稿、油印稿、铅印稿。由于时间久远,其中不少已经含混不清,或章节凌乱、缺张少页、错误多出,有的甚至连作者、改编者姓名、演出单位、演出时间等都已寻找不见,工作量之大、难点之多可以想象。更由于此次编辑的范围,是以必须经过舞台演出的剧本为前提,因而正式进入工作后,许多需要认真解决的具体问题都凸现出来了:

　　一是不少剧目,虽然演出过,但真正的排练演出本却找不到了。在查访中,有些尚可落实,有些则因当事人已故,无觅踪迹,只好录用现存的文学本,以解决该剧目缺失的遗憾。

　　二是有些排练演出本虽然收集到了,却不完整。有的有头无尾,有的有尾无头;有的场次短缺,有的唱段缺失;有的页码残缺,前后无法衔接。这样,只能依靠编辑组人员及有关演职人员反复回忆,或造访老艺人和当事人回忆,不厌其烦,完成残本的拾遗补缺、充实完善工作。

三是一些秦腔名戏和看家戏,艺术魅力强,观众很喜爱,但在长期的演出中,为了适应当时的形势,往往同一个戏,在新中国建立前后、改革开放前后都有不同版本。这些剧目,由于受客观时势和执笔者思想认识的影响,不少改编本把原作中一些脍炙人口的名场段、名唱段给遗漏了,拿掉了。今天看来,这是历史、文化的失误。因为这些场段、唱段的不少地方既含有简明而丰富的历史知识,又有淳朴淳厚的人文教化,附丽以历代秦腔名家的倾情演唱,熏陶和感染过无数戏迷观众,不失为秦腔传统艺术的闪光点所在。因此,在对这类剧本的认定和选用中,编辑组抱着尊重、抢救、保护国家非物质文化遗产的态度和立场,通过鉴别,更多地向传统倾斜,把该恢复、该补救的名场、名段都做了尽可能完善的恢复与补救。

四是曾经有一些在西安舞台上演过的老秦腔传统本,被兄弟剧种看好,拿去改编、移植成他们的优秀剧目。之后,这些剧本又被秦腔的剧作家再度移植、改编过来,在西安舞台上演。对这类本子,在找不到秦腔演出本的情况下,经过审定,也都作了收录,成为"出口转内销"的好本子。

五是有些保存本,当年演出、出版风靡一时,并有作者、改编者的署名。由于岁月的磨洗,演出本还在,而作者的名字则记忆模糊甚至不见了。为了尊重他们的劳动,还其以神圣的著作权,编辑组翻查了大量档案资料,终于使一些剧本的作者署名得以落实。

六是由于秦腔是大西北最有代表性的地方剧种,剧本中普遍存在大量的方言俚语、民俗风情,鲜明地体现着秦腔的地方戏色彩。但同时也因为作者和所写的题材来自不同方域,用字、用词、用语存在很多错、别和不规范、不统一的现象。此次编校,通过讨论、争议、比对、考证,尽可能地做到了规范和统一。

除此之外,还涉及到很多剧本在主题思想、故事情节以及版本、人物、时间、场景、舞台指示、板腔设置、动作、细节、念白、唱段、字词句、标点等许多大大小小的问题,需要进行有效地疏、改、勘、正工作。编辑组通过连续数月的辛勤工作,终于以艰苦的劳动征服了这座巨山。

参加本次编辑的专家平均年龄已 68 岁,每天要审校、修订三四万文字。为了提高工作效率,针对剧本的体裁特点,编辑组分为几个小组,采用读听结合、交叉审校的方法,尽可能精准地还原出作品的原貌,包括每场戏、每段唱词、每句念白、原作者、改编者、移植整理者、剧情简介、上演剧团、上演时间等等。为了争取进度,经常夜间加班,并放弃每周末和节假日的休息。为了保证质量,不时地对一些重要问题进行学术研究、学术的争执和判定,往往到深夜。其中有关秦腔的历史问题,有关一些现代戏的剧本入围标准问题,有关早期的秦昆相杂剧本的入选问题,甚至有的传统剧目中某个主要人物姓名中

秦腔 编后语 BIANHOUYU

的用字问题等，时常反复探讨。对较重大的，必须查明出处；对较具体的，则进行细心考证，直到水落石出。由于整个编校工作沉浸在不间断的学术气氛中，使编辑的过程，争议的过程，同时也是很好的互相学习的过程。特别是在阅编早中期一批秦腔剧作家的作品时，大家不禁为老先生们深厚的学识、精美的辞章和高超的艺术而叹服，更加体会到手中工作的重要性，更加珍惜此次机遇，从而加深了编辑组同志之间的学术友谊，提升了整体工作的水准。他们高昂执着的工作热情、认真负责的工作态度、严谨科学的工作作风、主动忘我的工作干劲，令人十分感动。

为了支持这项工程，不少老艺术家捐赠、捐用了自己多年的秦腔珍藏本、稀缺本、手抄本。有的老艺术家、老剧作家的家属、后代闻讯后主动从家里搜寻出原创作、演出剧本，送到编辑组工作驻地。全体编务人员，为了及时、保质、保量地做好业务供应工作和全组人员的生活安排，积极配合跑资料、查档案、复印剧本，忙前忙后，不遗余力。当他们听到几年前三意社在改革并团时尚遗存有部分资料档案后，便及时赶到原五一剧团档案室，从蛛网尘埃中翻寻到了七八十部老三意社的手抄本和油印本。上世纪五六十年代西安四大社团演出过很多好戏，有些戏直到现在还在乡间和外地热演，但由于政治气候、人事变更、内外搬迁等原因，造成原剧本遗失。后经有关方面帮助支持，从西安市艺术研究所找到了一批久已告别西安城内秦腔舞台、面目似已陌生的优秀剧目铅印、油印本，使剧本的编辑工作更加充实和完善。

这里，有几个问题需要予以说明。一是这套大型剧本集以西安易俗社、三意社、尚友社、五一剧团四个社团演出剧目为基础收集本子；四个社团均演出的同一剧本，只收集演出较早的本子，其他演出单位仅在书中予以署名；有原创作本、传统本的，一般不收录改编本，但个别两者都有历史、文化与研究价值的，可同时收录；除个别名折戏和进京、出国演出剧目外，凡有本戏的，原则上不再收折戏。二是为了突出"西安秦腔"的主题特色，经反复研究，决定按易俗社、三意社、尚友社、五一剧团四大块进行编排；在四大块中，又按传统戏、新编历史戏、现代戏三大类的历史顺序编目。三是从历史上看，秦腔不少优秀剧目被兄弟剧种搬演，很受欢迎，并成为兄弟剧种的保留剧目；同时，西安的秦腔也改编移植了兄弟剧种的不少成功剧本，丰富了西安秦腔舞台的演出剧目，满足了观众的欣赏需求，有些也成为各社团的保留剧目，因此，经过选择也都收录进来了。四是诞生于"文革"中的剧本，是一个历史现实，根据相关规定，经专家仔细甄别，有选择地收录；对有严重政治问题的不予收录；对确有一定保留价值而有涉版权纠纷的作为内部资料收录。五是有些优秀剧目由于年代久远、社团分合等历史原因，已无法搜集到剧本，只能成为遗憾了，待以后有下落时再版增补。

对眼前这套凝聚着众多领导、专家、艺术家、工作人员、技术人员、服务人员心血和辛勤汗水的《西安秦腔剧本精编》，编委会满怀感激之情向大家表示深切致谢！向关心、支持此项工程的西北五省(区)、市文艺界相关单位、专家学者及戏迷朋友表示诚挚的谢意！这套秦腔剧本集的出版是值得引以自豪的,它可以无愧地面对三秦大地,面对古都西安的故人、今人和后人！让我们不断总结经验,继续探索,与时俱进,努力为西安秦腔的发展繁荣做出新的贡献！

《西安秦腔剧本精编》编辑委员会

2011 年 9 月 14 日